Silent Macabre

SM 2

趕屍傳奇

作者：楊標
責任編輯：江怡瑩
美術編輯：蔡怡欣
校對：詹宜蓁、呂佳真
法律顧問 ：全理法律事務所董安丹律師
出版：小異出版
台北市105南京東路四段25號11樓
TEL：(02) 87123898 FAX：(02)87123897
e-mail:locus@locuspublishing.com
www.locuspublishing.com
發行：大塊文化出版股份有限公司
台北市105南京東路四段25號11樓
讀者服務專線：0800-006689
TEL：(02)87123898 FAX：(02)87123897
郵撥帳號：18955675
戶名：大塊文化出版股份有限公司

本書由北京博集天卷圖書發行有限公司授權出版

總經銷：大和書報圖書股份有限公司
地址：台北縣五股工業區五工五路2號
TEL：(02) 89902588 FAX：(02) 22901658
初版一刷：2008年8月
定價：新台幣 280 元
ISBN：978-986-82174-8-5

Trans+

Trans+

趕屍傳奇

The Legend of Corpse Traveler

楊標 著

台灣版序

承蒙小異出版的錯愛，拙著《趕屍傳奇》的繁體字版本即將在台灣等地出版發行，這對於我來說，自然是倍感高興，十分榮幸的。

《趕屍傳奇》正式動筆是二〇〇七年六月，在天涯社區的「蓮蓬鬼話」以及新浪、搜狐、騰訊等原創頻道連載，意想不到的是，點擊率一路飆升。連載不到一個月，就有十幾家出版公司與我聯繫，意欲出版該書。書上市後，反響非常熱烈，銷售業績不俗。

中國大陸的恐怖小說創作由於眾所周知的原因，起步較晚。但一旦起步，發展卻是非常迅速。優秀的恐怖小說作家脫穎而出，恐怖小說作品更是如過江之鯽，一時間，令人有眼花撩亂之感。在這樣一種紛繁的背景之下，怎樣才能夠獨樹一幟，也就成了希圖有所作爲的恐怖小說作家的一個不得不好好思考的問題了。

我想，扎根屬於自己腳下這片土地，從這裡汲取養分，恐怕不能不說是一個好的選擇吧。基於這個考量，我把目光定位在神祕的湘西。

從出生到如今，我生活的這片地方，民國時，叫晃州，現在叫湖南省新晃侗族自治縣，從地域概念上說，從屬於湘西。晃州也好，新晃也罷，都沒有幾個人知道。而它在古時，卻又可笑地聲名大振，因爲，在唐宋時期，新晃曾兩度置縣名爲夜郎。著名社會學家費孝通先生爲新晃的題詞是這樣的：「楚尾黔首夜郎根」。「夜郎自大」是一個令華人圈感到尷尬的詞語。從這個詞語中，便可知道，我腳下是一塊封閉且驕傲的地方。自古以來，湘西都流傳著許許多多奇奇怪怪的傳說，這裡聚集著侗族、苗族和土家族等少數民族，他們不但有自己的生活習性，還有不可示人的諸多的法術與禁忌，讓外人既覺得神祕，又覺得驚詫。我自己是侗族人，是伴著侗歌長大，成日浸淫在「叫魂」、「驅駭」、「放蠱」、「唱七姐」等有趣也有些驚懼的習俗的環境中。作了多年的文字，我便想，何不就寫自己最熟悉而外人卻很陌生的湘西？於我自己，駕輕就熟，於讀者，又可滿足其對於詭異湘西的好奇之心？何況，寫自己家鄉的人事與鬼事，完全是信手拈來，甚覺輕鬆、親切。

於是，便初步定下了寫一個以湘西神祕文化爲背景的系列懸疑恐怖小說。

現在，《趕屍傳奇》得到小異出版及責任編輯江怡瑩小姐的喜歡，於我，是一份意外的驚喜，但願於台灣讀者，也依然於是。

這是我第一本在台灣出版的長篇小說，拙著能推薦給台灣的讀者檢閱，心下，又不免有些忐忑。從文多年，上世紀九十年代，也曾有一些小文在台灣的《中時晚報》、《自立晚報》刊登，那時起，我就有個想法，不僅僅是作一些小文以作爲在台灣的補白，而如果能夠有長篇小說在台灣出版，那將是我深感榮耀的事。如今，我的願望在小異出版及其責任編輯江怡瑩小姐的大力推介下得以實現，在此，請允許我向其表示衷心的感謝！

楊　標

二〇〇八年六月

引子

太陽落入山背的一剎那，天，就像潮水一樣，鋪天蓋地的黑了下來。剛才還是人聲鼎沸，此刻，隨著黑暗的降臨，一下子就沉寂了。風從山埡口吹來，嗚嗚作響。在寨子中心的坪壩上，上千的人，上千雙眼睛，都盯著院壩中間的年輕女子。她端坐在用細篾織成的涼床上，頭低著，像一隻幸福的小羊羔，又像一隻等待宰割的小雞仔。那女子一身著紅，紅衣、紅褲、紅鞋，頭髮也用紅色的絲線紮著。三天後，是她出嫁的日子。這時，她的心裡，想的是她年輕英俊的情郎，還是她馬上就要面對的給她「開紅」的寨老？此刻，沒有人知道她的心思，也沒有人想那麼多，想多了，腦殼要痛，如果一不留神，想到了別處，還會惹得神靈不高興，怪罪下來，輕則三病兩痛，重則家破人亡。就是連她三天以後的丈夫，一樣不敢多想，要想，也就是祈求寨老稟承著神的旨意，把福祿財壽一古腦兒都賜予到他們那個紅紅火火的木屋裡，惠及他們的子子孫孫。

院壩邊緣，是寨老家那碩大的吊腳樓。這是全寨最大的吊腳樓，一共四層，比一般人家的多了一層。跑馬欄杆上，坐著一排人。坐在中間的就是寨老，一個上了年紀的老人。他目光肅穆地盯著院壩裡的人們，思緒很是渺遠。三個時辰後，他就要代替新郎行使給新娘開處的神聖使命。

「端公」肅然站立。他穿著紅色的法衣，一手執著一隻鏤了亮銀的牛角，一手執著包了熟銅皮子的法拐。端公的臉上看不出任何表情，因爲，他的臉根本就沒有露出來。他的臉上戴著一副儺面具。儺面具是用上好的楠竹製成的，用朱砂、紅汞和著羇羊的血染成了紅色。整個紅色面具上，只有兩根白色的牙齒彎曲著，像兩個細小的月牙兒。面具的頂端是如火焰一般的頭髮，直立著，似乎要刺破那深不可測的天空。

端公把牛角湊到嘴上，一邊鼓起腮幫「嗚——嗚哇——嗚——嗚哇——」地吹著，一邊還把那法拐搖得叮咣叮咣地響成一片。牛角聲一短兩長，意味著法事正式開始。端公的徒弟雙手端著一只陶盆走到他的面前，單膝跪下，高高地舉起陶盆。只見端公把牛角掛在了自己的腰上，敲燃了火鐮，把陶盆裡的松明油點亮。那徒弟就把那陶盆放在院壩中。

端公再次將牛角吹了起來，這回，是一聲接一聲不歇氣地嗚嗚吹著。

連吹了三聲，那陶盆裡的火，便越發地旺了起來。

這時，人們一人手裡執著一把松明柴棒，排著隊，走到陶盆前，把那松明柴棒默默地伸到陶盆裡，點燃後再圍到院壩邊上。於是，滿院壩裡一片燈火通明。

端公的徒弟把端公身邊的豬皮大鼓咚咚咚地擂了起來，鼓聲雄渾激越，壓住了那呼呼的山風。端公走到場地的中間，左手高舉過頭，拇指與中指相連，捏了一個連心訣，高聲叫道：「讓神聖的火燃起來，讓神明的光亮起來，讓鮮豔的血飆出來！」

鑼、鈸、鼓、磬一齊敲響，上千的人吼叫著，一起聚攏來，圍著那紅衣女子和陶盆興奮地跟著端公一起喊叫：「讓神聖的火燃起來，讓神明的光亮起來，讓鮮豔的血飆出來！」

端公翻起了跟斗，人們圍繞著端公呼呼地舞動著火把，也狂熱地跳了起來，邊跳邊唱：

至高至敬的神啊，

我們把至美至賢的姑娘送給您；
至真至善的神啊，
我們把至鮮至香的初血獻給您，獻給您，
我們把至鮮至香的初血獻給您，獻給您，
我們把至鮮至香的初血獻給您，獻給您……

第一章

龍溪鎮又死人了

1

民國二十二年秋天，罕見的大霧如一團一團的棉花，翻翻滾滾地把整個龍溪鎮搗得嚴嚴實實。

「砰！」

鐵炮的聲音。又聽到了鐵炮的聲音。

小鎮上大凡紅白喜事，都免不了要放鞭炮。而鐵炮，只有在有特別或重大的事情時才放，因爲它火力十足，那響聲足可以讓一個鎮的窨子屋都會微微地晃動，也足可以把沒有來得及搗住耳朵的孩子們一瞬間震得腦殼一片空白，然後耳朵裡才傳來一片嗡嗡的怪叫之聲。

聽聲音，是雜家院子那邊傳過來的。

呆呆地站在窗前的舒要根，眼瞅著湧進窗子裡來的霧罩，剛剛還感慨著好大的霧啊，就聽到了鐵炮的響聲。他眼前的那一團白紗般的霧氣，似乎也嚇了一跳，劇烈地搖擺了一下柔若無骨的身子，便像是被一隻看不見的手掌給劈成了碎片，飄飄搖搖地四散開去。舒要根的心裡不禁一緊，暗道一聲「不好」，就伸出食指把竹篾窗簾的環扣輕輕地一撥拉，那窗簾便像斷了線的風箏，嘩啦一聲掉了下來。房間裡一下子暗了。

這是入秋以來，在不足一個月的時間裡，龍溪鎮上第四次響起鐵炮的聲音了。也就是說，小小的龍溪鎮上，二十多天裡，死了四個人！

舒要根四十二歲，大腹便便，紅光敷面，一看就知道是有家有財的人。他在龍溪鎮上開著一家綢緞鋪，叫「昌祥永綢緞鋪」，生意一向興隆。他樂善好施，爲人和氣，對錢財看得輕，對人情看得重，是龍溪鎮上的商會會長。

舒要根對正在抹著烏木桌子的傭人說：「柳媽，我要出去一下。」

柳媽直起腰，說：「好的，老爺。」

柳媽走到內室的門邊，對裡面說：「老爺要出去了。」

太太睡在床上，淡淡地說：「嗯。」

於是，柳媽才跨入太太的臥室，打開紅油漆衣櫥，把舒要根的外套取了出來，走出屋，輕輕地把房門帶上。

柳媽到舒家已有十多年了，這十多年來，老爺和太太對她很好，並不把她當下人看待。老爺和太太雖然不像別的夫妻那樣吵吵鬧鬧，但也不像有的夫妻那樣和和睦睦，一直是平平淡淡、冷冷清清的。自從少爺舒小節一年前去了烘江師範讀書之後，老爺就搬到另一間房睡去了，而他的衣服仍然放在太太的臥室裡。他要換衣服，也從不自己到太太的臥室裡去，而是叫柳媽拿出來。老爺與太太之間，到底有些什麼磕磕絆絆，作爲下人，她自然不好問，凡事都裝作不曉得，做好自己的事情就行了。

舒要根穿上夾層長袍，外面再罩了一件青羽綾馬褂，想了想，還是把那頂絳色小緞帽戴到頭上，這才不疾不徐地下了樓，穿過天井，出了門。

柳媽這時才想起老爺還沒有吃過早飯，就喚了一聲：「老爺，您的參湯還沒喝呢。」

舒要根並沒有回頭，只是舉起右手，擺了擺，走了。

龍溪鎮又死了人，他不能不去看看。一個街坊叫他一聲，他竟然腳下一軟，差點跌倒。那人趕忙扶住了他，雙眼卻是很奇怪地盯著他的臉龐，不知道他怎麼會差點兒滾著。舒要根點點頭，急急忙忙地掙脫那人的攙扶，往雜家院子走去。他心裡隱隱約約地感覺得到，這人，再死下去，下一個很有可能就是自己了。剛才，也就是正好想到這裡，才嚇得腳桿子打滑。

2

雜家院子在正街，拐個彎，沿一條不長的小巷走進去，就到了。這裡住著三十多戶人家，有楊、朱、鍾、劉、陳等姓氏，因爲姓氏雜，就叫作雜家院子。

舒要根走進院子。院子不大，擠滿了人，顯得更窄小。院子中央擺著一張竹床，竹床上有一具屍體，屍體上面蓋著白布單。他正想問那躺在竹床上的是哪個，就看到一個四十來歲的婦人，穿著青布衣服，手裡舞動著一張手帕，呼天搶地的在竹床邊哭：「你這死鬼，話都不吭一聲，甩下我們孤兒寡母，講走就走了……」

原來是開粉館的陳鬍子的老婆，那麼躺在竹床上的就是陳鬍子了。

舒要根按禮節勸慰陳妻：「人死不能復生，走的走了，留下來的還是要好好過的，莫哭壞了身體，吃虧的還是自己。」

陳妻平時是不敢得罪舒要根的，此時可以不顧禮節，可以無視老幼尊卑，可以不應付家親內戚，眼下最要緊的事，是把心腔裡裝著的怨恨和委屈都釋放出來，否則會出大事的。因爲對意外事故的不堪承受和對未來的絕望，陳妻像是被抽了筋一樣，全身無力，如一只青色布袋掛在案板邊緣，因爲長久的哭泣，她的臉好像腫脹了許多，五官也比平時擴大了些，根本不像平時那個笑咪咪、低眉順眼的女人。此刻她一把鼻涕一把淚地抹著，正眼都不看一眼舒要根，繼續著她的哭訴：「嗯，呀，你個背時挨萬刀的……」馬上意識到自己的男人眞是挨刀死的，有些忌諱，便轉移了話題。

「會長，唉，你看這……」一個管事的老頭過來，跟舒要根打招呼。

舒要根臉色陰沉，沒回話，也不用裝笑臉，走上前去，把白布單輕輕地揭開了一角。舒要根又是一驚。陳鬍子和前面死的那四個人一樣，眼睛都是睜開著的，瞪得溜圓，透著驚恐和委屈。他伸出手，把陳鬍子的眼皮往下抹，竟然一點作用都沒有。那眼皮看起來和活人的差不了多少，柔軟且有彈性，而實際上，手一接觸，那眼皮卻是冰硬的，非但沒有彈性，還像是石頭雕成的一樣，彷彿有點硌手。唯一讓舒要根感到那眼皮和活人相似的地方是，陳鬍子似乎也在用勁，用他的眼皮抗拒著你的力氣。你越想往下合攏他的眼皮，他就越是要往上睜得更大。稍稍地僵持了一會兒，舒要根就放棄了他的努力。他不知道，如果霸蠻地和陳鬍子較勁，接下來會出現什麼情況。對於接下來出現的不可知的境況，舒要根心裡虛得慌。這個把月來發生的事，已經讓他心力交瘁了。蓋上白布單時，他聽到了一聲輕微的嘆息聲從布單下面隱隱發出。聲音似有似無的，他不敢肯定，也不敢再看，不再停留，離開屍體，朝人多的地方走去，只感覺後頸窩裡像被吹進了一絲涼氣，寒冷至極。

「會長，裡面請吧。」老頭把舒要根請進廂屋裡坐下。一個女孩兒端了一盆熱水放在桌上，請他擦臉。舒要根擰乾了毛巾，意思地擦了一下，那女孩就把臉盆端出去了，然後，再拿了些點心、茶水擺在他面前，退了出去。

老頭坐下來，把陳翻子的死因慢慢地講給舒要根聽。

3

「陳翻子粉館」開在雜家院子靠大街的拐角上，是龍溪鎮最有名的一家粉館。粉館共有三層樓，一層樓做廚房，二、三層樓都是餐廳。他的生意好，不獨是面朝舞水河，坐在樓上可以一覽舞水四時風光，更是因爲他的手藝獨特，粉的味道好，惹來眾多嘴饞的人。他請了五個幫手，一天到黑都還忙不過來。

這陳翻子有個脾氣，他製作「臊子」（作料）時，誰也不准看，哪怕是自己的老婆也不允許。每天晚上打烊之後，等那些幫工們回家了，他就把所有的房門都關好，一個人在廚房裡配料。這也難怪，開粉館關鍵在臊子，臊子不好吃，粉做得再好，也不會有人光顧的。陳翻子保護自己的臊子配方，就像保護自己的生命一樣。

粉館因爲生意太過興隆，人手總是不夠，陳翻子不得不又收了一個小夥計。那個夥計才十六七歲，是鄉下的，沒地方住。陳翻子看他人長得也還憨厚，加上年紀還小，想必不會有那些花花腸子，就同意了讓他住到店子裡，反正這店子也要有個人看守。陳鬍子沒想到的是，小夥計人雖小，卻是很伶俐，面相雖憨，卻是鬼得很。他住在二樓一間堆放雜物的屋子。沒過多久，他就悄悄地把樓板鑿了一個小洞，等到陳鬍子關緊了所有的門窗開始配臊子時，他就趴在樓板上，從那一眼小小的孔洞中，看陳鬍子配料。

昨天逢十九，龍溪鎮趕場，粉館一直忙到天黑透了才打烊。等大夥兒在粉館裡吃了夜飯，收拾洗刷之後，快到半夜了。陳鬍子自己也累得夠戧，想回家休息了，但想到第二天的臊子不夠了，還是強打起精神，關了門窗，去配料。

小夥計脫了鞋子，輕手輕腳地下了床，趴在樓板上，把那一雙小眼睛貼到孔洞上，看陳鬍子配料。

陳鬍子的腦頂心禿得厲害，幾乎是寸草不生，在燭光的照射下，光溜溜的。只見他打開櫥櫃，把五香、胡椒、花椒粉還有老醋等一二十樣東西一一擺放在桌子上，然後，他像是發現有人在他的背後一樣，突然反過身來看，等確信並沒有人時，才把案板下面的一塊五花豬肉扯出來，把剔骨刀高高地舉起，正要一刀砍下去時，那手竟然就停了下來，在他的頭頂上一動不動了。一口菸的時辰後，陳鬍子猛然一個轉身，揮舞著剔骨刀像劃一個個橫「8」字一樣，來來回回地舞動著，嘴裡還哼哼唧唧地叫道：「我砍死你，我砍死你，我砍砍砍！」

小夥計看到這一幕，感到莫名其妙，以爲那是陳鬍子家祖傳下來的什麼法事。不一會兒，他就知道自己錯了。只見陳鬍子舞了一陣之後，眼睛就像看到了什麼令他十分駭異的東西一樣，瞪得溜圓，連眼珠子都快要鼓出來了，剛才的那種勇猛孔武的神態也沒有了，代之而起的是害怕和恐怖。他低了聲，擺著手，說：「莫過來，你莫過來……」一邊說一邊連連後退，等退到了牆壁邊，再也沒有退路了，他跪下來，可憐巴巴地哭道：「那不能怪我啊，那是老祖宗留下來的規矩啊……」這時，他拿著剔骨刀的手像是被一雙無形的手死死地捏住了一樣，反轉過來，對著自己敞開的肚子狠狠地插了進去，血就噗地一下像水一樣射了出來。陳鬍子啊地叫了一聲，短促而尖銳。他沒有停止手上的動作，而是兩隻手都捏住了刀把，共同用力，把那剔骨刀上下左右地攪動起來，肚子裡那被鮮血染紅了的腸子就骨碌骨碌地流了出來……

小夥計嚇傻了，呆在樓板上，想動，動不了；想喊，喊不出聲。好一陣，才像是從睡夢中醒過來一樣，拉開門，往樓下衝去。樓梯上很暗，加上驚慌，他一腳踏空，骨碌骨碌地滾下去了。

4

五天後，是陳鬍子出殯的日子。

陳鬍子的墓穴在大樹灣，從龍溪鎮過去，有十五里的水路。

一大早，噼哩啪啦的鞭炮聲響徹了整個龍溪鎮，吹士班咿哩哇啦地吹起了《送神仙》的曲子，敲敲打打，好不熱鬧。八個杠夫正把棺材往「大肚子」船上抬。那船平時並不載人，是舞水河裡挖沙子的船。載人的船是不載死人的，忌諱著哩。陳鬍子的老婆就只好託人去請挖沙船，價錢自然高出了好幾倍。挖沙船雖然不是客船，而載死人卻又比客船好多了，用厚實的青崗木打造，沉實、穩重。

舒要根是以雙重身分來參加陳鬍子的入殮儀式的，一是商會會長，二是同鄉會會友。他和陳鬍子的老家都是靈鴉寨的，兩個人年紀也差不多。他與其他幾個靈鴉寨的老鄉先一步走到了那艘大肚子船上，船家給他找了一只骯髒的凳子，用髒兮兮的大手胡亂地抹了一下，不抹還好，一抹就顯現出雜亂的手印子，更髒了。

舒要根摸出一張小方帕，自己擦了擦，然後坐下去，把黑色緞面長袍撣了撣，看著杠夫們抬著陳鬍子的棺材，一步一步地互相提醒著小心地上了船。

棺材輕輕地放下時，那船猛地搖晃著，往水裡沉去，差一點全沒進水裡，再浮起來時，水離船邊只有十來公分的距離了。送殯的曲子響著，家屬們還在悲悲切切地啼哭著，一時間，擠擠攘攘，吵吵鬧鬧，連說話都要大聲地「吼」著才能聽見。奇怪的是，舒要根的耳朵裡，好像並沒有那些吵鬧繁雜的聲音，在這碧波蕩漾的舞水河上，蒼茫空曠的天地間，闃然無聲，唯有緞子似的河風拂過臉頰時那種清涼的感覺。舒要根想，如果不是死人，如果不是出殯，對世事充耳不聞，就靜靜地任這河風柔柔地撫摸，看白雲蒼狗，聽流水淙淙，未嘗不是人生之快事。這麼想著的時候，他的耳朵摒棄了嘈雜的喧囂聲，聽到了一聲若有若無的嘆息，他耳朵動了動，再辨別了一次，感覺那聲嘆息來自陳鬍子的棺材，因爲他距棺材不過一隻手的距離！而離他最近的這一頭，正好是陳鬍子的頭部！他聽得清清楚楚。舒要根想，這不是第一次了，第一次是在雜家院子裡聽到的，那時，他以爲是自己恍惚了，現在看來，並不是恍惚，而是眞眞切切的。舒要根的心情又開始沉重起來，隱隱約約地感覺，還要出大事。

從船上看去，上游兩岸霧濛濛的一片，當幾株高大挺拔的楓樹出現在視野裡時，心腔子一直懸著的舒要根，才放下心來。「到了。」他在心裡對自己說，悄悄地伸開雙手，看到兩隻手已捏滿了汗水，閃著晶瑩的水光。

吹士們紛紛站了起來，各自準備自己的響器。船靠攏的時候，又要重新把送殯曲吹起來。杠夫們有的收了旱菸，有的活動活動蹲麻木了的雙腳，有的往手掌心裡吐唾沫。

這時，吹士班的頭人把嗩吶湊到嘴上，剛吹出半聲「嗚」，那個「哇」的聲音還沒有吹出來，船像是觸到了暗礁，磕碰了一下，頭人的嗩吶沒有拿穩，掉到水裡去了。

他一急，就跪到了船幫上，伸手去撈在水面載沉載浮的嗩吶。剛搆著，那嗩吶就一沉，不見了影子。吹士不會水，急叫道：「我的嗩吶，我家祖宗十八代傳下來的寶貝啊……」

船上的人們都跑到嗩吶入水的那個地方來了，那船，就往一邊兒傾斜下去。舒要根暗道一聲不好，大叫道：「大家不要擠到一團，嗩吶丟了不要緊，不要弄翻了船。」

船老大也跟著叫道：「大家讓一讓，等我下去撈起來。」

船老大是一個高大的漢子，他來到吹士面前，那船原本就斜得厲害了，他這個大個子一過來，船就又斜下去了幾公分。他雙腳一蹬，往水裡跳去，沒想到的是，用力的那一下，那船便進了水。其實，按說進點水也沒有什麼了不得的，大家也並不驚慌。但意外的是，那具碩大的棺材卻轟然翻轉，被二十顆洋釘釘得嚴實的棺材蓋居然脫落開來，露出了陳鬍子的屍體。舒要根看到，陳鬍子的嘴角咧了一下，似笑非笑。還沒等他看清楚，船就被棺材傾斜的力量壓將下來，一眨眼的工夫，一船的人，包括那具棺材，都被籠罩在暗流湧動的舞水河裡。

不知何時，大霧早已散去，岸兩邊的樹木、房屋、農田、莊稼清晰地鋪了開來，層次分明，像一幅很隨意的潑墨畫，但因爲有幾縷裊裊的炊煙在慢悠悠地升起，一切顯得寧靜而充滿生機。一輪黃澄澄的太陽撥開雲霧，怔在天上。

好在離河岸並不遠，船老大長年在水上混，把不會水的人救了起來。龍溪鎮上的人自小就生活在舞水河邊，大多會水，自然也不怕被淹死。

清點岸上的人，還是少了一個，那是朱子牛，一個挑燒餅賣的人，人們叫他燒餅朱，也就是「騷豬」。騷豬兩兄弟是雙胞胎，都四十歲了，他們兩兄弟都來了，弟弟是賣牛皮糖的，人們叫他騷牛。騷牛一看哥哥還沒上岸，不由得急了起來。不一會兒，見到一隻手伸出水面，不用說，那一定就是騷豬的手了。騷牛重新扎進水中，游到了那隻手的附近，正要去抓，那手又沉到水裡去了。騷牛也跟著扎一個猛子，到水底去找騷豬。當他浮出水面時，臉上露出了驚恐之色，對岸上的人說：「那不是我哥的手，是陳鬍子的手……」

眾人面面相覷，出聲不得。

舒要根想叫騷牛趕緊上岸，又怕引起他的誤會。就在猶豫的那會兒，騷牛突然大叫了起來：「救命，救命……」他的雙手在水面上亂舞亂動，極力地掙扎著。只一會兒的工夫，他就沉入了水裡，半天不見動靜。這時，連水性最好的船老大也不敢下水了，大家就這麼沉默地等待著奇蹟的發生。奇蹟並沒有發生，一袋菸的工夫，水面上浮出了三具屍體，一具是陳鬍子的，兩具是朱家兄弟的。

岸上的人，無不心驚膽戰。船老大喃喃道：「凶啊，凶啊……」

最感到駭異的不是別人，而是舒要根，因爲，只有他清楚，死的兩個人，又是靈鴉寨的！「第六個！」他在心裡默默念道。

5

烘江公立師範學校坐落在城東，走出大門，就可以看到，舞水與沅水在那裡匯合，然後，拐個彎，水波灩瀲，不動聲色地往東流去。

國文三科的舒小節猛地從睡夢中醒來，半天，心都還在咚咚地跳。他很少做夢，即使做夢也從沒有像今天這樣，做得莫名其妙。夢中，他看到自己的父親舒要根頭戴一頂瓜皮呢帽，眼上竟然還戴了一副銅邊墨鏡，手裡拄著一根拐杖，向他伸出一隻手，沙啞著嗓子，可憐巴巴地喊：「崽啊，你爹不是人啊，是畜生啊，你的心要還是肉長的，你就剖出來給爹吃……」舒小節很詫異，問：「爹，你怎麼了？」舒要根突然發了怒，舉起他手中的拐杖，狠狠地刺來，一下子刺進舒小節的胸膛，他看到自己的心在他父親拐杖那鋒利的鐵尖上怦怦亂跳著，鮮紅的血滴答滴答往下流。舒要根一見那紅色的人血，就哈哈地大笑起來，張開嘴巴，將那顆心一口吞了下去，他的嘴角，還殘留著兩綹蚯蚓般的血。舒小節驚恐極了，啊地大叫一聲，醒了。

舒小節再也睡不著了，翻來覆去，眼睛睜得大大的，看窗外寬大的芭蕉葉在風裡兀自搖擺，聽遠處傳來的夜行船舶的竹篙撐入河底的石板上發出的聲音。看看天色，估計一時半會兒還亮不起來，睡又睡不著，老是感覺到眼皮子不時地亂跳。於是，就索性起了床，沒來由地往校門口走去。遠遠地，他看到學校的大門在灰濛濛的天光下，不怒而威似地，關得那麼嚴實，沉默而警惕。守門的校工，應該還在他的甜美的夢中掰自家的包穀，或者，品嘗自釀的桂花酒吧。這個時候，是不好意思打擾人家的清夢的，舒小節就想往回走，回床上繼續「翻餅子」。

沒想到，校門被人從外面擂得轟轟響。

正要往回走的舒小節，就停住了腳步，心想，這個時候了，哪個來敲門呢？莫不是有急事？

「開門！開門！加急電報！」

門外，一個男人在氣喘吁吁地叫著。

不一會兒，傳達房裡的煤油燈亮了起來，門房胡亂披了件青色對襟褂子，口裡一邊應著「來了，來了」，一邊掏出一大串銅鑰匙，準確地捏住了大門鎖的鑰匙，熟門熟路地插進了大如磚頭樣的黃銅「擔子鎖」，只聽咔嗒一聲脆響，鎖被打開了。他把大門剛打開一柞把寬，就看到一個戴著綠帽子的郵差把一張紙伸到門房的面前，說：「媽拉個屄的，老子好不容易才得和妹子睡一下，炮都還沒放，又是加急電報來了，不是死人就是失火，來，簽字。」

這麼一罵，好像是門房壞了他的好事似的，門房也不甘示弱地回敬過去：「媽拉個巴子，都大半夜了你一炮都沒放，你那個是不是啞炮？」

舒小節禁不住笑出聲來，但怕人家聽著，把導火索引到自己身上，那就難堪了，於是轉身往回走。他聽到大門落鎖的聲音，接著，就聽到門房叫他：「咦，咦，那不是國文三科的舒小節嗎？」

舒小節又轉過身，說：「是我，大叔，睡不著，亂走一下。」

門房說：「怕莫是你的老人家託夢告訴你來取電報的哩，來來來，是你家來的電報。」

舒小節的心咯噔一下，好像快要掉了。剛才郵差的話他都聽見了，「不是死人就是失火」，雖然郵差看不見裡面封著的內容，但一般情況下，家裡是不會發電報的，除非大喜或大悲，而今晚那個夢……他腿一軟，磕磕碰碰地走攏來，結結巴巴地問：「你你你沒搞錯吧，是是是……是我家來的電……電報？」

門房說：「不是你家還是哪個家？我們學校就只你一個舒小節啊，哪個要你是田老師的得意門生呢？不然，我還認不得你哩。」

他把電報紙遞到舒小節面前來。

舒小節看著那一張淡黃的電報紙，伸了一下手，立即又縮了回來，好像那不是電報紙，而是燙人的烙鐵。短短的時辰裡，他的腦海裡呼哩嘩啦轉了不下一二十個場景。爸爸直挺挺地躺在棺材裡，媽媽舌頭長長地吊在橫梁上……

「給，印油。」

門房的話讓他清醒了，他畏畏縮縮地把右手的大拇指伸進印油裡點了一下，然後，按在登記簿上。紅手印就像一個紅色的麻雀蛋，怵目驚心地躺在那兒。

門房看他那樣子，安慰他：「莫急，怕是你家哪個娶媳婦嫁妹崽也說不定哩，再不，就是起新屋。」

舒小節沒有作聲，抖抖索索地撕開電報紙的封口，看到的是金書小楷體寫的八個字：「爾父失蹤見字速歸。」

6

父親居然，失蹤了？

他閉上眼睛，長長地出了一口氣，雖然這事出乎意料，但總比那個刺目的「死」字讓人不那麼難受，雖然失蹤有生不見人死不見屍的懸念，但跟躺在棺材裡的屍體相比，畢竟有生還的可能。也就是說，還有希望。

現在，父親失蹤，母親不知道怎麼樣？那個家不知道怎麼樣？舒小節一刻也不敢耽擱，轉身往田之水老師的宿舍走去。

這時，晨曦慢慢升起，校園裡有早起的學生在跑步了。

穿過一片夾竹桃樹蔭，有一幢紅牆青瓦的平房，那是田老師的宿舍。

「叩叩叩！」

「哪個？」

「我，小節。」

一會，門吱呀一聲，開了。

一個白白淨淨、斯文儒雅的男人站在門裡，穿著一件白色的褂子，臉上顯現出一絲惺忪、一絲憔悴，說：「是小節啊，這麼早？」

舒小節說：「田老師，我得馬上回家。」

田之水問：「有什麼急事？」

舒小節把電報遞給田之水，說：「家裡出事了。」

田之水接過電報，看過後，安慰他：「小節你不要急，也許是你父親一個人想出去走走而已。一個大活人，不會走丟的，又不是三歲小孩，應該沒事。」

舒小節說：「要是沒事就好了。一定是發生大事了。」

田之水感到奇怪，問：「你怎麼曉得？」

舒小節說：「我爹媽本來關係不好，我爹一個人出去走走是有可能的。我媽的性格我知道，不是發生大事，不到萬不得已的時候，她是不會發加急電報的。」

田之水沉思了一下，點點頭說：「那你快快準備，回去看看，也好放個心，等會兒上課，我要汪竹青同學給你記個假就是。」

烘江師範學校開設的第四年就改成男女混合同校了，汪竹青是當地最大的油號「豐慶烘」的小姐，父親是一個很有生意頭腦而又接受新學的商人，他聯合了一批紳士、商家，把他們的女兒們都送進烘江師範學習。汪竹青才十七歲，一點也沒有富家女孩的驕奢之氣，很是清純可人，長得漂亮，人又極聰明，理所當然地被選爲國文三科的班長。

舒小節給田之水鞠了一個躬，說：「那就麻煩田老師到汪竹青那裡請個假，謝謝您了田老師，我走了。」

田之水說：「快去吧。」

舒小節剛走下台階，就聽田之水問道：「你家是哪裡的？」

舒小節說：「龍溪鎭。」

田之水聽說「龍溪鎭」三個字，怔了一下，問道：「是晃州的龍溪鎭嗎？」

「是啊，就是晃州的龍溪鎭啊。」

田之水的臉色一下子陰了下來，說：「那裡……」

舒小節感到有些奇怪，問道：「有什麼問題嗎，老師？」

田之水像是沒有聽到，自個兒搖著頭說：「沒，沒有啊。」

舒小節不相信，想著自己家裡到底發生了什麼事都還沒有搞清楚，看到田之水老師神祕兮兮的表情，腳步猶豫一下，轉過身來急急地問道：「到底怎麼了，老師？」

田之水笑了笑，臉上的笑容很是勉強，說：「不可能，不是的，是我多心了。」

舒小節越發地心急，說：「告訴我吧，老師。」

田之水遲疑了一下，又說道：「眞的是我多心了，沒事的。我只知道，龍溪鎭有一小半的人是靈鴉寨搬去的，你的老家是靈鴉寨的？」

舒小節搖頭道：「從沒聽爹媽講過。老師，靈鴉寨怎麼了？」

田之水臉色黯然，果斷地丟下一句話進了屋：「你快去吧。」

舒小節狐疑地走了。

7

當船離開岸邊的時候，天上的晨霧才慢慢地散開了去。

本來，舒小節應該乘馬車回去，只是離烘江不遠處，有一座雷峰山脈擋住了去路，馬車要繞滿大一個圈子才能到龍溪鎮，算起來，最快也要四天；而走水路，沿舞水河逆行而上，不用繞圈子，三天就可以到家了。

舒小節什麼都沒帶，到碼頭上，挑選了一個四十來歲的中年人的船隻，講定價錢，就上船了。船老大壯實黝黑，人也很豪爽，說話的聲音洪亮而乾脆。三天的單調行程，一路的寂寥水聲，有這樣一個熱情而又風趣的漢子作伴，定然不會寂寞。

船隻上行不過兩袋菸的工夫，就駛離沅水進入舞水。舞水與沅水相比起來，明顯地窄小而湍急了一些，水呢，也清亮了許多。雖說這一去還有幾天的水路，但那舞水，畢竟是流經自己家鄉的一條河流，家的感覺讓舒小節覺得這河流也很溫馨，看著船老大那竹篙一下一下地點擊在舞水河裡，他的心裡也逐漸地開朗了些。

正午，兩個人在船上吃了晌午飯。稍稍休息了一下，船老大知道舒小節趕路心切，也不多作休憩，又開始撐篙前行。吃晌午飯的時候，他喝了三兩燒酒，臉膛也就黑裡透紅，話多了起來，勁火也足了起來。

經過一個村落的時候，他們看到河邊有幾個婦人在洗衣服，有的用雙手搓，搓時，胸前的奶子在一晃一晃地跳動著，看得人的心裡有點慌慌的，也顫動了起來。有的用棒槌敲，那敲打衣服的聲音，並不是在棒槌落到衣服上時響起來，而是舉起來時才聽到啪的一聲，那聲音，彷彿不是打到衣服上，而是打到虛空中，那場景，就不像眞實的了，這麼一恍惚，好像站在船上的自己也是不眞實的了，有種世間萬物皆空的感覺。

船老大對舒小節笑了一下，說：「你看她們幾個婆的婆娘，姑的姑娘，樣子好好看哩，你想不想？」

舒小節就想起了香草，臉上也熱了，說：「好是好看，不過我不想。」

船老大大笑著說：「男人不想妹崽，褲襠不夾吊崽。」

舒小節的臉有些紅了，受了冤枉一樣，賭氣地說：「哪個講不想了？」

他只想他的香草，那個俏皮賢慧、冰肌玉骨的姑娘。

船老大說：「想一個不如想一窩，想一窩不如想全個。看我的。」

他拿起葫蘆，仰起頸根，咕咚咕咚地灌下兩大口燒酒，把空葫蘆往艙裡一甩，對著河岸唱了起來：

妹妹生得嫩嫩鮮，
搖搖擺擺到河邊。

荷包眼扯得岩山動，
廟裡和尚也發癲。

那幾個洗衣服的婦人就停了下來，打量著船上的兩個男人。她們嘰嘰喳喳地商量著什麼，幾個人就把一個穿紅衣服的推了出來。那個穿紅衣服的大大方方地站了起來，亮開嗓子，朝這邊脆生生地唱道：

船老闆，
勾勾卵。
沒婆娘，
日岩板。
岩板大，
日南瓜。
南瓜圓，
日旱菸。
旱菸長，
日你娘。

最後那兩句，是她們一起唱的，滿河的水面上，蕩漾著她們的歌聲：

「日你娘、日你娘……」

「媽拉個巴子！這些婆娘不好惹！」船老大罵歸罵，並不生氣，曖昧地對舒小節笑笑，不再回頭。

因爲一直在趕路，錯過了宿頭，直到下半夜，他們的船來到了一個河灣裡。兩人胡亂吃了些中午的剩飯，就在船上睡了。

船老大腦袋剛挨著船板，就響起了如雷的鼾聲。舒小節心想，這和他長年都在河上漂有關，也和他累了一整天有關。而舒小節是第一次在船上過夜，覺得很是新奇，枕著微漾的碧波，嗅著夾雜了且甜且腥的水草味道的河風，耳裡灌滿了不知名的夜鳥的啁啾，仰著頭，高遠的天空像湛藍色的緞面，星星像童話一樣綴在上面，不停地閃啊閃……畢竟還在猜測家裡到底發生了什麼事，他沒心情欣賞這美麗的夜景，怎麼也睡不著。

河灣上下三五十里地沒有人煙，岸上的茅草比人還高，密密麻麻地瘋長著，在夜風的吹拂下，搖擺著身子，發出嘁嘁喳喳的聲音，彷彿在互相交換著什麼祕密一樣。

下半夜了吧，舒小節迷迷糊糊地正要進入夢鄉，就聽到銅鑼的響聲從遠處傳來。舒小節有些奇怪，這裡前不著村，後不巴店，怎麼會有鑼聲呢？就算有鑼聲，也應該在白天呵，哪家過紅白喜事，都是在白天正大光明地辦酒。他以爲是自己要睡不睡，聽恍惚了，也就沒有在意。很快，那鑼聲又響了起來。這回，他不再懷疑自己的耳朵了。因爲，鑼聲響過之後，就有一個男人的聲音響了起來。

那人使著洪亮且綿長的聲音叫道：「喜神過境，活人勿近，天高地寬，各走一半——」

不一會兒，他聽到有腳步雜沓的聲音由遠而近了。從腳步聲判斷，不止一人，而那呼喊著讓道的聲音，始終只是一個人的。

他的心裡突然發毛，不會這麼湊巧，遇上趕屍的吧？

小時候，聽父親說過，所謂「喜神」，就是「死屍」的諧音。人若客死他鄉，車船不便，路途遙遠，多是由趕屍匠幫人趕回。

他看了看船老大，依舊鼾聲轟隆，渾然不覺有「喜神」過路。

他一動不動，側著身子睡在船板上，眼睛悄悄地盯著岸上。

三聲鑼聲過後，一行人撥開厚密的茅草走了出來。首先出現在他眼簾的，是一個年紀與自己相仿的後生，他頭上戴著一頂尖頂的細篾斗笠，背上挎著一個粗布包袱，右手提著一盞半明半暗的馬燈，左手用趕屍鞭撥開擋路的野草。舒小節不明白了，在他的記憶中，鄉下的道師、巫師、法師等雖然沒長得有三頭六臂，但要麼黑瘦精幹，要麼面相奇醜，要麼身材怪異，總之，一看就能感覺得到他們與眾不同。而眼前這個趕屍匠，個子高大，身材結實，眉清目秀的，長得很英俊，莫講跟鬼神打交道，就是耕田砍柴，也跟他沾不上邊。如此堂堂正正的後生家，爲何偏偏去趕屍呢？

後生的身後，是五具行走的屍體。那些屍體穿著長袍，雙手伸直，搭在前面的屍體的肩膀上，頭上一律戴著氈帽，臉上一律貼上畫有符咒的裱紙，那些裱紙像門簾一樣，隨著它們的走動而微張微合。舒小節聽說過屍體走路並不是「走」，而是像麻雀一樣地跳躍著前進。而今天看到的，卻和傳說中的大不一樣。它們並沒有跳著走，而是和活人一樣，一步一步地往前走動。和活人不同的是，活人的走動搭配著雙手的擺動，看起來自然是眞實而靈活的。而屍體的走動雖然也算是「走」，只是沒有雙手的配合，顯得機械而呆板，在這荒涼的野外河畔，顯得更加詭異。

河岸上隱沒在草叢裡的那條小路彎彎曲曲地爬到了一棵野柑子樹腳下，然後，像拱著的貓背一樣上了坎。那一溜屍體，排著隊，起伏著上到了「貓背」。這時，天邊出現了一彎鐮刀形的殘月，清冷的光輝敷在那五具屍體的身上，看起來，那屍體就像鍍上了一層水銀，那水銀隨著它們的走動而扭曲著，忽亮忽暗。暗時，五具屍體似被人操縱的木偶；亮時，便見它們臉上符紙被風吹開的剎那，露出的嘴角似要竭力地張開，想要大喊大叫，或是訴說天大的冤情。特別是走在第二個位置的，是一具女屍，穿著一身紅衣裳，走起路來，沒有那些男屍僵硬，倒是很靈便，腰肢搖擺，婀娜多姿。拐彎的一瞬，它的臉孔正好對著舒小節，河風吹去，紙符掀開，它緊閉的眼睛似乎突然張開了，正朝著舒小節心照不宣地笑了一下。舒小節身上一激靈，才想到，喜神過境是不能讓活人看的，一來對活人不利，二來一旦詐屍，後果不堪設想。正這麼想時，他的頸根被人掐住了一樣，心裡猛地一驚，剛要驚呼，卻是叫不出。耳邊，只聽船老大輕聲說：「噓，千萬莫出聲，睡好了。」那個趕屍匠的耳朵極是靈敏，扭過頭看了一看這隻小船，便叫道：「喜神過境，活人勿近，天高地寬，各走一半——」叫完後，趕屍匠便唱將起來，那唱聲，蒼涼而悠遠，細細聽來，竟是文天祥的《正氣歌》：

哀哉沮洳場，為我安樂國。
豈有他繆巧，陰陽不能賊。
顧此耿耿在，仰視浮雲白。
悠悠我心悲，蒼天曷有極。
哲人日已遠，典型在夙昔。
風簷展書讀，古道照顏色。

第二章

孤獨的趕屍匠

8

一彎新月掛在遠處的山尖上，像一把鋒利的刀子，也像一隻隨時都會吹響的牛角。

花階路上，一高一矮的身影在慢慢地走著。高的是男人，矮的是女人。男的是人，女的是……屍體。

走了那麼遠的路，都是選的遠離人群的崎嶇小路，現在，選擇花階路，也就證明快到苦主家了。每一個趕屍匠，十天半月，甚至於一月兩月的趕路，都是吃盡了路上的艱辛，受到了常人難以想像的罪孽。他們所盼望的，都是盡快把「貨」交了，從苦主手裡接過餘下的「苦錢」，一刻也不願意停下來，立馬轉身，踏上回家的路程。

吳侗已經把另外四具屍體順利地交到了苦主的手裡，現在，只剩下這具屍體了，就是他前面不緊不慢地走著的女屍。女屍姓趙，在外面一個遠房親戚家幫傭，是失足落到井裡而亡的。

按說，他的心情應該越來越輕鬆才對，每交一具喜神，就像放下了肩上的一塊憨重的石頭。

而這最後一具喜神，吳侗竟然不希望交得那麼快。

上了山坳，就看到山下的小寨子，就是這個女屍的寨子了，叫桐木寨。寨子像靜靜地浮在淡淡的月輝裡的船，彷彿進入了香甜的夢鄉。只有寨子西邊有一戶人家，隱隱約約地看到點光亮，顯然是點著的樅膏燈。光線不大，不注意看的話，根本就看不出。那一家亮著燈光的人家，應該就是這具女屍的家了。吳侗鬆了一口氣，不出一個時辰，就可以到了。他剛鬆了一口氣，就覺得，有一縷落寞的情愫，在心底慢慢地升了起來，升到腦殼那個地方，便像霧氣一樣，盤旋著，不肯散去。他見坳上的小路邊立著一個涼亭，涼亭不大，只能容納四五個人的樣子。裡面有一張桌子，四周架了四張杉木板，是當凳子用來供人躲雨歇息的。這樣的涼亭，在鄉間小路上很常見。

下了坡，很快就到喜神的家了。到了它家，入了殮，吳侗就要和它分開了。想到就要分開，吳侗的心裡就沒來由地隱隱地不捨。同行了八天，只有這最後一天，他才有機會和它單獨一塊行走。他其實一點也不累，只是不想快快地和它分離吧，就對那女屍說道：「娘娘，走累了沒？我們到亭子裡去歇口氣好不好？」

女屍彷彿沒有聽到，還是一步一步地往前走去。

它是一具屍體，自然聽不了人話。但被趕著的屍體，卻是聽得懂人話的。

吳侗心想，我這是昏了頭了。我怎麼要叫它娘娘呢？它不是一具屍體嗎？不是一具喜神嗎？對喜神，不能像對活人那麼樣地對待。於是，他掏出趕屍鞭，往亭子那裡一指，喝斥道：「牲口，進去！」

女屍便嘎地站住，雙腳並沒有抬起來，而是立在地上，原地磨著轉了個方向，向著涼亭，然後，才邁出步子，走進涼亭，面朝著涼亭的杉木柱子靠著。

吳侗放下包袱，併攏食指和中指，伸到它的符紙上畫了一個「止神咒」，這才揭下它臉上的符紙，把它抱著，慢慢地放到凳子上，讓它背靠著立柱。

吳侗在它旁邊坐下來，細細地瞧著它的臉。

他趕屍的經歷有兩年了，趕的屍體也不下二十具了，還從來沒有看到過這樣的臉，和生人無異。這張臉在薄薄的月光下，顯得安詳而寧靜，就像他從來沒有見過的、夢中的母親。

吳侗看了一下周圍，除了夜風和蟲鳴，再也沒有其他任何聲響了。他的心裡，就慢慢地跳得厲害些了，嘴角，也似控制不住，有好多好多的話要向這具女屍傾訴。他雙手捏住了女屍的雙臂，搖晃著，哽了聲音，開口道：「娘娘，我想和妳……講話……」

9

吳侗把這個女屍叫作「娘娘」，一點都沒有感到難爲情。與它非親非故，素不相識，而通過這幾天與它的朝夕相處，他的心裡也就認定了它是一個和善的「媽媽」了。此時，他叫它「娘娘」，都還覺得不夠親熱，如按他內心裡眞正的想法，他很想叫它一聲「媽」。這麼想著，吳侗就控制不住自己了，輕輕地叫了一聲：「媽……」

「媽……」

他呢喃著叫出的這個字，從嘴裡出來，進入他的耳朵，竟是那麼的陌生，又是那麼的親切。

他沒有媽媽。他從來都沒有見過媽媽，也不知道媽媽長得什麼樣。

他經常做的一個夢，就是夢到了媽媽，夢到他在媽媽的懷裡，含著媽媽肥大的乳房，進入甜甜的夢中。

而夢畢竟是夢，最終都要醒來。每回醒來，他的嘴角都殘存著在夢中流出來的幸福的口水。

他多想哪一天，遇到他的媽媽，和媽媽講很多很多的話，跟媽媽一起做事，一起吃飯，然後，永不分開。這一直是他內心深處的一個夢想。現在，四周無人，萬籟俱寂，只有他和它。

於是，很自然的，對著那具女屍，他叫的不是「娘娘」，而是「媽」。

他說：「媽，妳曉得不？我的命好苦。我打小就是一個沒媽的孩子，我從來不知道媽是什麼樣子的，她的聲音，她穿什麼樣的衣服，喜歡吃什麼菜，我都不曉得。我問爹，爹說，他也不曉得哪個是我媽。他說，我是他撿來的。我好命苦啊，媽。沒有媽的孩子，那還算是一個人嗎？我對爹講，你怎麼不給我找個媽，然後生下我呢？你爲什麼只撿我，不連媽也一起撿起來呢？爹講，我們趕屍匠，是不能有女人、不能結婚的啊，只能一輩子打單身。媽，妳講我的命苦不苦？」

吳侗聽到一聲「唉」，幽幽地在他的耳朵裡盤旋著。

他往四周看了一下，除了他和這具女屍，並沒有其他的人。是誰呢？那一聲嘆息，分明來自一個女人，也分明是聽了他的遭遇後發出來的。莫非，是這個和自己一起坐著的女屍？

女屍的臉上還是沒有什麼表情，眼睛也依然是閉著的，它低著頭，在月光下，可以看到它的鼻子的陰影把它的嘴巴都遮蓋住了。

吳侗想，一定是自己想媽想得發瘋了，聽恍惚了。他不由得嘆了一口氣，繼續對著女屍說：「妳要是能講話就好了，我就不會一個人講話了，一個人講話，叫人看見了，人家就會以爲我是瘋子。人家看到了，會怎麼想呢？我不管。我只想和妳說話，只想妳就是我的媽。人家都有媽，不曉得我沒有媽的人心裡是苦的。可惜呵，我只有讓妳走路的能耐，沒得讓妳講話的能耐啊。妳現在能走路，要是還能講話，妳就不是屍體了，就是大活人了。妳要是大活人，妳會做我的媽不？」

吳侗的眼淚流了出來，流進了嘴角，鹹鹹的，有點澀。他把頭靠在女屍的懷裡，把女屍的一隻手，放到自己的胸前，像母親在抱著自己的孩子。她雙手冰冷。吳侗感覺到，那雙沒有生命的手，在他的胸前，似乎遊動了一下，像是在撫摸著他寬厚的胸膛。他的左邊乳頭上面，開始發熱，然後，是隱隱地發癢，繼而，麻酥酥的，然後，就有些疼痛，發燙，燙得像是被火炭燒灼一樣。他知道，那裡有一塊胎記，像一隻蜘蛛腦殼那樣的胎記，有一枚銅錢那麼大。他記得小時候跟爹趕屍時，在「喜神」店住下來，等爹睡著了，他就去拉一個漂亮的女屍的手，要它和他一起玩，沒多久，他胸前的胎記就痛得讓他哇哇哭了起來。爹被他的哭聲吵醒了，趕快趕了來，閃電般地把符紙貼到女屍的臉上，那疼痛馬上就消失了。爹告訴他，胎記是從母腹裡帶來的，是連接前世今生的橋梁。爹還很嚴肅地告訴他，千萬不要和屍體動感情，否則，就是死路一條。

他猛然驚醒了過來，立即跳起來，離開了女屍。

這時，他看到，這具他剛剛還稱之爲「媽」的女屍，兩隻眼睛翻了開來，眼眶裡，沒有黑色的瞳仁，而全是慘白的眼球。它的臉上浮著陰惻惻的微笑，嘴角，露出了一粒蠶豆長短的白森森的牙齒。

吳侗的身上沁出了一層薄薄的冷汗，幸好發現得早，不然，會很麻煩的。他下意識地雙手十字相交，兩隻食指對著女屍，捏成了「阻」字訣，口中叫道：「天地良心，生死有命。人鬼殊途，遊魂請進！」念完，右手往包袱裡一探，中食兩指夾出一張符紙，裹挾著罡風，啪的一聲，貼到了女屍的臉上。

10

看著女屍重新恢復了安靜，吳侗長長地舒了一口氣。一陣夜風從亭子外吹進來，讓他的腦袋清醒了不少。他看了看山腳的寨子，那一家的燈光還在隱隱地亮著，人家還在等著他們呢。他點亮馬燈，叫道：「牲口，走！」女屍就乖乖地向著山下走去。

只須跨過一座石頭拱橋，就到了寨子了。吳侗敲響了銅鑼，叫道：「喜神過境，活人勿近，天高地寬，各走一半——」

他這個時候叫將起來，是告訴苦主，你家客死他鄉的親人回來了，馬上就到家了。同時，也告訴他們，如果還沒睡，一直在等著，這個時候就要迴避，等他用法術把屍體趕進了棺材，躺下之後，再行出來，以免活人的人氣衝撞了屍氣，引起詐屍，那就糟糕了。

果然，苦主家還有兩個人並沒睡下，聽到鑼聲，很快從堂屋溜到了廂房裡。

那家的院子不大，一副黑色的棺木擺放在兩張條凳上，棺木的棺蓋沒有合攏。棺材旁邊，發了一盆炭火，火盆裡，燒了些紙錢。

吳侗把屍體趕到棺材前，叫道：「停起！」

女屍呆呆地站著，一動也不動。它的臉雖然還是被符紙蒙著，看不出它的表情，但它微微低著的頭，像是在審視著棺材，彷彿也知道了這副棺材就是它的睡床一樣。

隔壁廂房裡，有嚶嚶的哭泣聲，很細很小，穿過薄薄的板壁，傳進了他的耳朵。吳侗心想，這應該是女屍的女兒吧。

吳侗把左手捏成劍指，點著女屍的頸根後面的玉枕，右手拿著趕屍鞭在女屍的頭頂啪的打了一下，說：「天地悠悠，魂魄不遊，各去各地，安息久久！」

他正要叫一聲「進去」，還沒有來得及叫出來，突然聽到了一聲悲慘的哭喊：「娘啊，娘，我苦命的娘啊……」

隨著那叫聲，廂房裡衝出一個十六七歲的姑娘。那姑娘披頭散髮，臉上涕淚泗流。只見她用脫掉後面一個中年男人的手，不顧一切地奔出來，朝她的母親撲過去。

去時，娘還是那麼慈愛的一個人，交代女兒多聽爹爹的話，多幫爹爹做事，多做幾雙布鞋，多織幾尺布，來時，卻變成一具恐怖的屍體，有肉無血，與親人陰陽兩隔，教人如何不肝腸寸斷！

女屍在吳侗叫它「進去」時，它自己爬到擺放棺材的伸出了尺來長的條凳上，一隻腳已經跨進了棺材。聽到女兒哭天搶地的聲音，它就停了下來。

吳侗的心裡暗暗叫了一聲「不好」。

那姑娘不要命地撲過來，還是被那個男人追了上來，死死地抱住了。男人說：「愛蓮，妳就讓妳娘睡了再去看啊，這樣子要出大事的……」

接下來，女屍應該把另一隻腳也跨進棺材，然後，自個兒蹲下去，躺好。而被它的女兒這麼一叫，它的還沒有進入棺材的那一隻腳就停止不動了，動的，是進去了的那一隻腳。它把那隻腳從棺材裡縮了回來，慢慢地轉過身子，居高臨下地，面朝著他們，那神情，很是怪異。

吳侗雙手伸開，攔住那兩個人，高聲叫道：「小心，你們趕快退出去……」

愛蓮看到這樣子，曉得自己眞的闖了禍了，也不禁嚇住了，愣著，忘記了哭泣。她顫了聲音，說：「爹，我……」

她的話還沒說完，就被她爹給拉進了廂房，躲了起來。

這時，吳侗早已經盤腿坐下，雙手食指和無名指捏在一起，默默地念道：「有怨報怨，有仇報仇，怨仇皆無，各走各路！」

女屍的嘴裡嘿嘿地笑了兩聲。它迅疾地伸出手，自己揭下了臉上的符紙。然後，猛地一跳，從吳侗的頭頂一躍而過，挾帶著一股陰風，直往廂房撲去。緊接著，就聽到廂房裡傳來了它女兒的驚呼聲：「娘啊，莫駭我啊，我是妳的愛蓮啊。」跟著，就是它男人的聲音傳了出來：「妳他媽拉個死婆娘，死了都……」他的話還沒有說完，發出的聲音，不成話語，而是沒有任何意義的嗚嗚哇哇的聲音，像是被什麼堵住了一樣。又聽它的女兒驚叫的聲音：「娘，娘，妳莫害爹啊，爹要是去了，我一個人也只好跟你們去了……」

吳侗像是這一切和他沒有任何關係一樣，充耳不聞。他一動不動，不慌不忙地把一張符紙掏出來，咬破自己右手的中指，那血，就滴了出來。他用中指很快在符紙上畫了一個符咒，然後這才一躍而起，一腳踹破板壁，飛身撞進廂房。他看到，那個男人已經橫陳著躺在地上，拚命地抱住女屍的雙腳，不讓它去加害女兒。他的女兒則退縮到屋角，全身顫抖著，嚇得話都說不出了，只會張著嘴，喘著氣。

吳侗大喝一聲：「牲口，看招！」

女屍回過頭，它的臉上掛著得意的慘笑，舌頭伸出來半尺長。它怪叫了一聲，就朝吳侗猛撲過來。它忘記了自己的雙腳還被它的男人死死地抱著，噗的一下，倒在地上。

吳侗立即跳過去，左手一伸，揪住它的頭髮，往上狠狠地一提，右手閃電般地往它的臉上一靠，啪的一聲悶響，就貼上了那張血符紙。

女屍的頭一歪，垂了下去。它無力地哼了半聲，就再也沒有動靜了。

11

舒小節回到家，已是黃昏。像往常一樣，他搖了搖門上鋥亮的銅環。他打小都是這樣，不像別的孩子，一到自家門前，就砰砰地把門拍響。他回家時，總是把那銅環搖得叮噹叮噹地響。他喜歡聽那銅環的脆響，那脆響讓他覺得溫暖而親切。

門開了，是柳媽。接過他手裡的藤箱，說：「一聽到這門環的響聲，我就曉得是少爺回來了，快進來，你媽想死你了，快快進來。」

舒小節對柳媽說：「柳媽，我自己拿。」

柳媽根本不聽他的，說：「喲，少爺是學生，有文化。我這老婆子啊，天上掉下個扁擔不曉得是『一』字，我只曉得，就是怎麼把少爺你們家服侍好。」

她不由分說，就奪過舒小節的藤箱，對著樓上喊道：「太太，少爺回來了，少爺回來了。」

舒小節也仰起脖子喊：「媽，我回來了。」

屋裡，是天井，漸漸黯淡下來的天光從三層樓那麼高的亮瓦上有氣無力地飄下來，飄到地上，就再也沒有光亮了。四周，一片黯黑。他停了一下腳步，慢慢兒地，眼睛才適應了這裡的環境。天井裡，逐漸地顯現出來幾根抱不攏的屋柱，一個半人高的太平缸，還有屋簷下的雞冠花。

這時，二樓上，母親龍桂花對他說道：「小節，快上樓來！」

舒小節抬起頭，往樓上看去，母親穿著一件黑色的高領小襖，外面披著一件藍色的披肩，下身穿的裙子，看不清是黑色的還是藍色的，抑或，是褐色的也說不定，反正，看上去，有些沉悶。她倚著屋柱，手扶著欄杆，瘦削的臉上很蒼白，精神也顯見得不太好。

舒小節仰頭問道：「媽，爹他怎麼了？」

龍桂花並沒有回答舒小節的話，只是說：「上來吧，先吃飯，你怕是肚子貼到背梁骨了。」

柳媽對舒小節說：「我這就弄飯去。」

在柳媽弄飯的當兒，舒小節已經上了樓，給母親請了安，說：「媽，孩兒好想妳的。」

龍桂花聽舒小節這麼說，心裡很高興，而嘴上，卻是故意哼了一下，說：「小節，你才上了兩年學，就學得逗人開心了。想媽是假，想你爹才是真。不然，一進屋，不曉得來看媽，倒先問你爹了。」

舒小節坐到檀木椅子上，頗有些委屈似的，說：「爹都不知道上哪兒去了，能不急嗎？」

龍桂花說：「急，急，急有什麼用？依我看，他還不是嫌棄我們娘倆，大事小情，一概不管，一走了之，像做爹的人嗎？」

舒小節見媽對自己想爹不是很高興，就暫時停止了說話，心裡雖然很不安，還在牽掛著爹，但他想，還是不要太急了，不然，惹得媽不高興，這做兒子的，也算是嚴重的失責了。

爹媽兩個，一向沒有什麼話說的。他們雖是夫妻，卻和生人一樣，互不干涉，飯呢，在一起兒吃，就是悶頭悶腦，各吃各的，吃完，父親也不知對著誰，說一聲「走了」，便逕自走了。媽呢，一聲不吭，好像爹不是對她說話，甚至於，根本就沒有說話。如果是媽先吃完飯，她就把碗筷放在桌子上，不像爹那樣不知道對誰說話，而是向著柳媽說：「慢吃噢。」那口氣，哪裡像是對傭人說話，倒很像是對客人說話。每當這時，柳媽就會感到不安，回一句：「太太您太客氣了。」

舒小節還記得，有天晚上，他起來小解，經過爹媽的臥室時，聽到爹媽的說話聲。那時，已經是下半夜了。很晚了，他們還沒睡著？他正要下樓，就聽到媽喘著氣對爹說：「要根，我想，我想嘛，我想得快發瘋了。」爹冷冷地說：「妳想發瘋那還不容易？妳發就是啊。」媽嬌笑一聲：「我現在就瘋了，我瘋了……」接著，舒小節就聽到有細小的窸窸窣窣的聲音，像是掀開被子的聲音。這時，爹突然短促而壓抑的聲音傳了過來：「妳，妳要幹什麼？下去，再不下去莫怪我踢來了。」媽像是受到了極大的侮辱，恨恨地說：「舒要根，你還是不是我男人？」爹冷笑道：「我一想起那個事我就噁心！」媽又氣又恨，輕蔑地說：「當眞是烏鴉笑豬黑，你以爲你那是好東西？你要遭報應的！」爹牙齒都打顫了，哆哆嗦嗦地說：「妳、妳妳……」舒小節聽到這裡，嚇得大氣兒也不敢出，哪裡還敢下樓去，悄悄縮回自己的房間，把那一泡尿一直憋到天亮。

舒小節不知道的是，從他到師範去上學的第一天起，舒要根就搬出了他和龍桂花的臥室，一個人睡在了一邊。

看媽平靜了一點，舒小節還是忍不住，再次問道：「媽，爹出去時，講過什麼話沒？」

龍桂花的眼睛閃爍了一下，像是掩飾什麼，然後，才裝著什麼也沒有的樣子，淡淡地說：「沒有。」

舒小節不甘心，剛要開口再問，龍桂花先開了口，說：「還有，長大了，是有文化的人了，不要還和小時候一樣，什麼事都不懂。我講的是，你和香草的事，不要再去纏她，聽到了嗎？」

12

吃過夜飯，天就黑得跟鍋底一樣了。

柳媽過來，把碗筷收了起來，疊在一起，往廚房裡走去。桌子上，還有一只大湯鉢，舒小節站起來，幫著柳媽把那湯鉢拿在手裡，也往廚房裡去。

柳媽趕忙對他說：「哎呀少爺，這可不是你做的事啊，快放下快放下，莫弄髒了你的手，那可是拿筆寫文墨的手哩。」

舒小節笑了笑，說：「柳媽，妳莫大驚小怪的，這些事情，我們在學校裡早就做得溜熟的了。」

柳媽迷糊了，瞪著眼睛問：「你們那是什麼學堂啊，還教做家務？」

龍桂花對柳媽說：「柳媽，妳就信他，做做也好，莫學他老爹，衣來伸手，飯來張口，還眞把自己當老爺了哩。」

舒小節對柳媽伸了伸舌頭，就和柳媽一起到廚房裡去了。舒小節每次回家，喜歡跟柳媽說話，鎮上哪家娶媳婦了，哪家做生意發財了，哪家有人上山當土匪了，都從柳媽嘴裡得來。

他一邊幫柳媽給灶膛裡添柴火熱洗碗水，一邊問柳媽：「柳媽，鎮上發生了什麼事沒？」

柳媽快言快語地說：「怎麼沒有呵，上次開粉館的陳鬍子死了，死得好怪，自己拿刀剖自己的肚子。請船送葬嘛，快要上岸了，不曉得搞什麼鬼，船一翻，又死了兩個人……」

「什麼什麼，妳講什麼？我們鎮死了滿多人？」

「是啊，你媽給你打電報，沒講清楚？」

舒小節笑了一下，說：「電報裡怎麼講得清楚，一個字合一斤油錢哩。」

柳媽嘖嘖道：「怪不得人家講一字值得一千金哩。」

「一共死了好多人呢？」

「死了好多人？六個！差不多一個月的時間哩。我一二一二地講給你聽。」柳媽說著，就伸出右手，用左手的食指掰著右手的手指頭，說，「第一個死的是馬三爺，第二個是劉仲安，第三個是覃明行，第四個是陳鬍子，第五、第六個是朱家兩兄弟，是一起被水淹死的，你看看你看看，疊起疊起地死人，我都活了六十多歲了，還從來沒見過死得這麼密的，你講怕不怕？眞是駭死個人。」

龍溪鎮上一下子死了這麼多人，舒小節也不禁感到駭然。他隱隱約約地想，爹的失蹤，是不是和這一連串的死亡有關呢？爹已經十天沒有任何音訊了，他到底上哪兒去了？莫非，爹他……他不敢想下去了，不，爹不會有事的。如果有事，這麼久了，他的屍體也應該被發現了。最有可能的是，他和媽合不來，怕是不想在這個家裡待，一氣之下，走了。

舒小節問柳媽：「柳媽，我爹出走的時候，是不是和我媽吵過架？」

柳媽花白的腦袋搖得像個撥浪鼓，說：「沒有沒有，他們兩個啊，你還不曉得？哪時候都是客客氣氣的，就是有什麼心眼兒了，也吵不起來啊，大不了，你不睬我，我不理你，才不會吵哩。要是吵得起來，那還好一點，吵完了，就什麼事兒都沒有了，老話不是講，天上下雨地下流，兩口子吵架不記仇嘛……」

柳媽一向話多，說著說著，就說到一邊去了。

舒小節打斷柳媽的話，問道：「那妳想想看，我爹到底是爲什麼？」

柳媽盯著他，好半天沒說話。

舒小節看柳媽那個樣子，兩個眼珠子瞪著他，讓他心裡有點發毛。他想，柳媽不會一點都不知道吧？

柳媽湊攏到舒小節的耳朵邊，沙啞著嗓子，一字一頓地說：「還要死人！」

舒小節嚇了一跳，馬上呸地吐了一口唾沫，說：「柳媽，妳莫亂講！」

柳媽像是才醒轉過來，說：「唉，我也不曉得怎麼了，這人老了，就管不住嘴巴了。其實啊，那話不是我講的，是你爹講的。他出去的頭一天，一個人站在窗子前，像個呆子，站了一天，我上樓去叫他吃飯，他摸頭不得腦，就講了那四個字，『還要死人』。」

13

舞水河裡，泊著大大小小幾十隻船。即使在深夜，也還有夜船進入和駛出碼頭，河水裡，船上燈光的倒影，本來靜靜地朦朦朧朧地亮著，隨著船隻的出入，一波一波的水紋蕩漾開來，一團紅暈便快活地蕩漾開去。

夜色中，三兩隻掛著紅燈籠的「花船」最是打人眼窩子。花船寬大而平穩，它每天只是在鎮子的上下五里路範圍內往返。和那些靜靜地酣睡在水中的船舶不同，那些船舶白天搏激流，過險灘，重負千百斤，行千百里路，一到晚上，沒有別的心思，一停泊下來便沉沉地睡去，第二天好趕路。而花船，天天在自家門口來回打轉，沒有旅途的勞累，是騷動的，張狂的，一船裡，飄浮著花酒的濃香和女人曖昧的脂粉味，拌著男人淋漓的汗水味，又鹹又甜。那嗤嗤的掩飾不住的笑聲，從女人的嘴角洩漏出來，繼而，便是一忽兒低婉如夜鶯的嬌笑，一忽兒高亢如母獸的狂吼。紅被子裡，健壯的男人被那嬌笑和狂吼給激得像是遇上了油的灶火，呼呼地生出了猛力，直把那白晃晃的女人身體給搗鼓得散了架丟了魂，然後，癱軟得像被舂得黏黏糊糊的糯米糰兒，癱在船上，春光四洩。因爲長年累月在船上，過著居無定所、行雲流水的日子，沿途的碼頭便是他們的家，饑餓的漢子哪裡見得這白花花的繡牙床？草草地飽了肚皮，便上了花船，找那快磨死人的救命方。有節奏的重壓，使得花船噗噗地往水面直壓下去，那水似乎也不是好惹的角色，便也鼓足了勁，硬是全力支撐著把那船一下一下地頂將起來。船和水的戰鬥持續了三袋菸的工夫，就像洩了氣的皮球，一動不動了，懶洋洋地，進入酣甜的夢裡去了。

碼頭上，坐在青石板台階上的兩個年輕人看了那一幕，一時，不敢開口說話。

香草低著頭，撥弄著自己胸前的一根辮梢兒，輕了聲，說：「你帶我到這裡來，不安好心。」

舒小節內心裡是不同意香草的話的，然而，看這架式，也怪不得香草這麼說。他爲自己辯解道：「我哪曉得，才出去兩年，這龍溪鎮的碼頭，就變成這個樣子了。」

香草說：「現在搬到龍溪鎮來做生意的人，多得很了哩。烘江來賣洋布、煤油的，貴州下來賣桐油、朱砂的，還有山裡頭來賣木材、藥材的，數都數不清了。」

「我曉得，做生意的一多，開花船的也多了。烘江那地比龍溪鎮還要熱鬧，光開青樓的都有五六十家，你從街上走過去，那些妹子們就在樓上向你直招手兒。」

香草的手就不由自主地捏住了舒小節的手臂，有些擔心地問：「那你……」

舒小節趁勢握住了香草細嫩的小手兒，說：「妳就放一萬個心好了。」

香草聽了，自然心裡很是受用，但面子上，她才不會承認哩，就偏過頭去，不看他了，故意以無所謂的口氣說：「我才沒工夫去想放不放心的事，哼，你要怎麼的，那就怎麼的啊，成龍你上天啊，變蛇你鑽草啊，關我什麼事？」

舒小節也笑了，把她的臉蛋兒扳過來，朝著自己，說：「我不變蛇，我不要鑽草，我就變一條蟲子，鑽妳的心，好不好？」

香草就不由得噗嗤笑了出來，說：「什麼蟲？毛毛蟲。什麼毛……」

她還沒講完，就用手捣住了自己的嘴巴。

她怎麼敢講下去呢？那是小時候聽來的山歌的歌詞。那山歌是這麼唱的：什麼蟲？毛毛蟲。什麼毛？雞巴毛……

舒小節哈哈地笑道：「好啊，哪裡來的野妹子，有本事妳講完啊。」

香草伸出粉嘟嘟的小拳頭，在舒小節的胸脯上擂了一拳，說：「好啊，我是野妹子，我就是野妹子，可是你呢？你現在不是野小子了，你是文化人了，是喝洋墨水的人了，眼裡早就沒有我這個野妹子了。」

香草說著，眼眶裡就慢慢地濕潤了。從舒小節去讀書的那一天起，她的心裡就隱隱地擔著心。現在，他這個讀書人，到底還是變了。他一定是看不起我這個不識字的人了，是不是所有不識字的人在他的眼裡，都是野妹子呢？

舒小節把香草攬在懷裡，說：「看妳又亂講話了不是？我只是隨口講的，妳不要往心裡去啊。冷不冷？」

香草爲了證明自己冷，緊緊地依偎在舒小節的懷裡，悄悄地狠著勁兒，吭吸著他身上那一股乾淨清爽的男人氣味。

香草很喜歡這樣的姿勢、這樣的味道，但想到未定的將來，就像是受了委屈，說：「我不往心裡去，就不往心裡去啊？我聽講你們學校有好多女學生，個個都生得白白淨淨、斯斯文文的，又漂亮又識字，又大膽又風騷，你以爲我是傻瓜不曉得啊。」

舒小節的眼前，就浮現出一個白衣黑裙留著短頭髮的身影兒來。她走起路來嫋嫋娜娜，讓人的眼睛飄飄浮浮，說起話來咭咭咕咕，讓人的耳朵酥酥癢癢。她有一個水靈靈清雅雅的名字：汪竹青。

香草揪住舒小節的耳朵，說：「喂，喂喂喂，我就講得不錯吧，看你這呆愣愣的樣子，當眞是神遊到你的女同學那裡去了。」

舒小節趕忙把思緒收回來，說：「妳莫冤枉好人啊，我，我是……」

「你是怎麼了，那你說來聽。」

舒小節想也沒想，衝口而出道：「我在想，我爹到底到哪裡去了？」

香草鬆開揪著他耳朵的手，說：「那眞是我冤枉你了。咦，你爹到哪裡去了，你媽不曉得？」

「我問了她了，她好像是曉得的樣子，躲躲閃閃的，就是不肯告訴我。」

「嗯，我爹媽好像曉得，問問他們去？」

「不會吧，我媽都不曉得，妳爹媽倒還曉得啊？」

「我也沒有肯定啊，只是說好像嘛。自從我們鎮上死了這麼多人，我爹媽也好怕的，特別是我爹，六神不安的樣子。他和我媽說，下一個，他也打不脫了。我媽說，你也要像舒會長那麼樣躲起來嗎？我爹說，躲得了初一躲不了十五，跑得了和尚跑不了廟。往哪兒躲去？躲到靈鴉寨去嗎？」

舒小節問道：「靈鴉寨？」

香草說：「是啊，不過，我也不知道靈鴉寨是哪裡，他們一提到靈鴉寨，都害怕得不得了的樣子，我也感到好奇怪。看你那樣子，莫非你曉得？」

舒小節想起了回家那天早晨，田老師也提到了靈鴉寨的名字，而且，那神色，也是害怕，還厭惡。

舒小節一把抓住香草的手，說：「走。」

香草詫異地問道：「走哪裡去？」

舒小節說：「妳家，問妳爹媽去。」

香草說：「你找死啊，我們的事，你家和我家都反對哩。」

舒小節拖著香草就走，說：「依不得了。」

香草說：「你個違時的，我的鞋子都還沒穿好……」

14

舒小節和香草來到了香草家門口，兩個人都站住了。

這時，已是深夜，街上寂靜無人，只有舞水河的船還在傳來一兩聲晚睡的人的嬉笑聲。

香草家開了一個糕點店，做著小本生意。雖沒有舒小節家富足，卻也算是殷實人家了。老兩口起早摸黑，把那銅板一分一毫地積了起來，竟然也盤下了兩個鋪子，一個自己用，一個租出去。

舒小節和香草好上，兩家都知道。讓人感到奇怪的是，兩家關係向來不錯，平時也走得很是勤快，可就是不讓他們倆好。舒小節問過他的爹媽，爹氣不打一處來，說：「問你媽去！」而媽呢，卻是氣呼呼地掉頭而去。香草也問過她的爹媽，她的媽只顧嘆氣，一臉的愁苦。她的父親，糕點店老闆鄧金名，看了母親一眼，擺了擺手，說：「香草，妳就莫問了，啊？」香草倔脾氣上來了，偏要問：「不行，你們不告訴我，我想不通。爹，媽，你們快告訴我啊。」媽的眼淚都快要流下來了，說：「香草，我的乖女兒，妳莫逼妳媽了，啊？」

舒小節伸出手就敲門，敲得砰砰響。

那響聲，把香草嚇了一跳。她趕忙把舒小節的手拉開，佯罵：「還講你是個文化人，簡直比野人還野人。」

舒小節說：「算妳嘴巴厲害，報仇了吧，高興了吧。」

香草仰著頭，對著三人高的一扇小窗子，輕輕地喊道：「媽，媽——」

屋裡聽到一個女人的應答聲：「香草？來了。」接著，傳來取橫杠的聲音，然後，那鐵皮銅釘的大門，就吱嘎的一聲，開了。

香草的媽一手拿著煤油燈，一手護著燈罩子，以防屋外的風把燈吹熄。她萬萬沒有想到，門口，除了香草外，還站著舒小節。她衣角的一粒扣子還沒有扣好，一邊慌不迭地退縮到門後，一邊手忙腳亂地把衣角往領口上提，把衣服扣絆兒給扣好，這才又重新出現在門邊，先對舒小節說：「喲，小節回來了？」然後，對著香草罵道：「妳個野妹崽，深更半夜的，也不給媽打聲招呼。」

舒小節和香草對視了一眼，兩個人，都爲那句「野妹崽」感到開心，悄悄地笑了一下。

舒小節對香草的媽說：「娘娘，這麼晚了打擾您老人家，實在不好意思。」

香草的媽笑了笑說：「到底是讀書人，會講話。外面冷，進來講。」

舒小節沒有動，說：「今天太晚了，哪天專門來看望大伯和娘娘。我只問一句話就走。」

香草的媽也覺得，這麼晚了，確實是不方便，就沒有留他進屋，說：「你想問什麼，但凡娘娘曉得的，都告訴你。」

舒小節問道：「我爹他去了哪裡，娘娘曉得不？」

香草的媽沒有想到舒小節會問她這個事，呆了半晌，一句話也沒說出來。

香草看了舒小節一眼，她看到舒小節眼巴巴地盯著自己的媽，一定要從她媽的臉上看出什麼答案來。

舒小節說：「娘娘一定曉得的，對不對？」

香草也說：「媽，妳要是知道，就告訴小節，他爹丟了，他都急死了。要是我爹也丟了，我也……」

香草的媽聽她這麼講，又快又輕地打了她一巴掌，說：「呸呸，呸呸呸！」

香草知道，媽很忌諱她說不吉利的話，趕忙住了口。

舒小節有些急了，聲音也不由得大了，說：「娘娘，告訴我，我要去把我爹找回來，告訴我，他在哪裡？」

香草的媽咬著嘴唇，生怕控制不住自己，一不留神，就會從嘴巴裡迸出什麼話來一樣。

舒小節說：「求娘娘告訴我我爹的下落，小節永世不忘娘娘的恩情，我給娘娘下跪了……」

香草媽以爲小孩家開玩笑，不理他這一套，說：「我要曉得，早告訴你了。」

舒小節手一伸，把衣服的下襬撩起，作勢要跪的樣子說：「娘娘曉得，我家只我一個崽，我不去找我爹，哪個去找？」

香草媽趕忙攔住他：「莫莫莫，娘娘受不起。」

這時，一個蒼老而虛弱的聲音在他們的耳邊響起來：「靈鴉寨。」

門洞裡，悄沒聲息地站著一個五十多歲的老人，他的眼睛並沒有看在場的任何人，而是看著遠處一個沒有具體目標的地方。

他是香草的父親，糕點店的老闆鄧金名。

鄧金名說：「你到靈鴉寨去找吧，八九不離十。」

香草媽手裡的煤油燈咣的一聲掉到了地上，玻璃碎片的聲音硬生生地刺進了每一個人的耳朵。黑暗中，傳來香草媽低低的啜泣：「你怎麼能告訴伢崽啊，造孽啊……」

鄧金名冷冷的聲音：「躲脫不是禍，是禍躲不脫。」

第三章

瑪神的使者

15

人們已經散去了，院壩裡，只留下一些還沒有燒盡的樅樹，散發出裊裊的煙子。幾星火苗，也越來越暗，過不多久，就會完全熄滅，只到黑暗重新吞噬靈鴉寨。

寨老把別人的新娘剝光了之後，就把自己也剝光了，擁著新娘，倒在了床上。新娘埋進蠶絲被子裡，身子骨兒像篩糠一樣，抖個不停，牙巴骨也磕碰個不停。

寨老縮進被子裡來，雞皮般的手爪輕輕地撫摸著她的臉龐，像遊蛇一樣，慢慢地滑到了她的嘴邊，那隻留著半寸長的指甲的大拇指，伸進了她的嘴裡。她像含了一截乾枯的老薑，幾乎嘔吐出來。

那隻手沾著她的口水，滑過她圓潤的頸根，滑到了那一對高聳的、柔軟的奶子上。她的心提到了嗓子眼，她想到了她的情郎。他們不論怎麼親暱，她的情郎都沒有把手兒伸進過她的胸衣。他們都明白，她聖潔的身子，在「瑪神」還沒有受用之前，都不屬於自己。瑪神是誰，他們沒有一個人知道，也沒有一個人看見過。他們只知道，瑪神是他們的救星，有了瑪神的庇護，他們靈鴉寨就風調雨順、人畜興旺。如果沒有瑪神的保佑，就會遭到天神的懲罰！

瑪神不吃五穀雜糧，瑪神也不愛處女的新血。

因爲，處女的新血是骯髒的，也是邪惡的。在她的新血流出的那一天，那新鮮的飄散著濃烈腥味的處女血將吸引著無數的妖鬼出沒。妖鬼出沒，天地無色。能夠鎮住妖鬼的，只有無所不能的瑪神。因此，靈鴉寨每一個出嫁的姑娘和每一個娶來的新娘，都必須由寨老代替全知全能的瑪神「開紅」。

在這間「降魔房」裡，四周的板壁上，都掛滿了布片兒。布片半尺寬，一尺長，由東牆到西牆來，布片兒的顏色由暗到灰，由灰到淺白。剛掛上去時，都應該是雪白的，由於年代久遠，有的根本看不出是什麼顏色了，黯淡而污濁，就和剃頭匠的擦刀布一樣。布片上，靠中心的地方，有一灘暗紅色的印子，那暗紅色的印子，有的像梅花，有的像樹葉，有的像游走的蝌蚪，有的像飛翔的蜜蜂，還有的像搗碎了的蒜泥，剖開了的核桃。顏色有深有淺，深的如醬，淺的似血……其實，那就是血，是處女血。

寨老從枕頭下取出早就準備好了的一塊白布，墊在了新娘的屁股下。然後，寨老翻身爬上了新娘的身子。他殘缺不全的牙齒在她細膩而紅潤的臉蛋上粗魯地啃咬著。他半張著嘴，像一個白癡一樣，呼哧呼哧地喘著粗氣。他的下面，卻沒有他的上面那樣癡迷，也沒有像上面那樣，很是威武的樣子。他動作了半天，也依然沒有半點反應。

終於，他明白，他已經不是從前的他了。他老了。一個七十歲的風燭殘年的老人，在一個十七歲的充滿著青春活力的姑娘身上，是任你怎麼折騰也折騰不出什麼名堂來的了。

寨老喘息著，從新娘的身子上頹然地倒了下來。他的眼睛無神地盯著板壁上那些飄動著的布片兒，心裡就感到有一股英雄末路般的悲涼正在惡狠狠地嘲笑著他。那飄動著的布片兒，只能說明過去的榮光，而過去了的榮光隨著他年齡的增高一截一截地隨風而逝了。他是寨老，寨老是神的使者，神的使者是不會衰老的，更不會死亡。他不甘心，他不甘心在一個小小年紀的女子面前一敗塗地！

他突然粗暴地把新娘掀到了一邊，從她的屁股下，把那張白布片扯出來，用拇指和食指拎著，在眼前細細地打量著。那是一張上好的白棉棒布，紡得非常精細，紋路細刷，手感柔和。

寨老嘻地笑出了聲，新娘見他滾下了自己的身子，心就放了下來。她聽到了他的笑聲，不知道他笑什麼，就把眼睛偷偷地張開一條縫，看到寨老把那布片細心地裹到他長長的食指上。寨老這是要幹什麼呢？

寨老揭開大紅被子，煤油燈下，新娘白嫩水靈的光胴胴把他的眼睛再次燒紅了。他跪在她的面前，把她的雙腿用兩隻手分開。他看到，那一片淡淡的黑色的絨毛，像一片正在等待著小魚兒前來嬉戲的水草兒一樣。他還看到，他的口水不爭氣地掉了下來，掉在了那片水草環繞的豐腴的花園裡……他把那一根白色的食指，先是撥弄了一下那片淡黑色的水草，然後，輕輕地插入了那個芬芳的花園……新娘痛苦地皺起了眉頭。隨著她啊的一聲驚呼，寨老看到，他白色的食指，變成了紅色……

16

看著睡在自己身邊一動不動的女子，寨老的口水又要流出來了，只是，他衰老的身體，已經無能爲力幫他完成那個神聖的禮節了。他咕的一下，下蠻力把口水吞進了肚子裡，就爬了起來，穿好裡衣，披了一件袍子，坐到桌子前。

他把煤油燈拿到自己的面前，把燈芯撥了一下，那燈，就亮得多了。他小心翼翼地把那一張沾有新娘的處女鮮血的布片鋪在桌面上，細細地瞅著那上面的一片鮮血。那血，像一朵怒放的花朵，豐盈而妖嬈。寨老的眼前，就出現了大片大片的杜鵑花，像火焰一樣熾烈。那火焰熊熊地燃燒著，發出畢剝的響聲，那是一種男性的歡快的響聲。他想像著這一幕，想像著靠這紅色的火焰來刺激自己軟塌塌的只有寸把長的男人的神物。他的手不由得往下伸去，然而，他的努力，並沒有使他的雄性甦醒過來。那垂死的物件，依然垂死著。

他不甘心，他不相信，七十歲的男人就不是男人了。他是瑪神的後代，他是瑪神在靈鴉寨的傳話人，他代替瑪神行使著一切瑪神都必須行使的權力！

他怎麼也想像不到，從十八歲起，經他「開紅」的女子不下兩百名了，怎麼，獨獨到今年，就不行了呢？

寨老把那張布片湊到自己的臉邊，聳著鼻子，嗅著那散發著清新的微微的又甜又腥的處女血。他半閉著眼睛，看到有一縷殷紅的血氣從布片上升起來，飄飄搖搖地飄進了他的鼻孔，沿著喉嚨，直往肚子裡滑下去，滑下去，所過之處，血管、經脈，無不充盈起來。那血氣，逕直到達了他那寸把長的物件上，把他的物件充滿了。他彷彿看到了，他的物件，在那血氣的作用下，慢慢地膨脹了起來。他如履薄冰一樣，不敢亂動半分，生怕一不留神，好不容易膨脹起來的物件又要軟下去了。他站了起來，輕手輕腳地來到了床邊，慢慢地竟然不敢用勁上床，把被子掀開，手就按到了那還在迷迷糊糊半睡半醒的新娘的奶子上。新娘吃了一驚，睜開眼，猛地跳入眼窩的，是那黑撲撲的如一堆亂草般的刺蓬窩，和那窩裡，寸把長的褐色物件。她猛地坐了起來，雙手撐到床上，驚慌地往後退了退，直退到床壁上。寨老對她搖了搖頭，那意思，是讓她不要退了。寨老笑著，用手去扶自己那硬邦邦的物件。手到處，他一驚。那裡，仍然是軟塌塌的，如一截被人丟棄的雞腸子！

他沉下臉來，用那張布片蒙住了自己的眼睛。他不敢，再也不敢看那具白嫩嫩水靈靈的身子了，每看一眼，心裡就會滴出血來。他感到從來沒有過的恥辱在惡狠狠地撕裂著他的肉體。他輕輕地嗡嗡地唱起來：

人到七十無紅塵，
沒得什麼好光陰。
腦門起了梯子屯，
背梁好像馬鞭根。
趕場沒得我的份，
行親走戚懶動身。
隔壁鬧寨凡心動，

上床無力進紅門。

有女人的聲音附和著他的歌聲，若有若無地在房間的哪個角落響起來。他以爲是新娘，就抬起頭，看新娘。新娘呆呆地仰臥著，臉上，只有剛才殘留著的痛苦的表情。何況，他與新娘相隔不過半尺，那聲音絕對不是新娘發出來的。他回過頭，看了看屋角，看了看整個的房間，除了牆壁上那些飄動著的布片，風吹過發出細微的沙沙聲之外，就再也沒有其他聲音了。他對自己說，人老了，不光是眼睛花了，連耳朵也「花」了。他決定不再理會，半閉著眼睛，繼續哼唱著。一片黑色的影子拂過，一股冰涼的風颳上他鬆弛了的臉皮，讓他感到冷徹心骨。他睜開眼，大叫一聲：「哪個？」卻發現是一片不知哪個年代的沾染著烏黑的處女血漬的布片，被風從牆壁上吹落下來，正好落在他的臉上。他手裡拿著那塊布片，猛然想起了什麼，忙不迭地丟到地下去了。

17

房門被人輕輕地敲響，儘管敲門聲很輕，透著猶疑和膽怯，一直睡不著的寨老還是嚇了一跳，問道：「是烏昆嗎？」

門外，一個男人的聲音有些怯懦，說：「是我，烏昆。」

寨老說：「進來。」

門開了，烏昆低著頭，小步小步地往床邊走來，一點聲音也沒有。他三十多歲，長得牛高馬大，還有一臉的落腮鬍子。在寨老面前，他就像一個女人，說話做事，無不低眉順眼。

烏昆這個時候敲門，一定是有什麼要緊事。不然，就是借給他一個豹子膽，他也不敢在這時叫寨老。

等烏昆躬著腰，在床前站好了，寨老才問道：「什麼事？」

烏昆不敢看床上，只敢看自己的腳尖，說：「不是別的事我也不敢打擾您老人家，您說，只要是這個事，什麼時候都要告訴給您……」

寨老的心提了起來，問：「又死人了？」

烏昆說：「是的，剛剛有人帶信來，這回，死的是吳駝子。」

寨老說：「又是我們靈鴉寨的，又是我們靈鴉寨的！」

「是的。還是和前面那六個一樣，也死得不正常。」

寨老不想聽了，揮了揮手，讓烏昆退出去。

烏昆說：「是。」然後，就後退著走出了屋外，把門給關上，才關得一半，寨老就說：「慢。」他就不關了，依舊低著頭，躬著腰，等待著寨老的吩咐。

寨老坐了起來，一邊穿衣服，一邊對他說道：「備轎，去貢雞寨。」

烏昆吃驚地睜大了眼睛，頭也抬起來了，說：「寨主，您這是？」

寨主說：「去貢雞寨，請老司吳拜。」

「可是，這個時候了啊。」

「這時怎麼了？再不採取行動，就來不及了。現在死的是他們，以後死的就是我們了，是靈鴉寨所有四十歲以上的男人！」

烏昆感到很納悶，寨主說得那麼肯定，沒有一絲兒的打頓，像是鐵板上釘釘子一樣。他好像知道什麼，而且知道得清清楚楚。他想問寨主，是眞的嗎？但他不敢問。寨主不想說的，你問了也等於是白話，還會招他的罵。如果他自己想說，你就是不問，他也會告訴你是怎麼回事的。

果然，寨主看著烏昆那一臉困惑的樣子，說：「因爲，二十年前，我們靈鴉寨所有二十歲以上的男人，都參加了一個儀式。從現在死的人看，他們都是參加那個儀式的人，我這才敢肯定，凡是參加了那個儀式的男人，遲早得一個一個地死光！」

烏昆聽了，又怕又喜。怕的是，那是何等恐怖的一個儀式啊。喜的是，二十年前，他才十二歲，還沒有資格參加那個什麼儀式，也就是說，他不會死於非命。

寨主繼續說道：「這降臨到我們靈鴉寨的災難，除了貢雞寨的吳老司吳拜，是任哪個有天大的本事也沒有辦法可以解除的，所以，我才要你去備轎，請吳老司。」

看到寨主那又害怕又憤怒的樣子，烏昆細了聲，說：「您貴爲寨主，怎麼能驚動您的金貴的身體？我們去請……」

寨主不耐煩地說：「去吧。」

「是。」

轎夫很快把轎子準備好了。

這是一頂兩人小轎。在山裡，四人以上的轎子都不便於行走。

烏昆在轎子的一側照看著，前面兩個夥計打著火把。後面也有兩個夥計帶著火銃，一行八人，往貢雞寨匆匆趕去。

隨著轎子在凹凸不平的山路上一上一下地顛簸，一直還沒合眼的寨老，終於抵不住瞌睡蟲的侵擾，昏昏沉沉地睡了過去。

經過一個潭邊的時候，從潭裡飄上來一絡冷風，直往轎子裡鑽去。

那個潭叫作龍潭，有四五個曬穀坪那麼大小。三面是陡峭的山崖，一面有路，從絕壁上，彎彎曲曲地繞過去。即使是在大白天，龍潭也給人一種陰森森的恐怖感。水深不見底，綠得發暗，大人經過時，也不免心裡發毛。孩子更是如此，沒有大人作陪，不敢從這裡經過。何況這還是晚上，在四束火把的照射下，龍潭裡，飄浮著嗚嗚咽咽的聲音，像是一個女人的悲泣，又像是一個孩子的笑聲。他們放慢了腳步，每一步，都試探著往前面走，很是害怕，明明前面是路，而等你一腳踏下去時，卻是什麼都沒有，就直接掉到潭裡去了。

寨老被一絡陰風給刺醒了，他感覺到，有一個女人，用她那長長的小指頭的指甲，一下一下地劃著他的臉。他睜開眼睛，果然看到一隻蒼白的手，正在他的臉上劃著。那手好白好白，像是被水泡了好久好久。手上，戴著一只象徵著福、祿、壽的紅、綠、紫三色的玉鐲子，在他的眼前一晃一晃。五根手指，細似嫩筍，還掛著幾根絲絲縷縷的綠色水草。寨老想伸手去擋，那手就像是被人施了定身法一樣，根本就不能動彈。他想偏一下腦袋，以躲避那指甲的劃弄，也是動都動不得。他想叫烏昆，嘴裡卻像被塞了一大把苦腥的水草，又刺又癢。他索性平靜了一下，才猛地一踢轎壁，咚的一聲，完全醒了過來。

烏昆趕忙問候道：「寨老，您醒來了？」

寨老滿頭冷汗，他一邊擦著汗水，一邊問道：「到哪裡了？」

「龍潭。」

寨老啊的大叫了一聲。他想，該來的，到底還是來了。

烏昆趕忙問：「寨老，您怎麼了？」

寨老大口喘著氣，尖叫道：「快，快，趕快離開這個鬼地方！」

彎七拐八的山道上，那轎子瘋也似的逃離了龍潭。

這時，誰都沒有聽到，龍潭裡，幽幽地，似乎有個女人，發出了一聲哀怨的嘆息聲，嘆息聲裡，有怨毒，還有惋惜，彷彿沒有把那乘轎子攔下來，是她的過錯一樣。

18

汪竹青感覺得到，這節國文課，應該是田之水老師從教以來最爲失敗的一節課吧。

田老師在她的眼裡，一向是儒雅沉靜而又不失意氣風華的，課堂上，不時能聽到他妙語如珠地引經據典，而今天的課，他那副樣子，用「無精打采」和「心不在焉」來形容，都還不足以說明他的精神面貌，簡直可以用「失魂落魄」和「惶恐不安」來形容！

田老師身穿一件深灰色的長衫，頸根上圍著一條淺灰色的毛線圍巾，那是汪竹青給他織的。每每看到田老師圍著她親手織的圍巾，她的心裡就彷彿是圍在自己的頸根上一樣，感到了熱乎。那熱乎裡，羼雜了一股莫名其妙的激動以及忐忑。她想不明白的是，田老師四十一二歲的人了，怎麼一直沒有成親呢？他的沒有成親，在學校裡，是讓許多人感到怪異的。只是聽說，他年輕時有過一場驚天動地的愛情，只是很快，就灰飛煙滅了。汪竹青想，這也許，就是上天賜予自己的一個機緣吧？

田之水敲了敲她的桌沿，說：「汪竹青，『蠟燭有心還惜別，替人垂淚到天明』，請說說它的出處。」

汪竹青暗暗說了一聲：「慚愧，我還講田老師魂不守舍，原來眞正魂不守舍的不是田老師而是我自己啊。」

她站起來，掠了一下前額的劉海，說：「報告老師，是……是出自唐元稹的《離思》。」

教室裡哄的一聲，大家都笑出了聲。汪竹青是全班成績最好的學生，居然也有不會的題目，而且，居然還是當著全班的面出醜，他們感到非常開心。

田之水有些惱怒，忍著沒有發火，說：「上課就好好地上課，不要神遊天外，這句詩出自張生的《千秋歲》。」

這時，讓人想像不到的事情發生了。教室裡先是靜默，繼而，更大的笑聲哄的一聲，把教室都似乎要炸開了鍋。然而那笑聲也只發出了一會兒，就又沉寂了下來，畢竟，他們都發現了，今天的田老師和平時那個光彩照人的田老師迥然不同。田老師是他們心目中的偶像，他今天這個樣子，一定有他的原因。

他竟然還不知道自己說錯了，對大家困惑地問道：「你們笑什麼呢？」

汪竹青還在站著，說：「老師，我想起來了，這句詩出自唐杜牧的《贈別》，而不是元稹的《離思》。對不起，老師。」

田之水像是喝醉酒一樣，暈暈乎乎地問道：「是嗎？」

汪竹青肯定地回答：「是的，老師。」

田之水的臉色有些變了，湊到了汪竹青的臉邊，眼睛瞪得老大，逼視著他的這個得意門生，冷冷地問道：「是——嗎？」

汪竹青從沒見過老師這個樣子，有些害怕，囁嚅地說道：「我，我想，是的啊，老師……」

田之水的臉又湊攏去一點，快貼著汪竹青的臉了。他的眼睛瞪得老大，幾乎要鼓出眼眶了。

汪竹青看著田之水鼓稜著的眼睛，臉上露出了驚恐的表情。她看了看自己的衣服，確實是藍色的學生裝，班上所有的同學，穿的都是學生裝啊，那麼，她是誰？汪竹青戰戰兢兢地說：「老師，您的眼睛裡有一個穿白衣服的女人……」

她的話還沒說完，田之水就一把抓住了汪竹青的衣領，大叫道：「是嗎？是嗎!?是嗎!!」

同學們看著這一幕，都驚得呆在座位上，不知所措。

田之水的手往後一用力，汪竹青被拉得踉蹌了一下，衣服就斷啦一聲，破了。一小塊布片就被田之水捏在手裡。

直到這時，全班同學才突然反應過來，紛紛站起來，把田之水拉開。

令人想不到的是，文質彬彬的田老師今天像是中了邪，力氣出奇地大，班上四五個男生都拉不住他。田之水的講義散成了碎片，在空中飄舞著，和死人出殯時撒出的紙錢一樣。課桌碰撞發出的砰砰聲，衣服被撕爛發出的嘶啦聲，還有女生們往教室外面跑去時的尖叫聲，合成一片，整個教室，就像炸了鍋。

田之水狂亂地揮動著手臂，他的嘴角呵呼呵呼地吐出了許多白色的唾沫，突然眼睛翻白，人事不知，暈死過去了。

19

田之水醒過來的時候，發現躺在自己的屋裡。床頭，點著一盞煤油燈，煤油燈灑出來溫和的光線，淡淡地籠罩在他略顯蒼白的臉上。窗子外面，漆黑一團，只有風過時，有婆娑的樹葉搖曳著，似要探進來一樣。

他感到太陽穴有些痛，邊揉邊回想，怎麼不是在教室裡，而是躺在了床上呢？這時，他聽到客房裡似乎有動靜，就側了耳朵，細細地聽了一下，試探著問道：「是哪個？」

「我啊，田老師您醒了嗎？」

隨即，就看到汪竹青走進臥房裡來了，她並不坐，說：「老師，您一天都沒吃東西了，我給您煮得有小米稀飯，您等等，我去給您舀來。」

田之水正想問一下她，自己這是怎麼了。沒等他開口，汪竹青就出去了。過了一會兒，她手裡端著一碗熱氣騰騰的稀飯走了進來。

汪竹青吹了一下有些熱的稀飯，說：「老師，喝點吧，我餵您。」

田之水雙手撐著床，坐了起來，說：「我自己來吧。」

他正要接過稀飯，猛然伸出的手一縮，大聲說道：「不好。」

汪竹青根本就沒有想到，田之水怎麼又把手縮了回去，不曾注意，那一碗稀飯就掉在了地下。地下鑲了一層樓板，碗沒有破，稀飯卻潑得一地。

田之水彷彿沒看見這一幕，人也不虛弱了，一躍就下了床，往地下找著什麼。他一把抓起自己在屋裡常穿的圓口青布鞋，雙手扒開鞋口，看了看，就丟下了。然後，他彎下腰去，往床底看。床底黑咕隆咚的，他就趴在地板上鑽進床底，衣服上、褲子上到處都沾上了稀飯，髒兮兮的，兩隻腳穿著白色的布襪子，在床外邊，一動一動，像小孩躲貓貓狗一樣滑稽。

汪竹青有些害怕，她生怕田之水重新發病，如果再發起病來，自己一個人在這裡，怎麼能夠招架得了。她有些後悔不該拒絕同學們的好意了。田之水發病時，他們飛跑著去把校醫請了來。校醫伸出食指和拇指，在田之水的手腕上把了一會兒脈，說了一聲：「沒有什麼大事，只不過是心有所思，思有所慮，邪火上升，正氣浮散，回家休息兩天，自然會好。」同學們把他抬到家，汪竹青就讓他們回去了。有同學擔心地問她，一個人是不是照顧不過來，她說沒問題，同學這才走了。現在想來，她當時的決定是錯誤的。

汪竹青壯起膽子，聲音都有些顫抖了，說：「老師，您沒事吧？」

田之水在床底下回答她說：「沒事沒事。」

聲音從床底下傳來，變得不像是他的聲音了，囔聲囔氣的。

汪竹青搞不懂他到底有事還是沒事，就問：「老師，您找什麼，我幫您找？」

「皮鞋！」

汪竹青聽了，又好氣又好笑，一雙皮鞋，值得他那麼火急火燎的嗎？她說：「您出來吧，老師，皮鞋不在這裡，我給您脫在客房裡了。」

「眞的？」

田之水這才從床底下爬了出來，站起來，身上，臉上，手上，全是灰。

汪竹青掩著嘴，笑道：「老師您看您都成花臉貓了。」

田之水不好意思地笑了一下，沒有回答，立即跑到客房裡去。

汪竹青也跟著來到了客房，看到田之水蹲到地下的樣子，簡直和撲上去差不多。田之水把一隻左腳的皮鞋緊緊地抓到手裡，手伸了進去，顫顫巍巍地把一只鞋墊小心翼翼地取了出來。他長吁了一口氣，說：「幸好還在。」

汪竹青趨上前，想看看那鞋墊，田之水大駭，趕緊退後一步，像是被燙著了似的叫道：「莫動！」

田之水把那鞋墊子捧在手裡，像是捧著一個什麼聖物一樣。他這才想起什麼，問道：「汪竹青，我，我今天這是怎麼了？」

汪竹青說：「老師，您先吃飯吧，等會兒，我慢慢告訴您。」

田之水說：「也好，那就先吃飯。」

汪竹青把地下打潑的稀飯掃了，抹了地板，又打來水讓田之水洗了臉，換了衣服，重新舀了一碗稀飯給老師，這才把今天發生的事一一告訴了他。

說完了，汪竹青擔憂地問：「老師，您以前有過這個病嗎？」

田之水把空碗放好，說：「沒有，今天嘛……」

「今天怎麼了？」

「今天早上，是我糊塗，不該……」

「不該什麼？」

「不該……不該不聽她的話，把這只鞋墊墊到鞋子裡……」

「哪個的話？」

「妳不懂。」

「老師，這個鞋墊，一定有故事……講給我聽聽？」

「天太晚了，妳回去吧。」

20

等汪竹青依依不捨地走了之後，田之水才鬆了一口氣，他很為自己今天早上起來所做的荒唐事感到後悔。

為什麼就控制不住自己，非要在這個時候去打開那個皮箱，把那僅有的一只鞋墊墊到自己的鞋子裡？

自從舒小節說起他是龍溪鎮的之後，田之水就開始感到隱隱的憂慮了。由龍溪鎮而聯想到靈鴉寨，這才是他眞正憂慮的原因。他也不是不知道，是自己太神經過敏了。莫非，眞個是一朝被蛇咬，十年怕井繩麼？屈指算來，已是兩個十年，整整二十年了。二十年的時光，把皺紋布上臉龐，把情感深埋心底。二十年哪，二十年的白雲蒼狗，二十年的世事滄桑。可是，那結痂的血痕，別說短短的二十年，就是地老天荒，億萬斯年，也依然會在機緣巧合的時刻，迸濺出刺人的猩紅！

有些責怪自己的意思了，眞的是神經過敏，自己嚇自己了。不就是一只鞋墊嗎？那是愛情的信物啊，又不是恐怖的詛咒！

他把那只鞋墊捧在手裡，把那只看了千百遍也還沒有看夠的鞋墊放在自己的眼前，再一次，細細地打量，細細地回味。

鞋墊柔和、溫軟，散發出一縷淡淡的香味。大紅的底子，紅得灼人，紅得驚心。紫色的圍邊，透著那麼一種怪異和暗示來。究竟是什麼樣的怪異，又要暗示什麼呢？他猜不出。或者，與其說是暗示，不如說是……預言？田之水想到這裡，幾乎就要把鞋墊丟下了。然而，他捨不得，即使它是不祥的信物，他也仍舊會好好地珍藏起來的。鞋墊上，繡了一隻蜘蛛。蜘蛛繡在墊子的中央，生了數不清的腳，那些腳從蜘蛛的身上延伸出去，一直到墊子的邊緣，緊緊地抓住墊子。他問她：「蜘蛛不是蜈蚣，有那麼多的腳嗎？」她笑了笑，說：「我們這裡的蜘蛛就生了這麼多的腳啊，找人最狠的了。不管你跑得再遠，遠到旮旮旯旯，它都找得到。」他有些好笑，說：「它只是一隻小蟲子啊，它找『人』做什麼呢？」她不笑了，很認眞地說：「它可以代替主人去找啊。」他更是大笑起來：「它是家養的嗎？」她說：「不是家養的，卻比家養的還乖啊。我繡它的時候，羼著血的，還念了咒語進去了，以後你要是自己一個人跑了，我也會找得到你啊。」田之水聽她這麼一說，就捏住她的手，心疼地說：「妳呀，就是愛胡思亂想，我怎麼會呢？看看，痛嗎？」

她的頑皮，她的忠貞，她的時而嬉笑，時而沉靜，時而憨態可掬，時而精靈古怪，都讓他深深地著迷。

如今，捧著這只她親手繡的鞋墊，迴盪在他耳邊的話，卻是她臨去的那句。他清楚地記得，當她把這只鞋墊送給他時，她說：「我們一人拿一只，不管相隔千里百里，都曉得對方在想什麼。你千萬要記住的是，我死了，你萬萬不可墊到鞋子裡……」

他清楚地記得，他還沒有等她把話說完，就猛地捣住了她的嘴巴。

她一愣，又是感動又是好氣，掙脫了他的手掌，說：「我們這裡就是這麼講的嘛，活人不能墊死人做的鞋墊，穿了，那就要跟死人一起去死哩。你曉得不咯？墊子也分公母，母的去了，千方百計地要找陽世裡那一只公的。」

田之水說：「那只是傳說罷了，就算是眞的，妳也不能講出來啊。我們會永遠在一起的，再不許妳講胡話了。」

她的眼睛裡透出一絲把握不了自己命運的憂慮和迷茫，幽幽地說：「你們文化人的心啊，又軟又脆，摸都摸不得，輕輕碰一下，都要出血哩。」

田之水今天早上起來，把她的告誡忘到了腦後。他只有一個想法，把她送給他的鞋墊墊起，感受著她通過鞋墊傳給他的溫暖。於是，他就把這只鞋墊墊到皮鞋裡了，想不到，剛到教室，心裡就像貓抓一樣，腦殼裡也渾渾沌沌的，不知道上課時講了些什麼，不知道他對汪竹青做了些什麼，後來暈過去的情節，更是一無所知了。

第四章

被貓帶走的屍體

21

「金名」糕點店的一家三口，在店的後間吃早飯。在這裡，可以看得到前間的窗口，如果有人來買糕點，他們可以端著碗到前間去，給顧客拿糕點。

香草挑三揀四的，只吃了幾口，就把碗往桌子上一頓，要走。

香草的媽姚七姐問：「又是去找舒小節？」

香草氣呼呼地說：「你們就怕我去找他，告訴你們，不是。他到靈鴉寨找他爹去了。」

鄧金名和姚七姐同時驚問道：「什麼，他眞的去靈鴉寨了？」

香草哼了一聲，就噔噔噔地上了樓，砰的一聲，把自己關在了閨房裡。按說，這個時候，她應該等爹媽把飯吃完，就去收拾鍋碗行頭。她的爹爹鄧金名到前間去招呼生意，她的娘去做些針線活兒。而今天，她受了氣，就管不了這麼多了。

鄧金名夫婦的臉上就灰暗下來。不是因爲香草的賭氣，而是替舒小節感到擔憂。姚七姐說：

「你昨晚不應該要小節去靈鴉寨。」

鄧金名辯解說：「他遲早會去的。」

「他媽都沒給他講，怎麼會曉得？個個都莫講，他怎麼會曉得？你這人，活了大半輩子，就是腦殼裡少根筋。」

鄧金名聽厭了她的嘮叨，不耐煩地說：「好了好了，翻來覆去就那兩句現話，我耳朵都起老繭了，別個的事我們也操不了那麼多的心，妳這當媽的，好好操操香草的心吧。」

鄧老闆兩口子只有這麼一個獨女，愛她愛得要命，她想要什麼，除了天上的月亮，什麼都可以給她。她想做什麼，只要不是殺人放火，也隨她。不過，除了殺人放火之外，還有一點——不能和舒小節好。今天吃飯的時候，老兩口剛剛開口說了這話題，就被香草給噎了回去，叫兩口子開不得口。香草自小被嬌寵慣了的，性子全然不像她爹那麼和氣，倒是很像她的娘姚七姐，又豪爽又潑辣，敢做敢爲，敢愛敢恨，眼裡容不得沙子，心裡容不得疙瘩。

香草連珠炮似地問他倆：「小節人不好嗎？小節人不聰明嗎？小節長得不英俊嗎？小節家裡不富有嗎？小節爹媽人品差嗎？」

哪一點都容不得人反駁，鄧金名兩口子只有張口結舌的份兒。

等樓上砰地傳來了關門聲後，鄧金名才搖搖頭：「女大不由爺了。」

姚七姐說：「香草性子倔是倔了點，但她也不是沒理由地亂倔一氣啊。」

鄧金名說：「是啊，舒會長家的少爺能看得起香草，也算是上天給香草的福氣。只是，落到我們家，就是香草的災星哩。」

他說著，眼睛就很有深意地瞟了姚七姐一眼。

姚七姐眼睛一瞪，說：「瞟什麼瞟，難不成，這事還怪我？」

鄧金名趕忙說：「不不不，不怪妳，怪我，好了吧？」

姚七姐的眼神就有些黯淡了，說：「要怪，也只有怪瑪神……」

鄧金名忙不迭地打斷她的話：「這話妳可千萬說不得啊。」

姚七姐就閉了嘴，心裡默念著請瑪神原諒的話。

鄧金名見姚七姐不作聲了，才長長地嘆了一口氣。

姚七姐瞪了鄧金名一眼，說：「男人嘆氣家不富，女人嘆氣命不長。一個大男人，怎麼搞得像個婆娘一樣？」

鄧金名冷笑道：「這個年辰，這話該倒轉來講了。」

「怎麼倒轉來講？」

「應該是，男人嘆氣命不長，女人嘆氣……」

姚七姐一聽，心裡似乎痛了一下，也像香草那樣，把碗重重地往小方桌上一頓，說：「你紅口白牙的，亂講什麼！呸呸呸!!」

鄧金名不理會她，認了眞，說：「不是我亂講話，其實妳也不是沒看見，妳看看，龍溪鎮死的人，連三趕四的，下一個……」

「反正不是你。」

正在這時，他們聽到窗口邊有人叫：「鄧老闆，鄧老闆，快快出來把你家的狗牽走。」

鄧金名以爲那人怕他家的狗，就站了起來，對那個叫他的漢子說：「你看你牛高馬大的，還怕狗？」

那漢子喊了一聲，說：「鄧老闆莫講笑話了，你快出來看，要出大事了哩。」

姚七姐好像預感到什麼似的，對鄧金名說：「快出去看看。」

鄧金名也感到有什麼事了，就跨出他家的大門。

大門口，他家那條喚作「黑三」的大黑狗正在用兩隻前腳在地下發了狂似地刨著什麼，地上的黃土直往後面飆去。牠的嘴裡流著透明的涎水，嗚嗚咽咽地低聲叫著，像哭喪一樣。

鄧金名看了，半天出聲不得。姚七姐跟著他後頭也出來了，看到這幕景象，嚇得驚叫了一聲。

龍溪鎮的人都知道，狗刨坑，要死人！

22

天還沒斷黑，鄧金名就關門了。如果在平時，再怎麼著也要吃了夜飯才關門。但今天不同，兩口子心裡像是藏著什麼事，心驚膽戰的，做什麼事都小心翼翼的，生怕一不留神就會出現什麼意外。鄧金名一向為人和氣，這天更是謙和得不得了，人還沒走攏來，先陪上笑臉，輕手輕腳地走路，輕言細語地講話。他怕哪個動作不妥，哪句話不對頭，就會惹來殺身之禍，天一黑，就急急忙忙地把門關了。關上門的那一刻，才悄悄地吁了一口氣，而心裡並沒輕鬆下來。

香草丟了一塊骨頭給黑三，說：「一條狗都把你們嚇得沒魂了，好笑哦。」

此刻的黑三正安靜地臥在香草的腳邊，津津有味地啃著骨頭。

姚七姐白了香草一眼，說：「妳一個妹崽家曉得哪樣。」

鄧金名悶著頭，喝泡酒。

香草不服氣，說：「你們看黑三那麼乖，那麼聽話，牠不是掃把星哩。你們眞要是聽了那些亂嚼舌根的話，把黑三殺了的話，我也不想在這個屋裡待了。」

早上，那個告訴鄧金名說他們家的狗刨泥土的漢子，從隔壁那家賣漁網的店子找了一根繩子，嘻嘻哈哈地就要去勒黑三，被鄧金名攔住了。

漢子說：「鄧老闆，你莫捨不得讓兄弟們吃頓狗肉，要死人的哩。」

鄧金名淡淡地說：「死人不死人，是天意，和狗有哪樣關係？」

這樣，黑三躲過了一劫。

三人吃了飯，也不東家走西家串了。姚七姐就著煤油燈繼續做她那永遠也做不完的針線活，鄧金名往常這個時候，都是到茶樓裡去喝茶打字牌，這時，待在家裡，不曉得做哪樣好，老不老早的上床睡去了。而香草呢，也不出去瘋跑了，小節不在家，和那些姐妹們玩起，也沒有什麼意思。於是，她上到三樓的閨房裡，四仰八叉地倒在床上，呆呆地想心事。

窗口對著舞水河，河裡，又傳來了花船上那些嬉笑打鬧聲。風很大，那些聲音被呼呼的河風一吹，東倒西歪的，斷斷續續的，聽起來很是令人煩躁。香草啪地把窗子關了，又把被子使勁往腦袋上一提，把自己全部蓋了起來。那些聲音，就低了下去，聽不清楚了。

她就這樣，蓋一截，露一截，腦殼是熱的，腳是冷的，想著舒小節的點點滴滴，想像著他在學校裡，怎麼上課怎麼做作業。想得最多的是，他是不是和學校裡的女學生一起吃飯，一起上街。她就這麼樣胡思亂想著，不知道過了多久，迷迷糊糊地睡過去了。

迷迷糊糊中，香草聽到有一個人輕輕地上樓。腳步踩在木樓梯上，發出吱嘎吱嘎的響聲。她家的樓梯已經有些陳舊了，人一踩上去，就會發出痛苦的吱嘎聲。她的爹爹是個很小氣的人，不到樓梯舊得用不得，是絕對不肯掏錢出來修的。爹媽住在二樓，這個時候了，他們不可能上到三樓來。何況，那聲音也不像是人的聲音，一步一步，吱嘎吱嘎，顯得生硬極了。她聽慣了爹媽上樓的聲音。爹爹的腳步聲乾脆、利落，媽媽的腳步聲呢，輕盈、柔和。不過，不是人的聲音，那是什麼的聲音呢？夜應該很深了，連舞水河上的花船都沒有一點動靜了，沉寂得有些可怕。也許是下半身冷，她清醒過來，把被子掀開，眼睛盯著門，耳朵在仔細地聽著。眞是奇怪，當她想聽清楚時，那聲音又沒有了。

香草想起白天她家黑三反常的舉動，想起鎭上那個古老的傳言，心裡也不免害怕起來。如果是在白天，她什麼都不怕，而現在是在夜晚，是在她看了那狗的舉動，又聽了人們的傳言之後，她就有些害怕了。她重新把被子蒙在頭上，這一次，是把全身都躲在被窩裡，認為可以抵擋些什麼。過一會兒，那聲音又響了起來，吱嘎吱嘎，清清楚楚，是上樓的聲音，她的頭髮立了起來，背上沁出了一層細密的冷汗，緊張得不敢喘氣。

聲音還在繼續，她想起這是在自己家裡，爹媽就睡在樓下，於是猛地掀開被子，大聲叫道：

「媽——媽——」

聲音戛然而止。而且，她感覺得到，就停在她的門外。

她又喊道：「爹，媽——」

很奇怪，她的聲音像是被一床巨大的棉花被子捣住了一樣，只在自己的房間裡回響，根本就不能傳到外面去。她似乎還聽到了自己透著驚恐的聲音在四壁上碰撞發出的回聲，顫顫的，短短的。這一下，她無計可施了，索性一不做，二不休，看看到底是什麼東西在搞鬼。

於是，她下了床，赤著腳，悄悄地走到門邊。她把耳朵湊到門板上，聽到門外有細小的呼哧呼哧的聲音，像是在喘息，卻又不像人的喘息聲。

香草深深地吸了一口氣，突然，把門一拉。

「黑三！」

香草看到是她家的狗，害怕和驚恐一下子就被拋到九霄雲外去了。她又愛又恨地踢了狗一腳，罵道：「背時的，你找死啊！」

那狗全然不像平時那樣，對她搖頭晃尾的，彷彿沒有看到香草一樣，繼續往樓上爬去。

這時，香草才想起，這狗從來沒上過樓，今晚牠發哪門子神經？因爲從來沒見過狗上樓，她也沒想過，狗是不是會爬樓？狗那麼輕，又沒穿著鞋子，爬樓時，是不是會發出聲響？她再仔細地看，那狗先是用後腳支撐著身子，上半身站立起來，把兩隻前腳放到上一層階梯，然後，前腳支撐身體，後腳很快一縮，就上去了。狗的腳上並沒有戴著什麼木製的套子之類的東西，但吱嘎吱嘎的聲音，還是不可思議地從樓梯上傳來。

更讓香草感到不解的是，黑三繼續往樓上去幹什麼呢？她家的屋只有三層，再上去，就是天台了。天台上空，是空曠的夜幕，天台下邊，是深不可測的舞水。

香草跟著那條狗，往天台走去。

天台上，有一個人影。香草熟悉的人影。

23

因爲日曬雨淋，天台的地面有的地方霉爛了，有的地方長了綠苔，邊緣砌的一圈圍牆有些鬆動了，有個地方早出現了一個缺口，媽一直嚷著修補，可爹卻因爲那一點點小事情，懶得架式，一直拖到今天。那人就站在缺口邊，只需一步，就會墜入舞水河。

香草想開口叫，又怕突然驚嚇了他，就趕緊捣住自己的嘴，生怕嘴巴控制不住要喊出來。

此時，萬籟俱寂，整個龍溪鎮都進入了沉沉的夢鄉，黑燈瞎火的，像一座死城一樣，沒有半點生氣。只有天邊的月亮，靜靜地把一層薄薄的銀輝鋪在山頭，鋪在地面，鋪在舞水河中，那高出房屋一人多的封火牆和封火牆上的翹角，也就把自己的影子直往那人影覆蓋下去。那人影在月光的籠罩下，顯得越發地怪異了。一些矮點的屋頂上，也被月光分割得黑白分明，那緊密的瓦片，黑的像鍋底，白的像銀鐮。

人影動了一步，跨出去的一隻腳，有一半已經超出了天台！

香草再也忍不住了，不由自主地驚叫了一聲：「爹……」

鄧金名慢慢地轉過身來，眼睛茫然地看著香草，像在打量一個陌生人一樣，半天沒有反應。而香草面對的，哪是平時那個慈眉善目的爹，因爲月光的角度，他的前半身一片漆黑，像一個恐怖的魔鬼！

但此時，香草顧不得害怕，叫道：「爹，您怎麼了？快過來啊。」

鄧金名像是沒有聽到，咧咧嘴，臉上現出一抹微笑。那微笑，在這樣的場景中，顯得說不出的古怪。香草其實看不見他的笑，只模模糊糊地看見他的嘴角咧開了，曉得他在笑，是因為早熟悉了平時那個親切的面孔。

香草想，這是不是人們所說的夢遊呢？如果是夢遊的話，那還不是很要緊的事，聽說夢遊的人，不管到怎樣危險的地方，都不會有什麼危險的，往往會適可而止。夢遊者都有那樣的功能，是天生的，他們自己也不知道。第二天醒來，若有人提起，還會詫異地懷疑，但怎麼也想不起昨晚發生的事。想到這裡，香草的心裡稍稍地放鬆了一點。她想走過去拉一把，但她沒有那個膽量。她家房屋一共三層，上了天台，就算是四層了。地面離河面也有三層樓那麼高，加起來就是七層樓那麼高了。那麼高，莫講到屋邊，就是想一想也感到頭暈，手腳發軟。爹轉過身去，背對著她，看著茫茫的夜空，她生怕爹腳下一滑……香草的心提到了嗓子眼。

即使是夢遊，也是萬分危險啊。

香草見爹不聽自己的話，靈機一動，換了一種語氣，沒事一樣說：「爹，媽喊您，您把她的頂針放到哪兒了？」

鄧金名猛地一怔，緩緩地回過頭來，用手指著腳下的舞水河，滿臉驚懼地說：「水……水……」

他轉過身，往香草這邊慢慢地走過來。

香草鬆了一口氣。看來，爹爹是看到舞水河裡的水害怕了。

幸好今天爹爹沒有聽別人的話，把黑三勒死，不然，沒有黑三的報信，她就不會發現爹爹到天台上來了，那後果，簡直不堪設想。

這時，誰都沒有注意，一道黑影，像閃電一樣，倏地一下，從黑暗處跑出來，撲到鄧金名的身上。是黑三！香草只覺得一股黑色的風從她的面前強勁地掠過，她還來不及反應，就看見爹爹的身體往後一仰，朝舞水河落去。爹的雙手舉向天空，徒勞地想抓住什麼。緊接著，傳來爹爹淒厲的叫聲：「水——」

嘭的一聲，香草的耳朵被震得轟隆直響，久久不肯散去。她尖叫一聲：「爹——」然後變成了木頭人，呆在那裡。

24

第八個死人！

龍溪鎮上，再次陷入陰風慘霧之中。

守夜的人已經散去，除了幾個親戚，院子裡顯得稀稀落落的。

院子的中間放著一副棺材，鄧金名平靜地躺在棺材裡。他的臉被河水泡得慘白，整個身體都泡脹了，臃腫得像充了氣。

姚七姐和香草的頭上戴著白色的孝帕。孝帕在頭上包了一圈，長長地拖到背上。母女倆默默地坐在條凳上。香草不時自言自語，喃喃地說：「爹，是我害死您的，爹，是我害死您的。」

姚七姐往火盆裡加了幾張快要燒完了的紙錢，就把香草攬到自己的懷裡，輕輕地拍打著香草的背，安慰她道：「媽清楚吶，這個不怪妳，妳不要想得那麼多了，啊？」

香草哭泣著說：「怪我怪我，就是怪我，我怎麼膽子那麼小啊，只要往前走三步，就可以把爹爹拉回來了啊……」

姚七姐把香草的眼淚揩乾淨，說：「不是的，妳不懂。妳不上去是對的，妳要是上去，妳和妳爹都完了，你們兩個都走了，我和哪個過啊。」

香草哽咽著說：「我不信，我不信，我不信！」

這時，鄧金名的弟弟鄧銀名醉醺醺地走了過來，摸出一疊紙遞給姚七姐：「嫂嫂，這是今天的帳單，我墊了二十六塊錢。」

鄧銀名比鄧金名小三歲，快四十歲的人了，結交的都是貴州湖南的爛崽，成天東遊西逛，屌兒郎當，也不做什麼正經事兒，打牌賭寶、死嫖爛嫖，騙得些錢來，都送到了菸館裡。好人家的女兒沒一個肯嫁給他，看樣子，怕是要打一輩子的單身了。他平常不時到他哥鄧金名這裡混伙食，欺負他哥老實，還敲點錢財。幸而姚七姐潑辣，人又精明，他才不敢時常上門。這次他哥落水而死，作爲親弟弟，姚七姐才不得不把採買的活路交給他，這是龍溪鎮的規矩。

姚七姐心裡亮堂著，也不去和鄧銀名算細帳，站起來，到樓上取了二十六塊錢給鄧銀名，說：「嫂嫂的腦殼痛得很，像打昏了的魚，霧裡惶昏的了，家裡的事，你多費點心。」

鄧銀名沒想到這次嫂嫂那麼爽快，一點都沒有和他囉唆就把錢給了他。他一時有些後悔，早知嫂嫂不算帳，該多報幾個錢才好。不過，好事不在忙中，出殯的日子看在七天以後，這七天裡，哪天不要花費？從明天開始，天天多報，看她有什麼法子。好好給錢呢，卵事都沒得；她要是不給好臉不給錢，那就不客氣了，索性一不做，二不休，亂安個名目，把哥的全部家產都擼過來，看她娘倆有什麼辦法。

鄧銀名嘻嘻一笑，說：「一家人莫講兩家話，嫂嫂妳放心好了。」

香草早看透了這個滿滿（叔叔），咋得他肚子裡沒一根好腸子，厭惡地白了他一眼，上樓去了。

鄧銀名這才想起，這堂喪事，是自己家的。死的人，是自己的親哥哥，是不應該嘻皮笑臉的，於是馬上裝出一副沉痛的表情，心想：香草才屁大點年紀，就敢不把我這個滿滿放到眼裡？哼，再過幾天，等哥一下了地，我就不是哪個的滿滿，也不是哪個的弟兄，我要妳們好看。他一邊想著，一邊就涎涎地走出院子，找人賭寶去了。

院子裡停著屍體，雖然不要喝水餵飯，但少不了要人幫忙接待家親內戚。不過時間長的話，人家也沒空天天來，外人都走得差不多了，只剩下四五個老街坊。姚七姐遇到這麼大的打擊，饒是她霸蠻得很的，三天下來，到底還是熬不住了，伏在桌子上，昏昏沉沉地睡了過去。那些街坊們，幫了一天的忙，也累了，就和姚七姐一樣伏在桌子上，打起盹來。有幾個累得老火的，還打起了呼嚕。

香草一個人待在樓上閨房裡，心裡一直還在自責，沒有睡意。整個身子像餅一樣攤在床上一動不動。短短三天，香草瘦了，圓圓的臉變尖了，本來就是大眼睛，顯得更大了，偶爾眨一下，顯得空洞可怕。

夜，靜靜的。遠處不時響起更鼓的聲音，單調而寂寥。

河風吹來，拍打著雕花窗子，啪啪作響。「喵——」哀怨的叫聲傳來，那是一隻貓，不知躲在哪個角落裡。

香草打小就很害怕貓，晚上，貓會悄沒聲息地從窗子外面或是天樓上跳進來，牠的眼睛綠瑩瑩的，圓鼓鼓的，瞪著你，像隨時可以撲上來一樣。特別是如果牠生氣了的話，就把背拱起來，兩隻爪子往前伸著，後腿稍彎曲，積蓄著力量，就像全力相搏，並打算一擊就置人於死地似的。

總之，貓是陰氣很重的動物。

爲了防備貓從窗子跳進屋來，香草爬起來去關了窗子。

她伸出手，剛抓著窗框，就看到了，那隻貓並不是在樓上，而是在樓下的院子裡。媽媽和街坊們在一邊睡著了，棺材前的火盆裡，紙錢也燒得差不多了，只有幾星暗紅的火焰發出微弱的光。幾綹煙子有氣無力地在棺材周圍裊裊地飄浮，然後，令人感到訝異的是，那幾綹煙子竟然圍著棺材打著轉，好像有一個無形的人手裡拿著沒有火只有煙子的火把在圍繞著棺材轉圈。

從樓上看下去，沒有加蓋的棺材裡，是她爹爹那一張白得瘮人的臉。香草不敢看，又忍不住要看，當她的目光正要移開時，她看到爹爹的眼睛動了一下，竟然睜開了，好像睡醒了一般。香草以爲自己看花了眼，搖了搖頭，再仔細看，就看到了她永生都不會忘記的那一幕。

那隻貓輕盈地一縱，跳到了棺材蓋上，然後把牠的爪子伸進棺材，在她爹爹的太陽穴那裡撓了撓，就無聲無息地跳了下來。這時，她看到爹爹頭一抬，身子一動，直直地坐了起來，雙手平伸著，站起來跳到了地上，跟著那隻貓就往院子外面走去。香草大聲喊著：「爹，爹——」但喉嚨裡像是堵著一團棉花，怎麼也喊不出來。

她戰戰兢兢地下樓去，扯住媽的衣服又搖又叫：「媽，媽——」卻怎麼搖也搖不醒。她又去搖另外幾個街坊，他們睡得正香，根本沒反應。她沒有辦法，就往院子外跑去，剛要跨過那道門檻，心裡還是很害怕，立即把伸出的一隻腳縮了回來，重新跑回院子，雙手抱起那根沉重的門門杠，重重地打在一張沒有人的八仙桌上，那些人才睡眼惺忪地醒過來了。

25

暮色四合的時候，舒小節爬上一個坡頂。山路很窄，可能是走的人稀少的緣故罷，野草和荊棘都伸到路中間來了，如果不是一直沿著路走，還發現不了這越來越窄，越來越模糊的，其實就是路。他看了看四周，暗綠色的山坡，層層疊疊，由近及遠，緩緩地淡開去，但因爲夜幕的降臨，遠處又籠罩在一片黑色之中。他有些後悔，不該急著趕路，應該是看看勢頭不對，立即投宿下來才是。翻過這座坡，如果還沒有人家，那這一夜也只好在山林裡睡了。想到這裡，他不禁有些害怕，腳步也不知不覺加快了，只恨路太窄，要不，他會放開腳步跑起來。

拐過一個彎，視野驀地開闊，他看到，山腳有一戶人家。這個發現，讓他心頭一喜，振奮起來。

那戶人家的房子不是山裡常見的吊腳樓，而是一個大院子。四面都是木房，只有前面那一幢房子亮著燈，其他房子都是一片漆黑。舒小節想，這麼大一個院子，全是二層樓的，論房間，怕不會少於三四十間吧。這一定是大戶人家了。

有了目標，他便不顧路邊野草和荊棘的挽留，興匆匆地下到山腳。老遠地，他看到那個院子的大門了。大門是關著的，像是沒有人一樣。院子前面有一株高聳入雲的楓樹。楓樹的半腰，長滿了密密麻麻的葉子，而半腰的上下，都是光禿禿的，一片葉子也沒有。楓樹很粗大，沒有三五個大人是抱不攏的。樹根處有一個半人多高的大洞口，被一些攀爬而上的藤蔓，像簾子一樣遮住了洞口。還沒有被遮住的只有扇子大小的洞口，黑得像一個巨大的不知名怪獸的獨眼，惡狠狠地瞪著每一個從它面前走過的人。

舒小節只看了一眼，就不敢再看第二眼了。他有一種感覺，那個洞口似乎有一股吸力，要把人吸進去一樣。到了大楓樹的前面，他突然加快了腳步，幾乎是帶著小跑，快步繞過去了。剛剛走過那棵樹，他就聽到樹洞裡傳來一個小女孩的聲音，像笑，又像在哭，彷彿是誰家的野小子在搗亂搞惡作劇，又像是搗了亂被父母放到板凳上打屁股發出來的哭泣聲。

他稍稍平息了一下自己怦怦亂跳的心，才伸出手習慣性地去拉門環，手拉了個空，他這才發現，沒有鎖。鄉下的門，一般是不上鎖的，因爲根本不用防小偷，若來了客人或過路的，去灶房喝口水，拿個板凳坐坐，是很平常的事，他們的油鹽柴米、富貴安康都不上鎖，荒郊野外，防鬼避邪是比這更重要的事，不像他們鎮上都有銅門環。一把鎖，把所有的一切都鎖在裡面了。他自嘲地笑了一下，就嘭嘭地敲起門來。

四面都是重重疊疊的大山，只有這戶單獨的院落。敲門聲在這大山窩裡，顯得空洞而虛幻，在林間悠悠地回響著。

沒人來開門。

莫非，這屋裡沒有人嗎？如果說沒有人，怎麼又有松明的燈光？如果說有人，怎麼半天沒有人來開門呢？

他敲得重些了，邊敲邊喊：「有人嗎？」

「我不是人莫非還是鬼？」

一個尖細的聲音幽幽地響了起來，不是在屋裡，而是在他的身後。

這聲音來得不是方向，有些出乎意料，舒小節的腳桿一軟，差點跌倒在地。他連回頭的膽量都沒有了，仍是面對著門問道：「你是哪個？」

一聲嘻嘻的笑聲傳來，這回他聽清楚了，是一個小女孩的聲音，清脆而明亮，透著頑皮和天眞。

他回過頭，果然，站在身後的是一個女孩。那女孩只有十二三歲的樣子，明眸皓齒，眉目如畫，略略地歪著頭，一雙大眼睛正好奇地打量著他。

小女孩說：「我是阿妖啊，你是哪個？」

舒小節說：「唉，把我嚇一跳好的。我姓舒，過路的。」

叫阿妖的小女孩說：「你是過路的嗎？我看不像。」

舒小節問道：「我眞的是過路的啊，妳怎麼講不像呢？」

阿妖說：「你要眞是過路的，那你過就是啊，怎麼還站到這裡呢？」

舒小節見她這麼認眞，又好氣，又好笑，說：「過路的，過著過著，這不天就黑了嗎？我得找個地方投宿啊。」

阿妖說：「你看我講得不錯吧？白天，你是過路的，晚上，你、就、是……」

舒小節見阿妖的臉上現出了凝重的神色，眼睛也直呆呆地瞪著他，他感到這小女孩有什麼地方不對勁，不曉得她要講出什麼話來，就好奇地問：「晚上，我就是什麼了？」

阿妖慢慢地說：「晚上，你就是……投宿的啊，啊哈哈哈……」

阿妖見舒小節像隻呆頭鵝，便哈哈地笑了起來。

舒小節開始還有些緊張，這一下也不禁被她的童稚逗笑了，說：「調皮鬼。」

阿妖好像很喜歡別人這麼叫她，就又笑了，說：「我就是鬼啊，嘻嘻。」

說著，阿妖從荷包裡摸出一把銅鑰匙，咯嚓一聲，把鎖打開了。

舒小節暗暗道了一聲慚愧，剛才想得太多，竟然沒看到門是鎖著的，這果然是大戶人家，再大的院子，出門一把鎖，哪個都進不去。看來，自己是被屋裡那盞亮著的燈給騙了，不過，屋裡沒人，怎麼還亮著燈？是不是阿妖點了燈才出去的呢？那麼，這裡前不著村，後不著店，她到哪裡去玩來呢？一定是那個大樹洞裡。她進到那裡面去做什麼？她的家人呢？偌大一個院子，不會只有一個人住吧？

阿妖吱的一聲把大門一推，率先跨進屋去，對站在門口遲疑著的舒小節說：「咦，你不是說來投宿的嗎？怎麼像被施了定身法了？」

舒小節疑惑著，還在考慮，是不是應該進這個大屋裡去。

阿妖見他不回答，就有些生氣的樣子，噘起小嘴，說：「再不進來我關門了，讓你一個人被那些遊魂野鬼拖去算了。」

舒小節回頭看了一下，四周的大山猙獰著嘴臉，黑壓壓地撲面而來。他想，莫講什麼遊魂野鬼，山上的狼和老虎可能正在虎視眈眈地盯著自己呢，就算這屋子裡有什麼蹊蹺，也總比被狼和老虎扯得血肉橫飛的好吧。何況，阿妖畢竟只是一個孩子，那麼天眞，那麼可愛，跟邪惡好像沾不上邊，應該沒事的。於是，他硬著頭皮，一步跨進了院子。

他剛剛進到院子裡，阿妖就像生怕他會跑了似的，把大門砰的一聲關上了，再嘩啦一下，把門閂死了。

26

進入大門，是木樓的過道，這個過道，有六七尺寬，進深有三丈多。憑腳下的感覺，也知道是青石板鋪成的。兩邊是木房，頭頂是木板，上面是木樓的樓上了。由於沒有燈，這裡很暗。

阿妖在前面帶路，舒小節跟著她，一步一步地往過道深處走去。隔著三尺遠的距離，他可以看到她的紅衣服在沒有燈光的夜晚，顯現出極暗極暗的紅色，和黑色沒有多大的區別了。她一跳一跳地往前走，像是開心的樣子。隨著她的腳步起跳，她短短的披肩髮也一散一散的，散開來時，像一把黑色的小傘。

她走出了過道，被樓上一間房子的燈光照著，影子很短地在她的腳下長了出來。她站住了，轉過身來，對著舒小節，等著他。由於她是被燈光從頭上瀉下來籠罩著的，舒小節看到她的臉上、鼻子，還有下巴的陰影，長長地歪向了一邊。她的眼睛，只留下一點淺淺的白色來。

等舒小節也走出了過道，阿妖用手往樓上那個亮著燈的房間一指，說：「你睡那間，門沒鎖。」

舒小節往樓上看，亮燈的那間房在二樓，窗口用一層絲棉紙糊著，燈光從窗口映出來，不甚明亮，有點霧濛濛的感覺。

他問阿妖：「只有妳一個人在屋裡嗎？妳的爹媽呢？」

阿妖說：「今天只有我一個人在家裡，我的媽媽，還有我的爹爹們，都出去辦事去了。」

舒小節想，剛才看這個女孩伶牙俐齒的，怎麼現在講的話又糊塗了？就問：「爹爹們？」

阿妖說：「是啊，是爹爹們啊。」

舒小節有些好笑，就打趣地說：「爹爹就是爹爹，怎麼還爹爹們，妳有幾個爹爹啊？」

阿妖倒覺得舒小節少見多怪了，說：「兩個爹爹啊，一個大爹，一個小爹。」

舒小節越發地不相信，問道：「那妳有幾個媽媽？」

阿妖感到是遇上白癡了，不耐煩地說道：「全天下的人都只有一個媽媽，你還有兩個？哼。你自己上去吧，我走了。」

說著，阿妖就往院子裡走去，顯見著她是去另一幢房子。

舒小節這才想起，這戶人家修著這麼大一幢房子，是拿來幹什麼用的呢？就對著阿妖的背影問道：「小妹妹，問妳一下，你們家是做什麼的？」

阿妖並不回頭，說：「開客棧的啊，如果不是開客棧，你怎麼會找到這裡來？」

舒小節想，也對，這麼多的房子，應該是開客棧吧。他還有不明白的，就又問：「那怎麼不寫客棧的名號？」

阿妖說道：「我們家的客棧不興寫字號的。」

舒小節不明白：「不寫字號？那人家怎麼曉得？」

阿妖仍然沒有回頭，告訴他：「人不曉得鬼曉得！」

這個阿妖，沒得哪句話正經，年紀不大，捉弄人的本事倒不小。舒小節無奈地笑笑，還想問什麼，卻看到阿妖隱入了一個門樓，消失了。

他只好一個人踏著樓梯，上了樓。樓上，平排數過去，有六個房間，亮燈的那一個房間是第五個。他一個一個房間地走過去，聽著自己的腳步聲把樓板踩得吱呀吱呀地響。每經過一個窗口，他就感覺到，黑洞洞的窗口裡面，像是有人在說話。他不相信，如果有人，那麼阿妖出門去玩耍，也不可能要把門鎖著才出去。走到第四個窗口時，他索性停了下來，聽一聽到底房間裡有沒有人。他停下來，側耳傾聽，什麼也沒有。他湊到窗邊，想看看屋裡有沒有人，可是，那些窗子都是用絲棉紙糊著，根本就看不到裡面。

他伸出手指，想把窗戶紙捅破，快要捅到窗戶紙的時候，阿妖在對面樓上問他：「你要做什麼？」

舒小節嚇了一跳，立即把手放下，說：「沒做什麼啊，我只是想看看，裡面有沒有住人。」

阿妖說：「有啊。」

說完，阿妖就摀著自己的小嘴笑了起來。

舒小節也不禁笑了一下，這女孩眞是很頑皮。

舒小節來到第五間，果然如阿妖所說，門雖是掩著的，卻沒有上鎖。

他推門之前，再回頭看看阿妖，意思想打個招呼。可是，阿妖不在那裡了。這讓他有些困惑，她不會這麼快就進屋去了吧？她要是進屋去了的話，也應該聽到開門的聲音啊，怎麼一點聲音都沒有呢？他有些懷疑起自己來了，剛才，阿妖眞的出來要他不要開那扇門嗎？是不是自己看恍了呢？這麼想著，他又想得更遠，這裡眞的有一個叫作阿妖的女孩嗎？眞的有一個活生生的小女孩嗎？

他試著朝對面喊：「阿妖，阿妖……」

整個院子裡，死氣沉沉的，沒有一點兒聲音。

舒小節猶豫了一下，心想，來都來了，先安頓下來再說，何況，現在出去也不是個話，就推開了房門。

「吱——呀——」的一聲，門被他推開了。

屋裡除了一張木床以外，還有一張像是案板的東西放在房間的中央。他感到奇怪，怎麼不放一張桌子而放一張案板？案板的正中間，鑿了一個拇指大小的洞。案板下面放著一只陶罐，陶罐上布滿了蜘蛛、青蛙還有蚱蜢等圖案。陶罐有一只小桶那麼大，蓋著蓋，也不知道裡面放著什麼東西。床是雕花木床，四四方方的，像一座小小的城池。床上鋪著藍印花鋪蓋和一個枕頭。案板上，松明燈的火苗黃黃的，靜靜地燃燒著。

走了一天的路，舒小節實在太累了，連背著的包穀粑也懶得吃，衣服也懶得脫，就一頭栽到床上，睡了。

很快，他就進入了夢鄉。睡夢中，他發現自己浮在天花板上，看到他睡的這張床上，還睡著一個人，不是阿妖，而是一個和他一樣的大男人。只不過，那個人睡在那一頭，和他蓋著同一條被子，手和頭露在被子的外面。他是側著睡的，而那個人是仰著睡的。他的臉上很安詳，一副睡得很香甜的樣子。但看了很久，那人也一動不動，這時，舒小節心裡突然想，那個人並不是睡著了，而是死了，那是個死人。他浮了下來，浮在那個人的上空，細細地打量，這才發現，那個人不就是他的爹嗎？這眞是踏破鐵鞋無覓處，得來全不費工夫。他驚喜地去搖爹的頭，想把爹搖醒，想不到，他爹的頭卻是擺放到床上做樣子的，一下子，就抱到了自己的手裡，彷彿是那頭主動跳到他的手裡來的。頸根處，他看到血管和筋骨正在迅速地彎曲和伸縮。他嚇得大叫一聲，手一鬆，他爹的腦袋就咚的一聲掉到了地板上，骨碌骨碌地往床下面滾去。這時，他醒了過來，呆呆地盯著床的那一頭，想看看是不是有他爹的無頭屍體。

他當然沒有看到他所想像的那具屍體，而眼睛卻看到，一個人的影子從門與地板的接縫處潛進屋子裡來。那顯然是一個女人的影子，因爲，那影子的頭上有很長很長的頭髮，至少長及腰背。女人的影子越來越長，直往他的床頭伸過來，到了床邊，稍微停留了一下，似乎在想，是不是還要繼續前進，只稍停了一下，那影子就繼續沿著床腿，攀爬上來了。

27

舒小節的腦袋裡電光石火般想到，有燈光會有影子。他想都沒想，手就下意識地把枕巾一扯，呼的一揮，松明光歪歪扭扭地跳動了兩下，熄滅了。

沒有燈光，哪來影子？

他這麼想著，有些得意於自己的急中生智。

然而，他的得意很快就消失了，因爲，他想到了，松明燈是在屋裡，而屋子的外面，並沒有燈光，影子怎麼會由外面飄到屋裡來呢？

他再仔細地看著自己的床上，什麼都沒有。

這個時候，他一點睡意都沒有了。他下了床，走到門邊，把門打開了。屋外，風清月白，四野無聲。院子裡，幾株芭蕉隨風擺動，寬大的蕉影像身穿長袍的婦人在婆娑起舞。

這時候，他聽到隔壁房間裡似有人說話的聲音。聽那聲音，應該是個女人無疑了。他想起來，這一幢房子裡，只有他的那間房子住著一個人，那就是他自己。難道隔壁也住了人嗎？也許，是自己睡著了之後，又住進了客人？又或者，是阿妖在自己睡了之後，跑到這間房子裡來睡了？不過，聽那聲音也不像小孩子的，但肯定是女人的聲音，他不好過去看了，回自己的房間繼續睡覺。

正要走，那聲音又傳了過來，是呻吟。

舒小節聽那聲音，好像那人很痛苦，正壓抑著不讓聲音過大而影響了別人的休息一樣。他想，一定是有人病了。如果這個時候自己回去而不管別人，良心會不安的。於是，舒小節來到隔壁房間門口，輕輕地敲了敲門，問道：「有人嗎？」呻吟聲立即沒有了。房間裡又是一片死寂。他試著推了一下門，那門哇呀一聲應聲而開。淡淡的月光照射到房間裡，他看到房間的結構和他睡的那一間一樣，一張床和一張案板。等他的眼睛適應了這間房子裡的光線時，他不禁倒抽了一口冷氣。床上倒是空無一人，而案板上卻趴臥著一個女人。女人竟然還是一絲不掛，滿頭的長髮垂到了地下。

舒小節差點沒叫出聲來。

他加了把力氣，把板壁敲了敲，那個女人沒有任何反應。

舒小節慢慢地往案板邊走去，走到案板邊，摸了摸那女人光滑的肩胛骨，說：「喂，妳怎麼了？」

他感覺到，那個女人的身體冰涼，而且一點彈性也沒有，有點像屠夫案板上的死豬肉。這麼一想，他的頭皮有些發麻了。

他把那女人的腦袋扳轉過來，卻是扳不動，好像牢牢地黏在了案板上一樣。

他蹲了下來，這時，看到了案板下面那個和他房間裡一模一樣的陶罐。這只陶罐與他房間裡的不同之處是，在陶罐與案板之間，用一根竹管連接起來，不知這麼做有何用意。他想到自己住的那間房子裡的案板上，是有一個拇指大小的洞的。莫非，這根竹管穿過了那個洞，並繼而……插入了這個女人的肚臍？想到這裡，他才明白，這根本就不是一個熟睡中的女人，而是一具女屍。

他本能地撒腿就跑。剛到門邊，就與一個人撞了個滿懷，嚇得啊的一聲叫了起來。是阿妖。

阿妖冷冷地問：「你不好好睡覺，偷看我們家的屍體做什麼？」

舒小節喘息著，問道：「你們家，究竟是搞什麼的？」

阿妖說：「開客棧的呵。」

舒小節指著那具女屍，問道：「那是……」

阿妖依然冷冷地說：「我媽是放蠱的，那是養屍蠱……」

舒小節大吃一驚，結結巴巴地說：「你、你們、家家家……」

阿妖輕蔑地瞟了他一眼，說：「冷嗎？」

舒小節一點都不想和她講下去了，回到自己的房間，把包袱一拿，咚咚咚地下了樓，飛也似地往院子外面跑去。到院子門口，只一腳就把門踢開，衝了出去。

第五章 開棺

28

吳侗踏上龍溪鎮第一塊青石板的時候，那冷硬的青石板帶給他的不是生冷、堅硬的感覺，而是溫馨與祥和的感覺。他的職業決定了他不得不與屍體打交道。屍體是死人，而每一次的活路，短則十天半月，多則四五十天。這麼長的時間裡，不能走大路，不能見生人，更不能在大天白日下堂堂正正地走，而要像一個賊一樣地偷偷摸摸地走，還得像啞巴一樣不說話，孤寂而苦悶，無聊又乏味。

並非恐怖，而是勞累，寂寞，孤獨，寒冷。他厭倦了他的職業，他早就不想幹了。

但是，這是由不得他的。他出生在趕屍世家，這就注定了他的一生都將重複著他的爺爺和他的爹爹的路。

不是爹爹不好，爹爹也沒有辦法，這一點，他很理解爹爹。爹爹只有他這麼一個兒子，他把所有的愛都傾倒給了他。爹爹也是一個可憐的人，在吳侗的心裡，也在為爹爹叫屈。做趕屍匠必定要失去許多許多，其中，就注定了一生將和女人無緣，爹爹就沒有女人。

趕屍匠是不能有女人的。

吳侗在爲爹爹叫屈的同時，也爲自己叫屈。

他曾不止一次地問爹爹，他的媽媽是誰，現在在哪裡，她是不是一個漂亮的女人？

每每到了這個時候，爹爹都沉悶不言，只顧默默地抽著葉子菸，任那濃濃的煙霧一團一團地把他的腦袋包裹起來。

爹爹時常以沉默來對付他，他也明白，爹爹一定有他的難言之處。幾次之後，他再也不問爹爹了，他知道那不僅是徒勞的，也會讓爹爹爲難。他不問了，並不意味著心裡的結就解開了。在家裡沒有人說話時，他就和屍體說話。而這次，居然差點兒讓屍體詐屍了，他也多少清醒了一點。屍體，到底還是屍體，是不能夠和人的心靈相通的。

吳侗雖然和爹爹沒有話說，但體諒爹爹的難處，內心裡還是一如既往地愛著他的爹。每次外出回家，他都要給爹爹帶一籠爹爹最愛吃的燈芯糕。

這次回家，他就拐了一個彎，來到了龍溪鎮。因爲，爹爹最喜歡吃金名糕點店做的燈芯糕了。

吳侗對糕點沒有多大的興趣，但他喜歡到金名糕點店去給爹爹買燈芯糕。老闆很客氣，更重要的是，老闆娘爽朗、大方，對他格外有一種母性般的關懷。

每次到那裡買糕點，老闆娘都會伸出她的圓潤溫婉的手，習慣性地多給他一塊。邊給他包紮糕點邊說：「多孝順的孩子啊，我要是有這樣的兒子就好了。」

這時，吳侗就在心裡說：「那我就給妳做兒子吧。」

他只是在心裡說，而不敢講出來。

一來二去，他們便很熟悉了。有時，他返家的路線並不經過龍溪鎮，其他鎮上也一樣地有各式各樣的糕點賣，但他還心甘情願地跑滿遠的路，去買她家的糕點。天黑了，就到鎮上的客棧歇一夜。花的冤枉錢，他一點也不覺得心疼。

時間長了，晚上他出了客棧，就到糕點店去和老闆娘扯白話，拉家常。那個時候，是他感覺到最幸福的時候。他不叫她老闆娘了，改口叫她「姚娘娘」。那一次，連她的姓氏也不叫了，直接叫「娘娘」。鄧老闆一吃了夜飯，就到茶館喝茶去了，雷打不動。她的女兒，叫香草，和她的小姐妹們野天野地地去玩。屋裡，就只有他們兩個了。

煤油燈的燈光黃黃的，暗暗的，把他和她兩個人，籠罩在同一團光暈裡，讓他神昏目眩，恍惚間，自己就眞的是她的兒子，而她就是他的娘了。

他張了張口，想講什麼，而又什麼都不敢講出來。

姚七姐笑了，說：「你看你那個鬼樣子，哪像個男子漢嘛。是男人，就要有男人的樣子，想講哪樣就講哪樣，想做哪樣就做了再說。」

他不好意思地抓了一下頭，說：「娘娘，我不想叫妳娘娘了。」

她感到奇怪，問道：「又叫回去了是不？莫非叫『老闆娘』還好聽點？」

他搖了搖頭，說：「妳好像我的娘，我……想叫妳娘。」

姚七姐一愣，便哈哈地笑了起來，說：「乖崽，你就做我的崽吧。」

吳侗看她那麼大笑，以爲是在取笑他，不禁有些生氣了，說：「我講的是眞的啊。」

姚七姐停止了笑，說：「我講的也是眞的啊。」

他說：「那我眞的叫妳娘了。」

姚七姐說：「莫講蒸的，煮的也行啊。」

吳侗的兩隻手沁出了很多汗水，他不自然地在衣服上擦了擦。嘴巴也哆嗦得厲害，明明一點都不冷，而身上竟然控制不住地顫抖著。他的喉嚨有些發啞，嘴唇輕輕開啓，發出了那個他做夢都想發出的聲音：「娘……」

姚七姐響亮地應道：「哎——」

那一夜的燈光，把吳侗冷寂了二十年的心給焐熱了。

吳侗老遠就看到了金名糕點店，奇怪的是，店裡黑燈瞎火的，沒有了那一團橘黃的燈光。來到店門口，感覺到很冷清，有什麼不對勁的地方，到底是哪裡不對勁，他又說不出來。他想，這個時候還早，應該還沒到上床睡覺的時候啊。也許，是他們全家走親戚去了嗎？一陣風吹過來，他的鼻孔裡聞到了一絲他非常熟悉的氣味，那是殘留下來的紙錢被燒過的氣味。他的心一凜，難道，娘……她？他扣動門環，使勁地搖晃。屋裡還是死氣沉沉的，沒有任何動靜。一個老太婆從他身邊走過，用奇怪的眼神看著他說：「他家死人了。」吳侗的頭皮一麻，趕忙問道：「是、是……哪個？」那個老太婆好像害怕什麼一樣，說：「死得凶哩，你啊，沒事莫招惹。」說完，就像眞的要見到鬼一樣，踮著小腳，搖搖晃晃地快步離開了。吳侗想不了那麼多了，用手拍起門來，邊拍邊喊：「娘，開門！」

29

當姚七姐出現在吳侗面前的時候，吳侗吃了一驚。

姚七姐在他的印象中很是潑辣幹練，光彩照人。而這時，出現在門裡陰影下的姚七姐，彷彿一下子老去了十歲，頭髮竟然花白了，似乎沒有梳洗，散散亂亂地搭在頭上，目光黯淡，腰也直不起來的樣子，扶著門框，話還沒說出來，先就喘著粗氣。

吳侗趕忙叫道：「娘，妳這是怎麼了？」

姚七姐無力地搖了一下頭，讓到一邊，那意思是進屋來再說。

吳侗進了屋，姚七姐並沒有忙著關門，而是把頭伸了出去，看了看門外有沒有人看到有人進她的屋，這才關了門，倚著門牆，歇了一會兒，才虛弱地低聲哭泣了起來：「侗崽，娘的命好苦哇……」

吳侗從來沒有想到，姚七姐竟然也會有這麼軟弱的時候。因為不知道她家發生了什麼事，他也就更不知道該怎麼去勸慰她才好，只是一個勁兒地問：「娘，到底怎麼了？妳告訴我啊。」

姚七姐挪動腳步，說：「先上樓。」

剛走得兩步，身子一軟，直往地下倒去。吳侗見著那勢頭，急忙伸出雙手，把她扶住。

就這樣，吳侗扶著姚七姐，慢慢地一級一級地往樓上走去。

到了樓上，姚七姐喘著氣說：「我要歇息一會兒。」

進了她和鄧老闆兩個人的臥房，吳侗扶著她半躺著靠到了床上。

姚七姐說：「侗崽，鍋子裡有飯，你自己裝來吃。」

吳侗心裡感到有些溫熱，彷彿，這姚七姐眞是他的親娘了。他有許多的話要問她，站在床前，問道：「我吃過了，不要管我。娘，鄧老闆呢？香草妹子呢？家裡，究竟發生了什麼事？」

姚七姐用眼睛示意著他，說：「坐下來。」

吳侗猶豫了一下，就坐到了床邊上。

吳侗急於想知道她的家裡到底發生了什麼事，就再次問道：「出了什麼事呵？娘。」

姚七姐指了對面的牆上，說：「你看。」

吳侗扭過頭去看牆上，這才發現牆上掛著兩張白布，像白色的被單，又像白色的長袍。他知道，這既不是被單，更不是長袍。在這一帶，沒有誰家的被單是用白布做的，更沒有誰用白布做袍子。他的心一緊，那不是孝帕是什麼，有些不敢相信地問：「是鄧老闆，還是香草？」

姚七姐說：「是那死鬼。」

於是，姚七姐就把家裡前兩天發生的事說給了吳侗聽。

姚七姐停了一下，繼續說：「香草一個勁兒地責怪自己，說是自己害死了她爹，她不顧我的勸阻，找她爹去了。」

說了這一通話，姚七姐累得不行了，就閉上了眼睛，靜靜地歇息著。

吳侗安慰道：「這些都是命，由不得人的。香草也大了，她像妳，又能幹又聰明，不會出什麼事的。我倒是很擔心妳，妳可千萬要注意自己的身子啊。」

姚七姐說：「我，也沒事的，只是，有點累，身上，心裡，腦殼裡，都是……」

吳侗很心疼，說：「娘，妳的身子太虛了，要補氣血才行啊。」

姚七姐說：「沒什麼，躺一會兒就好了。」

吳倘說：「不行啊，我給妳補點氣血，不要多久就好了。」

姚七姐問：「怎麼個補法？」

吳倘就有些害羞似地說：「就是，我把眞氣通過妳的肚臍送到妳的肚子裡……算了，其實，妳只要休息幾天，也一樣會慢慢好轉的。」

姚七姐嘆了口氣：「慢慢地？慢慢地我早就……也好，死了就一了百了了，經過這幾天的折騰，我早沒了活的心思了，只是香草她……」

一連說了幾句話，姚七姐又喘了起來。

吳倘慌了，說：「娘，妳莫操心，莫想得太多。」

姚七姐看著他，說：「我被這一棒子打昏了，不曉得還醒不醒得過來呢。」然後一陣猛咳，咳得氣都喘不過來，臉上紅一陣白一陣，眼淚也流出來了。

吳倘拿了臉帕，把娘臉上抹了抹，又捶了捶背，姚七姐這才平靜下來。

吳倘對姚七姐說：「娘，妳躺下，我幫妳調調。」

姚七姐盯了吳倘一眼，有氣無力地笑笑：「你不怕了？」

吳倘不看姚七姐，說：「妳是我娘，我怕哪樣。怕只怕我沒福氣侍候娘呢。」

姚七姐聽了這話，一陣心酸，就去扯身上的衣服，哪想她渾身無力，連這點小事都做不了，折騰了半天，還是吳倘雙手抱住她的腰桿，稍稍懸了空，姚七姐把褲腰帶鬆了，往下拉一點點，直到露出肚臍眼。

吳倘從包袱裡掏出一張紙，畫了一個字符，放在煤油燈上點燃，燒成灰，放到碗裡，倒入兩滴水，攪拌勻淨後，糊在姚七姐的肚臍周圍。然後，他伸出右手的食指與中指，頂著肚臍，慢慢地把眞氣輸進去。不一會兒，肚臍周圍灰色的紙灰兒像是被一股無形的風吹拂著，如漣漪一樣，慢慢地往四周洇開去了，那灰色，漸漸地變成了黑色。

姚七姐的臉上有了淡淡的紅暈，憔悴之氣也消失不見了。她自覺身上輕鬆了許多，全身上下，充滿了力氣。於是，她睜開眼睛正要說什麼，卻是一句話也說不出，張大了嘴巴，驚叫起來。

吳侗問道：「哪裡不舒服？」

姚七姐指著窗子說：「那裡……」

一陣瘆人的笑聲，從窗子外面嘎嘎地傳了進來。

30

吳侗轉頭一看，只見一個男人把手一揮，窗戶被推開，呼地一下，跳了進來。

吳侗以爲是來了盜賊，立即站了起來，迎上前去。他還沒有開口，那個男人倒先對他吼叫起來：「你這個臭趕屍的，莫以爲我不曉得你是哪個。你常來這兒買糕點，我早就注意到你了。你闖到我家來幹什麼？」

吳侗一愣，鄧金名莫非還沒死？

那男人對窗戶外面叫道：「你們斷腳了不是？給我快點。」

他一邊說著，一邊迅速竄到了床邊，把姚七姐的雙手摔住，使她動彈不得。

窗戶外面，接二連三地跳進來五條漢子，沒等吳侗防備，就發一聲喊，把他按倒在地，然後掏出棕繩，三下五除二地把他捆成了一個大大的粽子。

顯然，他們是架梯子進來的。

那男人的臉都快要湊到姚七姐的臉上去了，他嬉笑著說：「嫂嫂啊，妳這就不對了啊，我哥屍骨未寒，妳就把野男人帶回家來，竟然做下這等傷風敗俗的事！」

吳侗明白了，那男人是鄧老闆的弟弟。想不到，謙和老實的鄧老闆，居然會有這等禽獸兄弟。

姚七姐的雙手還被鄧銀名按著，她想掙扎，卻是絲毫也動彈不得。想著自己的褲腰帶還沒有繫上，肚臍也仍然露在外面，讓那些污七八糟的男人盯著，不禁又氣又羞。

吳侗對著鄧銀名說道：「她是你的嫂嫂，你這麼對待她，你還是人嗎？」

鄧銀名偏過頭來，對著吳侗冷笑道：「人？誰不是人了？不是人的不是我，而是你，你們！一個是姦夫，一個是淫婦，想我鄧家世代忠良，清清白白，今天全毀在你們的手裡了！」

姚七姐趁鄧銀名不備，一口咬在他的手上。鄧銀名殺豬似地痛叫著，那手猛地一扯，血流到了姚七姐的臉上。

鄧銀名惱羞成怒，嘩地把姚七姐的衣服撕成了碎片，又發了狂似地把她的褲子扒拉了下來，丟到地上。

姚七姐一邊亂蹬著，一邊嘶啞著嗓子罵著：「鄧銀名，你這個豬狗不如的東西！鄧家怎麼生出你這個報應崽……」

鄧銀名把那一隻被咬傷的手放到自己的嘴邊，伸出舌頭，眞個像狗一樣地，一下一下地舔著傷口，把血都吸進了嘴裡，噗的一下，全部噴到了姚七姐的臉上。然後，狠狠地抽著她的耳光，左一下，右一下，直打得姚七姐眼冒金花。邊打邊恨恨地說：「妳這個賊婆娘，騷婆娘，偷萬人的婊子婆娘，要不是妳，我怎麼會落到四十歲了還打單身？要不是妳，我哥怎麼會不管我的死活？要不是妳，這麼一大幢的房子，怎麼講也有我落腳的處所……」

吳侗的眼裡快要噴出火來，喊道：「莫打她！」

鄧銀名喝一聲：「把這騷婆娘也一起給我捆上！」

立即過來一個漢子，淫邪地笑著，把光裡胴胴的姚七姐的雙手捆了起來。

鄧銀名走到吳侗的面前，陰陽怪氣地說：「喲，你小子還真是一個憐花惜玉的多情郎啊。可惜啊可惜，你是泥菩薩過江，自身難保啊。」

他輕佻地捏著吳侗的鼻子，輕蔑地說道：「你不是老司嗎？你做法術搞我啊。嗯？怎麼了，不行了吧？你的那點破玩意兒用來趕屍還行，趕人就不行嘍。還好，我就是一個大活人，是一個被這騷女人罵爲吃喝嫖賭的大活人！哈哈哈，我頭上長疱，腳底生瘡，一身上下，壞水一包。你們呢？嗯，你們呢？你們不是豬狗，卻幹著豬狗不如的勾當，還好意思罵我，哼！」

吳侗說：「你不要血口噴人。」

鄧銀名說：「捉賊捉贓，捉姦拿雙。」

吳侗氣得咬牙切齒，他想不到，他和他娘的感情是母子之間的純美的感情，竟然被鄧銀名說得那麼骯髒和齷齪。他腿一抬，猛地一腳，把鄧銀名踢翻在地。

一個漢子趕忙把他扶了起來，另外三個人把吳侗推倒在地，幾隻腳一起上前，招呼在了他的頭上。

姚七姐哭叫道：「你們莫要打了，再打下去，要出人命的。」

鄧銀名咧嘴笑道：「一個憐花惜玉，一個心疼情郎，在下佩服啊佩服。我好受感動啊，感動得都要流眼淚了。」

他對姚七姐說：「嫂嫂，我哥從來都沒有得到過妳的心痛啊，這小子好有福氣的哦。」

姚七姐說：「鄧銀名，你要遭報應的……」

鄧銀名說：「罵吧，妳就使勁地罵吧，等一下，妳就不會罵了，不但不會罵我了，妳還要求我，求我放妳一馬，妳相信不相信？」

姚七姐恨道：「就是死，我也不求你！」

鄧銀名說：「好。那我們就試試看？」

他把手一揮，說：「弟兄們，把這兩個姦夫淫婦帶起來，先遊街，後報官。」

漢子們馬上行動，抓住姚七姐和吳侗，就往屋外走去。

其中一個漢子悄悄地對鄧銀名說：「鄧哥，你嫂嫂她，還是讓她把衣褲穿起來吧。」

鄧銀名給了他一個嘴巴，罵道：「我眼裡有她這個嫂嫂，可她眼裡哪時有我這個小叔了？我就是要讓她難堪，我就是要讓她沒臉見人，我就是要讓全鎮的街坊鄰居看看她的光胴胴到底和別的女人有什麼不同，看看她的身上是不是繡著人見人愛的牡丹花……走！」

眾人押著姚七姐和吳侗往樓下走去。

31

正要下樓，姚七姐倚著門框，死都不肯下去。

鄧銀名把她狠狠地一推，姚七姐就骨碌骨碌地直往樓腳滾去。吳侗叫了一聲「娘」，不顧自己的現狀，也往樓下跑去。沒有注意到鄧銀名的腳一伸，吳侗就被絆倒了，也骨碌骨碌地滾下樓去了，其實，沒有鄧銀名那一腳，吳侗一樣得滾下去，因爲他是一個「粽子」，手腳不靈便。兩個人滾到了一堆。

吳侗哽咽著對姚七姐說：「娘，是侗崽害了妳，我不該啊，我不該，我不該叫妳娘，不該把天大的禍害帶給妳……」

姚七姐翕張著滴血的嘴唇，說：「不怪你，你不知道我們鄧家的事，這一天，遲早是要來的。」

吳侗說：「娘，妳千萬不要出了這個門啊。我給他說，我願意代替妳去承擔任何事，哪怕要我去死，我的眉頭都不會皺一下……」

姚七姐淒慘地一笑，說：「侗崽啊，你對娘，眞的那麼好？」

吳侗慨然道：「娘，相信我，啊？」

鄧銀名他們咚咚咚地下樓來了，把他們兩個拎了起來。

吳侗對鄧銀名說：「你放了她吧，是男人，就用男人的方式解決。」

鄧銀名哼道：「哼，我連人都不是，莫講什麼男人不男人。」

吳侗張了張口，說不出話來。遇到這樣下作的人，他還眞是沒有辦法。

鄧銀名揮手道：「走！」

那五個漢子正要推他們出門，這時，姚七姐開口了。她冷冷地對鄧銀名說：「我答應你。」

鄧銀名對那些人擺了擺手，對姚七姐說：「哦？答應我？答應我什麼啊？啊？我沒有向妳提過任何要求吧？嗯，讓我想想，我想想呵，怎麼一點印象都沒有呢？」

姚七姐冷笑道：「你姓鄧的心裡那點小九九我不清楚？」

鄧銀名臉上露出無辜的神情，說：「嫂嫂，妳曉得我這腦袋不好用，給點提示好不好啊？」

姚七姐說：「就讓我這樣提示？」

鄧銀名的臉上掠過一絲得意的笑容，對一個漢子說：「鬆綁。」那漢子立即把她的綁鬆了，讓她穿好了衣褲。

姚七姐穿好衣褲，就來給吳侗鬆綁。鄧銀名說：「慢著，我們先把家事說完了，再給這個外人解繩子不遲。」

姚七姐掠了一把散亂的頭髮，說：「你想要什麼，你我都清楚，你開個價吧。」

鄧銀名把雙手一拍，說：「好，我就知道嫂嫂是個好人，又爽快又體貼我這個做弟弟的是不？」

姚七姐說：「是男人就利索點，別囉哩囉唆的了。」

鄧銀名說：「好事不在忙嘛，何況，這還是我們鄧家最大的家事呢。哥哥只生一女，不幸的是，英年早逝。這傳宗接代的任務，就責無旁貸地落到我的身上了。那老話不是說了嗎？長嫂如母啊，妳這個當『母親』的看看吧，我這個做『兒子』的都快四十歲了，田無一丘，地無一壟，上無片瓦，下無插針之地，哪個肯做妳的『兒媳』？對於嫂嫂，我一向很佩服，也很敬重，打心眼裡……」

姚七姐打斷他：「你有完沒完？」

鄧銀名慢慢地從上衣口袋裡掏出一張紙，嘩地一撣，遞給姚七姐，說：「好，妳自己看看吧，當然，根據妳過去的性格看，妳也可以當場撕掉，然後狠狠地擲到我的臉上來。不過，沒關係的，撕了還可以重寫嘛。」

姚七姐拿到手裡一看，那是一張鄧銀名早就寫好了的契文。契文寫道：

「立契書人姚七姐，茲有本人龍溪鎮金名糕點店一所，三層三進，南北長三丈一尺五寸，東西寬二丈二尺，茲因自己不欲居住，今立賣契情願出賣與鄧銀名名下，議定共作價銀元九百七十元整，其銀元筆下並不短欠，日後倘有本族人等爭礙者，有賣主一面承當，與買主無涉，恐口說無憑，立賣契存證。」

姚七姐的手哆嗦著，這傢伙眞的是蛇蠍心腸。原本以爲他不過是要敲詐些錢財，沒有想到的是，他竟然是要霸占她的整個家產！

吳侗不知道那上面寫的是什麼，生怕姚七姐吃虧，就說：「娘，妳可留神點啊。」

鄧銀名以溫和的口氣對他說道：「我們鄧家在商量家事，你不要打岔，好嗎？」

姚七姐說：「他要霸占我們的房子。」

鄧銀名說：「話可不要說得那麼難聽啊，我們這是正常交易，怎麼能說是『霸占』呢？我又不是不付錢，當然，只不過不是付現錢罷了。」

吳侗趕忙說：「妳千萬不要答應。」

姚七姐這時倒平靜了下來，對他說：「侗兒，假如我什麼都沒有了，你還認我這個娘嗎？」

吳侗點頭說：「我不管妳有沒有，也不管妳怎麼樣了，妳都永遠是我的娘。」

姚七姐愛憐地輕撫著吳侗臉上的傷痕，笑了，說：「娘當然相信你。」

鄧銀名有些不耐煩了，把印泥遞到她的面前，說：「嫂嫂，先把兒女情長放在一邊好嗎？等辦完了這件大事，你們再卿卿我我要不要得？」

姚七姐沒有接印泥，她咬破大拇指，顫抖著按在了姚七姐的名字上面。

姚七姐的手印剛剛按上去，還沒有收回來，契書就被鄧銀名迅疾地收了回去，隨即，欣喜若狂的大笑聲就從他的嘴裡發了出來。

鄧銀名雙手捧著契書，激動得渾身直打顫，像打擺子一樣。笑過之後，居然哭泣了起來。與他一同來的幾個漢子看他那個樣子，就去扶著他在一張太師椅上坐了下來。

又哭又笑一陣之後，鄧銀名說道：「嫂嫂啊，妳可眞是我的好嫂嫂啊，過去以來是小弟不懂事，有什麼過錯之處，還請嫂嫂妳大人大量，原諒弟弟。」

鄧銀名又對那幾個漢子說：「你們怎麼還像傻子一樣地站著？」

那幾個人不知道他要做什麼，還以爲他們既然叔嫂相認了，接下來就要對那兩個人以禮相待了。

鄧銀名突然厲聲說道：「擅入民宅，非奸即盜。把這對狗男女給我趕出去！」

32

與靈鴉寨過節似的熱鬧不同，貢雞寨裡是一片沉寂。這也難怪，下半夜了，誰家不早已沉沉地進入了夢鄉呢？

寨老一行穿過一座廊橋，進了寨子，一聲狗叫之後，緊接著，寨裡就響起了一大片的狗叫聲，此起彼伏，連綿不絕。

他們來到了吳拜的吊腳樓前，烏昆走上前去敲門，很快，門就打開了。

吳拜一手拄著一根拐杖，一手拿著一盞茶油燈，站在門的裡面。

門外。烏昆雙手垂著，恭恭敬敬地叫道：「吳老司，我們是靈鴉寨的……」

寨老看到吳拜開了門，急忙下轎，趨步上前，說道：「吳老司，深夜打擾，實在是有失禮數啊。」

吳拜趕忙把門打開，說：「我聽到狗叫，就曉得有貴客要來了，原來是寨老。快快請進，快快請進。」

在吳拜的帶領下，大家進屋，坐到了火鋪上。

吳拜用夾鉗撓了撓火，使火塘裡的火燃得旺了一些。在火光的映照下，可以看見，他的年紀在六十上下，眼珠子鼓鼓的，兩顆大大的暴牙把上唇撐起，還露出肉色的牙床，臉上黝黑，略有些亮堂，如精臘肉一樣，給人的感覺很精明。

幾個人坐好後，寨老朝烏昆使眼色，烏昆從荷包裡摸出一個綠色的翠菸嘴，雙手遞給吳拜，說：「沒什麼拿得出手的東西，請老司不要嫌棄。」

吳拜接過來，說道：「寨老這麼客氣，眞是不好意思啊。」

寨老說道：「哪裡哪裡。」

吳拜把自己旱菸上的銅菸嘴取了下來，安上寨老送給他的翠玉菸嘴，把菸桿伸到火塘中間，點燃了葉子菸，把菸嘴塞進嘴裡，吧嗒吧嗒地猛抽了幾口，慢慢兒地把煙霧吐出來，這才發現兩顆暴牙早被煙燻得黑黃黑黃的，他醉了一樣地說：「好菸嘴，好啊。」

有人誇，寨老自然高興，笑了，但那笑比哭還難看。

這種笑哪逃得過吳拜的眼睛？他問：「寨老是不是碰到什麼麻煩事了？」

寨老長嘆了一口氣，說：「我這是無事不登三寶殿，有事才到寶殿來啊。是這樣的，最近這個把月來，我們靈鴉寨死了一些人，連三趕四的，有寨子裡面的，也有從寨子遷出去的，搞得全寨上下都人心惶惶，也不曉得出了什麼鬼，這不，想請老司去看一看。」

吳拜聽了寨老的話，也感到吃驚，問道：「死的那些，都是些什麼人？」

寨老說：「四十歲以上的，全是男人。如果老司肯幫忙，幫唱『娘娘洞』給查看一下也好『收拾』。」

吳拜不解：「四十歲以上的？那四十歲以下的沒事嘍？」

寨老躲閃著追問，含糊其辭地回答：「嗯，呵。」

吳拜噴了一口煙霧，說：「唱『娘娘洞』一般都是正月間，這個天，怕是唱不起來。」

寨老說：「所以才要請老司啊。」

吳拜說：「那我們就試一下，唱得起來固然好，唱不起來呢，那也只有聽天由命了，好啵？」

寨老說：「這樣最好，只是讓老司費心了。」

吳拜站起來，帶著他們離開火鋪，來到了堂屋裡。他把一張四方桌擺到堂屋中間，用碗裝了一碗米，篩了三杯酒，再點三炷香，插到米中。

然後，他把一條矮腳長凳放在桌子的後面，對烏昆說：「你坐上去。先朝三炷香作個揖，坐好後，兩隻手平放在膝蓋上。」

烏昆坐到了凳子上，雙手合十，恭恭敬敬地作了一個揖，規規矩矩地把兩隻手放到了膝蓋上面，頭微低，眼半閉。

吳拜與寨老等一干人坐在烏昆的對面，神情肅穆，屏聲靜氣。

吳拜清了一下嗓子，輕輕地先唱了起來：

正月正，
正月請妳娘娘下凡看龍燈……

接著，寨老一行也與吳拜一起唱了起來：

娘娘要來就快來，
莫在青山背後挨，
青山背後雨雪大，
打濕娘娘繡花鞋。

他們唱了三遍，而烏昆還是穩坐著，紋絲不動。按說，烏昆這個時候，應該有所反應了。吳拜站起來，把幾疊符紙放在烏昆的腳邊，用自己的拐杖插上去，釘牢，取了桌子上的樅膏片，在燈上引了火，把符紙點燃。

他重新坐到凳子上，又帶著大家唱了起來：

一塊柴，兩塊柴，
拿送娘娘架橋來，
一片瓦，兩片瓦，
拿送娘娘墊腳馬，
一碗水，兩碗水，
拿送娘娘梳燕尾。

烏昆還是沒有任何動靜，吳拜也有些急了，聲音也不由得大了起來：

風雪橋上一捆菜，
娘娘來得快，
風雪橋上一根蔥，
娘娘來得雄，
風雪橋上一把草，
娘娘來得好。

唱完，烏昆的眼睛只是茫然地看了大家一眼，顯然，吳拜並沒有請動「娘娘」。

這時，寨老對吳拜說：「『唱娘娘』都是正月間，現在是九月間了，是不是把唱詞改一下試試？」

吳拜想了一下，說：「那就再試一下，如果不行，那也是機緣不到，沒辦法的事了。以前請『娘娘』，從來沒有請不來的時候，我和『娘娘』都好熟的了。她是一個善良的好神仙，只要把信送到了，她曉得後斷斷沒有不來的理由的。」

吳拜給每人倒了一杯水，喝了。他取了一塊尺把長的樅膏，點燃起來，一邊在烏昆面前交叉地畫著橫「8」字，一邊又重新唱起來：

九月九來九月秋，
九月裡面好年頭。
田裡穀子賽黃金，
坡上桐子好打油。
家家都來請娘娘，
户户都把娘娘留。

這時，屋子裡的煙霧越積越多，隨著吳拜手裡的樅膏的舞動，那火苗也是忽明忽滅。明時，可以看到烏昆的臉，蠟黃，呆滯，不像是一個活人，倒像是一具坐著的屍體。滅時，竟然連那一屋子的人，都如鬼魅一般，只見兩隻眼睛，發出死魚樣的白色的光來。

烏昆的兩隻手開始輕微地拍打著自己的膝蓋，雙腳不由自主地顫動起來。

寨老說：「老司功力不凡，娘娘終於請動了。」

烏昆打了一個呵欠，嘴張著，流出了一點涎水。那涎水流完了之後，他就唉地嘆了一口氣，尖細著聲音，冷笑起來。大家都聽到了，那聲音，絕對不是烏昆的，而是一個女人的，也不是娘娘的，是一個陌生女人的聲音。

吳拜的臉上並沒有露出欣喜的神色，反而更顯凝重了。他輕輕地說了一聲：「糟糕，請來的不是娘娘……」

33

聽吳拜講請來的並不是娘娘，寨老不由得打了一個寒顫。俗話講，請神容易送神難，若請來的是大慈大悲的娘娘，倒也無妨，若請來的是帶著怨恨或戾氣的哪方妖魔鬼怪，就難得收場了。

吳拜不敢怠慢，趕忙在堂屋裡跳了起來，手裡的樅膏棒也舞動得更加起勁了，嘴裡的聲音也更大了，他邊舞邊唱：

開光了，
一時開光亮堂堂，
要請就請好娘娘，
不是娘娘你回去，
回去坐你好屋場……

烏昆的兩隻手慢慢地抬了起來，一隻手托著什麼東西，一隻手還拍著什麼，嘴裡，輕輕地發出嗯嗯的聲音。他的動作顯得輕慢、溫柔，這個樣子，任何人都看得出來，是一個女人抱著孩子，哄孩子睡覺。

烏昆咬著牙齒，冷冷地說道：「回去？嘿嘿……」

烏昆的腦袋還是半低著，他伸出一根指頭，對著他想像中的孩子的臉輕柔地點了一下，說：「崽崽乖乖啊，可憐的崽啊，他們不要我們娘倆，他們要攆我們出去哩，我苦命的崽崽啊，你說我們該不該回去？不走？對，娘聽你的，我們不走！」

烏昆尖細的嗓子發出來的說話聲，聽起來像是來自冰窖，一股寒氣直往人的脊梁骨滾滾而上，直衝頭頂。

吳拜不禁有些駭然，問道：「妳是哪個？」

烏昆茫然地應道：「我是哪個？我是哪個？我是哪個呢？我到底是哪個呢？」

他這才抬起頭來，臉上星淚斑斑，眼裡空空蕩蕩的，看看這個，又看看那個，好像剛剛從夢中甦醒過來，一下子還沒有完全清醒，又像一個迷了路的孩子，見到的全是陌生人，想問，又害怕。

吳拜問道：「妳認得我沒？」

烏昆搖搖頭，說：「不認得。」

吳拜又問道：「那妳怎麼到我屋裡來呢？」

烏昆像是問他，又像是問自己，說：「我也不曉得我是怎麼來的，反正我在找我的崽，我飄啊飄的，遊啊遊的，像是有一股黑色煙霧在我的前方引著我，我就跟著來了。」

吳拜說：「妳的崽不在這裡，妳從哪裡來的，就回哪裡去好嗎？」

烏昆搖著頭，說：「回去？我的心願未了，我怎麼能回去呢？」

說到這裡，烏昆突然咳嗽了起來。他用手伸到嘴角邊，想去接口中的痰的樣子。那個樣子，在這附近的寨子的女人中，都沒有這個習慣。

這時，寨老不禁倒抽了一口冷氣，喃喃著說：「是她，是她……」

寨老的話說得很輕，除了他自己，沒有任何人聽到。

烏昆像是聽到了，他突然停止了咳嗽，再也不理睬吳拜了，而是把頭猛地轉向了寨老，眼睛死死地盯著他，目光變得陰森起來，寒光凜凜，直逼人心。

寨老的身上有些發抖，下意識地退了兩步。

吳拜感到有些奇怪，對烏昆說：「妳怎麼了？」

烏昆的手倏地一翻，直指吳拜，吳拜的拐杖就像是變戲法似的一樣，落在了他的手中。然後一轉身，那拐杖尖尖閃著寒光，對著寨老嗖地扎去。

吳拜一看這個架式，就知道情勢急轉直下。他想都不想，左手淩空畫了一個符，右手往烏昆手裡的拐杖直衝而去，想奪過來甩在一邊。

拐杖被吳拜擋了一下，一擊不中，烏昆立即收回，往樓上一掛，掛到了橫梁上，自己就著那拐杖，懸空一縱，上到樓板上，隨即身子一翻，從上自下，用那拐杖的鐵尖，對著寨老的腦袋頂，直直地插下來。

寨老本就年紀已大，再說，烏昆這次是從頭頂上往下襲來，他就更是避無可避了，人也就呆在了原地，只有等死的份兒。

這一下，連吳拜也想不到，烏昆會從空中攻來。他剛昂起頭，雙手交叉著，試圖用阻字訣阻止烏昆的進攻，但那個阻字訣對於來自空中自然下墜的力量的攻擊，是一點作用都不起的。他心道，完了，寨老的性命不保了。

說時遲，哪時快，隨寨老一起來的一個跟班，眼疾手快，一個箭步走上前來，把寨老撞倒在地。緊接著，那根拐杖帶著烏昆的身體的重量，從跟班的頭頂心直直地插了進去，隨著他「啊」的一聲慘叫，鮮血像怒放著的巨大的鮮花，在他的腦袋上盛開。

噗的一聲，烏昆倒在地上，雙手在血泊中痙攣著想抓住什麼，兩隻腳也像是抽筋一樣，一下一下，然後不動了。

眾人都感到不可思議，人的頭蓋骨硬如岩石，怎麼就能那麼輕而易舉地被刺穿？

吳拜立即把桌子上快要燃完了的一張符紙啪地貼到烏昆的太陽穴上，不一會，烏昆掙扎著站了起來，迷迷糊糊看著他們，問道：「我這是在哪裡？」

沒有人回答他。

寨老驚魂未定，牙齒打著顫，問吳拜：「這這這，這可怎麼辦？」

吳拜舉起左手，意思他不要作聲。

屋外，是一片黑咕隆咚的大山，山風嗖嗖，樹影飄搖。

一個女人的聲音長長地嘆了一口氣，哭泣著叫道：「崽呀，你等一等娘……」聲音越來越低，漸漸地，遠去了。

屋子裡，那個死人，頭上只露出一柄拐杖的彎把，像極了長出的一隻羊角。

寨老低低地說：「第九個！」

34

兩乘轎子，在薄霧中，一前一後地顛簸在彎彎曲曲的山路上。越走，山路就越狹窄，也越陡峭。

轎子沒有轎簾，行進在山頂不遠處了，霧氣一股一股地湧進轎子裡來。靠裡坎，是長滿了亂草和荊棘的山壁。山路極爲窄小，轎子就盡量往山壁上挨著，這樣，也就不時有刺蓬和樹枝探進轎子，輕輕地抽打在吳拜的臉上，癢癢的。他看著前面那一乘轎子，很輕飄的樣子，就像是一個空轎子一樣。他想，也難怪，畢竟寨老是一個七十歲的老人了，一個七十歲的老人還有多少重量呢？

昨天晚上發生的那一幕，使吳拜感到，那事不是那麼簡單。當他問寨老，那個請來的假「娘娘」是哪個時，寨老只是一個勁兒地搖頭。吳拜看得出，寨老並不是不曉得她是哪個，而是不願意告訴他。寨老灰白的臉上，殘留著的恐懼，還在頑強地不肯消退。他不肯說出她的來歷，並不僅僅是害怕，肯定另有原因。

吳拜見他不肯說出來，心想，也許他有他的理由吧。於是，也不再追問，只是不無憂慮地說：「『她』來時，帶著滿身的戾氣，很是凶惡，只怕，這事還沒完。」

烏昆嚇傻了，說：「老司，你莫嚇我們嘍，只要以後不請那個鬼娘娘了，不就什麼事也沒得了？」

吳拜看了他一眼，淡淡地說了四個字：「不請自來。」

這時，誰也想像不到的是，作爲靈鴉寨一寨之頭的寨老竟然不顧身分，雙腿一軟，跪在了吳拜的面前，可憐巴巴地說道：「吳老司，請你一定要慈悲爲懷，救我靈鴉寨上下數十口男人的性命……」

不但吳拜，所有在場的人，都被他的這一舉動嚇住了。

吳拜趕忙彎下腰去扶寨老。而寨老並不肯起來，一把鼻涕一把淚地說：「老司，我都一把老骨頭了，離天遠，離地近了，這把老命，『她』要來取，隨時取去好了，可是，靈鴉寨四十歲以上的男人，上有老下有小，我可不忍心看著他們一個一個地死去啊……」

吳拜只好說：「我，盡力而爲吧。」

這時，寨老才肯站起來，原本渾濁的眼睛此刻也放出了光來，對吳拜說：「你答應了？」

吳拜說：「我答應你，不過，這事，不好辦啊。」

寨老眼裡的光又黯淡了下去，問道：「一點法子都沒有了嗎？」

吳拜說：「講難也難，講容易也容易。」

寨老說：「這話是什麼意思呢？」

吳拜說：「如果你曉得『她』的墳在哪裡，事情就好辦得多了。」

寨老這時恍然大悟，鬆了口氣，不由得笑了，說：「曉得曉得。」

轎子停了下來。

一個轎夫對吳拜說道：「到了，老司。」

那個轎夫走上前，欲攙扶吳拜，吳拜用拐杖甩了甩，示意人家走開，便一腳踏出。

吳拜走出轎子，放眼望去，才發現，這是一片亂墳崗。亂墳崗占了半邊坡，斜斜的，長滿了一人多高的野草、刺蓬窠。山上的風很強勁，把野草吹得呼呼亂叫。吳拜對這個地方並不陌生，也不時幫別人到這裡收魂。他知道，這裡葬的死人都不是正常死去的。凶死、夭折、處罰而亡，是不能葬入祖墳坡的，於是，都一律葬在這裡。那麼，那個「她」又是怎麼死的呢？

在兩個漢子的攙扶下，寨老帶著他們踏入亂墳崗，深一腳淺一腳地往野草深處走去。一路上，不時看到有人的手骨或腳骨露在地面上，那應該是野狗啃出來的吧。一直走到了亂墳崗的中心地帶，寨老才停了下來。那裡，孤零零地生長著一株苦楝樹，葉子也快要脫光了。他喘著氣，跺了跺腳下那塊地說：「就是這裡了。」

大夥看他的腳下，也沒有發現有什麼異常的地方。

寨老見眾人似乎不相信他，就說：「就是這株樹下，挖吧，不會有錯的。」

於是，四個漢子掄起鋤頭，挖了起來。

不一會兒，他們就看到，泥土裡露出了一綹黑色的頭髮。漢子們相互看了看，只是稍稍猶豫了一下，又繼續挖下去。慢慢地出現了一具女人的屍體。屍體沒有棺木，可見是人死了之後，直接掩埋了事。屍體已經腐爛了，只剩一副骨架。那骨架被一件白色的衣服包裹著，也不覺得有什麼難看。只是，她的腦袋因爲沒有肉了，光光的頭骨上兩個黑洞洞的眼窩，似乎定定地盯著這一夥前來打擾她清夢的人。頭髮很長，有的散亂，有的糾結成一團，只是，依然濃黑如初。她的左手放在她的下體處，右手則握緊拳頭，奇怪地伸到胸口那兒。

吳拜燒了兩張符紙，然後，叫漢子們過開一些，自己則蹲了下來，打開葫蘆，喝了兩大口酒，噴到了女屍的頭骨上，口裡念念有詞。

他小心翼翼地把女屍的右手扳開來，發現她的右手緊緊捏著一張鞋墊！

吳拜伸出手去，想把那只鞋墊取出來，竟然沒有成功。女屍捏得非常緊，因爲手上的肉已腐爛，可以看到拇指、中指和食指的手爪骨幾乎要穿透那張鞋墊了。吳拜把拐杖放在地上，不得不伸出兩隻手去，把她的指骨啵啵地折斷了，才把鞋墊從她的手爪裡取出來。

鞋墊上繡著一隻蜘蛛，蜘蛛長滿了長長的腳，長長的每一隻腳都延伸到了鞋墊的邊緣，牢牢地把鞋墊的邊緣扣住，似在抓緊著什麼。蜘蛛的頭頂上，有一片褐色的污漬。吳拜看著那一片污漬，倒抽了一口冷氣。

寨老見他那樣子，心知不妙，問道：「老司，怎麼了？」

吳拜說：「幸好，幸好。」

寨老不放心地問道：「應該沒什麼事吧？」

吳拜說：「你們看這污漬，看到了嗎？那是人血。」

烏昆問道：「就算是人血，那又有什麼稀奇的呢？看你嚇得那個樣子……」

寨老瞪了烏昆一眼，烏昆才把下面的話硬生生地嚥回到肚子裡去了。

吳拜說：「這種鞋墊，一般有一對，是男女相好的信物。如果灑得有女方的血，可以肯定地說，是下了血蠱，所以又叫作『咒蠱墊』。現在這裡只有一只，另一只應該在男方那裡。如果兩只都落在這個女屍的手裡，那麼……」

烏昆還是管不住自己的嘴巴，迫不及待地問道：「那會怎麼樣？」

吳拜的臉上悚然一凜，說：「那麼，死的人就不是一個一個地死，而是一群一群地死！」

寨老心有餘悸地說：「幸好，幸好。」

吳拜說：「這事還沒完，我們必須馬上把那一只鞋墊找到，否則，死人的事斷斷不會停止。」

第六章

來歷不明的算命人

35

當汪竹青如瀑布一樣的長髮垂下來，像黑色的帳幔在他的眼前晃動的時候，田之水就詫異了起來，汪竹青怎麼又留起了長髮？學校不是規定了嗎，學生一律不允許留長髮的。女生的頭髮最長只能齊肩，她在學校裡，一向都很遵守學校的規章制度，怎麼這個時候又帶頭違反了呢？況且，就算留了吧，昨天都還只是短髮，怎麼這一夜之間，她的頭髮就長及腰胯了呢？

那長長的頭髮把汪竹青的臉孔全遮住了，看不清她的臉上，是高興還是憂鬱。這個開朗而又不無單純的女孩，自從田之水在課堂上發病之後，她就變得憂鬱起來了。而此時，她的笑臉是不是又重新恢復了？田之水伸出手，輕輕地分開她那長長的頭髮，只見汪竹青蘋果一樣的臉蛋上，一綹笑顏如春水微瀾。田之水不由得呆了。他似乎從來沒有發現，汪竹青竟然如此清麗動人。其實，他心裡很清楚，不是他沒有發現汪竹青的美麗，而是他迴避著她的美麗，內心裡在拒絕著她的美麗。

汪竹青嫣然一笑，伸開雙手，旋轉了一圈，她的頭髮呼呼地飄揚起來，像張開了一支黑色的雨傘。接著，汪竹青輕移蓮步，無聲無息地步出了田之水的房間。田之水苦笑一下，心想，這孩子也眞是的，開什麼玩笑啊。於是，他不再理會汪竹青，繼續睡覺。然而，他的眼睛一下子都直了，再也睡不下去了。因爲，在汪竹青臨出門的一剎那，田之水看到，她的右手拿著那張蜘蛛鞋墊！他以爲自己看花眼了，就揉了揉眼睛仔細地看。沒錯，汪竹青穿著一身白衣，長長的水袖和戲台上的女子一般無二。每走一步，她的衣袖便張揚起來，舒緩而飄逸。她拿著鞋墊的手前後擺著，在白衣的襯托下，紅色的鞋墊分外醒目。

田之水大驚，上次不是給她說過了麼，除了他之外，鞋墊是任何人都不能染指的。別人哪怕摸一下，他也會感到心裡像是被刺一下地那麼疼痛，更不用說將其帶走了。

於是他呼地一下，坐了起來，連鞋子都沒有穿，光著腳板就去追汪竹青。

地板很冷，只感覺到那冷硬的地氣針一樣地鑽進了他的腳板心。他很驚訝，從來沒有感到家裡的地板這麼冷過。即便如此，他顧不了那麼多了，去追汪竹青。

汪竹青已不在屋子裡了，她好像並沒有開過門，就那麼悄沒聲息地出了門，像飄出去一樣。而門，半開半掩著，可以看得到屋外面的院子裡，清冷的石板上泛著幽暗的月光。田之水跨出門去，看到一身著白的汪竹青，衣袂飄然，不快不慢地滑出了院子。

田之水心裡想，她一出了院子，怕是立即就消失了吧？他一急，加了把勁，發足攆去，來到了她的後面不遠處，手一伸，就去抓汪竹青。奇怪的是，汪竹青的後腦勺像是長了一雙眼睛似的，看得到他伸手去抓她，身子只是輕輕一扭，田之水就撲了個空，腳步踉蹌了一下，幾乎跌倒在地。等他平衡好了身體，再一看時，她已然遠去，與他相隔的距離一下子就有兩三丈之遠了。

一路上，除了他和汪竹青以外，沒有別的人。但是，田之水感覺到，路邊不時有人影從他的身邊經過，不是穿著白衣，就是穿著黑衣。不錯，那不時走過的，不是人，而只是人影。他們有的是從他的後面趕上來，超過了他，快速地遠去。有的呢，是與他相對而來，也不知道迴避，看著要撞到了，還沒等他相讓，那人影就嗖的一下過去了。無一例外地，那些人影都不看他，好像根本就沒有他這個人一樣，視他爲無物。他感到奇怪，在這樣的深夜，他們還在路上走著，而且也不打個招呼，這到底是些什麼人呢？

田之水這麼想著，眼看著對面又有一個人影直直地向他飄過來了，就主動叫了那個人一聲。那人一身長衫，全身皆黑色。他無意識地猜測，那人腳上穿的，也應該是黑色的圓口布鞋吧？於是，田之水低頭去看他的鞋子。這一下，他才大吃一驚。那個人，只見兩隻腿在擺動著前行，而小腿下面，根本就沒有腳！

他嚇出了一身的冷汗。

這不是傳說中的鬼魂嗎？

此刻，他很爲汪竹青擔心起來。她還在不停地走啊走，要是出了事，他這個當老師的，怎麼負得起這個責？

汪竹青來到一家店，一閃身，飄了進去。

那個店很小，只有一扇門，很窄地開著。奇怪的是，就立在光禿禿的一個小草坪上，孤零零的。店的外面，有一些石碑，有的東倒西歪，有的殘破不堪，有的似乎埋得很深，只露出一小半截了。還有的石碑旁邊插了些竹竿，竹竿上掛著些慘白的紙條兒，在風中死氣沉沉地晃動著。

田之水來到小店邊，往門裡探望著，看到汪竹青手裡拿著那張鞋墊，向一個紙人一樣的老闆娘模樣的人出示著手裡的鞋墊，那意思，是要向那個老闆娘出售鞋墊。

田之水一步跨了進去，對汪竹青說：「汪竹青，妳千萬不要賣了那鞋墊！」

汪竹青聽到他的喊聲，慢慢地轉過頭來，微笑著說：「我的東西，我想怎麼處理就怎麼處理。」

田之水眼前一黑，就倒在了地上。

他看見，汪竹青的臉，竟然是另一個女人的臉，是她！

田之水從夢中一下子驚醒了過來，冷汗打濕了衣裳。他大口喘著氣，只盼望著天快點亮起來。

36

從紅線針寶店出來時，田之水這才發現，薄暮中已然飄起了霏霏的細雨。身後，那個年約三十五六的婦人，剛剛對他說出的「慢走」兩個字還沒有落音，另一個十五六歲的女孩就嗤的一聲，輕輕地笑了。田之水彷彿沒有聽見，也彷彿聽見了，裝著沒有聽見。這不能怪她們，田之水這麼想著，就一頭鑽入了綿密而輕薄的微寒的雨幕裡去了。

他像是被一雙無形的手牽著一樣，一下課，就往紅線針寶店裡來。其實他不是不知道，一個夢什麼都說明不了。但他的心裡，總是在固執地提醒他，一定要去看看。他自然是找不到夢中那個小店的，只是覺得，鞋墊一類的應該也就是和針線一類的物品相關，於是，他就來到了這裡。

他問有沒有一種繡著蜘蛛的鞋墊出售。當老闆娘拿給他看時，他大失所望，連連說不是這樣的，是那種有很多腳的蜘蛛。老闆娘又到處找，在一堆鞋墊裡面找有沒有那樣子的，老闆娘還好說話，她的女兒也許是奇怪，也許是不耐煩，直沖沖地嗆他道：「你這個人怕是腦袋灌水了吧？蜘蛛又不是蜈蚣，哪有滿多腳？你啊，到底有完沒完啊，連半根紗都不買！」

老闆娘攔住女兒，笑道：「你莫和她一般見識，孩子家，沒個遮攔的。不過啊，你說的那種鞋墊，我們這裡沒得哪個繡啊，要不，你拿個樣子來，我找人給你打一只？」

田之水連忙說：「樣子？樣子我有是有，但我不能給妳看啊。實在是抱歉得很。」

那個小女孩又開口了：「咦咦咦，有樣學樣，沒樣看世上，你不給我們看，我們滿世界去找樣子啊？」

田之水不好意思地對她笑了笑，就告辭了。

他自己也搞不清楚，爲什麼要到這個店子裡問人家有沒有那種蜘蛛鞋墊賣。沒有，自然是無話可說。但是，如果有呢，他眞的會買嗎？就算是買了，又有什麼意義呢？

他心裡結了這個疙瘩，也不知道怎麼個解法，就怏怏地回學校了。

小巷幽深而狹長，細雨斜斜地灑下來，若有若無，積到青石板上，多了，就明晃晃的一片，反射著陰冷的青光，幽冥，冷清。兩邊的人家裡傳來了飯菜的香味。有人從高高的窗口伸出腦袋，像伸著長長的頸根的鴨子，對著小巷遠處扯著嗓子叫他家的孩子快快回家吃飯了。孩子照例是貪玩的，應答聲尖細細的，從巷尾傳過來，並沒有立即往家裡趕，繼續著他們的玩樂和嬉戲。於是，母親就不由得有些惱怒了，口氣也生硬起來，重新大了聲音，在窗口吼道：「你個挨刀砍的不聽話不是？再不回來把你腳桿都打斷起，看你二天還滿世界跑沒!?」孩子這時才怕了起來，雖不至於爹媽眞的會打斷他的腳，但手板心吃一頓牛沙條是免不了的，於是，這才戀戀不捨地和小夥伴們分開，渾身髒兮兮、慢騰騰地朝自己家走去。

這樣的場景，這樣的畫面，太溫馨太生動了，田之水不禁感慨萬分。有一個家，有一個女人，再有一群孩子，圍著熱乎乎的火鍋爐子，就著斤把半精半肥的豬肉，燙著白菜或者青菜，一家子人，不管大人還是小孩，吃得津津有味，那是一種多麼幸福的人生啊。也許有不如意，但滿足，世俗著，快樂著。

然而，如今的自己四十歲了，依然是孑然一身、形影相弔。他不由得在心裡喟然長嘆，命運弄人啊。

田之水覺得眼睛裡有些鹹鹹的，不知道是雨水還是淚水，就擦了一把，眼裡，霧濛濛的一片了。這樣傷感著，只聽腳下像是踢到一個什麼東西，啪的一聲，跳了開去。他低頭一看，是一根拐杖。

在這小巷的拐角，有一個瞎子身著青色長衫，戴著一副圓溜溜的墨鏡，坐在一個米店的屋簷下，面前攤開幾本《麻衣神相》和《梅花易數》之類的小冊子。看來，拐杖是這個算命先生的。或許不知他的拐杖伸到路上來了，被田之水給踢了一下，脫了手，落到地上了。

田之水趕忙對那瞎子說：「對不起，我給你撿起來。」

他彎下腰，撿起那根拐杖，遞到了算命先生手裡，正準備走，只聽那瞎子說道：「先生印堂發暗，眼睛無神，以老夫觀之，近日之內，必有大難。」

對於街頭算命之類，田之水向來是正眼兒也不瞧的。這個人，兩眼皆盲，居然還敢說出據老夫「觀之」一類的話來，不是唬人，就是假盲了，自然，不聽也罷，懶得理他。

後面，那瞎子見他不理自己，也不急，還是以不疾不徐的口吻，淡淡地說道：「要走便走，只怕是啊，全身上下生滿了腳，也仍然是無處可藏噢。」

這話說得很是輕巧，但在田之水聽來，無異於青天霹靂。

除了那隻蜘蛛，什麼東西還全身上下生滿了腳？

田之水轉過身，快步走到瞎子面前，眼睛直直地盯著他的墨鏡，壓低聲音問道：「你講什麼？」

瞎子頭也不抬，愛理不理的，說：「我不相信你聽不懂我的話。」

瞎子的話說得稀鬆平常，但在田之水聽來，卻是冷意透骨。

田之水故作平靜，沒事似地說：「先生果然是高人，正好，我有一樣東西想請你過目，如果願意，可否到寒舍小聚？」

瞎子也很爽快，說：「先生如此抬愛，在下豈有不從之理？還請先生多多擔待。」

田之水心裡冷笑，一個瞎子，怎樣「過目」？

37

進到田之水的房間，瞎子並沒坐下，戴著墨鏡的眼睛四處「打量」。田之水這時倒是並不急了，給他斟了一杯夜郎丹茶，說：「先用茶。」

瞎子左手托起杯子，右手拿起杯蓋，一邊輕輕地用杯蓋撓浮在水面的茶葉，一邊還不忘撮著嘴唇，輕輕地吹了吹。

啜了兩小口，瞎子把杯子放下，讚嘆道：「淡香沁人心脾，餘味綿延不絕，夜郎丹茶，名不虛傳。」

田之水說道：「先生過獎。從先生喝茶的姿勢以及對此茶的品評看來，我想，必是高人無疑了。」

瞎子搖了搖手，謙虛道：「豈敢豈敢。在下也曾小有田產，得家父祖傳，自小也曾愛好品茗。只是，家父得罪仇家，被誣告入獄，冤死牢中。我也逃脫仇家毒手，被其用雞冠花熬的湯汁潑入雙眼，從此成了廢人。幸而讀過幾本書，識得幾個字，得以給人算命看相，藉此聊以度日。」

田之水說道：「先生雙目既盲，看相一說，似爲不通吧？」

瞎子正色道：「先生不知，看相一說，不止眼看，還有心看意看。眼看，不外皮囊一具；心看，也只白骨一堆；唯有意看，前世今生，來世輪迴，無不歷歷在『意』，仿如眼前。」

田之水聽他這麼說，心下也是一凜，想必這人應該是眞有些本事吧？於是，他坐在瞎子對面，說道：「先生是世外高人，不似我等紅塵中人。實不相瞞，我近來也是心神不安，總是感覺到要有大事發生一樣，先生可否給我指點迷津？」

瞎子說道：「依在下看來，這房間裡陰氣鬱結，縈繞不散，想必爲不俗之物吸引所致……」

田之水不解：「既是不俗之物，何以吸引……」

瞎子沒等他說完，說道：「世事滄桑，致使好壞之間，易反易覆。風雲變幻，催生忠奸變易，自古皆然。」

田之水沉默不語，只覺得他的話句句說到了心坎上。他的眼前，便又浮現出那個有著長長的頭髮、有著甜甜的歌喉的影子來了。

瞎子見他不說話了，知道是自己的一席雲遮霧罩的話語把他給鎮住了，便不動聲色地一笑，說：「先生如果相信在下，在下當傾盡平生所學，保先生趨利避害，萬無一失。」

田之水道：「謝謝先生大德。」

瞎子喝了一口茶，故意裝出一副淡然的樣子，說道：「先生不必客氣，請將那不俗之物請出，如何？」

田之水像是下了很大的決心，對他說道：「那，好吧，請稍候片刻。」

說著，田之水站了起來，進了臥房，打開皮箱，從箱底把那張蜘蛛鞋墊取了出來。鞋墊在他的手裡，隱隱然似在晃動著。他以爲是自己心裡激動，手上顫抖所致。然後看到鞋墊上那一片暗紅的血漬，微微地蠕動了起來，不一會兒，就像滾開的水，跳動著，翻騰著。他使勁搖了搖頭，再好生一看，什麼變化都沒有。他有些猶豫，不知道那瞎子「看」了這鞋墊，會說出一番什麼驚天動地的話來，做出什麼驚心動魄的事來。這麼想著，他把鞋墊重新放回箱子，蓋好。

這時，瞎子的聲音傳了進來：「驚世災難，人間浩劫啊，嗚呼！」

田之水一聽，手一抖，毅然打開箱子，手一伸，抓住那張鞋墊，啪地把箱子一蓋，什麼也不想，就快步往客房走去。他不敢放慢自己的腳步，更不敢停下來，他知道，只要自己稍稍猶疑，他就再也不會把鞋墊拿出來了。而且他更知道這樣的後果。如果給瞎子「看」了，或許是禍，或許是福，但如果不給他，那就鐵定是災禍無疑。

當他手裡拿著鞋墊出現在客房的時候，瞎子臉上暗露喜色。

他來到瞎子的面前，說：「我這屋裡，除了書，也沒別的了，只有這張鞋墊，似乎是與眾不同的東西。」

瞎子彷彿看得見一樣，手一伸，很準確地就從田之水的手裡把那張鞋墊拿了過去，兩隻手，顫巍巍地撫摸著那鞋墊，很小心，也很肅穆。那鞋墊在他的手裡，不像是一般的俗物，倒像是一件神聖的器物一樣。

瞎子的手來來回回地撫摸著鞋墊，一點一點地感受著鞋墊上繡出來的蜘蛛的紋路，嘴唇哆嗦得很厲害，喃喃著，輕聲地說道：「信物，信物，信物啊……」

田之水感到奇怪，就問道：「你怎麼曉得的？」

瞎子不知道怎麼回事，竟然惱怒地說道：「我怎麼不曉得？我怎麼會不曉得呢？難道，只有你才有資格擁有這個聖潔的信物嗎？」

田之水感到莫名其妙，有些不快地道：「你怎麼這麼講話？」

瞎子這才發現自己有些失態，神色黯然道：「哦，是的，只有你有這個資格，你才是這個純潔的信物的主人，田老師……」

田之水大吃一驚：「你怎麼認得我？你是哪個？」

瞎子怔住了，能說會道的他此時竟然張口結舌，一句話也講不出了。

田之水突然覺得這個人來歷不明，有些蹊蹺，衝動地走過去，把他的墨鏡摘了下來。眼前這個人好生面熟啊。

瞎子沒想到他會摘下自己的墨鏡，耷拉著腦袋，囁嚅著說：「田老師，不認得我了？」

田之水搖了搖頭，說：「我認識的人，從來沒有盲人朋友啊。」

瞎子說：「我，我沒瞎啊，我只是說瞎話騙你的，你仔細看看我，眞的認不得了？」

田之水在記憶中搜尋著，這附近他認識的人，除了學校裡的老師，烘江鎮上有名的幾戶大戶人家，就只有靈鴉寨的人……一想到靈鴉寨，他只覺得腦海裡有無數的片斷蜂擁而來，風在吹拂，山歌在飄揚，重重疊疊的大山搖晃著，他和她在長滿野花的草地上追逐著，奔跑著，灑下一串串快樂的笑聲，面前的這個人，那時，正用他那雙幽怨的眼睛在盯著他們這一對幸福的男女……

他突然想起來了，失聲叫道：「是你？」

38

舒小節從阿妖家衝出來後，並沒有停止他狂奔的腳步。

長到這麼大，他從來沒有碰到過這等匪夷所思的事情。陰森的木樓，怪異的女孩，恐怖的鬼影，僵硬的女屍，更讓他感到駭異不已的是，那具女屍竟然是用來餵蠱的！

他聽到自己的腳步聲是凌亂的，腦海裡跟腳步聲一樣的凌亂，晃動著那些亂七八糟的碎片。他還聽到伸入到路中間的野草被自己的雙腳刮起的刷啦啦的聲音，既像是在嘲笑他的懦弱，又像是在痛苦地呻吟。

他顧不了那麼多了，就算是自己懦弱，就算是草們的呻吟，這一切都和他無關。至少，這個時候與他無關。他一口氣奔出三里之外，來到了一個小山坡上，這才發現，自己已經累得上氣不接下氣了。他把包袱放在地上，人再也支撐不住了，一下子躺到地上去。他看著高遠的天空上，那幾顆墨晶晶的星子，覺得人啊，只有生活在天上，才沒有人世間的那些醜惡與骯髒。耳邊，有小草的輕語，有風的呢喃。臉上，微微地癢，也許是螞蟻，也許是不知名的蟲子吧。

地上有些涼意，潮濕的露水像生了腳一樣，如活物似的爭先恐後地爬到了他的腳上、身上來了。他坐了起來，看著來時的小路。小路蜿蜒曲折，在草叢中時隱時現，斷斷續續。在夜幕下看去，遠遠的小路像一條疲憊不堪的蟒蛇。那隱隱約約的喜神店的木樓，與那遙遙相對的巨大的楓樹，還在虎視眈眈地盯著他。

他不由得又感到了害怕，即使已經離開喜神店那麼遠了。他是再也不想看到那個地方了，就站起來，一步一步地往靈鴉寨的方向走去。他想，像這樣在荒山野地裡走著，總比滯留在這個恐怖的地方好。就要天亮了吧？他問自己，也巴望著，快快地天亮。不然，一個人孤零零地行走在這黑天黑地的地方，誰知道還會發生什麼事呢？

越想就越容易出鬼，索性不要想那些令人害怕的事情了，還是想想讓人高興的事吧。這一想，他就想到了香草。他出來找他爹時，香草也想和他一起出來。他不同意。那怎麼能行呢？他對香草說，「我是找我爹，又不是找妳爹啊。」香草笑道，「你的爹，不也是我的爹麼？」他也不禁好笑了起來。想想也是，我的爹也是她的爹，只不過，遲早而已。他喜歡香草，他覺得，那種喜歡是從骨子裡發出來的，而不是像人們普遍認爲的那樣，是從心裡發出來的。只是，他不明白，怎麼兩家的關係那麼好，而大人們竟然沒有一個同意的？他問香草，香草也不知道。他問柳媽，柳媽也搞不清楚。

出來找他爹的頭一天晚上，他特意好好地問媽媽，媽媽則是愛憐地嘆了一口氣，說：「這是命。」

他不懂媽媽的意思，就要媽媽說清楚一點。媽媽這時就不耐煩了，說：「我……你要我怎麼講？人能逃得過命的安排嗎？」

舒小節急了，說：「不管是什麼樣的命，妳告訴我好嗎？告訴我了，我們一起想辦法，好嗎？」

龍桂花無力地搖著頭，說：「你？你以爲你識得兩個字，就很了不起了是不是？你爹像你這麼大的時候，就已經是靈鴉寨的大管事了，講的話，除了寨老，哪個敢不聽？他都抗拒不過命，何況你？」

舒小節再一次聽到「靈鴉寨」三個字，感到一股黑色的寒氣在四周蔓延開來。這三個字從香草的爹爹鄧金名嘴裡吐出來時，他還不覺得怎麼可怕，現在從媽媽的嘴裡說出來，讓他有種不寒而慄的感覺。

他問道：「媽，靈鴉寨是我的老家？」

龍桂花睜大了眼睛，反問他：「你怎麼知道？」

他說：「是香草的爹爹告訴我的。」

龍桂花有些吃驚了，急忙問道：「他跟你講了？他什麼都跟你講了？」

舒小節噘著嘴，委屈地說：「他還不是和妳一樣，什麼都沒說。」

龍桂花這才放下心來，說：「孩子家，不要曉得那麼多。有的事，曉得越多越痛苦。」

舒小節的倔勁上來了，說：「不，我一定要弄清楚。」

龍桂花見他那麼犟，也有些來氣，賭著氣說道：「反正，你莫指望從我的嘴裡打探得出，要問，問你爹去！」說完，就蹬蹬蹬地回自己的房間去了。

舒小節對著她的背影說：「好，那我就去找他，哪怕他跑到天涯海角，我也要找到他，不但找到他，還要找到事情的眞相！」

這時，他有些清醒了，就是到了靈鴉寨，眞相眞的會水落石出嗎？

這麼想著，他聽到後面似乎有踢踢踏踏走路的聲音。這個時候，會有誰在這個鬼地方趕路呢？他的腦海裡，突然冒出阿妖家那一具女人的屍體來，不由得頭皮發麻。是她攆上來了嗎？舒小節甚至不敢往後面看一下到底是誰。他小時候聽柳媽說起過，如果一個人走夜路，聽到後面有響聲，千萬不要回過頭去。因爲人的兩個肩膀上有兩盞燈，明晃晃的，只不過人的肉眼看不見而已。有那兩盞燈亮著，鬼是不敢近身的。如果你一回頭，那燈就呼地一下滅了。燈一滅，鬼就會放心大膽上身了。想到這裡，舒小節哪裡還敢回過頭去。他感覺到那個「人」的腳步聲越來越近了，再不採取措施，恐怕就來不及了。他想不了那麼多了，一下子，就往路邊的草叢裡一鑽。

腳步聲踢踢踏踏，踢踢踏踏，一步一步，不緊不慢地近了。

舒小節大氣都不敢出，透過草叢的縫隙，他看到，一個人影穿著黑色的衣服，戴著黑色的帽子，還穿著黑色的褲子。舒小節不由得倒抽了一口冷氣，這人一身上下穿著的，不是壽衣壽褲嗎？一個大活人，怎麼會沒來由地穿起死人的衣褲？

那個人走路的姿勢也很奇怪，只見他目不斜視，直挺挺地走著，兩隻腳和常人也沒有什麼區別，但是他的兩隻手，居然沒有擺動，僵硬地放在身體的兩側。他突然想起，坐船回家時，途中看到趕屍匠趕的屍體，也是這麼走的！莫非，又遇到了趕屍的嗎？他看了看那個人的後面，再無第二個人了。正在他百思不得其解的時候，他的眼睛一下子睜得像牛眼睛那麼大，因爲，那個人，竟然是香草的爹！

39

當香草的爹爹鄧金名走到舒小節面前時，舒小節抑制不住就要喊起來了。但他想一個正常人是不會穿得這麼怪，走得這麼怪的，莫非他跟自己一樣遇到了什麼人什麼事？是什麼人什麼事使得他變得這麼神經兮兮，神祕莫測？他在這野外荒郊匆匆獨行，是往何方？這一猶豫的當兒，鄧金名就大踏步地從他的面前走過去了。他躲在一人多高的草叢中，鄧金名自然看不見他。舒小節看到，從他的眼皮子底下一晃而過的兩隻腳，穿著雪白的襪子，外面套著的，是一雙黑色的布鞋，嶄新的。

直到鄧金名遠去了，舒小節才敢從草叢裡鑽了出來。他這時發現，自己的身上，已是濕了一大片，他不知道是嚇出來的，還是露水打濕的。也許，都有吧。

他目視著鄧金名漸漸遠去的背影，心裡的疙瘩把他困擾得很是難受。這個疙瘩如果不解開，他想他是不是會瘋掉呢？自從他回到龍溪鎮後，一連串怪異的事情搞得他身心疲憊，腦袋疼痛。現在在這荒無人煙的大山裡，突然遇到一個很親切也很熟悉的未來的老丈人，本來應該是令人興奮的，而那個未來的老丈人卻又偏偏是穿著死人的衣褲出現，直楞楞地大步趕往某個地方，這怎不讓他難受呢？

他是香草的爹爹，也是自己未來的爹爹，再怎麼說，他也不能眼睜睜地讓他這麼茫然地走掉啊。

於是，那一刻，舒小節不知哪裡來的勇氣，就突然決定跟上去，看他往什麼地方去。大約過了一支菸的工夫，就要趕上鄧金名了，直到這時，舒小節才放慢了腳步，與鄧金名隔著十來丈的距離，不遠不近地跟著他。

鄧金名還是那麼直楞楞地沿著小路往前快快地走著，雖然看不到他臉上的表情，但從他走路的姿勢，特別是他快速移動的腳步看，他似乎心裡很急，好像是要在天亮之前到達某一個地方。

而那個地方是他很嚮往很嚮往的地方，有一個重要的人或一件重大的事情在等著他。

舒小節就這麼跟著鄧金名走，鄧金名一點都沒有發現會有人跟蹤他。也許他的心思只在走路上，其他的，根本連想都不想。也許那個人太令他牽掛，也許那個目的地太令他嚮往了，所以，有沒有人跟蹤，他根本無所謂。他眞是這麼想的嗎？舒小節不禁有些疑惑了。這麼一疑惑，舒小節就懷疑，鄧金名這麼快快地趕路，眞的是他的本意嗎？想到這裡，舒小節感到有些害怕。一個人，如果去見的人並不是自己想見的人，去的地方並不是自己想去的地方，那會是怎樣的後果和結局？

舒小節有些猶豫，是繼續跟著，還是停下去，各走各的？如果繼續這麼跟下去，會不會有什麼意想不到的大事發生？如果有，會不會傷害到自己，當然也傷害到鄧金名？

舒小節的腳步慢了下來，想放棄他的跟蹤。可是，他是香草的爹爹啊，也是自己以後的泰山大人啊，他能不管他嗎？再說，眼看天就要亮了。天亮了，什麼鬼東西都不用怕了。舒小節為自己的懦弱和自私感到有些臉紅。他在心裡罵了自己一句，就重新加快了步子，撵了上去。

又翻過了一座山，眼前出現了直挺挺的峭壁，三面全是這樣的峭壁，形成了一個凹字形的格局。只有一條小路往那峭壁曲裡拐彎地進去。鄧金名的身子一晃，就不見了。顯然，他已經走進了三面峭壁環繞的裡面去了。舒小節生怕跟丟了鄧金名，就跑了起來。不一會兒，他才看到，山裡有一座深潭。因為沒有天光，深潭裡一片暗綠色。水面上，顯得波瀾不驚，死水一潭的樣子。一些不知是山霧還是水氣的東西，從水底搖搖擺擺地升了起來，然後，就消失在山壁上濃密而雜亂的厚厚的藤蔓上了。

鄧金名好像不知道他的前面有一片深潭，還是一個勁兒地沿小路走去，而這條路，竟然就直接地通向了深潭！

鄧金名的腳好像失去了敏感性，對柔軟或堅硬沒有一點感知，走到小路沒入水中的地方，居然一點都沒有放慢他的步子，彷彿前面並不是水潭一樣。嘩的一聲，他的一隻腳就邁進了水中。舒小節看到他的身子似乎一激靈，但依舊沒有停下來，另一隻腳也嘩的一聲插入了水中。就這樣，兩隻腳都到水裡了，他還是沒有停下來，一步一步地，保持著在岸上行走的姿勢，繼續往水的深處走去。那水也沒有任何漣漪，根本就不像是水一樣。如果不是有被鄧金名撥弄出的嘩嘩的聲音，誰會相信那「死水」就是眞正的水呢？

「死水」這兩個字一出現在舒小節的腦海裡，他才猛然間醒悟過來，暗道一聲「不好」，就急急忙忙地跟了上來，對著鄧金名衝口就叫：「名伯，你莫走了！」

這聲叫喊在這個陰森的黑夜裡，顯得很突兀、很宏亮。但是，鄧金名的耳朵也失去了敏感性，一切聲音已不存在，竟然像沒有聽到有人在叫他一樣，還是往水的深處走去。深潭像是一個守候多時的張著巨大嘴巴的怪獸，冷漠而又亢奮地吞噬著鄧金名的軀體。

膝蓋，大腿，水已經漫到鄧金名的屁股那裡了，再走，就會沉沒到水底，劃出幾圈波紋，然後，再浮起來。沉下去時是活人，浮起來時，就是死人了。

舒小節趕忙跨進水裡，一個踉蹌，差一點倒下，隨即，一股刺骨的寒氣直撲他的四肢、軀幹、五臟六腑，那水，冷得他打起了哆嗦。他萬萬沒有想到，這水竟然會冰冷到讓他幾乎昏過去的程度。

但他顧不得那麼多了，忍受著刺骨的寒冷走過去。他的手一伸，抓住了鄧金名的一隻手。他的手也和這水一樣，寒意透骨。他管不了那麼多，鄧金名不清醒，但他是清醒的，他只有一個念頭：把鄧金名拉回來，不然，小命不保。

但是，別看鄧金名的年齡大他一輪，這一下子，他的力氣卻是大得驚人。舒小節根本就拉不動他。不但拉不動，他反而被鄧金名給拉著，一步一步地向前，往水的深處走去。而腳下，滑膩膩的水草也越來越多，在水裡搖擺著，飄動著，在他的雙腳之間繞來繞去。舒小節試著甩開鄧金名的手，這時才發現，已經不可能了。

他的頭上開始冒冷汗，手裡一邊還在掙扎著甩開鄧金名的手，嘴裡一邊哆哆嗦嗦地說：「鄧伯伯，你你你……這是幹的什……什麼啊，別、別走了，我們回去好好好嗎？那……那那，那你放開我，好好好嗎？」

這麼語無倫次地說著，他猛地一使勁，把鄧金名的手也帶出了水面。這時，他看到，鄧金名的手上，還有一隻手。那隻手，絕對不是鄧金名的另一隻手，而是一隻瘦骨嶙峋、白瑩瑩的女人的手。

40

舒小節的腦袋嗡的一下，心裡只有一個念頭：這回，死無葬身之地了，不，是要葬身於水了。

意外的是，鄧金名那隻緊緊拉著他的手，這時卻鬆開了。手一鬆，舒小節的全身都放鬆了，力氣不知不覺地大了起來。他趕緊下意識地一掙，脫離了鄧金名的控制。而自己，也因爲用力過大，身子趔趄著，噗通一下，跌到水裡去了。頓時，嘴裡、鼻子裡，還有眼睛裡，到處灌滿了水。他緊張得喘不過氣來，鼻子裡有水，當然喘不過氣來。他的雙手胡亂地撲打著潭水，潭水被他那麼一撲打，水裡的水草就像是被驚醒了的水蛇，紛紛地活了過來，亂舞亂鑽，把他的雙腳給絞住了。他嚇得一動也不敢動，馬上提醒自己：冷靜，冷靜。等那潭水慢慢地平靜了下來，他才小心翼翼地把纏在腳上的水草一一解了開去。等他做完這些直起腰來時，他發現，山頂上露出了一抹蛋青色的天空來。看到那逐漸放亮的天，他的心裡安穩了許多。只要天一亮，就不怕那個女人了，更不用怕鄧金名了。想到鄧金名，他四處觀望，才發現，鄧金名早就杳無人跡了。那個雖然還沒露面但千眞萬確地存在過的女人，也無影無蹤了。水面一平如鏡，沉默無語，好像什麼都沒有發生過。舒小節呆呆地站在水中，環顧四周，在漸漸亮起來的天空下，只有鬱鬱蔥蔥的山峰屹立著，與他作伴。耳裡，什麼聲音也沒有，靜默得讓人心慌。他想，怎麼連鳥兒的鳴叫都沒有呢？

他馬上笑自己，多讀了幾天書，把這恐怖的野外也當成風景了，若不是親身經歷這一連串不可思議的情景，說不定還會像古人一樣搖頭晃腦地吟詠「山隱隱水迢迢」「數枝幽豔濕啼紅」的詩句呢。現在不是詩情畫意的時候，得趕緊離開這莫測的潭水才是。於是，他就著微亮的天光，一步一步地走到了岸上。

他把濕透了的鞋子和褲子脫了下來，擰乾，掛在一棵小樹上，曬好。正是秋天，清晨的山風吹來，冷得他連打了兩個噴嚏。渾身一忽兒冷，一忽兒熱。冷時，直打寒顫，熱時，恨不得一頭栽到冰窖裡去。他的牙齒不爭氣地互相打著架，可以清晰地聽到嗑嗑嗑的撞擊聲。水裡的霧氣一骨碌一骨碌地往上升騰著，水面也似有了反應，翻了鍋似的沸騰著。他打了自己一拳頭，罵自己：明明知道這裡很邪門，怎麼還不快快離開這是非之地呢？於是，他顧不得等他的衣服和鞋子晾乾，摟到手裡，就往山壁外跑去。

直到離了那個深潭好遠，他才停了下來。這才發現，自己竟然一絲不掛地跑了好遠。好在在這樣的深山裡，莫講人影，連一隻鳥也沒有看到，否則，自己光著身子那麼跑，不羞死人才怪。

走到半山腰，極目遠眺，峰巒疊嶂，雲霧繚繞。除了一如既往的沉寂外，還是一如既往的沉寂。他沿著這條小路，一步一步地走。他想像著，是不是要走到路的盡頭，才能看到山裡的人家？如果走到了盡頭，依然沒有看到半戶人家一個人影，依然沒有聽到狗的叫聲和牛的鈴聲，那會是一幅什麼樣的情境呢？剛才的水差一點是盡頭，莫非現在的山也是盡頭？想著想著，他的腳有些軟，不敢再往前走。

這時，他看到路邊有一塊方形的石塊，歪歪地立在路邊，石塊上布滿了青苔。他像是做夢一樣，剛才不是看到一塊同樣的石塊了嗎？他記得剛才千眞萬確地見過那石塊。當時，他還動了一下心，很想過去把石塊上的青苔抹掉，在石塊上坐下歇會氣。因爲要趕路，他才沒有停下來。怎麼這裡又出現了一塊？

莫非，這是指路石？

他走上前去，用一塊石片，刮去石塊上的青苔，上面刻著幾個字，已經不太清晰了。隱隱約約看到是「孝子、孝媳白爲國」幾個字。他這才明白，這不是石塊，而是墓碑。因爲年代久遠，又無人打理，下半截深深地埋到了地下，只露出上半截，看起來就不像是墓碑，而是一般的石塊了。

這裡原來有一座墳。他早忘記了山是盡頭的臆想，趕緊離開，繼續沿小路走去。天早就大亮了，只不過，還是灰灰的，沉沉的，一點兒也不清朗，這樣的秋天，和「秋高氣爽」這個詞一點關聯都沒有。

走了半天，走得腰瘦背痛，雙腳發直，正想休息一下，他的眼睛也和他的腳一樣，直了！

因爲，他再一次看到了一塊石塊，不，是那截墓碑！

他怔了一下，就三步併作兩步地走上前去。不錯，還是剛才那一塊。上面有剛刮去青苔的印子，那依稀可見的字跡正是「孝子、孝媳白爲國」。

舒小節的手在墓碑上按著，像是生在了墓碑上。

第七章
「母子」情深

41

姚七姐的身體還沒復元，被鄧銀名他們那麼連打帶罵地羞辱了一通之後，幾乎就要完全垮了下去，因此，走起路來，也就格外地慢。吳侗自然與她一起，慢慢地趕路，反正也沒有什麼事了，慢點就慢點，也沒有什麼打緊的了。

被鄧銀名攆出糕點店後，看看天也快要亮了，他們倆也沒有睡意了，不找地方歇息，就到河邊碼頭上坐一下，等天亮了再做計議。

舞水河很安靜，彷彿並不知曉臨河這個龍溪鎮剛剛發生過的大事。也許它知道，只是故意裝著不知道罷了。也許，千百年來，發生在它眼皮子底下的事情太多了，一切的陰謀、災害、殺戮，對它來說，都是過眼雲煙。過去發生的，現在發生的，以後發生的，都會煙消雲散，歸於虛無。因此，它也像極了一位世故的老人，笑看風雲，波瀾不驚，心如止水。

吳侗的意思是，姚七姐的房子被鄧銀名霸占了去，這一時半會兒怕是沒有要回來的指望了，反正也沒有個去處，就請姚七姐和他一起，到他們貢雞寨去。他心裡想著，如果姚七姐眞的同意他的建議，家裡有個女人，那個家，才眞正的算是一個家。

姚七姐問道：「你眞要把我接到你屋裡去住？」

吳侗說：「想是這麼想，只怕娘不肯。」

姚七姐苦笑了一下，說：「你不是要給你爹找個老婆子吧？」

吳侗聽了她這句話，心裡就灰了一下，沒有作聲了。

姚七姐愛憐地說：「侗崽，你是個好孩子。其實，我也不是不曉得，你們做趕屍匠的是不能有女人的。」

吳侗說：「這妳也曉得啊。」

姚七姐說：「我當然曉得啊。看你不吭聲，我就曉得你是怎麼想的了。」

吳侗說：「娘，妳講得對，趕屍匠是不能有女人的。根據祖師爺傳下來的規矩，那是絕對不允許的。如果趕屍匠沾了女人，那麼，他就不能趕屍了，趕屍時，十有八九會詐屍的。」

姚七姐說：「你們就是信奉那些亂七八糟的。」

吳侗說：「唉，那也是沒得法子的事啊。這樣好不好？我爹本來身體也不好，趕屍是趕不得了。沒有好身體，就沒有好腳力，沒有好腳力，還做什麼趕屍匠呢？我去勸勸我爹，叫他不要做趕屍匠了，這樣不就可以了嗎？」

姚七姐說：「咦，怕當眞是給你爹找老婆子了哩。」

吳侗就不好意思了，低了頭，說：「我不是那個意思啊。」

姚七姐看他不好意思的樣子，就想，這孩子，眞是傻得可愛，就說：「娘曉得你的意思，講千道萬，不就是想讓娘和你天天在一起嗎？」
吳侗說：「就是這個意思啊，我怎麼講了半天，就是講不到點子上呢？」
姚七姐說：「那是因爲你是這天底下最傻最傻的傻小子啊。」
吳侗也暫時忘記了剛才受到的羞辱，嘿嘿地笑了，說：「娘，那妳答應了？」
姚七姐見他那麼迫切，也不忍心掃他的興，說：「答應，永遠做你的娘，只是，做娘也不一定要天天待在你屋裡嘛。是不是？」
吳侗的眼光又暗了下去，說：「我就曉得娘不會答應。」
姚七姐嘆了口氣，說：「你要是不傻，該是怎麼樣的一個人哦。」
吳侗說：「我，我不想和妳分開。」
姚七姐說：「你有你的爹，我還有我的女兒哩。這樣吧，香草到靈鴉寨去找她的死鬼爹去了。她才十七歲啊，莫講去找一個死人，就是去找活人，我這心也放不下啊。可是，她就是那麼固執。我要去找香草，靈鴉寨和你們貢雞寨是一條路，我們至少還可以一起同行大半的路程，一路走，這樣要得了吧？」
慢慢騰騰地走了一天，姚七姐又不時要坐下來休息，不知不覺，天就漸漸地晚了。
吳侗說：「前頭有家『近晚』客棧，我們到那裡歇一夜再走也不遲。」
姚七姐說：「這樣也要得。」
吳侗就蹲到姚七姐的面前，說：「娘，妳走了這麼遠的路，莫累壞了身子，來，我背妳走。」
姚七姐看著她眼前那張寬厚的背膀，眼淚不由得撲簌簌地掉了下來。她嫁給鄧金名後，兩口子平平淡淡，什麼都不少，但給她的感覺，卻又是什麼都沒有得到。有時，一個人睡在床上，她也細細地想過，她得到他什麼呢？想不出。她希望得到什麼呢？也想不出。她沒讀過書，不認得字，不曉得風花雪月，不曉得春煙楊柳，不曉得小橋流水……當這一刻，吳侗的背膀熱乎乎地跳進了她的眼窩時，她才猛然想到，她缺的，不正是一副男人寬厚的背膀嗎？腳下的土地是男人的依靠，而男人的背膀是女人的依靠。

吳侗見姚七姐沒有動靜，就轉過頭來對姚七姐說：「娘，妳上來啊。」

他一眼看到姚七姐在揩眼淚，就嚇了一跳，問道：「娘，妳怎麼了？侗兒做錯什麼了，還是哪句話又讓娘傷心了？」

姚七姐趕忙搖頭，說：「沒什麼事，你娘是沙眼，遇到風一吹，就要流眼淚。」

吳侗這才放下心來，說：「沒事就好啊，娘，上來吧。」

姚七姐哎地應了一聲，就伏在了吳侗的背上。好厚實的背膀，好溫暖的背膀呵。

吳侗背著姚七姐，大步往前走去。姚七姐在他的背上，使他感覺到前所未有的寬心。姚七姐身上的體溫暖暖的，但此時他覺得很燙，燙得把他冷了二十年的心融化了，親情眞是個奇妙的東西，可以把冷變得暖，把強硬變得柔軟，把貧窮變得富有。吳侗覺得他現在是世上最富有的人，因爲他最缺少的母愛就在眼前。姚七姐垂下來的幾根散髮，在他的頸根上飄拂著，有些癢癢的，卻是很溫馨的癢。姚七姐的雙手環在他胸前，有些緊緊的，卻是很踏實的緊。娘的頭髮、娘的手，甚至娘的微笑、娘的眼神，他都喜歡。和娘貼得這麼近，這麼緊，是他從小到大，這二十年來，從沒有過的事。

天剛擦黑的時候，那家叫作近晚的客棧出現在他們的眼裡了。

客棧是一幢三層高的木樓，門口掛著一張紅色的簾子，時間長了，現出凌亂的土黃、灰、白，並不明顯的四種顏色交織著，顯得陳舊和荒涼，「近晚」兩個大字更是經不起風雨的吹打，模糊不清。大門的兩邊，各掛著一盞桐油紙糊的燈籠，發出淡淡的黃色的光暈。倒是看到，左邊燈籠上寫著一個「近」字，而右邊那一個，是一個「日」字。原來，那燈籠被風一吹，「晚」字就只露出半個了。

才到大門邊，就有一個小夥計迎了上來，一邊接過吳侗肩上他和姚七姐的包袱，一邊很熱情地說：「天晚莫趕路，歇腳便是家。」

吳侗跨進大門，輕輕地放下姚七姐，讓她在一張椅子上坐好，那小夥計放好包袱，很快地像變戲法一樣，手裡就多了兩杯熱氣騰騰的香茶，說：「歇口氣，慢慢用。」

吳侗咕咚咕咚一氣喝完一杯茶，用手背擦了一下嘴巴，說：「店家好客氣，還有乾淨些的客房沒？」

小夥計帶他來到一間偏廈，對櫃台裡的一個頭戴瓜皮小帽的老人說：「爹爹，來客人了，你給安排一下。」

說著，小夥計對吳侗點了一下頭，就出去了。

老人笑呵呵地問吳侗道：「請問小兄弟，你要什麼樣的客房？」

吳侗說：「只要乾淨，別的也沒有什麼講究的。一男一女，一人一間。」

老人沉吟著說：「乾淨那是自然的，只是這個，只剩下一間客房了。」

吳侗說：「那就拿間女房，我將就著亂坐一夜也沒事的。」

老人說：「眞是不巧啊。我們這裡住有一個姑娘，也是病了，住了好幾天，現在才好，要明早才退房。這樣好不好？那姑娘也滿好講話的，和你來的女客去和姑娘對付著住一夜，你就有地方睡了。」

姚七姐在客房裡問吳侗：「侗兒，沒有房了？」

吳侗說：「房子有的，娘，妳莫擔心。」

老人對吳侗說道：「原來那是你娘啊，怎麼不早講嘛？你娘倆住一間，不就行了嗎？」

姚七姐一直在聽這邊的對話，說：「要得，侗兒。晚上，你還要幫娘捶背哩。」

吳侗心裡是高興，他只怕姚七姐不同意，現在，娘一句話，問題就解決了，就說：「哎，要得。」

繳了錢，那個小夥計就帶他們兩個上到二樓，沿干欄木廊往裡邊走去。走到盡頭了，打開房間的門，請他們先進去，自己後面才跟了進來，說：「你們看，又乾淨又清爽。」

姚七姐客氣道：「讓你們費心了。」

小夥計退了出去，說：「要吃些什麼，我去叫我娘給你們弄來。」

姚七姐問：「有醃菜水啵？」

小夥計說：「有，我娘做的。」

姚七姐說：「我只要一碗醃菜水，放兩個紅辣子就行了，你給我崽炒盤豬肝和一碗臘豬腳。」

吳侗感激地看著姚七姐，說不出話。

醃菜水和臘豬腳都是湘西農家的特產。臘豬腳是春節辦的年貨，把豬腿吊到炕上燻乾，再放到稻穀堆裡埋著，不腐不爛，隨時取用。醃菜水的製作稍稍複雜些，將青菜洗淨用開水燙熟，然後切成小段放進罎子裡，羼入山泉水，再放些淘米水或米湯，醃製一段時間，酸酸的，甜甜的，味道好極了，可以浸泡菜梗、蘿蔔、茄子、刀把豆，食用時，根據喜好放些鹽、大蒜、薑、辣椒。在鄉下，哪個要是口渴了，感冒了，嘴巴沒味道了，來一碗醃菜水，呼嚕呼嚕地吃下去，神清氣爽，有些人家泡製多年的醃菜水，還可以治腹脹、感冒等疾病。

姚七姐剛經歷一番生死劫難和傾家蕩產的變故，身體虛弱得很，自然沒有胃口，何況在龍溪鎮住了那麼多年，早就不耐煩自己做醃菜水吃了，今天走在鄉間小道，突然想起了這道菜，就來了興致。

小夥計說道一聲：「好嘞，馬上就到。」

42

香草收拾好她的包袱後，就睡到了床上。

她從來不敢相信，自己這麼好的身體居然也有病倒的時候，而且，還病得不輕。從小到大，她連感冒是什麼滋味都沒有嘗到過。聽人家說感冒了，腦袋疼痛，四肢無力，還鼻涕口水地流。不管別人怎麼說，她也還是想像不出那到底是一種什麼滋味。而這次，剛出門沒多久，就一頭栽倒在地上，要不是過路的好心人把她攙扶到這家就近的近晚客棧來歇息，也不知道後面還會發生什麼樣的事情。

她躺在床上，靜靜地回想著，自己害病，只有一種解釋，那就是，見鬼了。想到這裡，她不禁有些好笑。如果這麼和別人講，那是沒有一個人相信的。見鬼了，眞的是見鬼了。

那天晚上，她眼睜睜地看著死去了的爹爹從棺材裡爬出來，跟著那隻黑貓出了門，就這麼樣的消失了。她現在想起來，都還是覺得，那情景一點都不眞實，像一個夢。先是叫黑三的狗刨坑，然後，竟然上了樓，眼看著爹爹在天台的邊緣往回走，黑三卻發了狂一樣把爹爹撞下了舞水河。一狗一貓，先害死爹爹，後帶走了爹爹。

現在，家裡只剩下娘一個人了，她一定很孤寂。香草想到娘，就有些內疚。她想自己不應該不聽娘的勸阻，一個人出來找爹爹。她和娘說，爹爹的「出走」，都是自己沒有攔住，怪自己。如果不把爹爹找回來，她這一輩子都難以安生的。和娘她是這麼說的，但要是摸著自己的心坎兒問，是眞的嗎？她就不敢正視這個問題了。

她自己其實非常清楚，找爹爹，這不假，也是她眞心的想法。去靈鴉寨找爹爹，也是爲了能在那裡見到舒小節。舒小節也找他的爹爹去了，也是往靈鴉寨去。那麼，他們就一定能在靈鴉寨相會的。抱著這個信念，她就堅定了出來的決心。沒想到的是，竟然病倒了。

好在，近晚客棧的這家人對她很好，把她當家人一樣地看待。抓藥，熬藥，特別是她剛來時，病得不輕，連動一下都困難，還得這家店子的老闆娘親自餵她湯藥，就像是自己的娘一樣。想到娘，她不禁又濕了眼眶。

經過幾天的調理，她的病終於好了，到現在，除了只是有點兒無力之外，再也沒有其他的症狀了。她準備明天一大早，就繼續往靈鴉寨去，找爹爹，找小節。這裡離靈鴉寨不遠了。

到靈鴉寨，能不能眞的找到爹爹呢？她的心裡還是一點底都沒有。一個死人的出走，誰敢保證找得到？不過，至少，應該能見到舒小節吧。想到舒小節，她恨不得立即就起身奔往靈鴉寨。如果不是天黑了，她想她一定會不顧一切地往靈鴉寨趕去的。

明天一早就走。

這麼想著，她就起了床，先把帳去結了，免得早上又要耽擱一點時間。

她攏了攏頭髮，開了門，跨出門外，來到了干欄木廊。隔壁的房間，現在已經亮起了燈，顯然是住進新的客人了。剛才她在床上躺著的時候，就知道了。現在看到房間裡有燈，她的心裡也有了點亮堂的感動。儘管不知隔壁的客人來自何地，去向何方，黑夜裡的燈光於孤獨的人，總是一種溫暖和安慰吧。

走到樓梯口，老遠就聞到一股醃菜水的味道，這味道，喜歡吃的人聞起來香，不喜歡吃的人聞起來臭。正要下去，就看到小夥計手裡端著一個方方的大木盤，木盤裡放著一碗醃菜水，黃黃的菜葉中夾雜著幾片撕開了的紅辣子，還有豬肝和臘豬腳。

她問道：「這個時候了，還有客人吃飯啊。」

小夥計答道：「來了一對母子倆，還沒吃飯哩，我給他們送去。」

香草說：「伙食還不錯嘛。」

小夥計說：「是啊，那個當兒子的一看就是個孝順崽，他娘走不動了，背著他娘來的哩。那當娘的呢，也是天底下最好的娘，還一個勁兒地給她兒子點好吃的，她兒子不要，不然，管叫她兒子吃不完。」

香草聽了小夥計的一席話，心裡又是暗暗地刺痛了一下。想想自己，在屋裡的時候，也是任性慣了的，何嘗對爹娘這麼孝順過？倒是爹娘對自己一向百依百順，由著自己的性子來。

香草怕自己掉淚，趕忙往樓腳咚咚咚地趟了下去。

香草結了帳，回到自己的房間，早早地就睡了。夢中，她見到了娘，離她很近很近。只是，雖然很近，她們的中間，卻像是隔著一片木柵欄。娘就隔著木柵欄，正在慈愛地給她梳著頭，一下，又一下……

43

這一晚，姚七姐和衣躺在床上，根本就睡不著，腦子裡，一忽兒飄來香草的影子，一忽兒飄來鄧金名的影子，一忽兒又飄來鄧銀名的影子。好好的一個家，突然間天塌地陷，家破人亡，一眨眼的事，根本來不及想對策，也來不及反抗，一家人就陰陽相隔，天各一方，莫不是她前世做了什麼過河事？她腦殼都想痛了，還是理不出頭緒，眼睜睜地看著天花板，看到的卻是一片黑暗。

對面的床上，吳侗一倒下去就發出了鼾聲。也難怪，他吃的是辛苦飯，做的是力氣活，又背了她一天，說不累那才是鬼話。幸好她沒有讓吳侗幫自己捶背，否則他會累得更厲害。

天還沒亮，她就聽到了有人開門的聲音，然後，就是輕手輕腳下樓的聲音。不一會兒，就聽到了大門開了的聲音。哪個起得這麼早呢？可能有急事趕時間吧，天快亮了，她得好好休息一下，要不明天沒有力氣趕路的。這麼想著，迷迷糊糊的，不久便睡過去了。等她醒來時，窗外，已經大亮。

吳侗早已醒來，正盤腿坐著，雙手手板朝上，交叉著平放在大腿中央，左手的拇指掐在無名指上，右手的拇指則掐在小指頭的尖上。

吳侗聽到動靜，長長地吐了一口氣，雙手手板心翻轉過來，朝下疊在一起，這才開口對姚七姐說道：「娘，妳醒了？是不是侗兒鬧妳？」

姚七姐說：「講哪樣話？天都亮了大半天了，我還在睡懶覺。」

吳侗笑道：「娘才不是睡懶覺哩，娘累了嘛。」

姚七姐說：「往天在屋裡時，還從沒睡過懶覺，總有做不完的雜七雜八的事。這一出來啊，就懶到骨頭裡去了。」

吳侗下了床，說：「娘妳再躺躺，我去給妳打洗臉水來。」也不等她回答，吳侗就一陣風兒似的下樓去了，很快，打了一木盆的熱水上來。

姚七姐邊洗著臉，邊對吳侗說：「出了這個客棧，我們就各走各路了。」

吳侗聽了這話，心裡很不樂意，說：「娘，我陪妳到靈鴉寨去找香草。」

姚七姐說：「你啊，出來這麼久了，你爹爹天天都在盼你回家哩。」

吳侗說：「嗯，爹爹是在等著我了。他估摸著我到家的日子，就到寨子外面的路口上來等我。他總是這樣，從小時候起，我和小夥伴們在外面玩，要吃夜飯的時候，他就坐在門邊等我了。」

姚七姐說：「那是你爹疼你哩，你不要陪我去靈鴉寨，我自己又不是不曉得路。」

吳侗說：「不行的啊，妳的身體還沒復元，還是我背著妳去靈鴉寨吧。」

姚七姐說：「昨天把你累得壞老火，今天我再也捨不得讓你累了。你爹看到你到日子了還沒回家，心裡肯定急得像貓抓，你這麼大的人了，應該懂事了，不要讓老人家心焦。等你成了家，也做了哪個傻小子的爹了，你就知道做爹的滋味了。」

吳侗怔了怔，半天沒有說話。

姚七姐很詫異，問他道：「你怎麼不講話了呢？」

吳侗說：「趕屍匠是不能有女人的……」

姚七姐恍然大悟，說：「侗兒，是我不好，只顧著勸你要體諒你的爹爹，沒想到，讓你傷心了。」

吳侗有些激動，說：「我回去要和爹爹講，我不做趕屍匠了，我再也不想成天和屍體走在一起了。」

沒成想，姚七姐也很是支持他的想法，說：「我也是這麼想的，一個標標致致、英英俊俊的大小夥子，怎麼就和那些死人滾到一堆？」

吳侗有些興奮起來，說：「娘，我回去就和爹爹講，我不要和死人在一起……」說著，吳侗就握住了姚七姐的手，搖晃著，繼續說道：「那樣，我就可以天天和娘在一起了。」

姚七姐見吳侗捉住自己的手，只顧著一個勁兒地搖晃，心裡也不禁莞爾，說：「說你傻你還不承認，天底下，有哪個是和娘過一輩子的啊？眞正能和你過一輩子的，不是娘，是婆娘。」

吳侗的臉有些發燙，說：「別個和婆娘過，我和娘過。」

姚七姐說：「傻子崽……」

吳侗就眞個呵呵傻笑了起來。

姚七姐說：「時候不早了，趕路要緊。再不走，你爹眞的要急出病來的。」

聽說又要走，吳侗剛剛還晴朗的臉上，就又轉爲陰天了。他說：「妳硬要攆我回去見爹爹，我也答應。妳也答應我一個條件，看要不要得？」

姚七姐哦了一聲，問道：「你還打什麼小九九呢？」

吳侗說：「娘，妳看這樣好不好，妳的身子骨還虛得很，妳在這裡再歇一夜等我，我見了爹爹，告訴他我不做趕屍匠了，然後，就馬上趕到這裡來，和妳一起到靈鴉寨去。」

姚七姐想到，以自己目前這樣子，走一步都要喘粗氣，更莫講走到靈鴉寨去了。她覺得吳侗的說法很是合情合理，便答應下來，說：「我就在這裡再歇一夜也要得。」

吳侗聽她同意了，就咧開嘴巴，呵呵地笑了起來。

44

吳侗回到家裡的時候，果然看到他的爹爹拄著拐杖，像一尊雕像一樣，站在院子裡，朝路口張望著。他心裡一陣感動，多少年了，爹的身影一出現在他的視野，他就有種踏實的感覺，那是家的感覺。但今天，除了感動，他還有一絲遺憾，這個家，什麼都不缺，就缺少一個女人。沒有女人的家，雖能擋風雨，但冷暖不知，憂傷或歡樂也失去了意義。

吳侗的身影一出現，吳拜的臉上就浮現出一絲笑意。

吳侗叫了一聲「爹」，快步走到他的身邊。

吳拜還是和以前一樣，一手拄著拐杖，一手來接吳侗身上的包袱。

吳侗把包袱解下來，也和以前一樣，並不遞給爹爹，而是一手去扶爹爹，一手自己拿著，說：「這包滿重的，我拿我拿。」說著，就和爹爹兩人一起，走進了吊腳樓。

坐在火鋪上吃飯的時候，父子兩個就著野豬肉，你一杯我一杯地乾著泡酒。

吳侗發現，這次回來，爹爹雖說還是和以前一樣，看到他，臉上就有了很濃的笑意，但這次，那笑意裡似乎隱藏著很深的憂慮。

吳侗就想，難不成爹爹曉得我不想做趕屍的事了嗎？

他夾了一塊野豬肉放到吳拜的碗裡，說：「侗崽出去這麼久，爹一個人在家裡，沒得什麼事吧？」

吳拜想做個笑模樣出來，卻做得不像。

吳侗就說：「爹，你有什麼事好像在瞞著我。」

吳拜這才開了口，說：「按說呢，這事和我們貢雞寨一點關聯都沒有，但，畢竟是人命關天的事，而且，那死人的事，要是攔不住的話，一死就是一大片。」

吳侗正把一塊肥肉塞進嘴巴，聽了吳拜的話，不曉得哪裡來的由頭，不禁一驚，忘記了嚼肉，含糊不清地問道：「哦？怎麼這麼凶？是哪裡的事？」

吳拜吱地把一小杯泡酒呷進嘴裡，吐出三個字：「靈鴉寨。」

啪的一下，吳侗嘴裡的那塊肥肉竟然掉到了火鋪上。

吳拜有些奇怪，問道：「怎麼了，你聽到了什麼？」

吳侗說：「是的，我也聽講過這事了。這次到龍溪鎮，我就聽別人說，鎮上死了好幾個人，讓人感到奇怪的是，死的那些人全是靈鴉寨的。」

吳拜說：「嗯，是這樣的。靈鴉寨的寨老來找過我了，要我幫他查一查，到底是哪路的鬼魂在作祟。」

吳侗問道：「查出來了嗎？」

吳拜點點頭，說：「其實，寨老自己是知道的，只是他不肯告訴我。」

吳侗感到奇怪了，問道：「他既然知道，那爲什麼還要請你給他查呢？」

吳拜說：「他只是不敢肯定，所以，還是要請我幫他們查一下，得個放心。」

吳佴問：「是哪個？」

吳拜說：「我只知道，是個女人，到底是哪個，我也不曉得。」

吳佴說：「你不是講寨老曉得是哪個？」

吳拜說：「他不肯講，這裡面，肯定有他不好講的地方，我也不好再問。」

吳佴自言自語道：「是個女人？」

吳拜說：「是啊，是個厲鬼。」

吳佴問道：「爲什麼這麼說？」

吳拜又喝了一口酒，揩了揩嘴巴，說：「『唱娘娘』的時候，請來的不是娘娘，而是那個女鬼。那女鬼當場就附到了寨老的一個叫烏昆的跟班身上，用我這根拐杖，刺死了一個他們靈鴉寨的人，就在我們的堂屋裡。」

能夠在爹爹的眼皮子底下附在人的身上，並且還取人性命，可見，她眞的是一個厲鬼了。吳佴這麼想著，很有些爲爹爹擔心，說：「爹，你趕了那麼多年的屍，什麼樣的風浪沒有見過啊，現在年紀也大了，以後，就不要過問鬼神方面的事了。」

吳拜抬起頭，定定地瞅著吳佴，不服氣地說：「看不起你爹了吧？」

吳佴趕忙說：「沒有啊，不過，我也多少還是有些擔心啊。」

吳拜又抿了一口泡酒，說：「我曉得你是爲我好，做我們這一行的，做多了，也不是沒得失手的時候。」

吳佴乘機說：「爹，我們家的祖上怎麼會選擇做趕屍這個行當呢？像別人家那樣，種田、栽樹、榨油、開個碾房、做點小生意，不是很好嗎？」

吳拜竭力睜大他的醉眼，說：「你看不起趕屍匠？從你太祖爺起，我們家就是做這一行的啊。我聽講，那時我們寨子裡的男人去海邊打倭寇，全部戰死在戰場上，那可眞是血流成河，屍骨遍野啊。唯一一個沒有死的，就是你太祖爺爺。幾百號人一起出去，回來的只有他一個人，他心不甘啊，他怎麼著也得把寨子裡的人帶回家啊。可是，一沒車子，二沒擔架，怎麼帶得回？就算有，千里迢迢，他一個人也沒有辦法。怎麼辦？他想啊，他一個人是無論如何也沒有臉面回去的，就摸出刀子，架在自己的頸根上。在自殺前，他看著滿地的死屍，止不住邊哭邊唱。」吳拜有了幾分醉意，半眯著眼，拍打著膝蓋，哼哼地唱道：「天地生蒼生呀，蒼生成魂靈，魂靈無所住呀，遊蕩匍匐行。來時雄棒棒呀，去時沒家門。男人熱血旺呀，死去冷冰冰。上天也無路呀，入地也無門……」

吳拜的聲音蒼老，音調低沉。吳佪的眼前，就出現了那幅悲壯的畫面：深藍色的海，猩紅色的血，陽光下滴著血的白晃晃的刀刃，慘不忍睹的凌亂的屍體……天地間，他的太祖爺爺像一個戰神，手握戰刀架在頸根上，既威風凜凜，又落寞悲愴。

吳拜說：「當你太祖爺爺唱到這裡的時候，手一動，正要抹頸根，耳朵邊就聽到有人接著唱下去，『上天也無路呀，去他娘的天，入地也無門呀，去他媽的門。人死大卵朝天衝呀，照樣傳代又接宗。』你太祖爺爺急忙停住手，看看是哪個人在唱。四下裡一看，除了腳下的死屍外，還是一個人都沒有啊。正在驚訝的時候，他看到了，那些死屍一個一個地從地上站了起來，排成了一排，面朝著家鄉的地方，唱道，『長路漫漫無所懼呀，我們跟你回家中！』你太祖爺爺這才想到，是他的歌聲把那些死去的戰士們的魂魄唱回來了。於是，你太祖爺爺就帶著他們，一路唱著，走過了萬水千山，吃盡了千辛萬苦，終於回到了家鄉。」

吳拜醉得老火了，他嘟嘟囔囔地說：「你太祖爺爺是個大英雄哩……」火鋪上的火快要熄了，吳侗正要去添一塊杉木柴，吳拜把一杯泡酒倒到了自己的衣領裡，說：「要得了，不要添柴火了，你這趟也累了，早點睡了算了。」

吳侗看爹爹確實也是醉得不成樣子了，也就沒有添柴火，順手就把那柴火丟到了火鋪下面，然後扶著吳拜下了火鋪，進到他的臥房裡去。剛一進去，吳拜就伸出手，指著屋頂上喊道：「你……你……你到這裡來來來……做什麼？告告告訴你你你，那鞋……鞋墊子，我早就把它燒成灰灰灰了……」

說著，吳拜就一頭栽到了床上，呼呼地扯起了撲鼾。

吳侗聽著爹爹的醉話，只道是爹爹醉老火了，也不理會，就出門往自己的房間走去。他沒有注意到，一雙穿著繡花鞋的腳，在他的頭頂上凌空虛蹈著……

45

吳侗原本是想趁著和爹爹乾兩杯後，就提出不想做趕屍匠的事來。他先是從爹爹那裡找到一個突破口，沒想到的是，爹爹卻講起了太祖爺爺的故事。當時，也是聽得他血脈僨張，豪氣干雲，就更不好意思開口了，很快，爹爹竟然醉得什麼都不知道，講什麼都是空的了。

他把火鋪裡不多的火搗好，屋子裡，就更顯黑暗了。他手裡拿著一塊點燃的樅膏，往自己的睡房走去。窗外的風吹來，把樅膏上的火苗吹得東倒西歪，吳侗的影子也就一忽兒放得很大，一忽兒又縮得很小，在板壁上跳動著、飄搖著。他生怕樅膏燈被吹熄，就一邊伸出手掌擋著吹來的風，一邊加快腳步。他推開了睡房的門，跨進去後把門關好。房子裡，門窗都關得嚴嚴實實，沒有一絲風可以吹進來。奇怪的是，那樅膏上的火苗，還依然是被吹得忽左忽右，欲滅還明。吳侗的酒意也有些上來了，就索性不去管它，由它是燃還是熄。他把樅膏放在桌子上，就脫了衣褲，上了床。然後，就去吹那樅膏。還沒吹，那樅膏自己就呼地一下，熄了。臨熄前，火苗被一股無形的像風一樣的東西拉扯得成了一條長長的線，發出藍色的光來。熄滅後，屋子裡還飄蕩著火苗畢剝的聲音，很細，卻很清晰。吳侗那一口氣，吹出去和沒吹出去，都沒有什麼區別了。於是，他打了個呵欠，頭就倒在枕頭上，暈暈乎乎地想著姚七姐，她現在睡了嗎？這麼想著，他自己也迷迷糊糊地睡著了。

睡夢中，他把頭埋進了姚七姐的懷裡，使勁地吭吸著她的身上散發出來的女人特有的氣息。那氣息，溫熱，甜蜜，有著淡淡的清香。那不是女孩子的氣息，女孩子的氣息他沒有聞到過，但他想像得到，是和春天的小草一樣的青澀，有點甜，卻沒有回味。而姚七姐的氣息，是秋天裡的長得熟透了的楊桃，是溫軟的，味道也是綿長的。他感覺到了，姚七姐抱著他的頭，呢喃著，輕輕地哼起了兒歌：

教你歌，
教你後園砌狗窠，
狗娘生個花狗崽，
拿給我崽做老婆。

吳侗閉著眼，靜靜地聽著姚七姐哼著的歌謠。那歌謠好耳熟呵。他的眼前，漸漸地浮現出這麼一幅景象。一個年輕的婦人，手裡抱著一個孩子，把肥大的奶子塞進孩子貪婪的嘴裡，一邊也是哼著這首熟悉的歌謠，一邊在亂草叢生的小路上往大山的外面看著、看著，直到太陽落了山，直到黑夜籠罩了整個山巒，直到家家戶戶的燈火一盞一盞地熄滅了，她才拖著疲憊的雙腿，一步一步地挪下山崗……

如果還有沒有睡熟的人家，就會聽到，從山崗上，被山風吹來的，斷斷續續地飄來的歌謠：

教你歌，
教你後園砌狗窠，
狗娘生個花狗崽，
拿給我崽做老婆。

那歌謠在伸手不見五指的暗夜裡，飄啊飄啊，在飄過光禿禿的樹梢的時候，幾綹歌謠被樹梢掛破了。在飄過黑沉沉的山寨的時候，那歌謠就支離破碎了。一直飄到了那口長年水波不驚的深潭的時候，歌謠才如一縷幽魂一樣，慢慢地沉到了潭底……

「大膽！敕呢轟惲懵……」

吳侗噌地一下從床上坐了起來，聽到是爹爹的聲音。他左手的拇指就下意識掐到了中指上，右手往枕頭下一摸，掏出兩張符紙，跳下床，飛快地來到爹爹的房子外面，嘴裡一邊叫著爹爹，腳下一刻也不遲緩，一下就踢開了爹爹的房門。房子裡，只見爹爹一手捏著劍訣，一手揮舞著拐杖，嘴裡念著咒語，與一個白衣的影子在爭奪著什麼。

房裡沒有燈，一片漆黑。他模模糊糊地看到，那個影子披著長長的頭髮，不顧爹爹的強咒，一個勁兒地往爹爹的床上撲去。而爹爹也是奮不顧身地用他的拐杖阻止著。

整個房間裡，風聲呼呼，鬼影飄飄，眼見著人鬼之間你來我往，難決高下。

吳侗低喝了一聲：「敕呢轟惲懵！」

緊接著，手指一彈，薄薄的符紙如一塊堅硬的鐵片，呼嘯著直往那影子飛去。只聽一聲痛苦的尖叫，影子隨即踉蹌著後退，身子一縱，飄出了窗外。吳侗跳上窗子，正要追趕，被吳拜叫住了：「侗崽，別追了。」

吳侗有些奇怪，問道：「爲什麼？」

吳拜說：「她就是那天在我們家用拐杖殺人的那個人。不過，對我們好像沒有惡意，否則，趁我睡著了，她要是有心害我，我是萬萬躲不過這一劫的。」

吳侗跳下窗來，點上燈，奇怪地問道：「既然沒有惡意，那她來我們家幹什麼？」

吳拜從枕頭下取出那張鞋墊，說：「她是來找回她自己的東西。」

吳侗問道：「鞋墊？她要這鞋墊做什麼？」

吳拜說：「殺人！」

吳侗嚇了一跳：「殺人？」

吳拜肯定地說：「是的，殺人，成批地殺人，成群地殺人，成片地殺人……」

46

吳侗扶著吳拜在床沿上坐好，憂心忡忡地說：「爹爹，你還是莫幹這行了，好嗎？」

吳拜的眼睛裡滲出了渾濁的淚水，他說：「侗崽，由得我們？其實，哪個都不願意幹這一行啊。當初，我決定把這門手藝傳給你時，我也猶豫了好久。一旦做了趕屍匠，就會失去很多，沒有母親，沒有老婆，沒有孩子，沒有尊嚴，沒有臉面……」

吳侗說：「是的，爹爹，你要不是做了趕屍匠，你就不會一個人一直打單身，就會給我找一個媽媽，對不對？」

吳拜的眼睛敏銳地盯了他一眼，說：「你講得對，可是，我是一個地地道道的趕屍匠，我不能給你找一個媽媽。你也是一個趕屍匠，你也一樣，不能有女人。侗崽，你告訴爹，你這次出去，是不是有了一個你喜歡的姑娘？」

吳侗想不到爹爹突然問他這麼個問題，搖頭道：「沒，沒有的事啊，我……沒有……」

吳拜看他那情景，心裡也明白了幾分，眉頭皺到了一起，也不想深問下去，只是擔憂地說：「侗崽，我不多問你什麼，你有你的理由。只是，我們這一行，如果沾了女人，輕則詐屍，重則丟命啊。」

吳侗就想起了那個女屍，突然跳起來取人性命的場景。他心下也不禁有些後怕，幸虧自己動作快了一點，否則，後果不堪設想。

吳拜繼續說道：「假如你眞的有了自己喜歡的姑娘，一定要實打實地告訴我，祭拜祖師爺後，就正式退出這一行。我也不攔你，因爲，這確實不是人做的事啊。你爹爹這麼大一把年紀了，還可以撐個幾年，你呢，選自己的前程，爹爹也支持你，只要你們兩個好，我也好早點抱個孫崽，哈哈……」

吳侗知道爹爹是誤會了，但也一下子講不清楚，以後有機會再慢慢說出來也不遲。爹爹還是很體貼他的，看起來是個大男人，其實，心裡也很細的。當他聽到爹爹居然說到了要抱孫崽時，他的臉上滾燙滾燙的。心想，爹爹人很聰明，就是有點聰明過頭了。嗯，確實是聰明過頭了。不過，爹爹是個老江湖，十六歲起就走南闖北，什麼樣的陣勢沒見過？什麼樣的人沒見過？他怎麼會是聰明過頭了呢？爹爹的眼睛毒著哩，他一定是看出什麼，而且還是看得穩準狠的！如果爹爹眞的是看準了，那麼，那這，這算怎麼回事呢？莫非，我和娘，和那個叫姚七姐的娘，眞的是像爹爹說的那樣，不是母子關係，而是……他不敢想下去了，使勁地搖了搖腦袋，張著嘴，再也說不出話了。

吳拜見他不作聲了，就說：「哪個時候，方便了，帶那姑娘給你爹看看，要得不？」

吳侗脫口而出：「嗯，要得。」

剛說出這話，他就知道說得不對，就趕忙矢口否認，說：「不，不是的，我是講，爹爹你想到哪裡去了，不是那個意思，我們，不是相好……」

吳拜寬容地笑了起來，臉上的皺紋也舒張開了，說：「還害羞哩，好，好，不是那回事，只是一般的朋友，對不對？哈哈，我不管你是怎麼回事，下個月起，拜祭祖師爺，告訴他不做趕屍匠了。」

吳侗心裡嘩的一下，像湧進了無數的陽光，又溫熱，又燦爛。他問：「怎麼要等到下個月？」

吳拜用旱菸腦殼輕輕地磕了一下他的頭頂，說：「怎麼，心裡急得像貓抓了？」

吳侗不好意思地撓了一下後腦勺，說：「沒有的事，我只是隨便問問。」

吳拜從枕頭底下取出那張從墳地裡那具女屍的手裡拿來的鞋墊，遞給吳侗。他收起了慈愛的臉孔，換上凝重的神色說：「你看看，這就是有名的『咒蠱墊』，如果兩只合在一起，就會天地變色，屍陳遍野。我這腿腳走不了遠路，你還得替我跑一趟烘江，另一只在烘江師範學校一個名叫田之水的老師手裡，你去找他，越早越好，明天就出發，取了來，然後，與這一張一起，用『七魂火』燒成灰，才不至於有災難發生。」

吳侗想著還要陪姚七姐去靈鴉寨，就問：「怎麼這麼急？」

吳拜說：「『她』的戾怨兩氣越聚越凶了……」

47

吳侗只睡了兩個時辰，天就要亮了。他不敢多耽擱，起了床，呵欠連天地用冷水沖了沖臉，睡意就消了。這時，他才發現，爹早就起來煮好了飯菜，坐在火鋪上等他。父子兩個吃了飯，吳侗下了火鋪，這才和爹爹告別，出了門。

爹爹送他到院子裡來，憂心忡忡地對他說：「你要小心一點，萬事不可大意。」

吳侗笑道：「爹爹，我每次出門，你都不放心。我知道爹爹是擔心我，如果是出去趕屍，自然是有一定的凶險，可是，這次只不過是去拿一張鞋墊，它不會講話不會走不會動，輕飄飄的，就是小孩拿在手裡，也嫌輕，有什麼大不了的。」

吳拜的嘴巴咧了一下，說：「話是這麼講，我總感覺到，要有什麼大事發生。你莫小看那只鞋墊，它不值錢，可有人想要，這關係到靈鴉寨整個寨子的命運。不能讓它落在別人手裡，切記切記。這一次出門，跟以往一樣有危險，你不要掉以輕心。總之，爹爹不在你的身邊，你自己照顧好自己就是。」

吳倜的眼眶不由得熱了一下，說：「嗯，我會照顧好自己的，爹爹你自己也要小心爲好，昨天晚上，那女鬼的氣勢也很厲害的。」

吳拜有些不好意思，如果不是吳倜即時出現，也不知道會出現什麼樣的後果。只是，吳拜不肯在兒子面前放下面子，就不在乎地說：「唉，昨天是你回來了嘛，這人一高興，多喝了兩杯，就睡得像死人一樣了。你出門了，我和哪個喝酒去？你放心好了，她再來，看我不把她釘到壁頭上去。」

吳倜看爹爹有些不好意思的樣子，也笑了笑，說：「那是那是啊，我爹爹是什麼人，名震三省的趕屍匠，威加海內的驅魔人啊。」

吳拜得意地撚了撚鬍鬚，說：「時間不早了，你去吧。」

吳倜抿了抿嘴唇，點了點頭，轉過身，放開大步，下了石塊壘成的小路，走了。

走到山埡口，他想回頭去看看爹爹。他知道爹爹一定還在院子裡，拄著拐杖，直到他轉過埡口，看不到他的身影了，爹爹才會回到屋子裡去。他強忍著不回頭去看爹爹，是怕自己的眼淚會飆出來。他想到今天爹爹的神色與以往大爲不同，還是轉過頭去，果然看到爹爹兩隻手撐在拐杖上，靜靜的，呆呆的，看著他的方向，一動不動。

吳倜揮了揮手，爹爹也舉起了手，揮了揮，像揮動著一面肉做的令旗。

山野裡，早上的空氣格外新鮮，一絲一縷地從他的千萬個汗毛孔沁到身體裡來，甜絲絲，涼悠悠的。早起的鳥兒，自然也是不甘寂寞，嘰嘰喳喳地唱著歌兒。那歌兒，在淡淡的晨霧裡，尤其顯得清脆而明亮。

吳倜對這樣樸素優美的風景早已司空見慣，他的職業常需要他在荒郊野外行走，蔥鬱疊翠的山，純靜清澈的水，婀娜搖曳的草，五彩豔麗的花，還有一閃一閃的星星，棉絮般潔白的雲……遠近高低，哪一處不是風景？只是因爲職業的原因，他沒有心思去欣賞罷了，就像現在，他只管大步大步地走，快快見到姚七姐，他的娘。

他想著昨天爹爹的誤解，心裡就不由得好笑，差點兒笑出聲來。人老了，好像什麼都懂，可是呢，卻是什麼都不懂。他們只是想當然地以爲，一個人，特別是一個還沒有婚配的年輕且健壯的男人，如果他的臉上有了暈紅般的笑意，那麼，他就一定是有了心上喜歡的人了。爹爹一定還在想著，那個人，一定是一個姑娘家，對兒崽癡情，對老人孝順，對鄰里和睦。在家裡，還一定是一個做家務的裡手，小手兒細細的，會繡花繡朵，心眼兒善善的，會篩茶篩酒，甚至，屁股兒大大的，會生男生女。遇到這樣的女子，哪個男人會不動心呢？有了這樣的女子，哪個男人不巴望著天天陪著她講話，夜夜摟著她睡覺呢？可是，爹爹眞是有些糊塗了哩。他樣樣都想到了，就是沒有想到，她不是「她」，她只是他的娘啊。吳侗邊走邊這樣想著，還是忍不住好笑。能讓爹爹栽個跟頭，那也是一件有趣的事兒。他一向很佩服爹爹的，在他的印象中，爹爹從來沒有走過眼，更是從來沒有失過手。那麼，爹爹眞的栽跟頭了嗎？吳侗又不由得懷疑起自己來了。怎麼不是栽跟頭呢？他，應該是的啊。你看，爹爹還以爲我找了一個姑娘，其實，姚七姐是娘，而不是姑娘，爹爹你錯得多了哩。不過，爹爹也會犯錯嗎？他英雄一世，應該不會的啊。吳侗這麼想，就開始傾向於他爹爹的看法了。不會的，爹爹怎麼會犯錯呢？難道爹爹說的不是對的嗎？除了年齡上，爹爹沒有說對以外，其他的，都沒說錯啊。想到這裡，吳侗不由自主地嚇了一跳。如果眞如爹爹說的那樣，是他的相好，那，那會怎麼樣呢？吳侗又感到，那滾燙的感覺爬到他的臉上來了，心也怦怦怦地跳得厲害。他趕忙甩了甩腦袋，似乎要把那些亂七八糟的想法給甩出去。

遠遠地，近晚客棧出現在他的眼簾裡，他的力氣猛地增添了不少，快步走下山去。及至到了客棧的門口，他又不知不覺地放慢了腳步。他聽到他的心跳得越發劇烈了，像打鼓一樣。

他一步一挨地來到客棧，還沒等他開口，那個客氣的小夥計就對他說：「嗨，兄弟來了？你娘留了個口信給你，講她先上靈鴉寨去了，她在那裡等你。」

吳侗聽到娘不等他而一個人先去了，心裡頓時感到空落落的，然後，又覺得，這樣也好，不然，見了娘，還不曉得怎麼和她說話哩。繼而，又爲她擔心，她的身子還沒好完，吃得消嗎？他想馬上就往靈鴉寨去，又想到爹爹嚴峻的神情，只好否決了這個決定。這麼亂紛紛地想著，他也不和那小夥計打招呼，就轉身離去了。

那小夥計見他並不是往靈鴉寨走去，就叫道：「哎，哎哎，兄弟你走錯路了，去靈鴉寨，你該走那條路啊。」

吳侗沒有聽見他的話，心事重重地融入到那一片淡黃的秋陽裡了。

第八章
咒蠱塾

48

淡黃的秋陽，像半截爛苕，無力地懸掛在山尖尖上，沒有發出任何光芒，稍不留神，就滾落到山坳裡去了。天上，一張巨大的黑色帷幕，就唰地鋪了開來，眞個是鋪天蓋地。

舒小節沒有想到，山裡的夜竟然沒有半點商量的餘地，說黑，就黑了。

他環顧四周，大山的身影失卻了厚重和威嚴，而成了剪影，變得單薄了，然而，那單薄的剪影，多出了些猙獰和囂張。似乎，夜的來臨才是它盛大的饕餮的開始。不知名的夜鳥的叫聲，有的像低吠的狗，有的像輕語的婦人，還有的如同小孩的笑聲。身邊一人多高的芭茅草，在風的撩撥下，也輕狂地勾肩搭背起來，在竊竊私語，像要策劃一場陰謀，期待著要分享什麼。

青天白日下，舒小節都走不出這個鬼地方，晚上還不知會發生些什麼變異來。舒小節退到了一棵柏樹下，靠著坐了下來。背靠大樹，多少要安全一些，這是常識。人的背上雖然沒有眼睛，但有感覺，走夜路的時候，前面並不可怕，可怕的是背後，假如背後有什麼響動，背上的肌肉是緊綳著的，還會嚇出冷汗，嚴重的，還可以把人嚇死。

他又累又餓，這才想起，因爲一直走不出這個地方，而又一直沒有停下腳步，就忘記了，包袱裡還有三個高粱粑。於是，他打開包袱，三個暗紅色的扁扁的高粱粑在靜靜地等待著他的享用。他的手一伸，就把那個看起來似乎是最大的高粱粑拿在手裡，往嘴裡送去。也許是餓極了的緣故，還沒有兩口，那個最大的高粱粑就被他吃完了。他的手再次去拿剩下的高粱粑時，卻撲了個空。他低下頭一看，包袱裡的那兩個高粱粑，竟然不見了。他以爲不小心高粱粑滾了出來，他就在包袱周圍找，除了一些枯黃的敗草外，就什麼也沒有了。正在他感到莫名其妙的時候，他聽到咯咯的笑聲撞擊著他的耳膜。那笑聲，是一個小孩的聲音，有些調皮，卻透著說不出的怪異。他頭皮一麻，這裡怎麼會有人？

他霍地站了起來，這才發現，他的腳早就被嚇軟了，幾乎支撐不住身子的重量。他也很是奇怪，自己居然會在一瞬間的工夫站了起來。他搖搖欲墜，趕忙倚在柏樹上，眼睛向笑聲那個地方瞅去。

他聽到，那個笑聲是從一大蓬芭茅草那裡發出來的。離他，不過只有十步之遙。

舒小節長長地吸了一口氣，再慢慢地呼出來。他想用這種方法來把內心裡的恐懼感壓下去。他提醒自己，一切害怕都是出自內心。再說，現在不管是怕還是不怕，都只能聽天由命了。所以，與其怕，還不如不怕。怕的結果，一定是死路一條。而不怕的結果，也許是死，也許是生，總有一半的希望。他尋找著不怕的理由，一邊給自己打氣，一邊安慰自己。在這種想法的驅使下，他試著邁了一下腳步，感覺得到，不像剛才那麼軟了。這個感覺，讓他信心倍增。於是，第二步也就邁了出去。有了第一步和第二步，後面，他的腿腳就利索多了，一步一步地往那叢一人多高的芭茅草走過去。

小孩的笑聲時有時無。沒有笑聲的時候，舒小節就聽到咀嚼的聲音和著沙沙的聲音交叉在一起。他知道，那應該是小孩在吃高粱粑的聲音。只是，那聲音跟正常人吃時嘴裡發出的聲音不同。從小孩的嘴裡發出的聲音格外大，也許和夜深人靜有關吧。而那沙沙的聲音像是一隻沉重的動物爬行時發出來的。

來到芭茅草的面前，他定定地盯著那一蓬茂密的芭茅草。這時，小孩的聲音突然消失了。沒有了笑聲，也沒有咀嚼的聲音，連那爬行的沙沙聲也沒有了。他感覺到，那個小孩也在草的縫隙中盯著他。他和小孩的直接距離應該不會超過三尺。只是，隔了那芭茅草，才讓他有了一種十分遙遠的感覺。而事實上，他們就近在咫尺。他甚至可以想像得到，只要他的手穿過那蓬芭茅草，就一定能夠抓到那個小孩。他屏聲靜氣，似乎聽到了那小孩也和他一樣，屏著呼吸。芭茅草在他的眼前輕輕地搖晃著，發出唰唰的響聲，如同小雨打在樹葉上的聲音一樣。

舒小節伸出手掌，插進芭茅草裡去，慢慢地分開芭茅草。他想像著，一雙大大的眼睛出現在他的面前。然而，並沒有。什麼都沒有。

他正要返身，那熟悉的咯咯聲又響了起來。聲音又在前方。他一腳跨進了芭茅草叢，雙手一邊分開那生著細小的鋸齒樣的芭茅草，就一邊大步往草叢的深處走去。他現在只管一個勁兒地往前衝，像是在和自己賭氣一樣。他只有一個想法，一定要看看，那到底是一個什麼樣的小孩，他到底要搞什麼鬼名堂！

舒小節越走越快，手也已經被芭茅草上的鋸齒劃得鮮血淋漓了。腳下，也越來越不平了，幾次，他都快要跌倒了。好在，也沒有走多遠，他終於看到了，在他的前方，有一個什麼動物在爬著。一開始看去，像水裡的娃娃魚，不像是岸上的動物。再仔細一看，原來是一個小孩。他想，他畢竟是小孩子，能爬得多快呢？這不，到底還是讓他追上來了。小孩僅一尺多長，一手拿著一個高粱粑，四肢並用，正蹣跚著往另一蓬芭茅草裡爬去。他沒有穿衣褲，全身上下，光溜溜的，半根紗都沒有。他的腦袋很大，占了整個身子的一小半。這麼小的孩子，應該是嬰兒才對啊。如果是嬰兒，他又怎麼能爬得這麼遠的距離呢？

舒小節立即快步跟上，正要一把抓住那孩子。沒想到，腳下一滑，跌倒在地。等他爬起來時，孩子不見了。

他來到那孩子消失的芭茅草前，撥開芭茅草，眼前的一幕讓他目瞪口呆。

那不是他白天曾經看到過的寫著字的墓碑嗎？

這不出奇，出奇的是，那墓碑前，一個穿著白衣服的婦人坐在地上，背靠墓碑，抱著剛才那個孩子，正在餵奶。而那個孩子，還在咯咯地笑著，把高粱粑遞到婦人的嘴裡去。婦人的頭髮很長，她埋著頭，看不到她的臉。

那個女人一邊拍著孩子，一邊唱道：

教你歌，
教你後園砌狗窠，
狗娘生個花狗崽，
拿給我崽做老婆。

這時，她聽到了舒小節的喘氣聲和匆匆而來的腳步聲，就慢慢地、慢慢地把她的頭抬起來。

49

那女人的頭只抬到了一半，便停住了。舒小節看到，她的臉龐掩隱在濃密的頭髮中，露出巴掌大的一片白色來。他沒想到，在這麼黑的夜晚，她的臉竟然是那麼白，像是被水泡了許久。想到這裡，舒小節果然就看到了，她的頭髮上，還有水珠一滴一滴地往下淌，滴答、滴答，他甚至還聞到了一股特別的腥味，好熟悉的味道。是的，那個差點淹沒了他的深潭裡的味道與這個味道一模一樣。女人只現出一隻眼睛，另一隻還藏在頭髮的後面。那沒有被遮掩的眼睛，竟然沒有瞳仁，也和她的臉一樣，全是白的。嬰兒見女人停止了唱歌，也停止了拍打，就掉過頭，朝舒小節看過來。

嬰兒的腦袋奇大，眼睛是閉著的，但舒小節感覺得到，嬰兒的眼睛裡，射出兩道冷冷的光，打在他的臉上，好像是要思考，這個闖入他們娘倆的領地的人是誰？又爲什麼會到這裡來？

嬰兒像是想不透這個問題，就索性不想了似的，又咯咯地笑了。他咧開的嘴裡，還沒有長牙齒，只見牙齦露了出來，紅紅的，爬著幾條綠色的小蟲子，其中有一條小蟲子探出頭來了，被那女人用手又塞了進去。那蟲子想是在嬰兒的嘴裡不太舒服，就又從他的鼻孔裡爬了出來。女人有些生氣了，用食指一頂，就又頂了進去。

舒小節站在那裡，看著這匪夷所思的一幕，竟然不知道如何是好，連害怕都忘記了。

嬰兒伸出一隻手，速度快得和大人一樣，向舒小節迅速地一指，嘴裡咕嚕地叫了一聲。

女人慢慢地站了起來，將頭髮一甩。舒小節就看到，她的頭髮紛紛揚揚地，像鋪天蓋地的黑色絲線，舒緩地散開去，然後，才飄逸地回落，重新遮住了她的臉。在頭髮飛揚起來時，他清楚地看到了，她的臉仿如剝了皮的雞蛋，細膩，潔白，只不過，滿臉的憂傷和怨恨，使她整個人都充滿了陰氣，渾身上下，散發著雖無形但卻強勁的陰森森的殺伐之氣。她抱著孩子，一步一步朝著舒小節走了過來。

她每走一步，腳下就發出踩在水面上的聲音。其實，這是在一片亂草叢中，哪裡來的水聲？她的身後，一輪圓桌那麼大的紅色圓月冉冉升起，她就融化在那輪圓月裡。隨著她越走越近，舒小節看見，她的身上居然濕透了，那件單薄的白衣緊緊地貼著她的身子，勾勒出她姣好的曲線：瘦削的雙肩，飽滿的乳房，平坦的腹部，修長的四肢，像一尊美麗的雕像。黑色的長髮在月亮的光圈裡飄飄揚揚，把那月亮給塗抹得搖搖晃晃，支離破碎。

在月光的反射下，她的臉上變成一片黯黑，只隱隱約約看到，她的嘴唇似乎在一張一合，好像要說什麼話，卻又因爲什麼原因，什麼都說不出來。

舒小節就像是被施了定身法，想動，動不了，想大聲地叫出來，喉嚨像是被塞滿了水草，又腥又苦，堵得他喘不過氣來，就這樣，呆呆地看著那女人一步一步地接近他。

他清楚地聽到了，他的心在胸腔裡怦怦地跳動著的聲音，他也感到了，心撞擊胸壁時的劇痛。雖然，他動彈不得，但他的頭腦很清醒，很快，他就會命斃在這個女人之手！他不由得閉上了眼睛，心想，她想怎樣就怎樣吧。

女人快要走到他面前的時候，突然停住了腳步。她偏過臉去，側耳細聽著。那孩子也像是聽到了什麼，伸出手，往後面指去。女人朝著他所指的地方看去，突然，臉色大變。她驚恐地一轉身，抱著孩子，飄入一叢芭茅草中去了。

舒小節聽到一片亂草嘩啦啦的響聲，就睜開眼睛，剛好看到那女人白色的身影一閃，消失不見。

他感到很奇怪，不知道發生了什麼事，或者說，即將發生什麼事。

不一會兒，他聽到有幾個人的聲音朝他這個方向走來了，從腳步聲可以聽出來，至少有五六個人。

那一行人出現在他的面前時，果然，不多不少，正好是五個人。

那五個人，兩個各扛著一把鋤頭，另外兩個人一前一後地合扛著一根鋤頭把粗細的銅柱子。只有一個人，手上什麼也沒有。

他們走到剛才那母子倆坐著的地方，就停了下來。

那個什麼都不拿的人看到了舒小節一動不動地站立著，嚇得失聲叫了起來：「啊……」

另外四個人趕忙問他：「烏管事，你叫什麼啊？」

那個叫作烏管事的對著舒小節指道：「你們看那裡，是人還是鬼？」

他們一起朝舒小節看過來，看到舒小節呆呆地站著，一聲不吭，也不禁有些害怕。有兩個膽大的就對直朝他走過來，邊走邊說：「我們不就是來鎮鬼的嗎？如果是鬼，那正好，馬上捉了。如果是人，但願是女人。嘿嘿，老子們的雞巴吃了好久的齋了，正好給它打打牙祭。」

兩人走到舒小節面前，一看是個男的，其中一個就失望地呸了一下，說：「走背時運了，怎麼是個長雞巴的呢？」說完，掉頭就走。另一個一把抓住他，說：「你走哪樣卵？當真是沒逼不幹活了不是？告訴你，你再這樣下去，你要落到沒逼活不成的那一天。」

於是，兩個人走到舒小節的面前，問他道：「喂，你是哪個？在這裡做哪樣？」

見舒小節沒有反應，一個人就推了他一下，只是輕輕地一推，舒小節的身子一軟，就往地下倒去。兩人眼疾手快，扶住了他。舒小節這才吐了一口氣，說：「駭死我了……」

兩人攙扶著他走到大夥那裡，那個烏管事問他道：「你怎麼一個人跑到這裡來？你怕是當真吃了豹子膽不是？竟然敢一個人黑燈瞎火地跑到亂葬崗來。你這人好面生啊，你是哪個？」

舒小節有氣無力地說：「我，迷路了……」

烏管事對大夥說：「這個客人被嚇傻了，等他回陽了再好好地問問他，幹活吧。」

於是，幾個人就把那墓碑幾鋤頭敲爛了，繼續往下挖，從那高高揚起的鋤頭上看，那架式，是想要把墳墓挖個底朝天的樣子。

地上，放著一根亮閃閃的銅柱子。舒小節不知道他們這是在做什麼，想問，卻是一點力氣也沒有。

「叭叮，叭叮……」

正在挖著孤墳的漢子們停下了動作。顯然，他們都聽到了那怪異的聲音。

「叭叮，叭叮……」

那聲音從小路上傳了過來。

那不知道是什麼發出的聲音在這夜深的亂葬崗裡，漸漸地近了，一下一下，直往眾人的耳朵裡灌來，顯得是那麼的詭異，又是那麼的刺耳。

50

一個六十多歲的老人出現在他們的面前。

老人拄著一根拐杖，冷冷地打量著他們。

原來，那叭叮叭叮的聲音是他的腳步和拐杖發出來的聲音。

烏管事見是吳拜，就有些驚慌，恭恭敬敬地說：「吳老司，這麼晚了，你還跑這麼遠的路到這裡來……」

吳拜冷著臉，問道：「烏昆，你們要鎮鬼，怎麼不和我打聲招呼呢？」

那個滿嘴粗話的漢子不耐煩地說道：「這是我們靈鴉寨的事，管你雞巴事啊。」

烏昆手一揚，啪的一個巴掌打在那人的臉上，喝斥道：「還不給我管住你這張破嘴！居然敢對吳老司無理。」

那漢子吃了烏昆一掌，頓時啞了聲，低下頭，再不敢囉唆。

烏昆這才又對著吳拜，陪著笑臉，用食指指著被挖了兩鋤的墳墓，說道：「吳老司，你也不是不曉得，這個鬼那麼厲害，如果不鎮住她，還不知道要死好多人哩。」

吳拜說：「你們的意思我清楚，但是，你們知道嗎？任何事物，都有正反兩個面，『鎮鬼神針』雖然能鎮住鬼魂，但也會造成其他的禍害，它鎮住的不僅僅是鬼魂，而是這一大片的山水，到時，幾個山寨六畜死亡，五穀不收，那，餓死的人該算在哪個的頭上？」

那個多嘴的漢子嘴巴又有些癢了，想說什麼，又怕控制不住地說出什麼來，就伸出手，死死地捂住自己的嘴巴。

烏昆啞口無言，支支吾吾地說：「這個，這個，吳老司，怕沒有你講的那麼嚴重吧？」

吳拜說道：「嚴重不嚴重，我還沒有你清楚嗎？」

烏昆當然知道後果，更知道在這件事上，吳拜才是權威。他沒詞了，說：「我們也是沒有辦法啊，你知道的，我們這些人，端人家的碗，不得不服人家的管啊。」

吳拜也放緩了語氣，說：「你們寨老哩，我也不是不明白，他也是爲了救大夥兒的性命。只是，這麼救法子，就要危急到別人的安危，大大的不妥啊。」

烏昆哭喪著臉，說：「那可怎麼辦啊？這死人的事，吳老司你可不能不幫我們啊。」

吳拜說：「這雖然不是我們貢雞寨的事，但死了那麼多的人，而且還要繼續死下去，我怎麼會袖手旁觀呢？」

烏昆趕忙說：「請吳老司指點。」

吳拜從口袋裡摸出那張鞋墊，說：「至少，她一時半會兒還不可能大量地取人性命，另一張鞋墊，我已經叫我兒子去取了，等兩張鞋墊會齊，用七魂火一燒，化成了灰，就什麼事都沒有了。」

烏昆聽他說得頭頭是道，也拿不定把握了。

吳拜對那幾個漢子說：「挖啊，怎麼不挖了呢？」

烏昆他們一夥面面相覷，不知道吳拜是什麼意思。

吳拜說：「你們應該不知道我上山來的用意吧？我是來還這張鞋墊的。」

烏昆一聽，急了，結結巴巴地說：「吳老司，你可千萬不要開這樣的玩笑啊。」

吳拜說：「生死大事，人命關天，我怎麼會是開玩笑呢？我只不過是暫時還給她，讓她在這段時間裡不至於幹出太出格的事來，等那張鞋墊一到，再一起焚燒，包你萬無一失。」

烏昆害怕道：「我上次在你家，就差點……」

吳拜笑道：「沒有關係的，如果這張鞋墊不還給她，她就像一個無頭鬼一樣，亂走亂撞，見人殺人，見佛殺佛。不論老少，不管男女，都會成爲她手下的冤魂。」

烏昆說：「可是，如果還給她了，她一樣地還是要殺人的啊。」

吳拜用拐杖在地下頓了頓，說：「現在，她只殺該殺的人，如果不還給她，她就會濫殺無辜。」

烏昆聽了這話，說：「吳老司，什麼人該殺，什麼人不該殺，都不是你我可以決定的啊，是人，都不能殺啊，對不對？你是做老司的，好人壞人都是命……」

吳拜笑道：「我話還沒講完嘛，你急什麼呢？因爲那張鞋墊她自己也在找，只不過還沒有找到，所以她殺人也只能一個一個地殺，而且每殺一個她要殺的人，因爲尋找目標，她都要消耗大量的『精魂之氣』，要去半把個月，才能夠找到下一個她要殺的人。假如鞋墊不退還給她，她就不用再尋覓目標了，遇人就殺！所以，我先把鞋墊還給她，過後，兩只鞋墊用七魂火一燒，就天下太平了。」

舒小節站在一旁，聽到吳拜那一席話，心裡也不禁後怕，要不是烏昆一夥來得快點，自己怕也是小命不保了。他感到有些疑惑的是，那個女鬼到底是受了什麼樣的冤屈，一定要殺人呢？而且，好像連爹爹也是她的目標，不然，爹爹是不會躲起來的。不過，人，能躲得過鬼魂的追殺嗎？

烏昆聽他說得有理，也不禁頻頻點頭，對手下叫道：「還傻卵一樣地站著做什麼？沒聽吳老司說的話嗎？挖。」

於是，那幾個漢子就立即揮起鋤頭，吭哧吭哧地把那淺墳給挖開了。

暗紅的月光下，那個女人的屍體顯得稍稍有了些人色，不再那麼慘白了。她的那隻曾經死死地捏著鞋墊的手，儘管空空如也，依然緊緊地扣著，從那樣子看，透著不甘心，也有無奈。

舒小節倒吸了一口涼氣，這具女屍，不就是剛才見到的那個抱著孩子的女人嗎？

吳拜蹲下去，把鞋墊平平地攤在左手的掌心裡，右手的食指和中指併齊，畫了一道符，然後，這才把鞋墊重新放到她的手裡去。那鞋墊離她的手指還有一尺遠的時候，她的右手就猛地一翻一伸，五指如鉤，牢牢地抓住了鞋墊。她的動作疾如閃電，伴隨著骨節喀嚓作響的聲音，任何人都躲不開。

眾人不由得退開了半步，一個膽小的漢子竟然跑出了三丈開外，見無事，這才停了下來，拍著胸脯，給自己壓驚。

吳拜叫他們重新把土掩上，這才說：「好了，我們可以下山了。」

他說完，這才對舒小節說：「這個後生是哪裡來的？」

舒小節說：「我是龍溪鎮的，在這裡迷路了。」

烏昆見舒小節神智清醒了，也問道：「你怎麼到這裡來了呢？這可是一片亂葬崗啊，不『乾淨』哩。」

舒小節說：「我爹爹走丟了，聽人說是到靈鴉寨去了，我要到靈鴉寨去找他，沒想到，迷路了，怎麼走都走不出這個地方了。」

吳拜若有所思，也不多說什麼了。

烏昆說：「你是遇到『鬼打牆』了，任你走到死，也是走不出去的，幸好碰到我們。我們就是靈鴉寨的，同路，跟我們一起走吧。」

舒小節說：「那就再好不過了，謝謝大哥。」

於是，舒小節跟著他們一起下山，往靈鴉寨走去。

他們的背後，那個女人，依然抱著她的兒子，目視著他們下山。她的眼裡，透著深深的沉思……

51

烏昆領著舒小節來到寨老的吊腳樓，還沒來得及跨進堂屋，就聽到寨老的聲音：「沒有啊，我們沒有看到她到這裡來啊。」

一個女人的聲音很著急地說：「她出來這麼多天了，按說，就是爬，也應該爬到靈鴉寨了。她不在這裡，又去哪裡了呢？」

烏昆聽那聲音很陌生，就不敢貿然進去，而是站在簷廊上，一動不動。

舒小節的臉上露出欣喜之色，也不打個招呼，一步跨進堂屋，對著那婦人叫道：「姚娘娘。」堂屋裡，只有姚七姐和寨老兩個人，他們一人一張椅子，坐得很近。

烏昆連忙跟了進去，對舒小節說：「你看你這是，冒冒失失的，你不曉得這是寨老家嗎？」

寨老猛地看到一個生人闖了進來，也不由得一愣，滿臉狐疑。

倒是姚七姐，看到進來的是舒小節，像是看到救星一樣，急忙問：「小節，香草呢？」

舒小節一頭霧水，說：「香草？香草不是和你們在一起嗎？」

姚七姐一聽，臉上剛剛露出的一點喜色便一下子冰消霧息了。她說：「那個鬼妹崽就是不聽話，講是來找她爹，就出來了，聽她講，也是往靈鴉寨來。」

舒小節問：「怎麼了，鄧叔叔也和我爹一樣，跑出來了？」

姚七姐說：「可不是嗎？也跑了。哦，和你爹不同，香草她爹，已經死了。死了才跑的啊。」

這一下，不但舒小節吃了一驚，包括寨老和烏昆都大吃一驚。

烏昆問：「死了還能……跑？」

姚七姐的眼眶一紅，打著哭腔說：「是啊，香草親眼看見的。她爹停放在棺材裡，好好的，只等第二天就送上坡去。可哪個想得到，一隻貓爬到了棺材上，她爹就從棺材裡爬出來，跟著那隻貓出門，就不見了。」

寨老倒吸了一口冷氣，說：「應該是到我們靈鴉寨來了，他現在還沒有現身，我猜測一定是在等著什麼……」

烏昆的臉都白了，他大概是想起了在吳拜家的那一幕，自己當時也是撿回一條命，而現在，那事，看來，還並沒有完。

寨老問道：「香草是個孝順妹崽啊，一個人就敢出來找她死去的爹爹。」

姚七姐這時也顧不得什麼了，快言快語地說：「找她爹，算是一個理由吧。主要的，是曉得小節到靈鴉寨來找他爹，也跟著想來。」

舒小節聽了，心裡又是歡喜，又是害羞，說：「姚娘娘……」

寨老這時才問舒小節：「剛才聽你們說，你的爹爹也失蹤了，似乎也是往靈鴉寨這個地方來是不是？」

舒小節說：「是的。」

寨老問道：「你的爹爹叫什麼名字？」

舒小節說：「舒要根。」

寨老的嘴巴大張著，半天，才像累極了似的，對烏昆說：「你先帶他去休息吧。」

舒小節搞不清楚到底是怎麼回事，還想問一下，烏昆就半是拉扯半是摟抱著把他帶出了堂屋。

等舒小節和烏昆走遠了，寨老的臉色一下子陰沉下來，對姚七姐說：「妳怕是不得清楚吧？怎麼能這麼糊塗呢？」

姚七姐垂著頭，好像自己做錯了什麼事，說：「請寨老息怒，香草和舒小節的事，我們兩家都沒有鬆口，不會讓他們成一家人的。」

寨老說：「這就對了，妳又不是不曉得，你們兩口子結婚時，很快就有了身孕，舒要根兩口子也一樣。這就是我們靈鴉寨爲什麼要定下那個規矩，本寨人不能通婚，就是因爲，孩子們都是瑪神的子女，他們是親親的弟兄姐妹啊。」

姚七姐的身上開始打起了顫，她強忍著不讓自己哭出來，低聲道：「是。我們不會讓他們成親的。」

寨老威嚴地說：「光只不成親還不行。」

姚七姐不知道寨老還要說什麼，就抬起頭，問道：「那，還有什麼呢？」

寨老冷冷地說：「還有，不能讓他們到一起。聽說，舒要根把他崽送到學堂裡讀書了？」

姚七姐說：「是的，在上師範。」

寨老說：「這就對了，上過洋學堂的，眼裡沒有禮法，爲所欲爲，胡作非爲。他們年輕人在一起，那還不會弄出天大的事來？二十年前，臘美和田之水，就是活生生的例子。」

52

瞎子雙手捧著那張鞋墊，哆嗦著，輕聲道：「是的，是我，曾經的靈鴉寨的大管事舒要根。」

田之水做夢都沒有想到，這個靈鴉寨曾經的大管事，這個自己曾經的情敵，在二十年後，竟然像是從地底下冒出來一樣，突然出現在他的面前。更讓他想不到的是，他冒充瞎子，來到自己這個屋子裡，不是爲了別的，而是爲了騙取自己最最心愛的東西！

田之水看著面前的舒要根，伸出手去，想把鞋墊搶回來。舒要根的手一晃，田之水沒有搶到。

田之水失聲尖叫道：「你，你不要弄髒了鞋墊。」

舒要根擋住田之水的手，說：「田老師，你不要激動。」

田之水頸根上的青筋都鼓了起來，說：「我激動？我這是激動嗎？告訴你，我一點都不激動，我只是憤怒！」

舒要根說：「那你先息怒好嗎？」

田之水高聲說道：「你當初沒有能力得到這個鞋墊，今天，你就採取騙人的手段要得到這張鞋墊，你說，我能不憤怒嗎？」

舒要根說：「誤會，誤會，這眞是一個天大的誤會。田老師，我並不想要你這張鞋墊……」

田之水把手掌攤開來，伸到舒要根的面前，說：「那好，既然這麼說，那就請你把鞋墊還給我，因爲，它，是我的！」

舒要根重新坐到了椅子上，說：「我當然知道是你的，這，我也不是不承認嘛。」說著，他的臉色一凝，正色說道：「但是，並不能因爲它是你的，我就要退給你，不，不，它再也不能留在你的手裡了……」

田之水又要發作。

舒要根用手掌做了個向下壓的手勢，說：「田老師你先不要急，聽我把話說完，那時，你一定會同意我的做法的，因爲，你並不是一個不明事理、自私自利的小人。」

舒要根見田之水不說什麼了，這才又接著他剛才的話題說道：「當然，更不能留在我的手上。事實上，它根本就不能留在這個世上。」

田之水莫名其妙，問道：「你這是什麼意思？」

舒要根說：「這不是一只普通的鞋墊，你知道它是什麼嗎？」

田之水老實地說：「不知道，我也不想知道，我只知道，這是我最心愛的東西，任何人都不能把它從我的手裡奪走，不管他採取什麼卑鄙的手段……」

舒要根搖頭道：「田老師還在激動，還是讓我來告訴你吧。不錯，它是一張鞋墊，但也可以說，它不是鞋墊，事實上，當女人的鮮血染到這上面之後，它就不是鞋墊了，而是，『咒蠱墊』！」

田之水不解：「咒蠱墊？」

舒要根點頭說：「是的，咒蠱墊。怎麼，臘美沒有和你說過嗎？」

臘美，臘美這個名字終於從舒要根的嘴裡說了出來。田之水的心裡，又是溫馨，又是疼痛。

舒要根像是陷入了沉思，自言自語地說：「不，不會的，臘美不是那樣的人，她一定說過的……」他抬頭，對著田之水：「臘美一定告訴過你，這就是咒蠱墊，對不對？她一定告訴你了。」

田之水想起了臘美的話，他對舒要根說：「臘美說過這樣的話，她說，她繡這張鞋墊的時候，羼雜有她的血，還念了咒語進去。」

舒要根說：「對呀，我就曉得臘美不會偷偷摸摸地做這事，她做了，就一定會告訴你的，因爲，她是一個敢愛敢恨，有恩報恩，有仇報仇的人。」

田之水憂傷地說：「可惜，在這個世界上，她沒有得到過任何人的恩惠，得到的，都是仇恨。」

舒要根的背上一冷，臉上都白了，說：「是，是這樣的，所以，她現在出現，目的只有一個，報仇雪恨！」

田之水抱住自己的腦袋，說：「我希望她快快出現在我的面前，我希望她用最殘忍的手段施加到我的身上，我還希望，她能夠把我折磨得求生不能，求死不得……」

舒要根嘆了口氣，也不禁動容，說：「田老師，你不要自責了，你能這樣，也不枉臘美和你好過一場了。」

田之水說：「不，是我對不住她。」

舒要根說：「那件事，誰都怪不了，一切，都是命中注定。」

呼喊、怒罵、淒厲的尖叫、惡毒的詛咒，白晃晃的女人聖潔的裸體，上百雙被獸慾的邪火燒紅了的眼睛……田之水和舒要根的腦子裡同時出現這幅畫面。

53

田之水的心像是被硬生生地刺進了一枚鋼針，那件事，那個慘絕人寰的情景，就是出自包括舒要根在內的人的「傑作」嗎？

田之水突然抬起頭來，惡狠狠地說：「什麼命中注定，如果不是你們靈鴉寨，她會落到那麼悲慘的下場嗎？啊？」

舒要根冷笑道：「你以爲你是哪個？你當眞以爲你是正人君子了不是？你說說看，誰的手上沒有沾染著臘美的鮮血？不錯，我舒要根十惡不赦，而你，田老師，你就那麼清白嗎？甚至可以說，眞正害死臘美的，就是你！」

田之水的腦袋裡嗡地一響，愣住了。

是我？是我嗎？是的，舒要根說得不錯。我並不是不知道，臘美的死，我是有責任的，而且，我才是應該負主要責任的，我才是眞正的罪魁禍首啊。只不過，我不敢正視，也不敢深想，否則，我會崩潰的。現在，舒要根說了出來，舒要根是替我說出來的。

田之水捣著自己的臉，淚水，不可遏制地從指縫間流了出來。

舒要根的頭垂著，無力地勸慰著：「人在命運面前，就和一隻螞蟻一樣藐小……」

田之水雙手一推，好像要推開什麼，說：「你不要爲自己的卑鄙狡辯了，我也絕不會爲自己的無恥而狡辯，我只有一個要求，把鞋墊還我！」

舒要根搖頭，說：「鞋墊絕對不能還給你。」

田之水說：「我不管它是蠱也好咒也好，我情願被它懲罰，我巴不得那個懲罰降臨到我的頭上，恨不得那個懲罰越重越好。」

舒要根說：「田老師，你對臘美的心，我理解，也佩服，但是，這不是懲罰你一個人的問題，而是，所有的死難，都會降臨到整個靈鴉寨四十歲以上的男人的頭上……」

田之水突然哈哈大笑起來，笑得喘不過氣來。

舒要根問道：「你這是……」

田之水指著舒要根的鼻子尖，怒斥道：「整個靈鴉寨四十歲以上的男人的頭上？你是害怕自己的小命不保吧？哼，就算是你們整個靈鴉寨四十歲以上的男人，那也是罪有應得！你們靈鴉寨的男人，不是個個都是英雄好漢嗎？不是個個都是血性男人嗎？怎麼，有本事做下傷天害理的事，沒本事承擔馬上就要臨頭的懲罰嗎？」

舒要根退後了一步，說：「田老師請息怒，那都是過去的事了。過去了的，就讓它過去吧，往者不可追，但我們可以把握今天是不是？你是文化人，不會不明白，救人一命，勝造七級浮屠，何況，是五六十口人命？當然，我也不會虧待你的，你曉得，你雖然不是我們靈鴉寨的人，但你畢竟也捲進了那場風波，畢竟也做下了對不起臘美的事，你自己，也是命懸一線啊。當然，你在激動中，也說過願意以死來換取你良心的不安，但是，人之體膚，受之父母，作爲個人，你根本就沒有權力來處置自己的生命，螻蟻尚且偷生，何況人呢？如果你肯讓我把鞋墊帶走，請貢雞寨的吳拜老司作法燒掉，我也可以保證你躲過死亡大劫。」

田之水冷笑道：「別做夢了吧，你自己都是泥菩薩過江，自身難保了。何況，臘美的東西，誰也不能從這個房間搶走！」

舒要根從口袋裡摸出一粒紅色的藥丸，放在桌子上，還是以他慣有的不慌不忙的口氣說道：「氣話我們暫時就放到一邊，這是『朱砂隱魂丸』，可以先行告訴家人不必擔憂，一旦危急之時，立即服下，人就會假死，可以躲過亡魂的加害。」

田之水氣得發抖，說：「我要的不是什麼隱魂丸，而是鞋墊！」

說著，田之水就又要去奪回鞋墊。

舒要根見田之水對自己的話是油鹽不進，只好嘆了一口氣，說：「唉，你既然這麼固執，我只好還給你了。」

說著，舒要根把手伸到口袋裡去，摸出來的並不是鞋墊，而是一小包紅紙包著的什麼東西。

田之水說：「我要的是鞋墊，你拿這個給我幹什麼？」

舒要根看了看手裡的紙包，擂了自己的腦袋一下，說：「老糊塗了……」

說著，舒要根的手一揚，一片白色的粉末就瀰漫在田之水的面前，田之水還來不及有任何的動作，直覺得一股清香從鼻孔裡鑽了進去，然後，就像喝醉了酒一樣，搖搖晃晃地往地下倒去……

54

田之水醒過來時，屋子裡，已是一片漆黑了。高高的天花板，在他的眼睛裡，似乎要墜落下來一樣。他坐了起來，打量著自己的房間。他感到，他的腦袋裡，還是有些暈暈乎乎的，房子裡的桌椅板凳，在他的眼前搖搖晃晃的，像是在船上一樣。他搖了搖頭，把眼睛閉上，過了一會兒，這才重新張開了眼睛，暈得沒有剛才那麼強烈了。他想站起來，無奈腳桿很軟，試了兩下，不像是踩在地上，而像是踩在空中一樣，用不上力。他放棄了站起來的打算，索性就那麼坐在桌子的腳邊，靠著牆壁，靜靜地整理起自己的思緒來。

現在，他好後悔，後悔不該上了舒要根的當，把鞋墊交給舒要根看。舒要根處心積慮地問他要鞋墊，既然是有備而來，自然也是志在必得的。這不，果真落入他的圈套了。田之水擂了自己的腦袋一拳，自責道：「古人說得不差，百無一用是書生啊。」中了舒要根的毒計，一點也怪不得別人。他舒要根是什麼樣的人，別人不知道，難道你田之水也不知道？一個典型的負心人，道貌岸然的僞君子！

現在，鞋墊被舒要根騙走了，他與臘美唯一的聯繫，就此被硬生生地切斷了。他感到心裡一陣陣痛，像被瘋狗咬住了一樣，那種劇痛無法形容，令人幾欲昏厥。

這二十年來，他之所以苟活於世，不就是因爲他還擁有著那張鞋墊嗎？即使臘美早就已經與他陰陽相隔，但也正因爲有了那張鞋墊，他才不時在傷感和痛悔之餘，感受到從她的手上，通過鞋墊傳給他的縷縷溫情。

舒要根的那一套謬論，田之水是怎麼都不相信的。她那麼美麗，那麼清純，那麼天真，又那麼善良，怎麼會做出害人的事呢？其實，舒要根所說的一切，都是潑在她身上的髒水。舒要根有什麼資格擁有那張鞋墊？想到這裡，田之水不由得打了個寒顫。

這時，他似乎聽到黑洞洞的房間裡，有一個陰森森的女人說道：「舒要根沒有資格，難道，我田之水就有資格了嗎？」

他趕忙看了看四周，死寂一片。

一個人都沒有。

那麼，是誰在說話呢？而且，那句話，正是他田之水心裡想著的，也正要說出來的話。是誰？她怎麼知道我的心裡話？

那個女人的聲音又傳了過來：「我摸著自己的腦袋好好地問自己，我有資格嗎？」

田之水感到有些莫名其妙，她應該說「你田之水」才對，怎麼說「我田之水」呢？難道，她也叫田之水嗎？

另一個田之水叫著要自己摸著腦袋好好地問自己，田之水就不由自主地把手放到了腦袋上，雙手緊緊地揪住自己的頭髮，使勁地扯著。他感到一根一根鋼針般的疼痛刺進了自己的腦袋。那種刺痛讓他感到舒坦，也讓他感到安慰。

手上猛地一用力，一綹頭髮噗的一下，被他拽在了手裡。他拿到自己的眼前來，看到，那些頭髮被他緊緊地攥在手裡，凌亂地張揚著，髮根還沾著一些血絲。

田之水看著自己的髮絲，看到那髮絲慢慢地，越來越長，在他的手裡，扭曲著，搖擺著，像極了水裡那漂蕩著的水草。他的耳邊，沉沉地響起了水的聲音，咕嚕咕嚕地響著，一串一串透明的水泡，在房間裡晃蕩著，往他的眼前飛來，很快，就在他的眼前一個一個地破滅了。

他趕忙把手往外一甩，那些頭髮就被他甩在了地上，於是，水泡沒有了，水草也沒有了，那咕嚕咕嚕的聲音也消失了。

在一陣短暫的死寂過後，那個女人的聲音再一次響了起來：「我沒有資格鄙視舒要根，骨子裡，我也是舒要根，如果講他是一個卑鄙的小人，那麼，我就是一個無恥的儒夫，對不對？對不對！我只要摸著我的心問自己，我就會得出這麼一個令人痛苦的答案……」

田之水扶著桌子，艱難地站了起來，大口地喘著粗氣。

田之水的頭腦裡亂糟糟的，手，就不知不覺地摸到自己的心那個地方去了。他聽到了自己的心咚咚咚的聲音，他感覺得到他的心隔著衣服的強勁跳動！他的兩隻手嘩啦一聲，把衣領撕開了。這時，他只有一個念頭，那就是，把手深深地戳進胸腔裡，把那個像兔子一樣活蹦亂跳的心給撓出來。一想到這裡，他就激動得渾身顫抖，手也不太聽自己的使喚了。牙關緊咬，嗑嗑地發出碰撞的聲音。

嘿嘿嘿嘿……

屋子裡，陰惻惻地響起了一個女人的笑聲。

隨即，他就看到了，眼前出現了一個身穿白衣的女子，頭髮披散著，只能看到半邊臉。

田之水驚呼道：「你是……」

那女人的兩隻手臂像枯枝一樣，左手托著什麼，右手則不停地拍打著什麼一樣。那個樣子，不正是在抱著孩子，哄他入睡嗎？只不過，她的手裡什麼也沒有罷了。但田之水還是一眼就看出了，她是在逗引著自己的嬰兒。

女人懷抱「嬰兒」，慢慢地向他滑過來。

田之水驚恐地往後退去，兩隻手不由得撐到了桌面的邊緣。只聽嘩啦一聲，桌子被他撐翻在地，而他自己也跌倒在地上。這時，他看到了一粒紅色的藥丸，滴溜溜地滾到了他的眼前。那正是舒要根放在他桌上的隱魂丸。當時，田之水根本就不接受舒要根的這粒隱魂丸，而此時，他連想都不想，情急之中，抓起來，嘴一張，就把隱魂丸吸進嘴裡，吞了下去。

第九章

往事並不如煙

55

吳侗趕到烘江時，天快黑了。他沒有忙著去找客棧，直接往烘江師範學校而去。穿過幾條小巷，出了城，來到南郊，就看到了師範學校的紅牆。

大門開著，一個人也沒有，顯得有些冷冷清清。他正要往裡走，大門邊的一個小偏房裡走出一個中年人來。中年人應該是門房。他一看吳侗那身裝束，背上還背著一個藍粗布包袱，就知道不是這個學校的學生，便問他：「這個後生家，你找哪個呢？」

吳侗對他說：「我找田老師，田之水老師。」

門房一聽是找田之水的，就來了興趣：「哦？你找田老師？我們學校正在找他的親人，剛剛打了電報到他的老家貴州去了，沒想到，這麼快你們就來了？」

吳侗聽得雲裡霧裡的，說：「大叔你講哪樣？我聽得摸頭不得腦。」

門房咦了一聲，說：「你不是田老師家的親人？」

吳侗說：「我是……」

門房看他呆頭呆腦的，就打斷他：「我還以爲你是田老師的親人哩。就是嘛，怎麼會這麼快呢？昨天校長才把電報稿給我，要我到電報房去打哩，這電報才打過去，他的親人還不曉得能不能來哩，就是來也不會這麼快啊，人又不是岩鷹，又沒生有翅膀，對不對？」

吳侗聽門房這樣講，隱隱約約覺得肯定發生了什麼事，不由得擔起心來，怪不得爹爹催他早點來，還交代他此行凶多吉少，難道……他問：「田老師他出了什麼事了？」

誰知那個門房聽說吳侗並不是田老師的親人，就沒有回答他的話，而是反問道：「你不是他的親人，那你找他做哪樣？」

這一問，把吳侗問住了，心想：是啊，我和田之水老師非親非故，爲什麼要找他？難不成要直直地告訴門房，我是找他要鞋墊的嗎？這麼講了，人家會笑話的，大老遠地跑來，爲了一只鞋墊，不是神經病是哪樣？如果不講直話，人家怕是不會放我進這個學校的門的。見不到田之水，自己又怎麼取鞋墊呢？當然，人是活的，自然不會被尿憋死。比如，我可以坐在門邊等啊，他總不至於不出門吧？就算他吃在學校，睡在學校，屙屎屙尿也在學校，一天不出門，兩天不出門，三天要出的吧？就算他三天也不出門，一個禮拜會出的吧？一個禮拜不出門，我就不相信他一個月都不出門。我在這裡像個叫化子一樣地等他，別人要笑就由他們笑去了。可是，聽門房的口氣，田之水莫非死了？這樣，我的等待還有什麼意義？我就算在這大門口等一輩子，等得來一個死人嗎？

吳侗靈機一動，說：「是別個叫我找他的，有點事。」

這時，有個女學生朝學校走去，對那門房叫了一聲「大叔」就進了校門。

那門房也許平時太孤單了，見了誰都有說不完的話，笑著應了那個女學生後，對那個女學生說：「汪竹青啊，妳看，我昨天才打的電報，就有人來找田老師了，我還以爲是貴州來的人哩，一問，又不是。我說呢，電報是快，人可不能像電報這麼快吧？我想著啊，那外國人發明電報的時候，怎麼只想著把字送來送去的，就不想著把人送來送去的呢？要是也可以把人送來送去，就照直把田老師送回去算了……」

這下吳侗聽清楚了，果然有人先下手打鞋墊的主意了，把田老師害死了。既然田老師已經死了，那麼鞋墊現在在誰的手裡呢？這個達到目的的人是什麼來歷？他拿走了鞋墊，是不是會威脅到靈鴉寨的男人的性命？吳侗焦急萬分，一是想弄清楚田老師的死因，二是想打聽到鞋墊的下落。

汪竹青見面前站著的年輕人跟她年齡差不多，文文靜靜的，不像耕田砍柴的漢子，跟田老師倒有些相像，怕莫眞是田老師的親戚哩，就不接門房的話，面朝著吳侗，問道：「是你找田老師？」

吳侗見她比門房熱心，有些感動地看著她，回答：「嗯，我找田老師。」

汪竹青停了一下，放低了聲音：「你來晚了。」

吳侗問道：「怎麼了？」

汪竹青咬著嘴唇，眼眶有些紅了。

門房倒是迫不及待地說道：「田老師死了，昨天夜晚死的。」

吳侗一聽，果然和自己模模糊糊的猜測一樣，張大嘴，輕叫了一聲：「啊？」

他的輕叫，被汪竹青聽在耳裡，心知他找田老師一定有他的理由。至於他肯不肯說，也要看情況了。田老師的死很蹊蹺，說不定，這個「親戚」會知道一些內情吧？這樣想著，汪竹青就對門房說：「大叔，他肯定是有什麼事，不然，他也不會大老遠來找田老師，你讓他進來吧。」

門房手一揮，說：「進去吧。看樣子就知道他不是壞人，我做了這麼多年的門房了，看人的功夫是第一流的哩，好人壞人，我只要看一眼就曉得了。像我這樣的人，做門房那就是，怎麼講的了那個詞兒，對了，就是屈才了，過兩天，我到警察局去跑動跑動，做警察去，抓著人犯，審都不要審，只要看一眼……」

他說著說著，就住了口，因為，汪竹青和吳侗早就走得快沒影兒了。

吳侗和汪竹青拐過了一幢青磚瓦房後，他問：「那田老師多大年紀了？」

汪竹青回答他道：「大約四十歲左右的樣子吧。」

吳侗感到有些驚訝，說：「才四十歲左右啊，他是害病去世的，還是……」

汪竹青說：「他的身體一向很好，沒得什麼病痛。那天落他的課，一直沒看到他到教室裡來，我就去他的房裡叫他，門關著，沒有閂，推門進去一看，他直挺挺地倒在地板上，像睡著了一樣，可我怎麼叫怎麼搖，他都沒有一點反應，我才知道田老師『走』了，就報告給了學校。警察局的人來看了，說人是晚上半夜時死的。至於死因，警察說，是被嚇死的。」

吳侗心裡一動：「是被嚇死的？」

汪竹青說：「是啊。」

吳侗又問：「田老師平時的膽子很小嗎？」

汪竹青說：「田老師的膽子才不小哩，我們都覺得，警察不負責，又找不出其他理由，就找了這麼個藉口糊弄一下學校就算了。」

吳侗說道：「也許警察講的沒錯。」
汪竹青沒有想到的是，吳侗居然也相信警察的話，就問他：「你怎麼知道的？」
吳侗說：「並不是膽子大的人就不能被嚇死，其實，嚇死的往往是膽子大的人。就像河裡淹死的人一樣，多是會水的，不會水的連水都不下，自然不會被淹死了啊。」
汪竹青似懂非懂，說：「你的意思是，膽子小的人不會身處險境，對不對？」
吳侗說：「就是的啊，只有膽子大的人才敢到危險的地方去，這樣，他們遇到鬼的機會當然多過膽子小的人啊。」
說著，他們就來到了校園的後門邊。
汪竹青指著一幢大大的灰色平房說：「那是我們的禮堂。」
吳侗問道：「是做什麼用的？」
汪竹青說：「是開會用的。」
吳侗說：「還點著燈哩，你們今天也要開會嗎？」
汪竹青說：「不是開會。田老師的遺體暫時停放在禮堂裡，等他的家人來了，就運回老家去埋葬。現在，禮堂裡有我們班的幾個學生和校長在看守著。我們進去吧。」
禮堂的大門開著，可以看到裡面有幾個身影在晃動。
他們倆走進禮堂，只見禮堂裡點了幾根明晃晃的蠟燭，他們進去時，把風兒給攪動了，那蠟燭上的火苗就忽左忽右地擺動起來，把那三五個學生和老師的影子拉扯得忽長忽短。
禮堂的講台邊，用幾張課桌拼攏來，上面墊了一張大大的案板，板子上直挺挺地躺著一個人。不用說，那就是田之水了。那人的身上蓋著一張白布，把頭、臉和身上都捂著，只留出兩隻腳板，腳上沒有穿鞋子，僅穿了一雙黑色的襪子。

吳侗的眼睛直盯著田之水的腳，一看沒有穿鞋，心想不好，鞋墊恐怕早落於他人之手了，他身子晃了晃，腳步突然踉蹌了一下，嘟囔了一句：「噫，這屋裡太黑了。」

看到他們進來，那幾個看守的師生都走了過來。

其中一個像是校長模樣的看到吳侗問道：「這是？」

吳侗正不知道怎麼說，就看到了汪竹青的五官扭曲到一塊了，眼睛也睜得大大的，一聲銳利的尖叫從她的嗓子眼裡衝出來。

一個女同學急忙抱住了汪竹青，叫道：「竹青，妳怎麼了？」

只見她的一隻手顫抖地指向田之水的屍體，嘴巴張著，說不出話。

56

幾個人朝田之水的屍體看過去，田之水依然和睡著了一樣，一動不動地挺在案桌上，沒有任何不正常的跡象。

那個女同學一邊輕輕地拍著汪竹青的背，一邊安慰著她說：「竹青，妳清醒啊，妳好生看看啊，什麼都沒有哩，妳啊，在家睡不著，眼睛就花了。」

而汪竹青還是半張著嘴，手指，還是顫抖著，渾身也抖個不停。

兩個老師模樣的人急得直搓手，沒有任何辦法讓汪竹青平靜下來。

吳侗伸出右手，併攏食指和中指，在空中畫了一個圓弧，然後，迅疾地點了一下汪竹青的人中，然後，把手縮了回來。那一連串的動作，只在彈指間的工夫。還沒等人們明白是怎麼回事，汪竹青就長出了一口氣，說：「嚇死我了。」

吳侗對她說：「現在沒事了。」

汪竹青對他說道：「謝謝這位兄長出手，不然，我怕是……算了，不說了，多不吉利啊。」

那個校長模樣的人問汪竹青道：「妳剛才到底是怎麼了？」

汪竹青說：「我，我看到田老師他，他的一隻手從白布裡伸了出來，往他的腳板那裡伸去，好像是要去……」

校長打斷她的話，說：「汪竹青妳看妳胡說什麼啊，人都死了，要是還能動，那就是奇蹟了。」

汪竹青不服氣地說道：「校長，我說的是眞的啊，我看得清清楚楚，他好像要到腳板那去拿……」

吳侗脫口而出道：「鞋墊！」

汪竹青定定地盯著吳侗，再一次張大著嘴巴，又講不出話來了。

好半天，汪竹青才說：「你怎麼曉得？那正是我要講出口的話，又怕你們一個都不相信。反正，我是相信的，田老師其實就是想到他的腳上去拿鞋墊。」

吳侗的眼睛裡放出光來，急切地問：「鞋墊莫非在他的襪子裡？」

汪竹青搖了搖頭，說：「不在。」

吳侗的臉上布上了一層失望的神色。

這時，校長再一次想起來問吳侗道：「這位後生家，可以問一問你是哪個嗎？」

吳侗說：「我從貴州來，田老師有個朋友要我捎個口信給他，現在……沒得用了。」

校長戚戚地嘆了口氣：「唉，月有圓缺，人有禍福，世事不定呵。現在只有等他老家鎮遠來人再商量怎麼辦。」

吳侗聽了，心裡著急起來。如果要等他的家人從鎮遠趕來，至少也要等個七八天。好在這幾天天氣冷了下來，屍體也不至於馬上就腐掉。當然，如果他們需要，吳侗也是很樂意幫他們處理的。只是，他不想暴露自己的身分，一時也不願多事。

他走到田之水的屍體旁邊，伸出手，想去揭開蒙在田之水頭上的白布，猶豫了一下，怕旁人不高興，但還是慢慢地揭開了。田之水的臉上布滿了驚恐的表情，嘴巴的右下角，像是被誰狠狠地往下面揪扯過一樣，下咧著，復不了原了。

吳侗蓋上白布，默默地走出禮堂。在走出禮堂門的時候，他看了一眼汪竹青，正好，汪竹青也看著他。他想說點什麼，似乎又覺得不太好，就沒有開口，往門外走去。

汪竹青跟了上來，輕聲對吳侗說：「你好像有什麼話想講，是不是？」

吳侗站住了，說：「妳怎麼知道的？」

汪竹青得意地說：「我就是知道。」

吳侗心事重重地說：「是的。」

汪竹青說：「我可以幫點什麼忙？」

吳侗的臉有些鬆弛下來，說：「妳願意嗎？」

汪竹青說：「剛才你不幫了我嗎？」

吳侗說：「那好，我想找一樣東西。」

汪竹青說：「我知道是什麼東西。」

吳侗有些詫異，問道：「那妳講，是哪樣？」

汪竹青說：「鞋墊。」

吳侗大感意外：「一點不錯，妳怎麼曉得？」

汪竹青說：「你眞是傻得可愛，剛才不是你自己講的嗎？」

吳侗不好意思地摸了一下自己的腦袋，說：「當眞哩，妳看我這記性。」

汪竹青突然跑進禮堂，過了一會兒又出來，對他說：「我跟校長說我回家去了，他讓我小心一點。我講不怕的。你曉得我爲什麼不怕嗎？是因爲和你在一起，我的膽子格外大。我看出來了，你不是個一般的人。告訴我吧，你到底是哪個？爲什麼要找田老師的鞋墊？你要是不告訴我啊，哼，我就不幫你！」

他們走到一個小花圃的旁邊，汪竹青就不走了。

吳侗說：「怎麼不走了？」

汪竹青說：「往左邊去呢，是出校門。往右邊去呢，是去田老師的家裡。」

吳侗說：「當然是去田老師的家裡啊。」

汪竹青說：「那好，我們就去田老師家裡，不過，這個時候了，你應該把你的來歷告訴我，要不，你請便。」

吳侗看了看四周，並沒有其他人，這才說：「我是一個法師，必須要找到田老師的鞋墊，不然，就會成群成群地死人。」

汪竹青聽了，一點也沒感到意外，說：「我相信你的話，我也相信那張鞋墊確實是有名堂。

有一次，田老師把那鞋墊墊到鞋子裡，就得了一個怪病，像發母豬瘋一樣。後來，我們只要不小心看一眼他的那鞋墊，他就很緊張的樣子。到底是怎麼回事，我們一點都不曉得。」

他們來到了田之水的屋子面前。

吳侗看著汪竹青，說：「有鑰匙嗎？」

汪竹青說：「沒有啊。」

吳侗說：「那我們只有翻窗子進去了。」

汪竹青說：「這窗子有一人多高，怎麼進去得？」

吳侗說：「我只要輕輕一跳，就進去了。」

汪竹青說：「你怎麼那麼自私啊，你進去了，把我一個人丟在外面啊？」

吳侗嘿嘿地笑了一下，就蹲了下來，說：「到我的肩膀上來吧，我把妳先送進去，我再進去。」

汪竹青想了想，這裡沒有任何可以墊高的東西，也只有這個辦法了。於是，她脫了鞋子，把兩隻布鞋都拿在左手裡，扶著牆壁，踩在吳侗那寬厚的肩膀上。吳侗等她站好了，這才慢慢站立起來。汪竹青把糊著一層絲棉紙的窗子推開，然後，把她的腦袋伸到了窗子裡面去。

屋裡黑洞洞的，什麼都看不清楚。她把腳跨進窗子裡去，試探著，踩到了田老師的書架的頂上。然後，一跳，就到了地面上。慢慢地，眼睛開始適應了屋子裡的黑暗，屋子裡的桌子、椅子，還有書架，漸漸地清晰起來。她彎著腰，去穿青布鞋。這時，她的眼角，便看到在自己的兩隻腳邊多出了兩隻腳，穿著紅紅的繡花鞋！

57

汪竹青還來不及驚叫，一個黑影就落在了她的面前，是吳侗。

吳侗見她在發呆，就問道：「妳怎麼了？」

汪竹青沒有聽到吳侗的話，還是在呆呆地看著自己的腳邊。那雙穿著繡花鞋的腳不見了。她這才看到，吳侗已經在自己的身邊了。她想告訴他，又想，可能是這幾天沒有睡好，眼花了，於是就忍住了，說：「沒有什麼，只是有點累。」

吳侗說：「你們天天坐在課堂裡，什麼事都不做，也喊累。要是妳像我那樣，還不要累死啊。」

汪竹青問道：「那，你可不可以告訴我，你是做哪樣的呢？」

這時，汪竹青看到，吳侗並沒有聽她說話，而是目光定定地注視著前方。她順著他的視線看過去，差點兒沒叫出來。幸好有吳侗在這裡，不然，她一定會嚇死在這裡的。警察局的結論不是說田老師是被嚇死的嗎？看來，此言不虛。

窗子邊，一個身著白衣、頭髮過胸的女人，正在用她那雙哀怨的眼睛，直直地盯著吳侗。而吳侗也是一言不發，沉默著，與她對視。因爲那哀怨，吳侗心裡掠過一絲憐惜，也就沒有動作。房間裡很冷，但吳侗感覺得到，他背上的胎記開始有了感覺，慢慢變熱，像放上去一枚滾燙的銅錢。他想起了與女屍親熱、詐屍的那一幕。他有些慌亂，立即收攝心神，隨時準備出擊，那女人卻嘆了一口氣，緩緩地轉過身，走到板壁那裡，隱身不見了。

吳個怔了一怔，這個女人給他一種好熟識的感覺。不僅僅是在他家裡的時候，她曾經來過，那種與生俱來的熟悉，讓他驚異，也讓他困惑。現在，她也跟著到了烘江，到了田之水的房間裡。吳個知道，她也是爲了尋找那一只鞋墊而來的。

直到汪竹青扯了扯吳個的衣袖，他才回過神來。

汪竹青說：「你的眼睛跟她的眼睛很像，都是細細的，她對你好像沒有惡意。」

吳個也喃喃著說：「是嗎？是嗎？我也有這種感覺。」

汪竹青問道：「我感到奇怪的是，她怎麼莫名其妙地消失了呢？」

是啊，她怎麼就走了，沒有傷害他們呢？

突然，汪竹青面對面盯著吳個，問：「你到底是做哪樣的？」

吳個看她那張潔淨的臉上透露著好奇，坦然地回答：「我是趕屍的，趕屍匠。」

汪竹青輕叫了一聲，就趕忙捣住了嘴巴，說：「趕屍？」

吳個想逗她，故意問：「是啊，妳怕不怕？」

汪竹青說：「怕？我爲什麼要怕？你不就是趕屍的嗎？又不是趕人的。對了，你到我們烘江來，不是來趕屍的吧？」

吳個怔了一下，說：「不是的，我很快就不做趕屍匠了。」

汪竹青有些奇怪，問道：「趕屍滿好玩的啊，很刺激的啊，爲什麼你要洗手不幹了呢？」

爲什麼？爲了有一個好娘。但這只是吳個心裡所想的，他沒有告訴汪竹青，這是他和娘的祕密，他不能告訴別人的，再說，和這個學生妹崽也講不清楚。

吳個把話題扯了開去，問道：「不曉得田老師會把鞋墊放到什麼地方呢？」

汪竹青說：「這個我知道，你跟我來。」

她推開臥房的門，走了進去。

臥房裡，除了一張床以外，還有一張書桌和一把椅子。田老師的皮箱就放在床的下面。她正要彎腰到床下去拖皮箱出來，想起床下黑咕隆咚的，說不定那雙穿著繡花鞋的腳就在這床的下面，就不敢了。

吳侗進來，問她道：「找到了嗎？」

汪竹青指了指床的下面，說：「床腳有個皮箱，就放在皮箱裡哩。」

吳侗聽說在床腳，身子一彎，就要去拿那皮箱。

汪竹青急忙把他拉住。

吳侗感到奇怪，問道：「又怎麼了？」

汪竹青囁嚅著，說：「我……」

吳侗以為她後悔了，就說：「我眞是去救人的，妳不知道，那鞋墊叫作咒蠱墊，很厲害的。我如果不找到它，是會死好多人的，妳相信我，我不會騙妳的。」

汪竹青又是好笑又是好氣，說：「我知道你的意思，當然相信你啊，我是怕，這床下，怕有什麼鬼啊之類的。」

吳侗笑了，說：「就算是有，見到趕屍匠來了，它還不嚇得腳板下抹豬油，早就溜了？」

汪竹青聽了這話，想起剛才見到的那雙繡花鞋，只一會兒，就消失了。現在想來，它一定是看到這個趕屍匠來了，被嚇走了吧。不過，鬼魂眞的會怕趕屍嗎？怕趕屍匠的，應該是屍體，而不是鬼魂吧？

在汪竹青這麼胡思亂想的當兒，吳個早已經把那口皮箱拖了出來，擺放在書桌上了。

吳個自然不敢造次，對汪竹青說：「麻煩妳打開看看。」

汪竹青說：「你打開和我打開，又有什麼區別呢？」

吳個說：「當然有區別啊，這是妳老師的東西，不是我老師的東西啊。」

汪竹青有些擔憂地說：「老師已經不在了，沒有他的允許，他會不會責怪我們啊？」

吳個安慰道：「我們又不是小偷，他如果知道我們的目的是去救人的，就不會責怪我們了。」

汪竹青說：「那可不一定哦，如果是拿他別的東西，那就沒有事，可是，我們拿他的是那只詭異的鞋墊，那就不會沒有事的。」

吳個說：「我有把握的，妳放心好了。」

於是，汪竹青這才把皮箱打開，就著窗外灑進來的淡淡月光，在皮箱裡找起來。

皮箱裡並沒有汪竹青想像的那樣放著很多東西，除了一支鋼筆、一本厚厚的筆記本之外，竟然什麼都沒有了。

兩個人面面相覷，一時不知如何辦才好。

汪竹青說：「我親眼看到過，那張鞋墊，田老師硬是放在這口皮箱裡的啊，怎麼不在了呢？」

吳個說：「也許他轉移地方了也說不定，我們再在別處找找。」

於是，兩個人在書桌的抽屜裡，床上的枕頭下、墊單下、書架上，以及所有的書本裡，都找了個遍，還是一無所獲。

汪竹青累得直喘粗氣，而吳個則是又急又無奈。

汪竹青問道：「你這次來，沒有拿到鞋墊，是不是真的要死成群的人？」

吳侗點頭道：「我知道你們這些學生是不相信的，但我要告訴妳，這是眞的，因爲已經開始了。」

汪竹青到底是女孩，比吳侗細心多了，她說：「還有一個地方我們沒有找過。」

吳侗本來不抱希望了，聽她這麼一說，就急切地問道：「什麼地方？」

汪竹青說：「是不是夾在皮箱子裡的那本筆記本裡？」

她快步走到桌邊，再次打開皮箱，把那本筆記本打開，然而，她幾乎是一頁一頁地打開了，還是什麼都沒有。

汪竹青有些惱怒地把皮箱一推，說：「算了，不找了，我就不相信，找不到眞的會死人，分明就是無稽之談嘛。」

皮箱掉在了地上，筆記本和那支鋼筆滾到了箱子的外面。

汪竹青說：「今天很晚了，我爹媽看我這個時候都還沒回去，會擔心的。回去吧？」

吳侗把筆記本和鋼筆撿了起來，正要重新放回到箱子裡去，汪竹青看著吳侗把那本筆記本拍了拍，突然說：「對了，這是田老師的日記本，說不定，這裡面記的對你有用，你帶走吧，天亮以後，再好好看看。」

吳侗想了一想，說：「嗯，應該有用的。那我眞的帶走了？」

汪竹青說：「帶走吧，應該沒事的。田老師的家人又不知道他有這本筆記本。」

吳侗把田之水的日記本放進自己的包袱後，仍舊和汪竹青從窗子那裡跳了出來，走出了校門。

汪竹青家斜對門就是一個小客棧，吳侗把她送到她家門邊後，就住了進去。他胡亂地吃了兩碗粉，就著煤油燈，翻開了田之水的那本日記本。

58

二十年前，年僅二十歲的田之水踏上靈鴉寨的土地時，才相信臨出門前校長所說的話一點兒也不假。

年紀輕輕的田之水剛從貴州省師專畢業，就被國立烘江師範的校長聘請到學校任國文教師。田之水對湘西一向很感興趣，那裡的神祕和詭異，只是聽說過，還沒有真正地感受過，於是愉快地接受了校長的聘請。他之所以答應，是因為有一個目的，他想深入到偏僻、閉塞的山寨裡去，從事蒐集、整理山歌的工作。次年的暑假，田之水沒有回家，而是去了靈鴉寨。靈鴉寨的山歌在湘西的名頭極響，每年的歌會上誕生出來的男女歌王多是靈鴉寨的人。校長聽說他要去靈鴉寨時，臉色陰沉了下來，告訴他好自為之。田之水感到奇怪，就問校長，那裡是不是有什麼蹊蹺？校長說自己也講不清楚，只是聽說那裡是一個與世隔絕的地方，與現代文明格格不入。田之水笑道，這樣最好，越是原始的地方，就越是能發掘到有學術價值的東西。校長交代他到了那裡，處處小心謹慎，千萬不可造次。

走在青山綠水間，簡直是人在畫中遊，田之水心情非常好，想起唐詩宋詞裡面有一半的風情都被名城揚州囊括了，就為腳下這片土地叫屈，哼，你揚州有小橋流水，這兒也有，而且這廊橋擋風雨，挽日月，到了晚上，哥呀妹呀情呀意呀，月亮都羞答答地躲到雲層裡去了！你揚州有猶抱琵琶的紅粉頰面，這兒有賽過畫眉的客家妹子，那林中飄來的山歌，泉水聽了叮咚響，大山聽了留住腳，小夥子聽了，心都不曉得落到哪片草叢了……

陶醉在風景中，田之水一路輕快地走來。一條蜿蜒的小路邊，他看到一根肉色的石柱。那石柱有三人多高，一人大小。石柱上刻著「靈鴉寨」三個字。石柱的底部是一片微拱的草地，猛一看，這百分百是生殖崇拜的象徵，但是，好像有什麼地方不對勁兒。他想不到有哪兒不對勁，就繞到了石柱的背後。石柱的背後，就是靈鴉寨的地界了。他一跨入了靈鴉寨的土地，腳下就有一股冷氣很頑強地順著腳脖子慢悠悠地往上爬。他這才感覺到，這石柱不僅是生殖崇拜的象徵，更像是摧殘人類生命力的幫凶。生殖崇拜應該是熱烈的、張揚的，絕對不會是陰毒的、遮掩的。

忐忑的他不敢多作停留，順著小路，往靈鴉寨而去。

前面一座大山掩隱在一團巨大的雲霧之中，那雲霧慢慢地聚合著、分散著，然後，又再次聚合，這樣，給人的感覺就好像大山在移動著，飄浮著。老遠就看到山腰盤據著一個龐大的寨子，忽隱忽現，似眞似幻。

田之水過了一座廊橋，看到一男一女兩個十一二歲的孩子在看牛。牛也是兩頭，一頭黃牛，一頭水牛。黃牛在溪邊吃著草，水牛在小河裡慢慢地走著，似乎在思考著什麼。田之水向他們笑著打招呼道：「小朋友，前面那個寨子就是靈鴉寨吧？」

女孩子臉色黃黃的，露出一口潔白的細牙，說：「嗯哪，就系（是）靈鴉寨。」

男孩子的鼻孔下，趴著兩條綠色的鼻涕，一條很短，只剛好露到鼻孔，像一條蟲子探出的小腦袋，另一條倒是很長，像是整條出了洞的蟲子，往他的嘴巴裡鑽去。兩條鼻涕不論長短，都是又濃又黏。

男孩子定定地打量著田之水，從上到下，沒放過任何一個細節。然後，他一句話也沒說，反轉身飛達達地跑了，很快就消失在一片綠色的竹海裡了。

田之水感到很奇怪，看著男孩的背影問：「他怎麼要跑？」

小女孩說：「他系（是）報訊去了哩，滿滿（叔叔）是哪裡來的客客？」

田之水告訴他：「我不是客客啊，我是來玩的，到你們寨子聽山歌哩。」

小女孩捣住嘴，淺淺地笑了，說：「你不是我們靈鴉寨的人，怎麼不是客客呢？等一下，要去我們靈鴉寨，你要著好看的哩。」

田之水心想，這靈鴉寨還眞的有些邪門呵？他問道：「你們靈鴉寨的人要給我什麼好看呢？」

小女孩說：「慢點你就曉得了。」

59

田之水感到奇怪，不知道等著他的是什麼，就說：「那妳帶我去好不好？」

小女孩說：「好啊，哪個講不好呢？」

於是，小女孩在前面，田之水在後面，沿著鵝卵石鋪就的花階路往靈鴉寨走去。快要到寨邊時，一大片茂密的竹林綠幽幽地出現在眼前，路就從竹林裡斜斜地穿過去。

這時，小女孩掉過頭來，對他笑了一下，說：「你要注意了，出了竹林，就給你好看了。」

田之水爲了表示一下男人的膽量，滿不在乎地說：「妳莫嚇我嘍。」

小女孩說：「那要看你是不是個眞正的男人了。」

她說完，就用手指插入了自己的兩個耳朵。

只聽砰的一聲，田之水嚇得不禁抖了一下，那聲音震得竹林簌簌亂晃，幾片竹葉像綠色的羽毛，飄浮著，飛呀飛的，打了幾個彎，掉到了地下。

緊接著，又是砰砰的兩聲過後，就沒有聲音了。

田之水擔憂地問女孩：「寨子裡發生了什麼事了？」

小女孩故意不明說：「我在看牛，跟你一起來的，我曉得發生了什麼事？」

出了竹林，眼前的景象讓田之水睜大了眼睛。

路的前面，一邊一排姑娘整整齊齊地站著，個個生得眉清目秀，皮膚光滑，一點也不像打柴放牛的村姑，倒像織布繡花的巧女子，小的十二三歲，大的二十四五歲，花一樣的年紀，花一樣的身姿。穿的是紅綠黃相間的衣裙，戴的是亮閃閃的銀飾，一個個含情脈脈，含羞帶笑，一人手裡捧著一碗酒，在歡迎他這位客人。隊伍的前面有一個男人，他的手裡，是還冒著硝煙的土槍。顯然，剛才那三聲槍響，應該是他的傑作了。路中間是一張小方桌，小方桌上擺著一個酒缸，還有五個海碗。

見到田之水，那些女孩唱了起來：

一杯酒來清又清，
我把米酒敬親人。
親人若是嫌棄我，
打個轉身莫進門。

唱罷，前面第一個姑娘走出隊伍，把一碗酒雙手捧到田之水的嘴邊，請他喝下去。

田之水搞不清楚這是什麼儀式，但知道若遇上用這種儀式來歡迎他，表明人家把他當貴客待了，心裡十分感動。不過看這陣勢，儘管十來位姑娘敬的酒不一定都要喝，但從不沾酒的他，還是有些害怕，這樣他的心就有些慌了。酒可不比水，可以敞開肚皮喝，一泡尿放了就是，這酒雖然也可以變成尿，但經過五臟六腑，就變成刮骨的鋼刀，不把他折騰死才怪，何況今天只他一個人，如何應付這場面？想到這裡，他的腿有點發軟，手有點發抖，知道好客的主人若眞較起勁來，他很快就會倒在這地上，讓人笑話。這下子，他只好尷尬求情：「各位鄉親，各位姐妹，今天來到寶地，是來聽大家唱山歌的，這酒嘛，請原諒我實在喝不下肚。」

小女孩扯了扯田之水的衣角，說：「你看咯，不像男人了吧。是酒，又不是毒藥。」

田之水苦著臉，說：「可我……這酒……」

捧杯子那姑娘看了她的同伴們一眼，同伴們就一起又唱了起來：

臘月炎熱直流汗，
六月寒冷打哆嗦。
世上男人不喝酒，
山腳岩石滾上坡。

姑娘再次把酒杯遞到田之水的嘴邊。所有的人都笑吟吟地看著他。姑娘的笑，柔情嫵媚；男人的笑，豪放坦蕩，但此時夾雜著一絲挑釁。他知道再不喝，就說不過去了，鄉下人好客，也好面子，他若不從，不是伸手打了笑臉人嗎？何況這喜慶熱鬧的陣勢，是寨上千百年來的傳統，是人家友好的一種方式。惹急了姑娘們，她們會一窩蜂地跑上來，一個抓手，一個按肩，一個扶嘴巴，硬生生地把酒灌進肚子去！於是，他對姑娘說：「就喝一碗，表示表示如何？」姑娘細細的眼睛霧濛濛地看著他，臉頰紅潤，面帶微笑，不說話。他以爲人家同意了，就接過碗，咬了咬牙，頸根一仰，咕咚咕咚地喝了下去。

姑娘們興奮起來，發出一聲「好」。

那碗酒聞著，清香撲鼻，入口甘洌清醇，及至到達喉嚨，田之水才知道它的厲害，像火一樣燒灼著，又熱又辣，一直燒到他的胃裡。

他以爲喝了這一碗酒就沒事了，沒想到，姑娘們又唱了起來：

二杯酒來亮又亮，
我把貴客記心上。
貴客嫌酒淡如水，
要進寨門沒商量。

田之水望望姑娘們，望望所有的人群，有些無助，像這樣唱下去，喝下去，豈不是要醉死在這裡？

正在他不知道怎麼辦的時候，站在姑娘們後面的一個持槍的後生走了出來，接過酒，像喝涼水一樣，全部倒進了口裡。

他用衣袖擦了一把嘴巴，對姑娘們說：「我看他那樣子像是個教書先生，怕眞的是喝不得酒的，這次，就讓了他吧，我代他喝了，要得要不得？」

姑娘說：「舒管事發話了，那還有什麼要不得的呢？」

於是，那個叫作舒管事的後生就把土槍放在桌子上，雙手抱起酒缸，對到嘴巴上，咕咚咕咚，不停氣地全部喝完了。

姑娘們和後生們都一起叫起好來。

田之水走上前，對那後生說：「眞不好意思，喝酒我實在是不行，謝謝你了。」

那後生把放在桌子上的土槍背到背上，說：「我是靈鴉寨的管事，姓舒，你就叫我舒要根吧。走，我們一起見寨老去。」

那小方桌早被後生們搬到了一邊，田之水就和舒要根一起，朝寨老家走去。

60

湘西多山，你隨便站在哪個山頭，向遠處望，是望不到盡頭的，峰巒林立，綠野茫茫，一層層、一片片深綠色的剪影像波浪一樣起伏著，蕩漾開去，無邊無際，與天相接，一輩子待在大山裡的人，以爲地球上除了這層層疊疊的山，再沒有了別的。

靈鴉寨坐落在山腰，三面環山，一面臨水，根據地勢的需要，分上、中、下三寨，清一色的吊腳樓。

寨老的家在寨子的最中央，是一幢高達四層的吊腳樓，在這個寨子裡是獨一無二的。吊腳樓的前面，並不像其他人家一樣，一點空地都沒有，這裡恰恰相反，有很大一塊坪地，這塊坪地跟這幢樓房一樣，是整個寨子的中心。

到了坪地上，舒要根對著樓上喊叫：「寨老，寨老，我們寨子來貴客了。」

不一會兒，三樓走出來一個年約五十歲的男人。那男人身板硬朗，結實的肌肉遮不住突起的骨骼，整個人看起來如銅筋鐵骨，好像不是肉做的。他身穿藍色的對襟上衣，頭上包著厚厚的灰色頭帕，手裡擎著一根長約三尺的菸桿。他居高臨下地看了他們一眼，就立即停止了吸菸，臉上浮現出了一絲笑紋。

他快活地說：「清早聽到喜鵲鬧，嘰嘰喳喳叫不停，對門坡上打一望，寒門小寨來貴人。」

寨老隨口說出來的話，就是一支很好聽的山歌。田之水心想，看來，來這裡是找對地方了。

他客氣地說道：「寨老好客氣，給你們添麻煩了。」

田之水和舒要根上了樓，到屋廳坐好。寨老坐首席，田之水坐貴賓席，舒要根則垂著手，恭恭敬敬地站在一旁，向他們兩人介紹說：「這是烘江師範學校的先生，田之水老師。這是我們靈鴉寨尊貴的寨老。」

寨老笑咪咪地說：「失敬失敬。」

田之水謙遜地說：「不敢不敢。」

很快，就有一個婦人端著一個方方正正的紅漆木盤進來，木盤裡擺放著三碗熱氣騰騰的甜酒，甜酒裡浮著一只黃白相間的荷包蛋。每碗甜酒的上面，只放著一支筷子。她把木盤放在桌子上，雙手端著一碗甜酒，先遞給田之水，說：「甜酒不甜，客人莫見怪。」

田之水皺了下眉，這一支筷子怎麼吃？是不是他們歡迎客人的另一種儀式呵？舒要根早把田之水的困惑看在眼裡，趕忙解釋：「田老師莫見怪，吃甜酒只用一支筷子是我們這兒的規矩，先塡塡肚子，等下再吃飯。」

田之水這才不好意思地接過甜酒，說：「大姐這麼愛好，謝謝大姐了。」

說著，田之水把甜酒遞給寨老。寨老也站了起來，說：「這第一碗，應該是給客人的，你快吃了。」

田之水只好坐了下來。

那婦人把第二碗甜酒遞給寨老。寨老端坐著，紋絲不動。

婦人把第三碗甜酒送到了舒要根的手上。舒要根接過來後，也依然沒有坐，就那麼站著，用那一支筷子，吃了起來。

吃完甜酒，田之水站起來，打開他的一只藍布包，從包裡取出三匹蘇州絲綢、三床杭州蠶絲被，遞給寨老，說：「我這次來，是想到貴寨住一段時間，蒐集一些山歌資料，還請寨老費心。」

寨老也站了起來，說：「你看你，來便來了，還買來這麼多貴重的禮物。至於蒐集山歌嘛，小事小事，要不是這個小事，我拿八抬大轎去抬你都抬不來。只是，小寨山高水惡，家貧人愚，如有怠慢處，還請田老師多多擔待。」

舒要根對著門外拍了兩下手掌，就進來一個年輕的姑娘，她把那些禮物收了起來，退出門去了。

田之水連忙說道：「寨老如此客氣，叫之水誠惶誠恐了。」

寨老說：「哪裡哪裡。你看這樣好不好？我看你和要根兩個年紀相仿，也有話講，主要是，我們寨子裡，能陪得起你這個文化人的，也只有要根了，他家既寬敞又乾淨，你就住到要根家裡。至於吃喝用度，你一概不用操心，就和我一起吃。」

還沒等田之水說話，舒要根就先說了：「歡迎田老師光臨寒舍，如有簡慢處，還請多多原諒。」

田之水說：「和舒管事一起住，那就再好不過了，多有打擾，請勿見怪。」
在寨老家裡吃過晚飯後，田之水和舒要根兩個人，醉得東倒西歪地來到了舒要根的家裡。
舒要根的家裡，一個人都沒有，冷清，但很乾淨。
舒要根醉得舌頭都有些大了，對田之水說：「我……我是一個孤兒……我的，娘，娘和一個到這裡來的補鍋匠……跑、跑了……聽我爹爹講講講，她她……她恨、恨死靈鴉寨這個地、地方了……爹他沒本事帶娘離開靈鴉寨，娘、娘就自己跟補鍋匠、匠跑跑……了，爹爹恨自己沒得出、出息，就就、就跳下山崖……死了……」
田之水聽了他的話，感到很驚訝，但這畢竟是別人家的事，他不應該聽的，只是，他自己也醉得壞老火，就說：「休休……休息去……明天再再再講……」
舒要根帶著田之水上到吊腳樓的二層樓，用肩膀撞開門，說：「今天夜晚，我、我們兩個睡一起，明、明天另外給你鋪、鋪個床……你莫嫌棄我……就就就是了……」
田之水說：「舒管事怎麼這、這個講……」
舒要根打斷他的話，說：「什麼管……管事的，還不是人……人家院子裡的一條、條狗不是？」
田之水說：「你那麼年輕，就當上了寨老的……管、管事，眞是、是，一個難得的，少年才、才俊啊……」
舒要根的鼻子裡嗤地哂笑了一聲，就倒在了床上，對著虛空說道：「爹爹，我會記住、住你的話，什麼，你講什麼？不要亂嚼舌根了？好好、好，我不亂嚼舌根了，睡、睡去……」
田之水看了看身後，又抬起頭，看了看樓頂上，一個人都沒有，就問道：「你叫你爹爹？他不是、不、不在了嗎嗎嗎？」

舒要根還在抽動著大舌頭說：「他去世了，但他……他還在我的這個……房子裡……你，你你你千萬不要上到、到到……到樓上去……去、去不得……」

隨即，就扯起了鼾聲。

田之水也累得腰痠背痛的，再加上喝醉了，頭暈眼花，就什麼也顧不得了，和衣倒在舒要根的身邊。

迷迷糊糊中，一個四五十歲的男人，來到了他們的床邊，低下頭，含糊不清地說道：「寨……老……」

第十章

飯養人，歌養心

61

第二天早上，田之水和舒要根醒來的時候，兩個人不禁哈哈大笑起來。

舒要根一邊鋪著亂七八糟的被子，一邊對田之水說：「泡酒不錯吧？沒想到我們兩個都被放倒了。」

田之水由衷地說：「靈鴉寨的泡酒果然是名不虛傳啊。喝下去的時候，甜甜的，涼涼的，口感很好，一點事都沒有，像我這個從來沒喝酒的人，竟然也是越喝越想喝，這一喝，哪個時候醉的都不曉得了。」

舒要根說：「幸好你醉了。」

田之水問他道：「為什麼這麼說呢？」

舒要根說：「我們這裡的風俗就是，兩個男人睡到一張床上，不是父子就是兄弟。你說，我們是不是兄弟？」

田之水說道：「那當然是啊，怎麼會不是呢？」

舒要根很興奮，說：「是真正的兄弟，除了共不得老婆以外，什麼都是可以共得一起用的。」

田之水笑了笑，不多說什麼。他對這個話題，一時還不是很適應。

舒要根繼續就這個話題說下去道：「你看，昨天要是我們倆不醉，我們能睡到一張床上來嗎？既然我們一起睡了同一張床，我們不是兄弟又是什麼？難不成還是父子嗎？」

田之水笑道：「你這個推論真有意思，我們當然不可能是父子關係了。對了，說到父子關係，我昨天還做了一個夢，夢到一個四五十歲的人站到我們床前，嘴巴裡說著『寨老』、『寨老』兩個字……」

舒要根停下手裡正在鋪著的被子，說：「是真的嗎？他長得什麼樣子？」

田之水說：「當然是真的啊，我從沒做過這樣的夢。不過，我都醉成那個樣子了，還真記不得他長什麼樣子了。」

舒要根提醒著他說：「他的頭上包的帕子和別個的不同，是不是？別個的都是灰色的，或者白色的，或者黑色的，他的卻是黑白細花格子的，對不對？」

舒要根這麼一提醒，田之水也就想起來了，確實是的。他點了點頭，說：「嗯，就是就是。」

舒要根就點了三炷香，恭恭敬敬地插到堂屋中間的神龕上，作了三個揖，說：「爹爹遺言，永世不忘。」

田之水見舒要根做得非常鄭重，知道他爹爹給他留下的遺言對他非同小可。至於遺言的內容，他這個外人自然是不便多問的，於是，他走出門，到跑馬欄杆上，看外面的景色。

舒要根走出屋，他的手裡端著一個木盆，木盆裡放著一張新臉帕，他對田之水說道：「田老師，洗個臉吧。」

田之水趕忙接過木盆，說：「哎呀，舒管事你太客氣了，我自己來自己來。」

舒要根不滿地說：「你叫我什麼？怎麼還要叫我舒管事呢？我們不是兄弟了嗎？兄弟就是自家人啊，自家人，你叫我的名字就行了嘛。」

田之水說：「自家人，那你怎麼又叫我做田老師呢？」

兩個人又是一陣哈哈大笑，笑完，舒要根叫了他一聲「田之水」，田之水也叫了他一聲「舒要根」。

靈鴉寨的早上，迴盪著兩個年輕人輕鬆而又爽朗的笑聲。

吃過早飯，寨老對舒要根說：「田老師剛到我們寨子裡來，什麼都還不熟悉，今天你就不必在我這裡轉了，陪田老師去蒐集山歌。二天，田老師回到烘江，會給我們靈鴉寨傳名的哩。」

站立著的舒要根全然沒了他和田之水在一起時的開朗率真，雙手垂著，腰也彎著，輕聲道：「是，尊敬的寨老。」

田之水趕忙站起來，對寨老說：「寨老不必客氣，舒管事寨務繁忙，就不必扯絆他了。」

這時，舒要根悄悄地瞪了他一眼，田之水知道他的意思，一來兩人本就兄弟相稱，這時又叫他「舒管事」，他自然會有一點小小的想法。二來，他是巴不得寨老發話，讓他能離開寨老身邊，陪同田之水滿坡滿嶺跑，會姑娘，唱情歌，那是幾多快活，又幾多逍遙的事情啊，強過在寨老身邊彎腰打躬地做那篩茶倒水服侍人的活路，年紀輕輕的，像隻鳥兒被關在籠子裡，就算不被餓死，也會被慪死、屈死。

寨老說：「田老師就不要多話了，在這裡，我自有安排。」

寨老的話，在靈鴉寨那是絕對說一不二的，田之水只好再次表示感謝。

寨老對舒要根說：「咦，對了，你那還沒過門的相好不是這遠近百里最最有名的歌王嗎？你就帶田老師向她那個，呃，蒐集吧。」

舒要根聽了寨老的話，臉上不易察覺地跳動了一下，又是不太情願，又是甚爲得意，說：「好的，尊敬的寨老。」

寨老揮了揮手，舒要根就退著出了門，在門邊，等待著田之水出了門，這才返身，和田之水一起告別了寨老，下了吊腳樓。

一走出寨老的吊腳樓，舒要根的身板又挺得筆直的了，年輕人特有的朝氣和健朗又重新出現在他的身上。

田之水問舒要根：「剛才寨老說你的那位沒有過門的相好，眞的是百里聞名的歌王？」

舒要根的臉上立即浮上了驕傲的神色，一點也不謙虛地說：「那當然，我舒要根看上的人，還會有差的？告訴你啊，她叫臘美，不但歌唱得比畫眉好聽，人還長得比桃花好看，同樣也是百裡挑一的哩，這還不算，說起她，人人都要豎起大拇指誇個不停哩。」

田之水眞心地祝福他道：「兄弟，你眞行。我們什麼時候會會她？」

舒要根說：「現在就可以……」

田之水說道：「那太好了。」

舒要根見田之水那迫不及待的樣子，不禁有些遲疑，說：「臘美不是我們靈鴉寨的，她是櫸木山的，不過，也不遠，我們去看看，看她在家裡沒。」

田之水說：「她不在家裡，還能去哪裡呢？」

舒要根說：「臘美是個潑辣的姑娘，在家會繡花，上坡砍得柴，樣樣活路都拿得起，放得下，所以，我真的不曉得她現在是不是在家。」

田之水拉住舒要根的手腕，說：「不是在家裡，就是到坡上，對不對？走，看看去。」

兩個人就一起往櫸木山走去。

不一會兒，一個不大的寨子就出現在他們的眼前。

他們走進了寨子，舒要根指著一個不太大，只有兩層的吊腳樓說：「那就是臘美的家。」

說著，舒要根就把右手做成喇叭狀，放在嘴邊，高聲地對著臘美家唱了起來：

深山畫眉叫喳喳，
情哥愛妹妹愛他。
哥是深山朝陽樹，
妹是朝陽樹上花。

臘美家吊腳樓上的窗口裡，出現了一個中年婦人的腦袋，她看到了舒要根，還有舒要根身邊的一個陌生人，就問：「臘美到坡上看牛去嘍。要根，這是哪裡來的客客，快到家來喝甜酒。」

舒要根對那婦人說道：「娘娘莫要客氣咯，這是烘江來的老師，想聽臘美唱歌哩。」

田之水知道，那是臘美的媽，就對著她笑笑，說：「娘娘莫要愛好了，我們剛吃了早飯，不好麻煩妳哩。」

婦人也笑道：「客氣客氣，過門邊涼水都不喝一口，叫人怎麼過意得去。」

舒要根說：「我們當眞才吃了飯，娘娘妳莫爲我們操心。」

婦人對舒要根佯罵道：「就你生分，一點都沒曉得個輕重，在家不會迎賓客，出門才知少主人，二天臘美跟了你，怕也是變得和你一個樣子，給個洗衣棒，不曉得有好重，給團棉花團，又不曉得有好輕了。」

舒要根見她以這樣的口氣罵自己，知道那是一家人才能夠這樣子做的，心裡就很是受用，說道：「娘娘妳放心，根崽才不是懵裡懵懂，肩挑水桶，打落一頭，皮包臉腫的人。」

婦人也不下蠻力叫他們上樓坐了，知道他們後生家要見臘美的心情，就說：「那你們去找臘美，回來進屋噢。」

兩個人給她道了別，就穿過寨子，到坡上去。

青翠欲滴的群山裡，傳來了一陣愉快的歌聲：

四月插秧秧對秧，
一對秧雞來歇涼。
秧雞低頭尋夥伴，
小妹抬頭望情郎。

田之水聽到那脆脆的、亮亮的、天籟般的歌聲，竟然呆在原地，挪不動腳步了。他怕腳步或撥開草叢的聲音打碎了歌聲。舒要根也站在那裡，陶醉地聽著。

62

要唱山歌唱起來，
要唱鮮花遍地開。
要唱畫眉情義好，
要唱哥哥挨攏來。

許是見他們兩人呆呆地站著，沒有半點動靜，那姑娘的歌聲，便又像一根勾人魂魄的溫柔絲線，把他們兩個人都給捆住了。

田之水早聽說，靈鴉寨的人崇拜鳥類，自古以來，就與鳥兒相依相伴，相敬相愛，藉鳥抒情，託鳥詠志。唱歌，畫畫，窗櫺上的雕刻，蠟染的印花布，姑娘繡的鞋墊，都少不了鳥兒的影子。一隻鳥，不管是畫的、刻的、描的、繡的，都表達了他們對愛情、生命、自由、和平、理想的熱愛和嚮往。在這裡，他們最爲崇拜的是畫眉。畫眉朝飲晨露，夜枕明月，吸天地之靈氣、日月之精華，爲林中百靈。而臘美，雖然他沒見過面，光聽這畫眉一樣清脆的嗓音，也是人中畫眉了。

舒要根不禁興奮起來，說：「是臘美，快走。」

田之水問舒要根：「你怎麼不唱歌應答呢？」

舒要根好像這時才想起，不好意思一樣，說：「是啊，你看我的。」

他正要唱，田之水又說：「我要是會唱，我早就一步一句歌，一直唱到她面前去。」

舒要根笑道：「飯養人，歌養心，你不曉得，在我們這兒，唱歌跟吃飯一樣重要呢，我們這兒吃酒要唱歌，找妹子要唱歌，走路要唱歌，砍柴要唱歌，若遇上大型歌會，要唱三天三夜，唱得天昏地暗呢。」

田之水說：「人家出口成章，你們出口成歌，佩服。我到時候也學幾首歌回去，你要教我呀。」

湊的尾巴擺不得，
教的雀娃唱不得。
要想學歌慢開口，
心子動得才唱得。

兩個後生還在嘰嘰歪歪的時候，從竹林裡傳出了一串歌聲，緊接著就閃出一個穿著白布衣服的姑娘，頭上盤著一根粗壯的辮子，像烏梢蛇一樣。那姑娘看上去，頂多不過十七八歲的樣子，臉盤兒像剝了皮的雞蛋，嫩嫩的，兩隻眼睛像兩片柳葉，細細的，兩彎眉毛像兩抹山脈，淡淡的，整個人顯得俏麗而清純。她的頭上插著一朵映山紅，尖尖的手指拈著一片木葉，朝他們微笑著。

舒要根很驚喜的樣子說：「臘美，原來妳就在附近啊，我還以爲妳到對門坡上哩。」

姑娘又淺淺地笑了一下，說：「要根哥，你講哪樣子話呢？那還不是因爲你離人家遠，才以爲人家還在對門坡哩。」

舒要根嘿嘿地笑了一下，指著田之水說：「和我來的這個客人，是烘江來的教書先生，叫田老師。田老師，她就是臘美，二天你要蒐集山歌，包她一個人就可以唱出天底下最好聽的山歌來。」

田之水伸了一下手，又急忙縮了回來，說：「我是來蒐集山歌的哩，妳唱得眞好聽。」

臘美輕輕地咬了一下嘴唇，差點兒沒笑出來。

田之水被她那樣子逗得怔了一怔，說：「聽妳唱歌眞是一種不可多得的享受，我要把妳唱的所有山歌都記下來。」

臘美再也忍不住了，到底還是笑出了聲，說：「每一支山歌都是有靈魂的哩，你記到紙上去，它就變成死的了。」

舒要根皺了一下眉頭，說：「臘美妳老是愛講什麼死啊活啊的。」

田之水說道：「臘美講得不錯，山歌本來就是有翅膀的，在山裡飛來飛去的，要眞是寫到了紙上，不就飛不成了？」

舒要根不滿地說：「田老師，這話我們這裡是不能講的哩，山裡人有忌諱的。除了臘美，哪個敢這麼講話哦。」

臘美不服氣，說：「人家田老師是教書先生，文墨高，見識廣，他講得對啊。田老師，你的話對我的胃口，不像這寨子裡的人，一個兩個都不開化。」

舒要根拿臘美沒有辦法，說：「唉，臘美啊臘美，妳要我怎麼講妳才好呢？幸好田老師也不是外人，要不然，別個聽了去，妳不被老人家罵死才怪……」

舒要根說到這裡，意識到自己也講錯話了，就住了口，臉上現出一絲驚惶之色。

臘美倒是不但不責怪他，反而噗嗤一聲笑了起來，說：「你看你自己不也是亂講話不是？其實啊，生也好，死也好，都是由不得自己的哩，生生死死，死死生生……」

田之水雖說不信那些，這時，也覺得臘美說的話有些扯得遠了點，再說，那個生啊死啊的，也是因自己而引起的，心裡，也就多了層不安，他不敢想像，像臘美這樣輕彈即破般的姑娘，會有什麼不好的遭遇。於是，他打斷臘美的話，岔開了話題，說：「臘美，我聽寨老講起，妳是一個人見人愛的歌王哩，妳要是不嫌棄，就收下我這個學生好不好？」

臘美笑彎了腰，說：「你是先生，不是學生，我家堂屋的神龕上就寫得有：天地君親師位。上牌位的人，你可不能那麼講啊，折了我的陽壽，我要你賠的哩，咯咯咯……」

舒要根趕忙說道：「臘美，妳就莫爲難田老師了，妳啊，也不拿四兩棉紗紡一紡，妳怕田老師當眞想做先生不做學生不是？其實呢，田老師只是想向妳蒐集一些好歌子，妳唱，他就記下來。」

田之水連連點頭，跟著，就從口袋裡掏出一本小本子，把筆也取了出來，說：「是的哩，是的哩。臘美，妳唱，妳唱，妳唱嘛。」

臘美看他那個樣子，又是好笑，又是好氣，說：「田老師你當眞好有味道哩，這個樣子，我怎麼唱得出來？」

舒要根說：「就是啊，她是沒有人逗她，就唱不出來。這樣吧，六月六快到了，岑郎坡有個歌會，我們一起去唱歌，田老師你聽我們唱，只管記就是，包你來這一天，當得你來一個月。」

臘美這才正兒八經地說：「心急吃不了熱豆腐，明朝你慢慢記吧，就怕你記不快呢，到時候莫只光看姑娘，忘記記歌了。」說到後面又變得調皮起來。

田之水聽她這麼一說，覺得也不無道理，就自嘲地笑笑，怪自己太性急了，於是收起了本子和鋼筆。

63

鄉下的臘肉，甜酒，油茶，樣樣都得吃了，在靈鴉寨吃喝玩樂，樣樣事不做，田之水有些閒得慌，六月六在他的期待中終於來了。舒要根有事走不開，就委託鄧金名和陳翳子陪田老師上山。

鄧金名和陳翳子跟田之水差不多的年紀，也講得來，三個人興奮地邊講邊走。一群姑娘小夥趕來了，或撐著陽傘，或頭戴精緻的細篾斗笠，搖著花扇，在花草簇擁的小道上互相追逐嬉鬧著。看著一群人打鬧著遠去，陳翳子嗓子癢癢，憋不住了，放開喉嚨唱起來：

一對燕子雙雙飛，
一對鯉魚跳龍門。
只望老天下場雨，
同姐打傘一路行。

前邊馬上傳來對答聲：

郎是高山小麻雀，

有處飛來無處落。
若還你姐心腸好，
送把稻草做個窩。

一聽對方有了回應，陳鬍子高興不已，示意鄧金名和田之水：「走，跟我助陣去。」快步追趕姑娘去了。因爲少有爬山，田之水落後幾步遠，這時又一夥姑娘跟上來了，剛超過田之水，其中一個好奇地轉過身來，盯著他，這一回頭，便引來眾姑娘的調戲。

一個說：「白面書生，他肯定不會唱歌，呆頭鵝，不曉得來做哪樣。」

一個說：「白面書生不會唱歌，可人家會筆墨文章，莫亂講。」

一個說：「妳唱得好，把他唱到月亮上去，一個做吳剛一個做嫦娥算了。」

另外一個說：「那也只有唱到月亮上去，唱到地下的話，火鋪上的鼎罐只煮得飯，又煮不得文章。」

然後是一陣打罵聲、嬉笑聲，一群人隱入叢林中，不見了。

田之水又羞又惱，這些野姑娘，沒規沒矩的，看來這裡的姑娘個個都不好惹。

岑郎坡上，幾百上千的人來了，平坦的草地上，密集的人群並不混亂，有條不紊地組成一個一個對歌的「塘子」，男的一堆，女的一堆，不用誰起頭，他們打招呼，問好，搭暄，都用歌來表達。這時候的姑娘們不野了，也不調皮了，一個個規規矩矩的，面若桃花，嬌笑嫣然，或者含情脈脈，半緊張半害羞地悄悄在人群中搜索那早在夢中出現過的郎君。

看著滿山滿嶺的人，田之水不禁有些發愁，怎麼才找得到臘美呢？姑娘中，他唯一認識的就是臘美了。不過他又馬上笑自己，你不是來蒐集山歌的麼？來這裡的人，哪個不是唱山歌的？怎麼非要找到臘美？

田之水手裡拿著本子和鋼筆，跟在鄧金名和陳鬍子後面，哪裡唱得熱鬧，就往哪裡跑。

漸漸地，田之水發現，人們越來越多地往對面那個山坡集中過去。

他問鄧金名：「你們唱得好好的，怎麼都不唱了，要到那邊去？」

鄧金名說：「我們這個公鴨子聲音哪裡就算唱得好呢？那邊坡上的才是唱得好哩，你聽聽，聽到了沒？那才是畫眉的聲音哩。」

田之水仔細地聽了聽，隔得那麼遠，雖不太聽得清楚，卻也感覺得到，一個姑娘的歌聲確實與眾不同。於是，他們三個一起往對面坡上趕過去。

幾個後生正在你推我搡的，商量著由哪個承頭唱歌。他們那樣子，個個都想承頭，又個個都怕承頭。

一個人說：「要是舒管事來了就好了，有他在，沒有壓不住陣腳的。」

一個說：「話也不是那麼講的，除了舒要根，還有王要根、劉要根哩。」

一個黑臉的後生看到鄧金名，一喜，說：「鄧金名才是眞正的男子漢，靈鴉寨就看你的了。」

鄧金名也不推辭，把黑色的頭帕整了一整，望著對面唱了起來：

來到園中百花開，
邀妹同心砌花台。
要砌花台從地起，

今朝為著借帶來。

田之水一邊認眞地記錄著，一邊問旁邊一個後生：「你們怎麼要給她借帶子呢？借哪樣帶子？」

那後生大笑著對他說道：「帶子？不是的，『帶』是妹崽送給男人的信物。」

那邊參天的樹林子裡，馬上有了回應：

聽哥要跟妹借帶，
心裡害羞想走開。
走了幾腳又打轉，
離了離了又轉來。

後生們互相對視了一眼，一起豎起大拇指，誇鄧金名。

一會兒，那邊的七八個姑娘簇擁著一個白衣姑娘，從林子裡轉了出來。

田之水的眼睛一亮，叫道：「臘美，怪不得他們都往這邊來，原來是妳啊。」

身著白衣的臘美沒有說話，而是用歌聲作答：

燕子銜泥慢砌窩，
老師學會逛花台。
小寨沒有綾羅緞，
一人送根花腰帶。

後生們一聽，噢吼喧天地叫了起來，爲田之水高興，也爲自己加油。鄧金名對田之水說：「你好有福氣，一句歌都沒唱，就得到那麼多的『帶』了，撿了個大大的便宜。」

田之水不好意思地笑了笑，說：「我也想不到啊，哈哈。你們唱，你們繼續唱，我好記哩。」

後生們信心倍增，繼續跟姑娘套近乎：

跟妹借帶妹莫急，
是為和氣不扯皮。
扯根頭髮架得橋，
姻緣望靠這一回。

姑娘們接唱道：

哥要借帶妹無法，
花花帶子忘在家。
扯根頭髮當帶子，
哥拿頭髮莫打滑。

兩邊的人你來我往，一首接一首地唱著，唱到一起來了。慢慢地，就出現了另外一種情形，一男一女對唱著，唱到一邊去了，唱到樹林裡去了。

而臘美呢，竟然沒有一個後生唱得過她，他們一個一個地敗下陣來，很有些自知之明，只好放棄了她，找別的姑娘去了。

鄧金名和陳鬍子見田之水跟臘美認識，就丟下田之水，找自己的意中人去了。

64

此時，只有田之水和臘美兩個人了。

田之水笑道：「妳唱得那麼好，難怪人家要叫妳做歌王哩。」

臘美淡淡地一笑，說：「那是他們亂叫的。其實啊，剛才你也看到了，我們姐妹裡頭，唱得比我好的人，多著吶！那個穿紅衣服的叫七姐，嗓子賽過畫眉鳥；那個包花頭帕的是桂花，畫眉聽了她的歌啊，連叫都不敢叫了。」

田之水驚訝道：「那麼厲害啊。可惜舒管事沒來，能和妳對歌的，也只有他了。」

臘美的臉上浮現出一抹淡淡的紅暈，說：「他那個破鑼嗓子，莫丟醜就不錯了。」

田之水的腦子裡，只有那個大膽潑辣、快人快語的臘美，今天第一次看到她害羞的樣子，心裡竟有一種異樣的感覺。他翻開本子，說：「剛才你們唱的歌太好聽了，我記都記不快，好多都忘記了，妳現在可以再唱一次嗎？」

臘美說：「好啊，我們去那邊彎唱，沒得人家打擾。」

於是，兩個轉了一個彎，來到一片茂密的林子裡，坐到青青的草地上。

臘美坐下後，並沒有唱。田之水看她那個樣子，以爲是剛才唱累了，就說：「那邊有一眼泉水，妳喝口水再唱。」

臘美說：「我的口又不乾，怎麼要喝水呢？」

田之水說：「我看妳一直都不唱，怕妳唱乾嗓子了。」

臘美說：「昨天要根是怎麼給你講的，你忘記了？」

田之水老老實實地回答：「他講了那麼多的話，我不知道妳指的是哪一句了。」

臘美噘著嘴，故意裝作生氣的樣子，說：「你呀，還講是做老師的，你教出來的學生，怕莫也是像你一樣的榆木腦袋吧？」

田之水摸了摸自己的腦袋，嘿嘿地笑說：「那也難說哩。」

臘美說道：「舒要根都告訴你了，這姑娘家啊，沒有人逗，哪裡會唱得出好歌來？」

說罷，臘美就低下了頭不作聲了。

田之水這才想起，是的，舒要根是說過這句話，只怪自己沒記性，竟然把這話忘記到天外天去了。他不會唱歌，自然是沒有辦法的，就說：「臘美，那我們還是過那邊去，和他們在一起，就有伴和妳唱了。」

臘美沒有動，有些驕傲地說：「剛才你又不是沒看見，他們一起上來，都唱不贏我，好沒勁的啊。」

這一下，田之水也沒法了。

臘美又問道：「你昨天講了一句話，你還記得到沒？」

田之水搖頭，我昨天講了那麼多的話，哪裡知道她指的是哪一句呢？臘美見他答不上來，就說：「你呀你，剛才你是記不住別個講的話，那還情有可原，講得過去。現在呢，我問的是你自己講的話啊，你也記不到。自己講的話都記不住，當真是講話只當風吹過？你要是對你的相好也這樣，講話不算數的話，你會……好了好了，我不講了，舒要根聽到了，又要講我口無遮攔，沒有忌論哩。」

田之水想起來了：「我那天講了要拜妳爲師的。」

臘美這才笑了起來，說：「那你快叫啊，叫我做老師。」

田之水也童心大發，雙手一揖到地，叫道：「臘美老師，請受弟子一拜。」

臘美的嘴故意撇起來，兩隻手臂抱在胸前，說道：「弟子平身……」

話還沒說完，實在是忍不住了，笑得彎下了腰，還不停地捶打著自己的肚子，饒是這樣，還是止不住笑，便蹲了下去，嘴裡「哎喲哎喲我的媽呀」地笑叫著。

田之水在學校裡時，面對教長，他自然是恭恭敬敬的，而面對學生，更是一臉的師道尊嚴，哪曾有過這麼輕鬆快活的時候？一時間，也不禁放開手腳，縱情歡笑了起來。

65

歌聲偶爾從坡腳或山頂傳來，但人早沒有蹤影，其實，並不是全部回家了，有收穫的人，成雙成對地隱入樹林中去了，這才是歌會的高潮。濃蔭如墨的古樹下，泉水叮咚的小溪旁，畫眉啁啾的叢林中，鮮花遍地的草坪裡……這溫馨浪漫的「花園」裡，此刻正上演著一場場愛情盛會。

月兒不知何時悄悄爬到樹梢上，圓圓的，白白的，靜靜地臥在那兒，朦朧的月光下，樹的剪影，山的剪影，像一幅淺淺的國畫，透著寧靜和神祕。

臘美用歌聲把鄧金名和陳鬍子招攏來，送田之水回家。

舒要根家的吊腳樓一片漆黑。田之水摸黑上到二樓，推開門，進了臥室，點燃了樅膏，看到床上空空的，才發現舒要根還沒回來。跑了一天，累了一天，田之水一點睡意也沒有，還沉浸在歌會的快樂中。今天他眞正地認識了臘美這個聞名百里的美麗畫眉，並且，還半是當眞半是玩笑地拜她做了唱歌的老師。他的甜蜜，是一點都不比鄧金名和陳鬍子少的。在歌會上，他還認識了和臘美一起來唱歌的姚七姐和龍桂花，一個活潑俏麗，一個文靜賢淑。她們兩個的優點加起來，就正好和臘美一樣了。可見，臘美的美麗和可愛，並不是浪得虛名的。

他掏出本子，把歌會上唱的那些歌，特別是臘美唱的和後來「教」他唱的歌，都工工整整地重新謄抄了一遍。一邊抄著，還一邊回味著臘美唱歌和講話的神態。

這時，夜風呼呼地從雕花窗格子吹了進來，把樅膏吹得幾欲熄滅。他趕忙站了起來，走到窗子邊，把撐著窗子的一根小木棍取了，窗子就「啪」的一聲關了個嚴嚴實實。這時，奇怪的現象發生了，火苗雖然沒有東倒西歪了，但那往上的火苗，一般來說，也不過兩寸來高而已，而這時，他看到，竟然有一兩尺多高了，像是被什麼往上使勁地吸著一樣，火苗細得快成一條線了。田之水順著那火苗，往上面望去。天花板是清一色的杉木打成的，有些地方，是杉木的結，解成板子時，手藝不怎麼樣，那結，就沒有處理好，成了一個洞。杉木板上，像這樣的洞，大約有個三五個，大小不一，大的，有小碗底那麼大，小的，只有一枚扣子那麼大。

田之水沒有看出什麼異樣來，正要收回視線，那眼角的餘光，看到一個洞眼，似乎吧嗒閃了一下，和人眨眼一樣。

他以爲是自己的眼睛看恍了，就又把頭昂起來，往天花板上看去，那幾個洞眼靜靜地，像是畫到板子上的一樣，一動不動。他自嘲地笑了一笑，正要低頭，收回去視線，就看到了，確實是有一個洞眼「眨」了一下。他的頭皮嗡的一聲，麻了一下。他索性死死地盯著「眨」了一下「眼皮」的那個洞眼。那個洞眼裡，並不是開始他看到的那樣，空空洞洞的了，而是，千眞萬確地有一隻眼睛！

莫非，舒要根早已回來了，在三樓？就算是早就回來了吧，他也沒有理由趴在地板上，就著木板的洞眼偷偷地窺視我吧？

田之水想了想，如果不查實，心裡畢竟很不踏實的。於是，他拿著樅膏，往三樓走去。木樓做得或許不是很結實，每走一步，就要痛苦地尖叫一聲。那叫聲在這漆黑的夜裡，顯得格外刺耳。樅膏的燈光把他的影子飄飄散散地扯到板壁上，隨心所欲地揉著、搓著、撕著、拉著，好像不把他的身影給蹂躪得慘不忍睹就不甘心一樣。田之水的影子在漆上了一層桐油的板壁上，一忽兒像一個嬌羞的少女，一忽兒又像一個粗野的莽漢，一忽兒像極了他自己，一個文弱的書生，一忽兒又像一個猙獰的惡魔。

從二層到三層，也不過十幾二十幾個階梯，而他卻像是走了百十個階梯一樣，又累又慌。他每上一步，就提醒自己，文化人從來就不相信怪力亂神，一切，都只不過是子虛烏有。就算有，也只不過是自己心造的幻影。既然是幻影，我堂堂男人，又有什麼可怕的呢？他就是這樣，一步一步地，給自己打著氣上到了三樓。

終於上到了三樓。

他在廊簷上站住，看到，進屋的門是關著的。而且，還上著鎖！既然上著鎖，那麼也就是說，屋裡的人應該不是舒要根。不是舒要根，那會是誰呢？他的媽媽跟人跑了，他的爹爹也不在人世了。難道，這屋裡還另有一個舒要根不肯告訴他的什麼祕密？他把耳朵湊到門上，細細地傾聽著屋裡的動靜，好像什麼都沒有聽到。他靜下心，屏住呼吸，再次認眞地聽著，還眞聽到了什麼聲音。那是什麼聲音呢？是若有若無的呼吸聲，那呼吸聲，就在門板的後面，或者，就在門板的前面？如果在前面，那不就是自己的呼吸聲了嗎？

他突然想起，昨天晚上，舒要根醉了時說的話。他說，千萬不要到樓上去。想到這裡，他也覺得，不經主人家的同意，就擅自進入這房子，是一件很不禮貌的事。於是，他移動腳步，想返回了。

這時，他聽到門上的鎖輕輕地響了一下，好像是誰不小心碰觸了一下。開始他以爲是自己，很快就否定了。自己的右手拿著樅膏，左手下垂著，不可能是自己。

木門雖然鎖著，但是，並沒有關嚴。門扣是兩截鐵鏈，門與門框之間，還留有兩寸寬的距離。他輕輕地推了一下，就往地下看去，是不是有一雙腳會出現在門框邊，出現在他的視線裡。

他居然就看到了自己心裡想著的那個情景。

他的心裡一冷，還沒叫出聲來，肩上就感覺被一隻手按住了。

66

田之水嚇得驚呼了一聲，然而，他還是強忍著，沒有回過頭去。確切地說，他不敢。

這時，他聽到了叫他的聲音。

「田老師，你到樓上來有事嗎？」

他聽出了是舒要根的聲音，這才慢慢地回過頭，驚魂未定地說：「嚇死我了。」

舒要根的手裡端著一碗飯，問他：「你吃飯了嗎？」

田之水連忙說：「吃、吃過了，在坡上吃的。」

舒要根說：「噢，是和臘美一起吃的吧？」

田之水說：「是的，還有好幾個人一起。」

舒要根一邊說著，一邊掏出鑰匙，說：「你對這間屋很好奇吧？」

田之水連連說道：「是的，我看到裡面有人……」

舒要根說：「那不是人。」

田之水原本看到舒要根來了膽子就大了起來，現在聽他說屋子裡的那個「人」不是人，他的嗓子眼又提了起來，說：「不是人，那是什麼？我親眼看到的，那是一雙腳。還有，眼睛，眼睛……」

舒要根一隻手裡拿著一碗飯，飯上，還直直地插著一雙筷子，另外一隻手去開鎖。只有一隻手開鎖，很是不便，他就把飯碗遞給田之水。田之水不知道這飯是送給誰的，而且，這個時候了，誰又還沒有吃飯呢？

舒要根騰出左手來捏住銅鎖，右手把鑰匙插入鎖孔，一擰，喀嚓一聲輕響，那鎖便打開了，隨即，是門鏈哐噹下垂的聲音。

田之水不由自主地退後了半步。

舒要根看了田之水一眼，臉上堆起了厚厚的笑紋。在縱膏光線的映照下，舒要根臉上的笑容顯得很是怪異。那笑紋裡的陰影，凝重，僵硬，像是用墨汁畫上去的一樣。他伸出手，從田之水的手裡把那碗飯接了過去，說：「進去看看？」

田之水點點頭，沒說話。

舒要根就伸出左手，把門慢慢地推開。

田之水後退了一步，躲在舒要根魁梧的身體後面，盡量不往屋子裡看。那門「嗚哇——」的一聲被舒要根推開了。舒要根跨了進去，回過頭，撕扯著臉上濃厚的陰影，對田之水說道：「進來吧。」

田之水往屋裡看了看，哪裡有什麼人的腳？他只看到在朝東的板壁那裡，放著一張八仙桌，桌子上也放著一碗飯、一雙筷子，還有一小杯酒。一個香擂鉢鉢，鉢鉢裡燃著一炷香。板壁上畫著一個人的頭像，有點像舒要根的樣子。

舒要根把桌子上那碗飯撤了下來，放在一邊，手上那碗飯就代替了原來那碗飯的位置。然後，他跪了下來，對著板壁上的那個畫像，恭恭敬敬地磕了三個響頭，這才站了起來，對那畫像說道：「爹爹，今天根崽來晚了，讓你餓著了，請爹爹原諒，我知道爹爹不會怪我的，我的所作所爲，都是爹爹巴望著的哩。」

舒要根拿著那碗昨天的飯，出了門。

田之水也跟著他出了門，問道：「那是你的父親吧？」

舒要根說：「是的，是我爹爹。」

田之水不解地問：「那這飯？」

舒要根回答說：「這是貢飯，每天都要貢給我爹爹吃的，只有這樣，他才會保佑我，在暗中幫助我。」

田之水奇怪道：「你好像有很大的志向？」

舒要根在關門的當兒，正要開口，就看到了板壁上，他爹爹的頭搖了兩下，那意思自然是不讓說的，便禁了口，把話扯到了一邊，說：「什麼志向不志向的，螞蟻一樣地度過一生罷了。」

田之水看出來了，舒要根並不想就這個問題多說什麼，也就不再問了，跟著他，回到了二樓。

舒要根換了一種輕鬆的語氣和面孔問：「我猜想，你今天的收穫不小吧？」

田之水還處在興奮中，說：「豈止是不小，眞和你昨天所講的一樣，這一天，要當我一個月收穫。」

舒要根的臉上露出得意，說：「我舒要根講的話哪個時候又錯過呢？我再猜一猜，你的最大收穫，也一定是從臘美那裡得到的吧。」

田之水說：「是的，你眞神了。臘美是一個很不錯的姑娘，你的眼光非同一般，能娶到臘美這樣的姑娘，是你的福氣哩。」

舒要根臉上的笑意像春水一樣，蕩漾著，舒展開了，說：「這方圓百里，她是歌王，想娶她的人，多得像林子裡的麻雀，但最後，麻雀都變成了蛤蟆，還是我這個岩鷹，永遠是高高飛翔著的岩鷹，也只有岩鷹一樣的男人，才配享用畫眉一樣的姑娘。」

話說得不錯，舒要根是有資格驕傲的，小夥子長得一表人才不說，年紀輕輕的，就已經是幾千人的大寨子的一個大管事了，哪個姑娘不愛這岩鷹一樣的男人呢？不過，他語氣裡透露出來的味道，讓田之水不太舒服。不錯，他是有資格那麼講的，但是，臘美是何等清純啊，透明得像山澗的溪水，天眞得像懷抱裡的嬰兒一樣，沒有任何心機，沒有一絲雜質。舒要根這麼說臘美，與其說是打心眼裡愛她，不如說是對她的享用心理在作祟。

田之水作爲客人，自然不便多說什麼，只好給予衷心的祝福。他問道：「你打算什麼時候娶臘美？我想喝你們的喜酒了哩。」

聽到這話，舒要根的臉色就一下子陰沉了下來。

田之水有些驚訝，心裡也有了歉意，問道：「有什麼困難嗎？我看臘美的家人對你也很滿意啊，應該沒有什麼可以阻止你們的愛情啊。」

舒要根盯著田之水，問道：「你講，臘美漂亮嗎？」

田之水說：「這還用問嗎？」

舒要根又問：「臘美可愛嗎？」

田之水詫異道：「你是怎麼的了？」

舒要根沒有回答，而是繼續問道：「如果臘美是你的相好，你願意讓別的男人享用嗎？」

田之水說：「你發的哪門子神經啊，莫講讓別的男人享用，就是摸一下都不行！」

舒要根緊緊地咬著牙齒，他的眼睛裡有一束憤怒的火焰在跳動著。

田之水很奇怪地問：「怎麼了，有誰欺負你的臘美了？」

舒要根答非所問地說：「假若，臘美是你的心上人……」

田之水的耳朵裡，轟的一下響起了一個明亮的聲音。那清脆的銀鈴般的歌聲，清澈的泉水般的笑聲，還有那彎彎的眉毛，細細的眼睛，都如燦爛的陽光碎片一樣，在他的腦海裡跳動著。他怕舒要根看出他的失態，急忙辯解：「你講什麼胡話啊。」

舒要根好像想不通的樣子，追問他：「你莫打岔，我講的是假若，假若臘美是你的心上人，在嫁給你之前，必須和別的男人睡三天，你會怎麼想？」

田之水馬上搖頭：「那不可能，除非你願意，除非臘美也願意……」

舒要根手一揮，打斷他的話，竟然低了聲，說：「不！你，錯了。我，我……願意……」

田之水感到很震驚，這麼一個自稱岩鷹的男人，現在的形象就和一隻被打斷了脊梁骨的狗一樣，眼裡的火苗也換成了可憐巴巴的淚水。

田之水小心翼翼地問：「到底是怎麼回事？」

舒要根的眼裡透著惶恐，有氣無力地對他說：「沒……沒有什麼，我在隔壁給你收拾好了房間，你跑了一天，也累了，睡去吧。」

67

田之水上了床，還是一點睡意也沒有，兩隻眼睛直直地盯著天花板，數著天花板上的洞眼兒，腦子裡很亂很亂。不時跳出來的，一會兒，是臘美的歌，一會兒，又是舒要根的話；一會兒，是歡快激情的姑娘小夥，一會兒又是舒要根父親的畫像。田之水就這麼數著那洞眼兒，想看看到底會不會再次出現那眨巴著的眼睛。數著，瞧著，他聽到了，不遠處有女孩的歌聲飄來。那歌聲隱隱約約，不仔細聽，什麼也聽不到。

田之水心想，反正睡不著，何必躺在床上難受呢？再說，這個時候了，怎麼還會有姑娘在唱歌？這裡的姑娘怕莫是又野又瘋吧，想情郎想得睡不著，跑到人家屋邊邊唱歌來了。於是他輕腳輕手地下床，來到窗子前，輕輕推開窗子，涼爽的山風，便爭先恐後地撲進窗子，撲到他的身上。那風裡，帶著山野的清香，還帶著花草的甜味。歌聲也帶著清香和甜味，鑽進他的耳朵，旋轉著，纏繞著。

窗外的景色讓他驚呆了，因為月光的照耀，竹林、菜園，還有吊腳樓，像是披上了一層薄薄的水銀，亦眞亦幻，在這靜夜裡顯得多麼可愛！遠處，一條小路靜靜地臥在地上，往寨子外面延伸，像一條銀色的緞帶……

田之水彷彿失了魂，循著那歌聲，走進這童話之中。他悄悄地下樓，輕輕地打開木門，踏上小路，一直走到寨子的外面，來到一個小溪邊。小溪邊，溪水潺潺地流淌著，唱著細碎而曖昧的曲子。

歌聲從小溪的拐彎處傳來：

妹是桂花香千里，
哥是蜜蜂萬里來。
蜜蜂見花團團轉，
花見蜜蜂朵朵開。

田之水加快了腳步，拐過彎，便看到一個穿著白衣服的姑娘站在淺水裡，一邊洗著長長的黑髮，一邊唱著歌。長髮把溪水攪動成一池的碎玉片兒，那歌聲和著溪水的細碎的流淌聲，在靜謐的夜空下，清清亮亮地飄著。

那不是臘美又是哪個？

田之水的嘴一張，也不由得唱了起來：

唱歌來，唱歌來，
只許唱攏莫唱開。

唱得堂屋門兩扇，
早晨……早晨……

唱到這裡，田之水就忘記詞兒了。他不好意思地乾笑著，唱也不是，不唱也不是。

臘美一看是他，咯咯地笑了起來，本來打算唱一曲罵罵這個笨哥哥的，她不唱了，綰起長髮，上岸坐在溪邊的青草坪上，說：「笨笨笨啊，這麼笨，還當先生，我要是有娃兒，就不送到你那裡讀書……」

田之水打趣道：「妳現在沒有，以後會有的，有了，就一定會送到我那裡去的。」

臘美呸了一口，說：「我不出嫁，一輩子就不會有的。」

田之水走攏去，坐到臘美的身邊，說：「講得好聽，妳怕我還不曉得？妳很快就要做舒管事的新娘了。」

臘美聽了田之水的話，並沒感到害羞，而是露出憂鬱的神色，看著亮銀銀的小溪，不作聲了。田之水不明所以，問道：「怎麼了，臘美，我說錯了什麼？」

臘美唉了一聲，說：「你沒有講錯哪樣，不怪你，要怪，就怪我命不好。」

田之水問：「遇到什麼煩心事了嗎？」

臘美道：「如果只是一般的煩心事，那也沒有多大的事，可是，這……」

田之水說：「可以告訴我嗎？也許，我能幫妳也說不定。」

臘美苦笑：「這事，任誰都是幫不了的，田老師，你是個好人，謝謝你了。」

田之水急了，說：「那也不一定啊，妳說說看，到底出了什麼事，我們商量商量，沒有過不去的坎吧？」
臘美搖了搖頭，又不出聲了。
田之水想起舒要根所說的話，心裡好像明白是什麼，又像是更加糊塗了。臘美既然不肯說，她有她的難處吧。
兩個人沉默著，聽著山裡不知名的夜鳥在林中唱歌。
臘美突然開口了，說：「我恨。」
田之水覺得空氣似乎有些凝重了，想輕鬆一點，就以玩笑的口吻問道：「妳恨哪個呢？不可能所有的人妳都恨吧？」
臘美抬起頭，眼睛裡，閃著奇異的光芒，說：「那也說不定。」
田之水從她的眼睛裡看出，她絕不是說著玩的，心裡不禁一沉，說：「也包括我嗎？」
臘美淡淡地說：「包不包括你，現在哪個都不曉得。」
田之水感到事態並不像他想像的那樣簡單，就眞誠地說道：「臘美，妳有什麼想法，妳有什麼擔心，我不知道，也不想讓妳不愉快地告訴我。但我從內心裡，是衷心祝福你們的。妳的美貌大家是有目共睹的，舒管事的能幹大家也是一致公認的。你們兩個眞的是天造地設的一對。可是，妳這麼憂鬱，也這麼擔心，好像會有什麼災難要降臨到你們頭上似的，也許是妳多心了吧。」
臘美根本不聽他的，突然說出一句莫名其妙的話來：「我眞想離開這個鬼地方，好想好想！」
田之水感到很詫異，問道：「那，舒管事也是這麼想的嗎？如果他和妳的想法一樣，這也沒有什麼啊。」
臘美哼了一聲，說：「他？他一門心思只想往寨老那個位子爬，我都給他提了萬十萬道了，還是一點用都沒有……」

這時，一個男人的聲音打斷了她：「臘美，妳怎麼總不能體諒我的難處呢？」

臘美和田之水回過頭一看，這才發現，是舒要根。

田之水對舒要根說：「要根你也來了，坐。」

臘美依舊坐著，沒有出聲。

舒要根坐在臘美的另一邊，對田之水說：「和你一樣，我也睡不著。」

然後又對臘美：「妳要體諒體諒我的難處嘛。」

臘美把腦袋偏到了一邊，冷著臉，一句話也沒說。

第十一章
背叛

68

日子就像寨子外面那條小溪的水，一天一天往下游流去。田之水來到靈鴉寨蒐集山歌，不知不覺已經有一個月了。那段日子裡，他跑遍了靈鴉寨的每一個角落，也跑遍了附近的其他寨子。舒要根做著管事，當差的時間比空閒的時間多，也就沒有多少時間陪田之水到處跑。田之水早熟悉了這個地方，也覺得沒必要有個人天天跟著他，一個人嘛，想到哪裡就去哪裡，想和誰玩就和誰玩。

四鄉八寨，只要聽說哪裡有坳會歌場，田之水就和一干男男女女們一起往那地方趕去。漸漸地，他發現，凡是有坳會的地方，必然會出現臘美曼妙的身影。凡是有歌場子的地方，更是必然會飄蕩著臘美甜美的山歌。

田之水越來越喜歡那樣的場合，他自己也沒有意識到，他喜歡那樣的場合，早就已經不僅僅是限於蒐集山歌了，而是他渴望看到臘美的身影，喜歡聽到臘美的歌聲。

舒要根見田之水記了厚厚的兩本山歌，就問他：「記了好多首了？收穫不小吧？」

田之水把本子遞給舒要根，說：「那當然，你看這首，還有這首，多美啊。」

舒要根沒有接他的本子，繼續說：「嗯，是不錯。我是說，除了蒐集山歌，你還蒐集些別的吧？」

田之水說：「不，別的我不喜歡，也不懂啊，比如蒐集蝴蝶標本，蒐集植物標本什麼的……」

舒要根道：「田老師眞是個實在人。」

田之水說：「算是吧。」

舒要根笑了，說：「田老師又實在，又有文化，你要小心啊，莫被哪個姑娘看上了，會把你收去做上門女婿，到時候你跑都跑不脫了。」

田之水聽了這話，不由得怔了一怔，腦海裡飛快地閃過一道白色的身影。他立即搖了搖頭，好像要把那道白色的身影給搖出去。

舒要根見他搖頭，以爲他不贊同，就說：「花在紅中正好採，我們這裡的姑娘，看起來個個都溫柔得像春水，其實呢，雲霧藏得千斤雨，個個都厲害，你可得小心。」

田之水認眞地說道：「我嘛，一介書生，肩不能挑，手不能提，莫去害人家。」

舒要根也笑了，說：「對了，我現在有一個想法。我和臘美的事，原來打算是等到了秋天，打了穀子後才辦的，現在，趁著你還在這裡，我想提前把親結了。」

田之水的手一哆嗦，聲音也有些變了，說：「怎麼要提前？這、這和我在不在這裡有什麼關係？」

舒要根說：「當然有關係啊。你是我們靈鴉寨的貴客，我要請你做我的伴郎。這樣，臘美也會非常樂意的，你不會拒絕我吧？」

田之水趕忙笑道：「我怎麼會拒絕呢？」

舒要根說：「就是嘛，我不會忘記，我們兩個是睡同一鋪床的兄弟哩。」

田之水說：「那是那是，你放心，我給你做伴郎。」

舒要根說：「一言爲定，明天就去臘美家『看日子』。」

田之水又是一個沒想到，驚訝道：「這麼急？」

舒要根鄭重地點著頭，說：「是的，我已經給寨老請假了，他聽說我明天去臘美家提親，也很高興，甚至，比我還高興！」

田之水說：「你是他最得力的幫手，他當然會爲你高興。」

舒要根的臉上變得鐵青起來，說：「寨子裡每一個人成親，他都會高興得三天三夜睡不著覺。」

田之水有些糊塗了，問道：「爲什麼？」

舒要根冷冷地說：「到時候，你就知道了。我們都是瑪神的子民，不該議論這事。」

田之水第一次聽到瑪神這個詞語，問道：「瑪神？瑪神是什麼？」

舒要根的臉上露出驚恐的神色，說：「莫問了，問不得的，睡覺去吧。」

69

第二天，舒要根和田之水起了個大早，兩個人一起往臘美的寨子走去。

舒要根挑著擔子，兩個籮筐上貼了幾張紅色的紙條，籮筐裡，一邊有兩隻鵝，鵝頭根上也貼著兩圈紅紙條兒；一邊有一罎酒，酒罎子的蓋子也用紅紙包著。另外，還有兩塊臘肉和一條大鯉魚，有白得發亮，中間蓋上花印的粑粑。

進了吊腳樓，臘美的娘風風火火地迎了出來，手裡拿著一張帕子，把堂屋裡的「團」抹得乾乾淨淨的。臘美的爹則接過舒要根手裡的擔子，把禮物都放到廂房裡去了。臘美在樓上的廊簷上繡花，看到他們來了，站了起來，想了想，又重新坐下了，繼續繡著她的花。田之水想，今天算是他們的喜事，臘美應該高興才是，怎麼像霜打的茄子，蔫了呢？

臘美的娘在灶邊轉幾轉，很快把甜酒開了，敲了三個雞蛋進去，分別盛到三個碗裡，先端給了田之水，再端給了舒要根，最後，才端給了臘美的爹。

臘美的爹不太說話，只是憨憨地笑一下，就埋了頭喝起甜酒來。

舒要根喝了一口甜酒，對臘美的娘說：「娘娘，今天來呢，是想向妳老人家發個話。我和臘美的事，承妳和滿滿看得起，不嫌棄，要根感激不盡。原本是想到秋天再來提親的，我想趁田老師還在這裡，請他給我做個伴郎，二天，你兩個老人家也好抱一個像田老師這樣有文化識文墨的外外。」

臘美的爹抬頭看了一眼舒要根，什麼都沒說，又把頭埋了下去，吸溜吸溜地喝著甜酒。

臘美的娘把手放在圍腰邊緣，轉起了角，笑著對田之水說：「像田老師那個樣子的，我們也不敢想哩，只要他們沒得災禍，無病無痛地長大成人，我們這些老骨頭也放心了。」

田之水眞誠地說：「兩個老人家能這麼高看要根，那是他前世修來的福氣。」

臘美的娘趕忙說道：「你快莫那樣講。我家臘美不懂事，要根他自己耐煩點才是。哎，這死妹崽怎麼還不進屋來呢？」

話音剛落，臘美的聲音在門邊響了起來：「這事，先不忙。」

幾個人一起回過頭來，朝門邊看去。臘美一隻手裡拿著一只繡了一半的鞋墊子，一隻手裡拿著一根繡花針，臉上像蒙上了一層霜，又冷，又刺，給人凜然不可侵犯的樣子。臘美的爹只看了一眼，又低下頭，像是沒聽見一樣。她的娘呢，像是不相信那話是臘美講的，還沒回過神來。舒要根正用那一支筷子往嘴裡扒雞蛋，就僵住了，那雞蛋很滑稽地塞到他的嘴邊，進又進不得，退也退不得。倒是田之水，臉上悄悄地浮現出一絲笑意。

舒要根把那口雞蛋重新吐回碗裡，下意識地先瞧了身邊的田之水一眼，然後，再對著臘美，懇切地說道：「臘美，我們是講好了秋天成親，其實，秋天和春天又有什麼區別？」

臘美跨進堂屋，拿了一個「團」放在屁股下面，冷冷地說道：「不管秋天，也不管春天，哪怕你今天來看的日子就是定在今天，我也不會不同意……」

臘美說出這一席話，大家都不知道她是什麼意思。

舒要根說：「那好，我們就破個例，擇日不如撞日了，喜事就定在今天……」

臘美的娘和她的爹一起開口了：「你們這些伢崽妹崽，怎麼這麼講話？又不是扮家家。」

臘美不理她的爹娘，接著說道：「要根，我也同意，就定在今天，但是，我原來和你講過多次的，你只要答應我那一個條件，我現在就可以嫁到你屋裡去。」

舒要根躲開臘美的眼睛，說不出話來。

臘美的爹娘好像知道臘美說的是什麼，一起沉默了下來。只有田之水不明白，呆呆地問道：「妳有什麼條件，說出來聽聽可以嗎？」

臘美的臉一紅，隨即暗了下來。

田之水推了一下舒要根，說：「那你就答應嘛，別說是一個條件，就是十個百個你也應該答應下來。你要是打脫了臘美那麼好的妹崽，你會後悔一輩子哩。」

舒要根沒有接田之水的話茬，哭喪著臉，對臘美說：「臘美，妳別的條件我都答應，哪怕是一萬個我也依妳。唯獨這一個，我答應不了。我有幾個膽子，敢得罪瑪神？」

臘美說：「我可沒有要你去得罪瑪神。我和你講過了，我們不要在這裡了，一起出去，到山外面去，就不受這個神那個仙的管轄了。」

舒要根道：「妳以為山外面那麼好討生活？我曉得，妳是看田老師在山外活得滋潤對不對？可是妳想過沒有，他是文化人，我們呢？沒文化，兩眼一抹黑，不餓死才怪哩。」

臘美不服氣地說：「我們不少胳膊不少腿，就算不能像田老師那樣吃文墨飯，力氣飯還是吃得起的吧？」

舒要根搖頭道：「不，我不能離開靈鴉寨，靈鴉寨是我舒要根的胞衣地，靈鴉寨是我舒要根的根……」

臘美冷笑道：「哼，你以為我不曉得你想的是什麼？你不就是想做靈鴉寨的寨老嗎？」

舒要根的臉脹成了豬肝色，啞口了：「妳，妳……」

70

這次去「看日子」，沒有想到，竟然是不歡而散，無果而終。

下午剛剛回家，舒要根和田之水還顧不上喘一口氣，寨老就叫人來把舒要根叫去了。田之水也想陪著去，那個來人面有難色。舒要根自然明白是怎麼一回事，就要田之水在家裡等他。臨出門，舒要根對田之水說：「鼎罐頭還有點現飯，菜也是現成的，你只要熱一下就行了，我可能要晚一點才回來。」

天黑了之後，舒要根才回到家裡。

一進屋，就聞到滿大一股酒氣。

舒要根跌跌撞撞地進了屋，嘴裡含糊不清地說著什麼，扶著樓梯的欄杆，上了樓。到了二樓，他並沒有停止踉蹌的腳步，而是繼續往上而去，到了三樓，把門打開，滾進屋去，倒在了地下。田之水跟在身後，趕忙把他扶起來，竟然扶不動。舒要根的手揮舞著，就地跪著，對著他爹爹的畫像，就咚咚咚地磕起頭來，一邊磕著，一邊鼻涕口水地哭泣著，說著什麼。

田之水想到醃菜水是解酒的良方，就到樓下的醃菜罎子裡舀了一碗醃菜水，放了點鹽，遞給舒要根，說：「要根，喝口醃菜水，先把酒醒醒。」

舒要根的手一擋，那碗醃菜水就潑了一地，滴滴答答地從樓板的縫隙往樓下流去。

他依舊咚咚咚地磕著頭，哭叫道：「爹爹，我一定聽你的，我只有聽了你的話，我才能夠有出頭的那一天。我一定聽寨老的話，我也只能聽他的話，我才能夠做上寨老。爹爹，好爹爹，等我做了寨老，我才能夠好好地保護我們的女人……才能夠，有好多好多的女人……」

田之水聽了他的話，眉頭不禁皺了起來，擰在一起。

他站了起來，不想聽舒要根在這種狀態下說些什麼，他幾乎處於癡迷和癲狂的狀態，和他講不清楚的。他走出房間，把門拉上，一個人心情沉重地下到了二樓他住的房間裡去了。

他躺在床上，爲臘美感到深深的擔憂。

雖然，他並不知道，舒要根到寨老那裡去了之後，何以會變成這個樣子。寨老到底對他說了些什麼，他也不明白。但他想像得到，寨老絕不會給他說了什麼好話，不然，以舒要根那樣的性格，是不可能落到這個狀態的。即使是在喝了酒醉得一場糊塗的情況下，舒要根也不會如此痛哭流涕的。

田之水隱隱然地感覺到，這事和臘美有關。想到臘美，田之水的胸口邊，竟然有了一絲揪心的疼痛。臘美那麼美，又是那麼純，她就像一片脆弱的嫩芽，又像一隻驚悸的小鹿，是受不得任何一絲一毫的傷害的。

這麼胡思亂想著，他的眼睛居然濕潤了。他有些不安，這是怎麼了？莫非，臘美在他的心裡，竟然占住了一個非常非常重要的位置？不，不是的。她和舒要根早就定親了。在這裡，定親和成親唯一的區別就是還沒到一起生活，其他都是一樣的。他使勁地搖了搖頭，想把這個念頭狠狠地甩出去，而臘美的影子像是生了根一樣，卻是怎麼也甩不出去了。相反，他感到眼睛越來越濕，看不清眼前的東西，他伸出手，用手背揩了一下，嚇了一跳。手背上，一片鮮紅。那不是眼淚，而是，鮮血。眼睛裡怎麼會流出鮮血？他這時看到了，那血，是從樓上流下來的。他跳下床，就往樓上衝去，把門撞開了。

舒要根的手裡拿著一把鐮刀，左手的手板心攤開著，一道很深的刀印，赫然在目。右手的手背上，也有一道刀印，血還在流著。

看到有人進來，舒要根本能地把鐮刀舉了起來，叫道：「莫攏來！」

田之水知道他現在情緒不穩定，輕輕地說：「要根，你不要胡來！」

果然，輕柔的聲音讓這氣氛緩和了許多，也因為流了血，舒要根的頭腦清醒了許多，他把鐮刀往地板上咣地一丟，舉著兩隻鮮血淋漓的手，笑了起來，邊笑邊說：「你看啊，你看，手心手背都是肉，肉裡肉外都是血，手心是獻給瑪神的，手背是獻給寨老的，哈哈哈……」

田之水急忙把襯衣脫下來，用衣袖給舒要根的兩隻手包紮好，血，慢慢地止住了。

田之水看他平靜下來了，才問他：「要根，有什麼苦處，你和我說說吧，畢竟，我們也是睡過一個床的兄弟啊，對不對？」

舒要根冷笑：「和你講有卵用！」

田之水皺了皺眉頭，說：「那也不見得。」

舒要根說：「那好吧，我問你，有兩個人，你要是說得動一個人，你就是一個有用的人。」

田之水問：「哪兩個人？」

舒要根說：「一個是寨老，一個是臘美。」

田之水說：「我不敢打保票，但願意試一試。你講，要給他們兩個講什麼話？」

舒要根停了一下，喘勻了一口氣，說：「其實我往天也給你講過，只不過是講得不清不白罷了。你還記得不記得，我告訴過你的，要是你的心上人，在和你成親之前先和別個男人睡上三天，然後，才輪得到和你睡在一張床上，你會怎麼想？你是不是想殺了那個男人？肯定是的。但是，當你知道，那個男人是你的王時，你還敢殺他嗎？當那個男人是替至高無上的神和你的心上人睡時，你還會想到要殺神嗎？這就是我們靈鴉寨的規矩，不管哪家接媳婦，過門前媳婦一定要和寨老睡三天，寨老就是神，哪個敢違抗？」

這時，田之水才領略到出發前校長那意味深長的話，靈鴉寨眞是塊神祕莫測的土地，還封閉在深山裡，頑固不化，不知哪位先人，竟然想出這麼一個理由來滿足自己邪惡的慾望，而且荒唐地沿襲下來。但田之水清楚，舒要根之所以比常人痛苦，是因爲他跟那位先人一樣，同樣想通過神來滿足自己邪惡的慾望，一是寨老的地位，二是女人。想起自己滿懷信心地答應勸說寨老和臘美，就覺得自己太幼稚了，連舒要根都解決不了的事，他怎麼能解決呢？寨老是靈鴉寨的神，他自然不敢得罪，而臘美，此時，莫講勸臘美，他反而想幫助她逃離苦海了。

於是他敷衍著：「你喝多了，休息吧，莫折騰了。」

71

早上醒來，舒要根看到自己的雙手被包著，嚇了一跳，趕忙扯開包紮布，看到手上的刀印子，迷迷糊糊的，想起昨天晚上，那噩夢般的一幕。被刀割破的手，現在讓他感覺到了疼痛。不過，這疼痛對他來說，根本就不算什麼。他害怕的是，昨天醉了之後，是不是講了什麼過頭的話。如果講了……他不敢想下去了，立即跳下床，敲開田之水的房門。

田之水顯然一夜沒有睡好，他的眼眶有憔悴的烏青之色。見舒要根進來了，知道他有什麼話要說，便靜靜地看著他。

舒要根說：「謝謝你給我包紮傷口。」

田之水淡淡笑了一下，說：「那算什麼事啊，還用得著你專門跑來道個謝？」

舒要根說：「昨天我怎麼醉得那麼厲害，眞是沒想到。」

田之水說：「以後，喝不得酒，就少喝點，你看你，傷到的，還是自己吧。」

舒要根不服氣地說：「哪個講我喝不得酒了？告訴你，我可是靈鴉寨的酒神。」
田之水指著舒要根的手說：「什麼酒神？『傷神』。」
舒要根不好意思地笑笑：「昨天，我，沒有講什麼胡話吧？」
田之水說道：「沒有啊，你什麼都沒有講啊。」
舒要根不相信，說：「你莫哄我，要是我講了什麼不當對的話，衝撞了你，請你原諒一個酒癲子，好不好？要是我講了其他不當對的話，也請你告訴我，好不好？」
田之水搖頭道：「你眞的沒有衝撞我，至於其他的話嘛，我也記不清了，你昨天醉得那個樣子，舌條都大了，咿哩哇啦的，話都講不清楚。」
舒要根這才放下心來，說：「哦，時間不早了，我到寨老家去。」
田之水突然說：「我和你一起去。」
舒要根警惕地說：「你有什麼事？」
田之水說：「好久沒見他老人家了，去看看。」
舒要根說：「爲什麼一定要現在去？」
田之水說：「因爲我現在想見他啊。」
舒要根說：「早不想見，遲不想見，獨獨是我醉成了一個酒癲子後你就想見了？」
田之水說：「你多心了。」
有人想見寨老，特別是山外來的客人想見寨老，舒要根是沒有權力阻止的。於是，他只好說：「一起去吧。」
兩個人一路走去，都沒有說話。

來到寨老的木樓前，舒要根對田之水不放心地說：「你不會和寨老講什麼……不當對的話吧？」

田之水看了他一眼，說：「你認爲呢？」

舒要根有些害怕的樣子，說：「我想，你一定是有什麼事瞞著我。」

田之水說道：「舒管事啊，你這個樣子，一點都不像男人了。」

舒要根還想說什麼，就聽到木樓上有人對他們兩個大聲說：「你們兩個站到那裡，屋又不進，嘰嘰呱呱的講哪樣？」

他倆抬頭一看，原來是寨老。寨老穿著一件黑色對襟上衣，白色的大襬褲子，正在簷廊上餵著籠子裡的畫眉鳥。

舒要根趕忙叫道：「是，寨老。」

田之水說道：「寨老好有閒情逸致的嘛。」

寨老笑道：「人說近山知鳥音啊，田老師來了這麼些日子，怕也聽得懂好些鳥叫聲了吧，哈哈。」

兩個人進了木樓，上到二樓，向寨老問好。

在客房坐定之後，寨老對田之水說：「我一看田老師的臉色，就曉得田老師一定有什麼話要和我講。這些天，你都在四鄉八寨轉，天天陪姑娘，也沒有時間來陪陪我這個老頭子。」

田之水不好意思地說：「我忙著整理山歌呢，請寨老多多擔待。」

寨老關切地問：「收穫不小吧？」

田之水說：「來靈鴉寨，我算是選對地方了。這裡的人個個都是唱歌的能手，唱的山歌，曲曲堪稱經典啊。」

寨老說：「田老師過獎了。」

田之水說：「我說的可是眞的啊。像鄧金名、陳鬍子，還有龍桂花、姚七姐，嘴巴一張就是歌，更不用說臘美了。你們把她比作畫眉鳥，依我看，畫眉鳥要有一半她的歌喉，那也是牠們的造化了。」

田之水注意到，當他提到臘美的名字時，舒要根和寨老兩個人的眉頭都不由自主地顫動了一下。

寨老把手裡的茶水喝了一口，用手帕抹了抹嘴角的茶末，說：「看來，田老師的眼光果然不差。這臘美妹崽嘛，確實是歌中仙子，也是我們馬上就要過門的女人了。要根，瑪神會賜福給你們的。」

站立著的舒要根急忙彎了腰，左手撫胸，低聲道：「謝寨老貴言。」

田之水看到舒要根那個樣子，心裡很爲臘美叫不平。他忍著，沒有再說什麼。

寨老對舒要根揮了揮手，舒要根就退了兩步，站到他後面去了。寨老瞟了田之水一眼，說：「田老師如果沒有什麼事，就不好耽擱你去采風了。」

田之水心想，再不說，以後就更不好開口了。於是他說：「寨老，我有事相詢，如有冒犯處，還請寨老原諒。」

寨老微笑著對田之水道：「田老師有何話說，但說無妨。」

田之水啜了一口茶平息了一下呼吸，緩緩地說道：「我聽說，凡是嫁到靈鴉寨來的妹崽，必須先和寨老同房三天，然後……」

舒要根的臉刷地白了。他結結巴巴地打斷了田之水的話，說：「田老師，這是我們自古以來就傳下來的風俗，是至尊至敬的瑪神的旨意，你不瞭解這情況，就不要多講了……」

寨老的手一舉，舒要根就住了口。

寨老的臉上悚然動容，異常肅穆。他冷冷地對田之水說道：「田老師，繼續講！」

田之水不知哪裡來的勇氣，無所顧忌地說：「我認為，你們這個風俗是野蠻的，不人性的，必須廢除！」

寨老把手裡的茶杯往桌子上狠狠一頓，茶水迸濺得到處都是。

緊接著，門被嘩啦一聲推開了，從外面跳進來四五個手持土槍的漢子，對著田之水怒目而視。

72

那架式，好像只要寨老一聲令下，田之水立刻就會被亂槍打死。

田之水一點也不害怕，他冷冷地打量著那一夥人，繼續對寨老說：「寨老，之水所說，全為肺腑之言，請明察。」

一個漢子嚓地點燃火鐮，湊到土槍的引信那裡，對寨老說道：「寨老，這個山外人侮辱了我們的瑪神，按族規，吃槍子一顆。」

寨老只要點一下頭，他就會把引信點燃。

舒要根不知是被嚇住了，還是因為有寨老在場還落不到他說話的份兒，他只是呆呆地站著，沒有任何表示。

寨老不慌不忙地喝了口茶，那茶水並沒有吞到肚子裡去，而是仰起頭，咕嚕咕嚕地漱著口。接著，就進來一個婦人，手裡托著一個陶盆，伸到寨老的面前。寨老噗地一下，把漱口的茶水吐到陶盆裡，這才清了清嗓子，對那個要點燃土槍引信的大漢罵道：「田老師是我們的客人，剛到我們靈鴉寨，什麼都沒瞭解，等他瞭解了，自然也會體諒我們的一片苦心，到那時，瑪神不僅會保佑我們靈鴉寨所有的子民，也一樣會保佑我們尊貴的客人。下去！」

幾個漢子訕訕地走了出去。

寨老這才面向田之水，淡淡地笑道：「山裡人都是些不讀詩書的蠢漢，我替他們向田老師道個歉，請田老師不要和他們一般見識。」

田之水說道：「哪裡哪裡，之水無意冒犯瑪神，只是覺得……」

寨老舉手制止他繼續說下去，然後正色說道：「瑪神是我們的保護神，我們的所有榮光，都拜瑪神所賜。我們的所有，包括我們的收成，我們的食物，我們四季的平安，我們強壯的體魄，我們靈鴉寨的興盛與昌隆，都是瑪神賜給我們的。」

田之水說：「是的，感謝瑪神……」

寨老笑道：「這就對了……」

田之水說：「可是……」

寨老再一次舉起手，阻止他繼續說下去。他對舒要根說：「太陽都升到中天了，時間也不早了，我該去敬瑪神了，你陪田老師到處走走，多說說瑪神的事吧，讓田老師多多瞭解瞭解我們至尊至善的瑪神吧。」

田之水只好站起來，向寨老告辭。

蜿蜒的山路上，田之水還在憤憤不平地說：「你們寨老太不像話了，怎麼能那樣呢？怎麼能那樣呢？野蠻、無恥、卑鄙……」

舒要根趕忙把他拉到一旁的林子裡，生怕過路的人聽到。

田之水掙脫他的拉扯，對舒要根罵道：「我還以爲你是條熱血漢子，沒想到，也是一個沒有骨頭的膿包。」

這裡遠離小路，只有茂密的樹林，青青的小草，沒有人來這裡，舒要根就任田之水叫罵，反正沒有哪個聽到。

田之水見舒要根任由自己罵，不回答他，也不反駁他，深感無趣，就停止了叫罵，呼呼地喘著粗氣。

見田之水不再罵了，舒要根嘆了一口氣，坐到田之水的身旁，說：「罵啊，接著罵啊，怎麼不罵了呢？」

田之水恨恨地瞪了他一眼，把臉別過一邊，不理他。

舒要根說道：「在這四鄉八寨，你是第一個敢罵瑪神的人，也是最後一個敢罵瑪神的人，除你之外，再沒有哪個叫罵瑪神了……」

他的話還沒說完，耳邊響起了回應：「哪個講沒有了？我算一個！」

兩人驚訝地往後面看去，站在他們面前的，是臘美。

田之水的眼睛一亮，說道：「臘美？妳怎麼來了？」

舒要根提醒臘美：「妳輕點講不行嗎？」

臘美對田之水點著頭，說：「謝謝你，田老師，只是，我害怕，害怕他們會對你……」

田之水安慰她：「妳先別擔心我，我反正不是這裡的人，大不了，我一走了之，現在，我擔心的是妳，擔心妳會受到傷害。」

臘美的眼眶紅了，她克制著自己，不讓自己哭出來。

舒要根見他們說得很熱乎，一個也不理自己，心裡就有點惱怒，說：「田之水你是外鄉人，馬上就要回學校去了，可我和臘美是這兒的人。要知道，這四鄉八寨的地盤，都是瑪神的聖地！我們的所作所爲，都必須遵從瑪神的旨意，否則，我們會死得很慘！」

田之水喝道：「舒管事，你不要嚇唬臘美了。」

舒要根冷笑道：「我嚇唬她？你問她，看是不是我在嚇唬她。」

臘美對田之水說：「他一點也沒嚇唬我，他講的，全是眞的。」

田之水焦急地說：「如果是眞的，那太可怕了，太可怕了。」

舒要根說：「我們都是瑪神的子民，我們只有聽瑪神的，才能平平安安。也只有聽瑪神的，按照瑪神的旨意行事，才能保證我們寨子幾千口人都平平安安。」

田之水問：「眞的沒有辦法嗎？」

舒要根說：「遵從瑪神的旨意，這是唯一的辦法。」

臘美說道：「不。辦法是有，只看你舒要根是不是願意。」

田之水的眼裡閃出了火花，問：「什麼辦法？」

臘美說：「離開這裡！」

田之水對舒要根說：「我看也只有這個辦法了，臘美講得對，要根，你就和臘美離開這裡吧，到了山外，餓不死你們，跟我去烘江，那裡有好多人也是離家背井做生意……」

舒要根搖了搖腦袋，說：「不，不，我不能離開這裡。」

臘美對他翻著白眼，說：「寨老那個位子就那麼讓你著迷？」

舒要根沉默著，一言不發。

臘美很生氣，賭氣對田老師說：「那就讓他一個人留在這裡，做他的寨老夢去吧。田老師，我跟你走！」

田之水的心裡像湧出來一股蜜糖，一直甜到了心裡頭。

而舒要根的心裡，卻像打翻了醋罈子，酸水一股一股地冒了出來。

73

回到家裡，舒要根誰也不理，也不去寨老那裡當差，把門一關，便沒了動靜。田之水知道他心裡很痛苦，也不去煩他，就自個兒整理筆記本，到了下午，把灶塘裡的火燒起來，煮熟飯，弄了兩個小菜，擺放在桌子上。做完這一切，天就黑了下來，他這才去叫舒要根吃晚飯。

田之水叫了幾聲，也不見他應，就把門推開了。

舒要根的臉上通紅的，兩隻眼睛黯淡無光，茫然地張著。

田之水以爲他感冒了，摸了一下他的額頭，沒有什麼異常，就放下心來，對他說：「吃夜飯了。」

舒要根抱出一個酒罈子，說：「酒，要搞就搞酒……」

田之水說：「你要冷靜，不要再糊塗了。」

舒要根冷笑：「你叫我冷靜，我怎麼冷靜？眼看自己的女人都要跟別人跑了，你講，我怎麼冷，怎麼靜？」

來到桌前，舒要根把裝好的兩碗飯全部倒進鼎罐裡，然後，把兩個空碗放到桌上，抱起酒罈子就往碗裡汩汩地倒酒。

田之水看到酒，心裡就犯暈。他正想說什麼，舒要根把酒罈子往地下一放，發了狠話：「今天我們兄弟就用男人的方式來解決，乾！」

只見舒要根脖子一仰，一碗酒就像喝井水一樣，咕嚕咕嚕地下了肚。他把空碗翻了個底朝天，說：「我先乾爲敬了，你自己看，滴酒不剩！」

田之水知道，他如果不喝，就是看不起人。然而，他如果喝了，必醉無疑。靈鴉寨的男人個個都是酒罈子，舒要根更是靈鴉寨的酒罈子。別說他一個田之水，就是十個田之水，也不是舒要根的對手。

舒要根的空碗一直沒有放下來，還在他的手上拿著，對著田之水。那意思很明顯地，只要田之水不喝酒，他絕不會放下來。

田之水捧起那碗酒，慢慢地往嘴裡送去。送到嘴邊時，濃烈的味道醺得他的頭都要暈過去了。他哆嗦著，眼睛一閉，把那一碗酒倒進了嘴巴。他停都不敢停下來，也學著舒要根的樣子，咕咚咕咚地一氣吞了下去。那碗酒下了肚，他只覺得喉嚨像刀割一樣地難受，而肚子裡呢，像有一團滾動的火焰在翻騰著、呼嘯著。

還沒等他放下酒碗，舒要根就從他的手裡把空碗奪過去，和自己的空碗擺放在一起，又倒滿了酒。
舒要根把酒端起來，對田之水說：「你喝那一碗酒，當我喝三碗了，我佩服你，兄弟，這才夠男人！講實話，田老師，講到男人，看起來，我比你男人得多，而實際上呢，你才是一個眞正的男人。我嘛，你莫笑我，我連娘們都不如。我爹爹看不住他的女人，我呢，也看不住我的女人……」
田之水說：「要根，你又講胡話了。你和臘美最般配不過的了，在這四鄉八寨，她是你最合適的人，你也是她最合適的人，只要你答應她的要求，就沒有什麼看得住看不住的問題。」
舒要根說：「臘美的心思，我比你清楚。你不要以為我沒文化，不識字，就什麼都不曉得。也不要認為我是一個粗人，就什麼都不清楚。告訴你，我的心裡，亮著吶。喝！」
他一仰頭，那一碗白酒，又沒有影兒了。
舒要根看都不看他一眼，自個兒抱起酒罎子，把自己的空碗裝滿，說：「我三你一，我講了，你喝一碗，當得我喝三碗。」說著，眼都不眨，就又喝光了。
田之水趕忙把他的手攔住，說：「要根，你先吃兩口菜，你這個樣子喝，會出事的。」
舒要根一用勁，把田之水的手給擺脫開，說：「你，莫攔我。我，喝，是我的。我喝……了，你也要……喝。你喝，我保證，不攔……你……」
說著，碗一舉，吱溜一下，又沒了底。
舒要根把空碗高高舉過頭，把碗口朝下。他的頭斜斜地垂著，而眼睛則是竭力地抬起來，盯著田之水。那神情滿是驕傲，還有對田之水的鄙夷。
田之水抱著那碗酒，雙手顫抖著，像篩糠一樣。
舒要根的眼睛裡充了血，叫道：「喝，喝啊——」

田之水的手一哆嗦，那酒，就潑了一些出來。

舒要根哈哈大笑：「怎麼樣？連酒都、都不敢喝、喝、喝，還想勾引我舒……舒要……根、根的女人？」

田之水聽到這話，身子一震，張口說：「要根，你、你講的、哪樣話？臘美……那麼好的妹崽，你、你這麼講、講，是對她她她、的、的……」

舒要根打斷他的話，指了指田之水，又指了指自己，說：「你是……男人，我也是……夾卵的……角色，你想的，和我想的，還不是……一樣一樣的……嗎？你講講講，世上，有、有沒有……不沾腥的……貓？」

田之水的臉氣紅了，厲聲說：「舒要根！我原來敬重你是……是個男人，現……現現在，我……看不起你！你、你把臘……臘美……當當當成什麼了？」

舒要根那一下子像是清醒了，知道自己說漏了嘴，就把話扯到一邊，說：「那你，把酒……搞了，搞！」

田之水也憤怒了，說：「搞就搞！」

就這樣，田之水和他搞了三四碗，舒要根搞了十多碗。

正昏天黑地地喝著，一隻手伸過來，一把搶過田之水手裡的酒，說：「找一個不會喝酒的人搞酒，你還好意思自稱是男人？」

兩個男人同時抬起頭來。

臘美昂起頭，把那一碗酒一口氣喝乾，把空碗亮給舒要根看，冷笑著說：「請啊，舒管事。」

舒要根傻傻地愣在那裡，眼裡全是臘美的影子，一個，兩個，三個，四個，好多個臘美把數不清的空碗伸到他的面前，他一下子不知道該喝哪一碗。

臘美把空碗遞到舒要根的眼前，笑吟吟地說：「怎麼，怕吧？你莫不會是個只會欺軟怕硬的角色吧？」

舒要根沒有吃東西，喝下十多碗空肚酒，已經暈暈乎乎的了，被她那麼一激，再又想到，臘美這是幫田之水出頭，不由得又羞又怒，叫道：「我，怕？我舒要根怕過哪……哪個個個？我就曉……得妳……妳妳老是……護著田……田……老師……」

田之水也頭昏腦脹的，坐在一邊吃菜，看他們你來我往地喝酒。若不是平時田之水跟他們常扯酒，練了些酒量，恐怕今天是難逃一劫了。

和舒要根搞了四碗，臘美又要倒酒。此時，舒要根像沒了骨的一堆肉，早縮到桌下去了。

田之水趕忙阻止：「臘美，別倒酒了，妳看妳的臉，緋紅的了，妳一個妹崽家，不能再喝了。」

臘美不聽他的，把罎子抱起來。

田之水伸出兩隻手，把臘美的手抓住，說：「臘美，妳的好意我心領了，可是，妳不能拿自己的身體開玩笑啊。」

臘美苦笑：「田老師，我這個身子，還怕開玩笑？我乾乾淨淨的身子有人不珍惜，我還珍惜它幹嘛？」

說到傷心處，臘美來了狠勁，甩開田之水的手，連倒了三碗，灌進肚子裡去。

田之水見臘美傷了心，就站起來，下了勁把罎子從她的手上搶過來。臘美的力氣一點不小，跟田之水的相當，兩個人推來推去，田之水看著臘美，知道這時候跟她講道理是行不通的，就火辣辣地盯著她的眼睛，開始是生氣，然後是懇求，最後變成愛憐了。臘美在這樣的目光下，勁火慢慢降了下來，骨頭由硬到軟，手一鬆，罈子差點掉到地上。田之水把罈子放到一邊，再去扶臘美，卻不知臘美一軟，倒在了他的懷裡。

74

田之水的房間，桐油燈亮著，滿屋裡，充溢著溫馨的光。

臘美靠在田之水的床上，眼神迷茫，不說話。在桐油燈的照射下，一層紅暈，薄薄地敷在她的臉上。

田之水看得呆了，也想坐到床上去，和臘美緊緊地挨著。但是，他的心裡卻是像打鼓一樣，怦怦地響著，就是不敢坐攏去。

他的雙手搓了搓，說：「臘……臘美老師……」

臘美好像收回了思緒，說：「還記得我這個老師？這些天來，不曉得你這個學生學得怎麼樣了？」

田之水便說：「那，請老師考我一下。」

臘美說：「你唱支歌來聽聽，要唱好聽的歌。」

田之水自然是不會唱的，就說：「我念，要得不？」

臘美說：「要得，只要詞兒好。」

田之水想了想，便想到了一首歌，猶豫了一下，還是大膽地念了出來：

好莬細花長得乖，
正合季節正合栽。
哥想分朵細花去，
人多不敢伸手來。

念完，田之水笑：「這首不曉得算不算得詞兒好？」
臘美輕咬了一下嘴唇，說：「田老師也學壞了。」
田之水說：「名師出高徒嘛。」
臘美抬頭看了他一眼，那眼裡，蓄滿了一池春水。
臘美細細地唱了起來：

花無主人個個栽，
船無艄公個個開。
妹是一匹真緞子，
手裡有剪快快裁。

田之水的眼裡看到臘美那一瞥的嬌羞，耳裡聽到臘美那鼓盪人心的歌兒，加上酒勁，止不住渾身發熱。他走到臘美的身邊，說：「臘美，妳眞是一匹潔白無瑕的好緞子。」然後坐在床沿，挨著臘美的那隻手卻沒地方放，就去摸臘美的頭髮。臘美看著他，眼神更迷茫了，眨都不眨一下。田之水見臘美沒反抗，那隻手大膽地順著髮絲滑下來，滑到她的胸前，感到臘美的胸腔在微微地起伏，可能是這不平靜的起伏觸動了他，他摸住了第一顆衣扣，揉來揉去地在原地轉圈，不知道要向前還是退後。

田之水一直盯著臘美的臉，就像一個哨兵站崗，發現有輕微的響動，隨時通知身後的部隊進攻或撤退。臘美卻沒有看他，臉上也沒有表情，一直盯著頭頂上的黑暗，好像尋找著什麼。見臘美沒有動靜，田之水的手像受到某種暗示，不再轉圈，果斷地解開了那顆玩弄好久的扣子。

這時臘美的嘴唇動了動，咧開了一條縫，像一朵花蕾，含苞欲放的樣子。田之水的心跳了一下，這嘴唇，紅潤，飽滿，細嫩嫩的，水靈靈的，特別是人中下面那一彎曲線，描繪出無限風情，他想嘗嘗這花的滋味，看它是甜的還是酸的。田之水厚實的嘴唇向這朵花尋去。

「嗯……呵……」這朵花在重壓下呻吟著，卻沒有躲開。

田之水得寸進尺，那隻手一直沒有停止動作，摸索著解開了臘美的外套。

一個白花花的身體裹在一個紅肚兜裡面！

田之水像個忙碌的牧人，鞭子伸得老長，趕著一大群羊，不過這群羊有些調皮，有的在山坳，有的在草坪，有的在岩縫，搞得他手忙腳亂。他的嘴唇是鞭子，拂過臘美的嘴巴，鼻子，眼睛，眉毛；手也是鞭子，拂過臘美的胸，肩膀，手臂，然後突然一轉，伸向臘美的背後。沒想到鞭子失去了靈性，摸索半天，那隻手竟然解不開背後的扣子。

臘美突然醒來的樣子，嗤嗤地笑：「這就是我帶的徒弟？笨死了。」

田之水尷尬地說：「下次考個好成績來，這次，請老師幫我。」

臘美反轉手，伸到自己的背上，只一下，胸衣就鬆了，掉了一半，一隻雪白的小兔子似的乳房，就像久不透氣了一樣，迫不及待地探出了小小的腦袋瓜兒。

田之水的君子風度一下子蕩然無存，生怕那兔子會跑了一樣，迫不及待地伸出手，捉住了。另一隻手把胸衣往下一摘，捉住了另外一隻兔子。兩隻小兔子在他的手裡，俏皮地滑動著，好像在逗他，又好像眞的是想掙脫他的手掌。

臘美嚶嚀一聲，閉上眼睛，軟成了一灘泥。

這堆泥此刻變成了田之水的玩具，他揉著，捏著，摸著，吸著，吮著，這樣折騰了一會兒，這堆泥似乎復活了，有了回應。臘美的胸脯劇烈地起伏著，呼吸越來越急促，越來越粗重。她的腦袋左右搖晃著，頭髮四散開去，像撒開了滿天的黑色絲網。

臘美的雙手抱著田之水的頸根，溫柔地喊：「之水……水、水……」

田之水的嘴巴忙個不停，含糊不清地回答：「臘美，臘美……」

臘美的雙手用了勁，把田之水的脖子緊緊纏繞，哭了：「水，你來，水，你來，我的身子是乾乾淨淨的，我的心是清清白白的，我給你，我全給你，我不要那些骯髒的男人，我不要那些污穢的……」

田之水喘息著：「臘美、臘美，我喜歡妳，喜歡妳的純潔，喜歡妳的沒有一絲雜質的身子……」說著，他猛力地一送。

臘美驚呼了一聲：「水，我的水啊……」

桐油燈呼地飄了一下，幾乎熄滅。

天花板上，一雙渾濁的老眼從洞眼裡望下來，冷冷地打量著兩個鮮活的生命交合的瘋狂和恣意的歡叫。

第十二章
瑪神的懲罰

75

這天，等舒要根出了門，田之水就趕到了臘美的家裡。

臘美的娘見是田之水來了，就去三樓叫臘美，說是田老師來向她學歌了。臘美對她說：「他是學生，我是老師，哪有老師見學生的呢？我才不下去哩，他要眞的想學，妳讓他自己上樓來。」

臘美的娘笑罵道：「妳還眞把自己當老師了哩。」她下了樓，對田之水說：「臘美這妹崽，一點老少都沒得，她要你上去哩。」

田之水笑笑，說：「要得，她這個老師，架子不小嘛。」

臘美坐在竹椅上，正在繡著一只鞋墊。

臘美見田之水上了樓，臉上一紅，眼睛看到了別處。她沒有看他，把一把竹椅拖到面前，說：「田老師，你坐。」

田之水回頭看了看房門，說：「怎麼又叫起老師來了？忘了妳那天是怎麼叫我的？」

這一下，臘美的耳根都紅了，說：「壞蛋。」

田之水笑道：「我是壞蛋，妳呢？」

臘美抬起頭，眼睛清亮亮地瞅著田之水，說：「我也是，我壞起來，比哪個都壞，你信不信？」

田之水搖頭道：「我不信。」

臘美哼了一聲，說：「你愛信不信，到我壞起來那天，哪個都莫要怪。」

田之水說：「妳再壞，也是我心中的『好蛋』。」

臘美聽了，心裡甜滋滋的，擂了田之水一拳，說：「那我就做你生生世世的『好蛋』。」

田之水伸出小指頭，說：「拉勾。」

臘美看了看他伸出的小指頭，認眞地說：「之水，是眞的嗎？」

田之水也認了眞，說：「臘美，妳怎麼了，把我田之水看成什麼人了？」

臘美幽幽地嘆了口氣，說：「男人的話，有幾句是眞的呢？」

田之水急了，說：「那妳要怎麼樣才能夠相信我的心是眞的呢？」

臘美說：「要我相信也不難，你看到了嗎？這鞋墊是我給你繡的，你只管好好保存起來，就一點事也沒有了。」

田之水正要去拿鞋墊，臘美閃開了，說：「不要忙啊，我還沒繡好吶。」

田之水說：「我看一下，看看妳繡的是什麼？是不是鴛鴦戲水，或者，琴瑟和鳴？」

臘美說：「我才不喜歡繡那些。」

田之水問：「妳不喜歡繡那些，那妳喜歡繡哪些？」

臘美說：「我繡的是百足蜘蛛。」

田之水笑了：「蜘蛛不是蜈蚣，有那麼多的腳嗎？」

她笑了笑，說：「我們這裡的蜘蛛就生了這麼多的腳啊，找人最狠的了。不管你跑得再遠，遠到旮旮旯旯，它都找得到。」

田之水聽了，就不作聲了，不知道他在想什麼。

臘美沒有注意到他突然不說話了，還是一是一地告訴他，她繡的鞋墊叫作「咒蠱墊」。

臘美見他一聲不吭，就有些惱了，把那繡花針狠狠地扎進了自己的大拇指，她不由得啊的叫起痛來。

田之水被她的舉動搞慌了，趕忙把她的手捉住，往自己的嘴裡含去。臘美見他這樣心疼自己，不由得又是欣慰，又是愛憐。她沒有讓大拇指依著田之水的牽引，往他的嘴裡去。而是使了勁，掙脫田之水的雙手。她把越出越多的血，往鞋墊上按，那繡著許多隻腳的蜘蛛鞋墊，就染上了一層洇紅的血漬。她一邊按著，一邊還嘟嘟囔囔地念著什麼。她把另一只已經繡好了的鞋墊也取了出來，鮮紅的大拇指又重重地按到鞋墊上，還在鞋墊上拖了兩個來回，那血，就從濃變淡了。

田之水看得目瞪口呆，連忙問她：「妳，妳這是幹什麼啊？」

臘美忙完了，這才長長地出了一口氣，說：「我在念咒語吶，如果不把咒語念進去，那還算什麼咒蠱墊？」

田之水不懂，問她：「咒蠱墊？」

臘美斜了他一眼，淡淡地說：「咒蠱墊嘛，就是，如果一方背叛了另一方，那麼，他就會死得很慘！」

田之水看她那個樣子，很天眞，很單純的，不禁啞然失笑，說：「盡玩嚇人的把戲。」

臘美見他不信，就說：「反正，我信。」

76

天一黑，田之水就往屋外走去。

他剛拉開門，舒要根就在他的後面冷著聲，陰陰地說：「這幾天，天天天一黑就去見臘美，你們兩個好快活啊。」

田之水擔心的事終於出現了。他一直都爲這事而提心吊膽，紙是包不住火的，總有一天，舒要根會知道的。雖然，臘美現在還並不是舒要根眞正意義上的婆娘，但人人都已經把他們兩個當成了夫妻。田之水爲自己的行爲懊悔過，畢竟，舒要根說了，他們是睡在一張床上的弟兄，卻做出這種對不起弟兄的事來，傳出去，讓他的臉面往哪兒擱啊。

此刻，聽到舒要根的聲音，他拉開門的手就停住了，說：「要根，你說這話是什麼意思？」

舒要根說：「你們的事，不是一天兩天了吧？」

田之水說：「我們的事？我們的什麼事？」

舒要根咬牙切齒道：「你們的好事！」

田之水回過身，看到舒要根的眼裡噴著怒火，便坐到了他的對面，和緩了語氣，說：「要根，我想，我們是到了該好好談談的時候了……」

舒要根打斷了他的話，說：「談？怎麼個談法啊？讓我把婆娘讓給你？」

田之水懇切地說：「話可不是這麼說的，臘美是個好妹崽，可是，你能忍心眼睜睜地把她往火坑裡推嗎？」

舒要根辯解道：「你不要講得那麼難聽，那是火坑嗎？我們這裡自古都是這樣的，只有把處女獻給瑪神，我們才能享受到風調雨順的好年成，如果違背了瑪神的旨意，將會天降災難，人畜死傷。寨老就是瑪神在人世間的化身……」

田之水一聽這話就煩：「要根，你那是毫無根據的臆想，騙人的鬼話！」

舒要根突然咆哮起來：「田之水，你、你誣衊寨老，褻瀆瑪神，你不會有好下場的，到時候莫連累臘美也和你一起受罪！」

田之水堅定地說：「爲了不讓臘美受到你們的羞辱和折磨，我個人會遇到什麼樣的下場，都無關緊要。如果臘美遇到什麼懲罰，就懲罰我田之水吧。」

舒要根冷笑道：「你是一個男人，男人根本就沒有資格代替女人受到瑪神的懲罰。」

眞是秀才遇到兵，有理講不清。田之水不再理他，跨出房門，一頭扎進夜幕中，往山寨外面走去。

走了約兩袋菸的工夫，田之水就著淡淡的月暉，看到了遠處那一座沒人看守的碾房。碾房靜靜地臥在溪邊，像有滿腹的心事，在回憶著自己曾經擁有的輝煌。田之水的腳步不由得慢了下來。他在想著剛才舒要根的話。也許，自己眞的錯了？他很清楚，這裡的古老風俗，眞眞切切的是一個落後而非常野蠻的風俗。而自己只是這個山寨的過客，他匆匆而來，也即將會匆匆而去。這個不失淳樸也不失寧靜的山寨，眞的會因爲自己的闖入而沸騰、而動盪嗎？和整個山寨裡的人比起來，他顯得多麼藐小，也是多麼卑微。舒要根的話，在他的耳邊轟然作響，震得他的耳朵嗡嗡亂響。他知道，舒要根絕對不是恐嚇他的。在人們的眼裡，臘美是他田之水從舒要根的手裡搶來的，看起來，他得罪的只是舒要根一個人，其實，他得罪的，是整個靈鴉寨，是籠罩在靈鴉寨所有人頭上的那一個看不見摸不著而又時時刻刻主宰著他們的那個瑪神！一個人對抗一個人並不可怕，就是對抗很多很多的人也並不是一件十分可怕的事。人，畢竟是人，是有血有肉有感情也有理智的人。可是，他田之水現在對抗的，卻是神啊！

正在他胡思亂想的時候，他看到一個白色的人影從碾房裡走了出來。那個嬌柔的人影，顯然也看到了田之水，就向他揮了揮手。田之水立即拋開那些亂七八糟的念頭，朝臘美走去。

臘美迎了上來，一下子就撲進了田之水的懷抱，說道：「你這個時候才來，我還以爲你遇到什麼麻煩了，你啊，這麼大的一個大男人，老是要讓人爲你擔驚受怕。」

田之水的心裡一熱，拍了拍臘美的背，說：「沒事的，我這個山外人，走山路不習慣，走得慢。」

臘美說：「你逗我哩，我看到你根本就沒有走，站著像一個根樁子。告訴我，你想什麼了？」

田之水不想告訴她，就說：「走吧，到裡面去。」

他們手牽著手，一起走進碾房裡。

碾房又高又大，往上面看去，梁柱彷彿是要戳破了屋頂的瓦片子，往高遠的天空而去。屋中央的舂碾已有好多年不曾滾動過了，垂頭喪氣的，一如睡著了的老牛，靜靜地躺在那兒。月光從破破爛爛的板壁洞眼裡斜斜地射進來，洋洋灑灑地潑在兩個被愛火焚燒著的年輕人身上。

臘美依偎在田之水的懷裡，問他道：「你還沒回答我，剛才，看到你呆子一樣地站著，是不是心煩，不想見我了？」

田之水連連搖頭，輕輕地敲了一下臘美的腦袋，說：「妳看妳這小腦袋瓜裡，盡裝些沒有影子的事兒。」

臘美往他的懷裡拱了拱，受了天大的委屈似的，佯嗔道：「本來就是嘛，人家恨不得早點天黑，好看到你，我等你好久了，你卻……」

這話語讓田之水心安了許多，他緊緊地抱著臘美，因爲溫度的傳遞，兩個人的身體慢慢發生變化，田之水把臘美放在地上，一朵潔白的花兒頓時綻放開來。

這一次的田之水沒有第一次的慌亂和窘迫了，他得把臘美身上的「羊」都往草原上趕，讓它們慢悠悠地吃草，吃得飽飽的，再打幾個歡兒。

月兒悄悄躲進了雲層，碾房裡，依舊靜靜的，溪水潺潺的聲音，好像在天邊回響。

這時，碾房的門被人砰的一腳踢開了，緊接著，整個碾房就被幾十束火把給照得明晃晃的一片……

77

坪壩的四周，點起了大堆的篝火，篝火在夏天的夜晚，燃燒得很歡暢。噼啪作響的篝火，把幾百雙眼睛照耀得充滿了野獸一樣的血紅。整個坪壩上，全部是清一色的男人，只有一個女人，那就是臘美。而且，還是一個一絲不掛、玉體橫陳的像花骨朵一樣又鮮又嫩的妹崽。

寨老頭上包著厚厚的灰色頭帕，身穿藍布對襟衣，臉色鐵青，眼裡噴火，威嚴地坐在吊腳樓上二層的簷廊裡，身後是一溜兒的六條漢子。只是時刻不離左右的舒要根並沒有出現在人們的視線裡。

他看了看被雙雙綁縛著的臘美和田之水，問道：「準備好了嗎？」

一條漢子躬身道：「一切都準備好了。」

寨老低沉地說：「開始。」

於是，那個漢子把手裡的一面小儺旗揮了一下，幾個男人就把臘美拖到了坪壩的中間。那裡，放著一張三尺來高的青崗打成的案板，沉重，結實，像鐵打的一樣。

臘美嘶啞地叫罵著，掙扎著。然而，在幾個大漢的手裡，她就像一隻被貓逮住的小老鼠一樣，所有的掙扎和怒罵不但沒有任何的作用，反而更加激起了漢子們的邪惡的興趣，對她施加的蠻力，也就更多、更大。

漢子們像岩鷹拎小雞一樣，把她拎到了案板上，仰躺著，幾條棕繩在漢子們的手裡，像蛇一樣地繞了幾圈，臘美的雙手和雙腳就被捆了個嚴嚴實實、動彈不得。

田之水對著樓上聲嘶力竭地喊：「寨老，寨老，你們不能這樣，這是滅絕人性啊……」

寨老像一個聾子一樣，沒有聽他的，也沒有看他，好像他並不存在一樣。

這時，寨老站了起來，咳嗽了一聲，坪壩上就靜了下來，只有篝火把空氣燒灼得吱呀亂叫的呻吟聲。

寨老的手裡捧著一本發黃的本子，那本子的封皮還被桐油浸染過，不怕潮氣的腐蝕，也不怕蛀蟲的啃咬。他清了清嗓子，高聲念道：「查，神犯臘美，目無瑪神，私通，致，血不純，人不淨，天無色，神震怒。寨規第一百二十三款規定，『女褻神，眾姦之』。因此，請至尊至善的瑪神允許靈鴉寨的男人們，行使這條神聖的寨規吧。」

坪壩上的男人們噢吼地發出了歡呼聲。

田之水怎麼都想不到，他們會這麼懲罰臘美。他開始想到的是，根據一些古老的族規，臘美要麼被亂石砸死，要麼被沉入潭底活活淹死。如果是那樣，他田之水願意和她一塊赴死。

他吼叫起來：「寨老，你們不能這樣做啊，我求求你了，放過臘美吧，只要放過她，我願意接受任何懲罰，哪怕死，也在所不惜……」

案板上的臘美早就在被推上案板死死地捆綁時昏迷過去了，這時，她悠悠地醒轉過來，聽到田之水的這句話，心裡就湧上了一絲清亮亮的甜味兒，像細嫩的快要打穗的穀子葉那種甜香。她側過頭，說道：「水哥，你不要求他們了，跟他們講話，就像跟野獸講話一樣……你能替我想，能替我去死，我就很高興，不枉了我跟你好一場……」

這時，人群裡跳出來一個年輕的漢子，對寨主高聲叫道：「寨老，家有家法，寨有寨規，不要聽他們囉唆了，讓我們立即替瑪神執行神聖的寨規吧。」

田之水看過去，那是鄧金名的弟弟鄧銀名。鄧銀名的臉早已經被慾火燒得幾乎變了形。

寨老對身邊手執儺旗的漢子點了一下頭。那漢子手中的儺旗就高高地舉了起來，往下狠狠地一揮。

人們在那面儺旗收起的一剎那，就圍著臘美跳躍著跑了起來，一邊不停地繞著圈子，一邊瘋狂地高聲尖叫道：「噢吼、噢吼……」

上百的人在叫著，跳著。從叫著、跳著的人群裡，不時有人走出那個圈子，離臘美更近地站成了一圈，小圈子由二十幾個漢子圍成，除了鄧銀名外，還有鄧金名、陳鬍子、朱家兩兄弟，他們將代替瑪神對臘美行使神聖的懲罰。

臘美潔白得像一個雪雕人，雖然，她的手腳被棕繩綁縛著，但她的輕彈即破般的妖嬈身子，在火光的照耀下更加令人感到神智迷亂。沒有人注意，也沒有人在乎，她的眼裡布滿了驚恐和怨恨。

鄧銀名早就按捺不住了，第一個站出來，說：「我先來！」

陳鬍子打斷他：「慢點，你才十九歲，沒得資格。」

寨規上寫著，行使懲罰權利的男人，應該是二十歲以上的男人。

鄧銀名牛一樣的眼睛瞪著陳鬍子，不耐煩地說：「你亂講，我虛歲有二十了，要不是我家窮討不到婆娘，崽都可以放牛了。」

怕再有人出來干擾，鄧銀名把自己的衣服往兩邊一扯，脫了甩到一邊，一下子撲到臘美冰清玉潔的身子上。緊接著，人們的叫聲更加狂野起來。

田之水噗通一下跪到了地上，對臘美嘶叫道：「臘美，是我害了妳啊……」

臘美撕心裂肺的痛哭聲被男人們的噢吼聲徹底地淹沒了。

78

田之水記的日記，到此打止。吳侗不甘心，認爲田之水不可能僅僅只是記到這裡就不記了，他往後面翻了一頁，果然還有，但他很快就失望了。因爲，一共不到兩行字：「我不知道臘美到底是死還是活。如果她死了，那麼，可以說，眞正把臘美置於死地的，是我……」

吳侗合上日記，就快要天亮了。原來，田之水在二十年前，還有這麼一段淒美的故事。一個城裡的教書先生，頭腦發了熱，要去蒐集什麼山歌，遇到了一位絕色歌女，上演了一場驚世駭俗的愛情悲劇。而那悲劇竟然延續了二十年還沒有停止！從這本日記裡，找不到任何關於鞋墊的線索。也就是說，他也沒有辦法找得到那張鞋墊，明天啓程回家，只有和爹爹另想他法了。

閉上眼，休息了一下。等他醒來時，太陽已經升起老高，到中午了。

他下樓去結帳，看到汪竹青坐在木椅上等他。見他下樓來，她便站了起來，對他說：「你們趕……趕路的人，果然是黑白不分，晨昏顛倒的。」

吳侗睡眼惺忪地笑了一下，說：「昨天一夜沒有合眼。」

汪竹青說：「一定是看了一夜的日記吧。」

吳侗說：「就是啊，妳怎麼曉得？」

汪竹青說道：「人同此心，心同此理啊，如果是我，我也一定是這樣的。」

吳侗說：「嗯，我怎麼就沒想到呢？」

汪竹青關切地問：「怎麼樣，有線索了嗎？」

吳侗搖了搖頭，說：「什麼都沒有。」

汪竹青擔憂道：「這……那可怎麼辦啊？」

吳侗說：「也許有，只是，我看不出。也許我爹爹和靈鴉寨的老輩們才能夠看得出，畢竟，日記裡記的都是二十年前的陳年舊事了，現在的，一個字都沒有。」

汪竹青驚道：「二十年前的故事？我猜猜，一定是一個感天動地、纏綿悱惻的愛情絕唱，對不對？我要田老師跟我講這個故事，他一直不肯講。」

吳倜結了帳，和汪竹青一起走出了客棧。

烘江的街上，店鋪林立，人來人往。吳倜沒有心思逛街，他的心裡一直還在牽掛著姚七姐。走到腰子沖，沿沖往河邊去，就是烘江最大的碼頭——江西碼頭了。

汪竹青見他想回家，就對他說：「你也難得來一次烘江，再忙，也要逛逛街吧？這樣吧，我陪你嘗嘗烘江的小吃，怎麼樣？」

吳倜對她說：「烘江我來過的啊，我這裡有朋友哩。雖然還從沒好好地逛過烘江的街道，其實啊，不就是人多一點，擠一點。」

汪竹青奇道：「既然有朋友，竟然連面都不見一下就回去了，可見，你這個人一點都沒有朋友之情。」

吳倜說道：「那也不是的，我那朋友，都是道上的朋友，有事才找的。我現在想退出這個行業，就沒有必要去打擾人家了。」

汪竹青問：「做得好好的，怎麼不想做了？」

吳倜說：「一句話講不清楚。哦，到碼頭了，妳回去吧，謝謝妳送。」

江西碼頭果然很大，如果真要好好地數一下階梯，那青條石砌成的階梯不下五六十級。各式客船沿碼頭一字兒排開，隨著上下船的人的腳步，船身微微地搖晃著。船的邊沿，有一些客人們隨手丟棄的稻草，還有上游漂流下來的水草，一漾一漾地，像是在挑逗著對它們來說顯得很是龐大的船底兒。船老闆照例叼著一支菸桿，蹲在船尾，悠閒地瞧著那些南來北往的客人們上上下下。客人有挑柴火來賣的，也有背米來賣的，還有手挽竹籃的小妹崽，以及穿得很是體面的紳士模樣的商人，他們頭戴禮帽，手上撐著拐杖，身邊都有下人陪著。最勇猛的算是那些扛著上好的樹墩子的漢子們了，他們一路大聲嗨氣地吆喝著「讓開讓開，樹墩來了」。聽到他們的叫喊，人們便紛紛避讓，讓他們呼嘯著一路小跑地衝下船去。船上，那些精壯的船夫和著幾個婆娘們，在船舷上就著火爐子，把昨天吃剩下來的豬下水或者豬腦殼肉，又加了些紅的辣子、青的小蔥，重新倒進鍋裡，加火熱了，就著米酒，呼哧呼哧地大吃海喝起來。

汪竹青到一個粑攤上買了十幾個油炸粑，用幾張荷葉包好，遞給吳侗，說：「你早飯都不曉得吃，等會兒到船上做了餓癆鬼，也不會有人顧得到你的肚子。」

吳侗不好意思地笑了笑，接過粑，說：「心裡只想到趕路去了。」

汪竹青笑道：「不曉得是哪個妹崽在等著你，看你像丟了魂一樣。」

吳侗認眞地說道：「不是妹崽，是我娘。」

汪竹青聽了，說：「人家講的，娘牽崽，千里長，崽牽娘，扁擔長。看來這話到你這裡，得倒過來講了。」

停泊在碼頭上的一隻叫作「巴岩將」的船，人也上得差不多了。一個船夫跳下船來，到拴船柱上解繩子，也不急著上船，而是把那解下來的繩子拿在手裡，對著碼頭上沒上船的客人叫道：「開船了，開船了噢——」

幾個客人便急急忙忙地與送行的親人作別，往船上快快而去。

吳侗對汪竹青說：「妳回去吧，田老師那裡，你們還得忙上一陣子的。」

汪竹青說：「你去吧，一路順風。」

吳侗掉過頭，就踏上了跳板。

這時，高高的碼頭上有一個人揮著手，扯開嗓子叫喊：「吳老司，吳侗，吳老司，你等一等

——」

吳侗聽得是叫他，回頭看。

一個穿著青布大褂的中年人，一手提著褂子的下襬，一手向他揮舞著，蹬蹬蹬地直往階梯上下來。

那人上氣不接下氣地跑到了架板上，拉起吳侗就往架板下走。

吳侗說道：「劉伯伯，你這是……」

中年人並不理會他，說：「莫到這裡影響人家開船，你先跟我到岸上去，我再好好地和你講。」

吳侗說：「劉伯伯，我，我已經不做了……」

中年人根本就不聽，說：「先下了船再說，你硬是不肯做，還有下一班船，我給你買頭等艙。」

吳侗架不住他的固執，只好和他下了船，來到碼頭上。

汪竹青也迎了上來，對吳侗笑道：「你看我講得不錯吧？到了烘江，竟然連朋友都不打照面，被擒了吧？」

吳侗對汪竹青說：「這是劉伯伯，烘江『祝融科』的劉老闆。」

汪竹青盯著中年人問：「『祝融科』？這是個什麼店啊，我怎麼沒聽說過？」

吳侗說：「平時呢，給人掐掐八字，看看風水，主要還是聯繫屍體和趕屍人，代辦趕屍的啊。」

劉老闆打斷吳侗的話，說：「唉呀我的吳老司啊，先莫講那麼多了，要不是我正好送一個客人，就被你打脫了。還合計著怎麼給你送信去，這不，正好就看到你了，省了我好多工夫。是這樣的，有五具屍體，全部是交送到貴州去的，請你……」

吳侗說：「劉伯伯，我眞的不做了，我的爹爹也同意了。」

汪竹青一聽「屍體」兩個字，而且是送往貴州去的，心念一動，問道：「劉老闆，是哪五具，你能不能講具體點？」

劉老闆邊擦汗邊說：「前天『三利』桐油店失火，燒死了兩個夥計。還有一個是女的，給團總家少爺做奶媽子的，人稱張大姐的人，聽說是投井死的，是什麼原因，我們不便打聽。另外兩個，一個是搶金鋪被人打死的，一個是……」

汪竹青的心提到了嗓子眼，脫口道：「是不是田……」

劉老闆說：「哎，正是。怎麼，妳也是師範學校的學生吧？另外那一個，正是你們烘江師範學校的老師，田老師田之水。今天早上校長找到我那裡，說是田老師家裡來了電報，請這邊的人把他送回去……」

汪竹青和吳侗對視了一眼。

吳侗點了一下頭，對劉老闆說道：「好吧，這趟貨，我接！」

79

從烘江城的東門出發，十里之外的舞水邊是一片河灘，叫白浪灘。白浪灘在烘江的名氣，不亞於烘江最有名的會館——江西會館，也不亞於烘江最有名的青樓——春滿園。那裡的名氣，是和處死人犯有關的，因為每有行刑時，都選在白浪灘。

大清時，凡處死人犯，都是由劊子手手執鬼頭刀，高高揚起，一刀下去，人頭便滾落四五尺以外，從頸根腔子裡噴出的血，也時常有高過三尺的。如是剛剛入行的劊子手，那血，就往往要噴到了他的臉上，圍觀的眾人在驚呼之餘，還會哄然地發出嬉笑聲。劊子手便也有了些尷尬，和著眾人的笑聲，自己也嘿嘿地傻笑著。於是，那原本慘烈的場面，竟然也就變得輕鬆了，彷彿那不是在取一個人的性命，而是在看一場好笑的西洋景。

清帝退位前後，處死人犯時，就文明了一些。雖說還是用刀執刑，但用的不是鬼頭刀，而是有著一個好聽的名字，叫柳葉刀了。沒有鬼頭刀那麼大且笨重，只有尺許，寬不過三指，磨得極是鋒利，明晃晃，陰森森。劊子手也不是五大三粗頭纏紅布上身赤裸的了，而是頗有些清秀也頗有些俊朗的後生。他也不用高高舉起那嚇人的刀子，而是將那柳葉刀捏在手裡，刀背緊緊地貼著右手的手肘，刀刃向外。他氣定神閒地站在人犯的對面，像兩個久不見面的老朋友，相離不過尺把的距離，面上還漾著淺淺的微笑。監刑官令旗一舉，他的手便閃電般地畫了個弧形，刀刃飛快地往人犯的頸根上一劃，從頸根上射出來的血，細如紅繩，短促而無力。人犯如是粗豪，吃了那致命的一刀，還不忘叫一聲：「好刀法！」然後才轟然倒地。如是懦弱者，哼都不哼一聲，便似散了架的木偶，一頭栽倒，跌落塵埃。

民國後，處決死犯，已不用刀而改為槍了。人犯被五花大綁，背上插了斬牌，被押上汽車，一徑兒地開到了白浪灘，幾個頭戴大簷帽的軍人，把人犯拖下車來，腳往膝蓋後面一踢，人犯便跪到了地上。軍人的槍便抵著死犯的背，砰的一槍，犯人就應著那槍聲，往前方倒下，像一個捆得很是牢實的粽粑。那開槍的軍人呢，不是懷疑自己的槍法不好，而是擔心著子彈的威力不夠，怕人犯不死，便走上前，把人犯像煎油餅一樣地翻了過來，對著心窩那裡，再補了兩槍，這才放了心地把還在冒著硝煙的手槍揚揚得意地放入槍套。如是犯人多時，就讓犯人站成一排，也不用短槍了，而是用長槍，一聲令下，那十幾條長槍，鞭炮似的響過，犯人們就爭先恐後地往前撲去。

白浪灘的名氣，就是靠著成百上千條犯人的生命給樹起來的。在烘江城，大人嚇唬孩子，也多是祭出白浪灘這個法寶。而大人們自己，如是賭咒發誓，最惡的也無不把白浪灘給掛到嘴上，比如，一般的賭咒吧，是把自家的老娘或是姐妹放到枱面上來，如果違反，「我媽偷萬人」或者「我妹（姐）是萬人日的」。如是對方覺得那誓言輕了，他便會發個狠，說，「我所說不實，讓我立馬送上白浪灘」。

在烘江，大人小孩都會唱那首白浪灘的歌謠：

白浪灘，
白浪灘，
白天是個屠宰場，
夜晚是個鬼門關。
雨落只聽厲鬼哭，
風吹遊魂四處鑽。

深夜，蕭瑟的秋風從河面上斜斜地鏟到河岸上來。白浪灘上，茂密的荒草擁擠著，發出扎扎扎的響聲，那響聲，慢慢地變成了猙獰的冷笑。月亮死氣沉沉地懸在頭頂，彷彿隨時都有可能砸下來似的。它的光也懶洋洋地灑在大地上，顯得粗糙且冰硬。

五具屍體一字兒排開，像睡熟了似的，靜靜地做著各自的美夢。月光打在他們的身上，像蓋上了一層薄薄的白紗。

田之水的屍體是校長和兩個老師一起跟著伙夫送來的，同來的還有汪竹青。她非要送田之水最後一程，校長拗不過她，只好同意了。

吳佪的胸前，又有那種不祥的燒灼感。他知道，那是他的胎記有了感應。他不明白，他跟這五具屍體沒有任何關係，爲什麼會出現這種感應？他記得，上次趕屍時，是因爲自己心旌搖晃，對那具女屍訴說心中的苦悶。自那後，他就再也沒有幹過這種傻事了，怎麼今天晚上，又出現了這樣的情況？他瞧了瞧那具女屍，模樣完好，沒缺鼻子少眼睛，只要自己不碰她，應該沒事。不過他提醒自己，這次的趕屍，恐怕也是凶多吉少。

他對校長說：「現在，你曉得我是做什麼的了吧。請你放心，我一定好好地把田老師送到他的家人手裡。」

校長伸出手，想握吳佪的手，伸到一半，停住了，訕笑著：「那就麻煩你了。」

汪竹青的臉上星淚斑斑，仿如雪粒。她抽噎著對吳佪說：「在路上，拜託你好好照顧田老師……」

吳佪點了點頭，說：「好的，我一定會的。」

他轉過頭，對校長一干人說：「各位老師請回，過了子午，就不能啓程了。」

校長帶著眾人，消失在夜幕中。最後那個人影非常小，那是汪竹青，一步一回頭地跟在後面。

吳侗目送著他們消失了之後，盤著腿，雙手虎口相交，緊緊地握在一起，嘴裡念叨道：「祖師爺爺，請顯靈德，弟子吳侗，兩眼抹黑。送屍千里，全託祖德。一路平安，不受驚駭。」

吳侗念畢，站了起來，打開他的藍布包袱，取出五套黑色的氈帽，給五具屍體戴上。然後，從懷裡掏出辰砂，在屍體的腦門心、背膛心、胸膛心、左右手板心、腳掌心等七處敷上，畫符鎮住。做好這些，他再摸出一疊黃裱紙，右手的中指和食指併攏在一起，畫了一個符，黏在他們臉上，然後取出捆屍繩，把五具屍體串到一起，試了試，也還牢實。他做完這一切，便一步一步地往後退，一共退了七步，站到北斗七星的啓明星位子。雙手合十，對著那些屍體吆喝道：「三魄回神，七魂歸位。遙望故鄉，健步如飛！牲口，起！」

這時，那些像是沉睡過去了的屍體，隨著吳侗那一聲「起」字，竟然慢慢地慢慢地甦醒過來，直挺挺地立了起來。

吳侗把包袱往肩上一掛，對田之水的屍體說：「你是做老師的，有文化，腦子比別個活絡，你就做個領頭的。」

吳侗把五具屍體都編個記得到的名字。女屍就叫大姐；燒死那兩個，腦袋和全身上下一片漆黑，像人形的火炭，看不出他們倆哪個大點哪個小點，他就把站到前面的那個叫大炭，後面那個叫小炭；搶金鋪被人打死的那個，叫他小金；唯有田老師，他還是叫他田老師。

吳侗把包袱背到肩上，反手從包袱裡取出趕屍鞭，往虛空裡甩了一下，說：「牲口啊，上路了。」

他在前面走著，那一溜五具屍體，跟著他，一步一步地向前走去。

第十三章

喜神店

80

冷月如鉤，就勾在山頂上那一株直沖雲天的青岡樹橫伸出來的枝椏上。

吳侗帶著那五具屍體，不時吆喝著，在人跡罕至的小路上，逶迤而行。

還在他們剛剛上路不到一個時辰的時候，吳侗就感到了胸前那個胎記又在隱隱約約地發熱了。他覺得不對勁，往他的後面看了看。他的後面就是田之水。田之水的兩隻手下垂著，跟著他，一步一步地抬腳走著，除了有些不靈便以外，與活人沒有什麼兩樣。越走，吳侗越覺得胸前的胎記灼熱。他的感覺是，後面的田之水是不是自己揭開了符紙，兩隻眼睛是不是正在死死地穿透了自己的衣服，在盯著自己的胎記？他又否定了這個想法，那怎麼可能呢？如果不是詐屍，屍體是不可能自己揭開臉上的符紙的。他停止了腳步，反過身子來。田之水還是不緊不慢地朝前走著，快要撞到吳侗了。

吳侗叫道：「牲口，停！」

五具屍體便呆呆地停住了。

屍體們被吳伺叫停，它們就停，也不知道吳伺爲什麼要叫它們停下來。它們當然不會問，因爲，它們死了。人死了，就和木墩子一樣，沒有思想，也沒有感情了。說走就走，說停就停。

吳伺一個一個仔細地打量著那五具屍體。

從頭一個田之水開始，一直到最後那具叫作大姐的女屍，都沒有發現有什麼異常。吳伺不甘心，又重新走到了前頭，靠近田之水，幾乎就要逼到田之水的臉上了。他伸出手，把田之水臉上的符紙撥開。他看到，田之水的眼睛雖然也是閉著的，但閉得不是很嚴密，上眼皮和下眼皮連接著，好像還留有一絲細微的縫線，就像是一個人瞇縫著眼，隨時都有可能趁人不備，偷看別人一樣。

吳伺對田之水說：「你看什麼？我的背上又沒有花。」

他剛說完這話，就聽到一個聲音說：「有。」

吳伺下意識地一跳，退開了三步。

吳伺的動作快如閃電，這是長期趕屍形成的自我保護措施。趕屍途中，什麼樣的情況都有可能出現。像爹爹那樣經驗豐富的趕屍匠，都有可能翻船吃水，就不用說別的趕屍匠了。有一次爹爹被一個女屍用長長的指甲抓斷了腳筋，差一點釀成大禍。所以他每次出門前，爹爹總是鄭重其事地交代他，如果遇到女屍，千萬不要動了凡心！

因爲遇到過危險，這一次，他連多看一眼女屍的興致都沒有，應該不會發生什麼事的。可是，他胸前那個胎記不時地灼灼發熱，這令他隱隱有些擔憂。出發前，他就把女屍安排在了最後一個，應該不是女屍在搞鬼。

那麼，那一聲「有」字又是哪個發出來的呢？

他看了看四周，至少三十里內沒有任何人。既然沒有人，那一聲「有」字就一定是屍體發出的無疑了。

是哪一具屍體呢？

他摸出一張符紙，畫了一道咒，往空中拋去。那紙輕飄飄的，像是有一股氣托著，慢慢地往高空裡飛去。吳侗並沒有看那往高空裡飄去的符紙，而是小心翼翼地盯著那五具和他一樣不動聲色的屍體。五具屍體仍然呆立著，好像也在考慮，這個趕屍匠究竟要搞什麼名堂。

那張符紙升到了約莫三丈來高時，突然急速地打起了旋，並且，越旋越快，發出輕微的嘯聲，聲音不大，卻極是刺耳。符紙邊旋著，邊往屍體上落下來。眼看著是往排在最後的那具女屍而去的。吳侗百思不得其解，不對啊，他一點都沒有把心思花在那具女屍上啊，怎麼又是女屍？那符紙快要落到女屍頭上的時候，猛地改變了方向，幾乎是平行著，直往最前面的田之水而來，只聽啪的一聲，貼在田之水的後腦勺上。田之水像是受到了一股強力的衝擊，踉蹌著往前面走了兩步，眼看就要跌倒。吳侗左手一出，一張符紙從手掌中「嗖」的一聲射出，也是啪的一聲，貼在田之水的前胸。這樣，田之水才穩住腳步，直立如初。

吳侗走到田之水的屍體面前，對他說：「是你？」

吳侗想，也許是自己和汪竹青到田之水家裡折騰過吧，所以，他心裡還在恨著自己，不然，他跟田之水八竿子都打不到一塊的，田之水怎麼能夠讓自己的胎記發熱？

他解開拴在田之水身上的繩子，喝道：「轉！」

田之水就木木地轉過了身體。

吳侗再喝了一聲：「走！」

田之水就一步一步地往屍體隊伍的後面走去，走到那具女屍的後面，吳侗才又喝道：「停！」

田之水就停了下來。

吳侗看過去，田之水的背後好像還微微地動了一下。那絕對不是屍體的動作。屍體的動作是僵硬的，而此刻，田之水那瘦削的背上，在微微的顫動，像是在竭力強忍著一樣。吳侗看著他的背，那個樣子，似乎馬上就要轉過身來了。當然，那是不可能的。沒有趕屍匠的指揮，屍體是不可能自己回過身來的。

吳侗有意停了一下，看看到底田之水會不會自己轉過身來。田之水一直呆立著，並沒有出現吳侗想像的那樣，自己轉過身來。

吳侗這才叫道：「轉。」

田之水的雙腳沒有抬起來，而是就站在原地，慢慢地轉過了身子。他看了田之水一眼。這一看不打緊，他看到田之水的眼睛下面有一滴水珠。吳侗的心一動：死人也會哭？

還有好一段路才到喜神店，而天色就快亮了，他不敢耽擱，走到前面，趕屍鞭一揮，喝一聲：「牲口，走啊——」

81

下了坡，酒娘家開的喜神店就出現在眼前了，那株高聳入雲的楓樹在夜空下孤零零的，院子在群山之中，也顯得孤零零的。

酒娘是蠱婆，蓋了一幢大木樓，開了一家喜神店。吳倜本不想在她那裡留宿，覺得她那個人陰氣太重，且心冷手辣。一般的蠱婆，最是厲害的，也不過是放蠍蠱、蛇蠱、蜈蚣蠱，而外面傳言，酒娘的蠱是屍蠱。沒有蛇蠍之心，是斷不會涉險放屍蠱的。甚至還有人傳說，她的兩個男人，居然是一死一活，而外人怎麼都看不出那兩個男人，誰是活人，誰是死人。

如果不是路上耽擱，吳倜就可以帶著死屍們越過酒娘的喜神店，到前面那一家去投宿。可是，按照現在這個速度，走不到前面那家，天就亮了。在酒娘這裡投宿，又有點早。此刻，子時都還沒到。他猶豫不決，不知到底是就在這裡住下來呢，還是加快步伐到前面去。想了半天，還是決定到這裡住下算了。寧可多休息一點，也不能冒險趕路，不然，天一亮，屍必詐，麻煩就大了。

定了主意，他就把陰鑼從包袱裡取了出來，用趕屍鞭上的木槌噹地敲了一下，高聲吆喝道：「喜神過境，活人勿近，天高地寬，各走一半——」

喊了三聲，大院的門就吱呀一聲，開了。

吳倜知道，他的喊叫，喜神店的老闆是很清楚的。這裡只有她單家獨戶的，並沒有其他人住在這附近。他的喊叫，其實是告訴喜神店，要來留宿了。

吳倜領著五具屍體，魚貫進入大門，穿過門廊，越過後面的一個院子，一直往前，直直地進入一間大開著的木房。那木房比左右隔壁的房子都要大上一倍，房子裡什麼都沒有。

木樓上，掛著一盞桐油燈，欲明欲滅，把潮濕的院子照射得明明暗暗，倒還更看不清地上哪兒是溝，哪兒有坎了。

這一家的人沒有一個人出來看熱鬧，都躲藏了起來。開喜神店的，自然知道這個規矩。

五具屍體進了房間，就沿著板壁，一字兒排開，彷彿累了一樣，靠著板壁，休息了起來。吳倜把陰鑼和趕屍鞭放到包袱裡去，把屍體臉上的符紙都取了下來，打燃火鐮，燒了。等那藍色的火苗燃盡後，他把包袱放到地下，就出了門往前樓走去。前面，有伙房，還有他住的客房。

吳倜跨進有燈光的房間，喊了一聲：「老闆娘！」

房間比較大，像一間堂屋，但顯然不是堂屋。如果是堂屋，就應該有桌椅，而這間房屋裡，沒有桌椅，只有床鋪。說是床鋪，卻又不像。一眼看上去，比一般的床鋪大得多，足足有三四個床鋪那麼大。

床鋪上，有三個人。酒娘坐在中間，還有兩個男人，是她的丈夫，一個在她的左邊，一個在她的右邊。左邊那個很健壯，叫韋炳，右邊那個很白皙，叫吾中。他倆全都仰躺著，身上各蓋了一條白被子，直挺挺的，不知道是不是睡著了，反正，一點動靜也沒有，和屍體沒有什麼區別。

酒娘見吳倜進來了，眼睛笑成了一條線，說：「喲，吳老司，又接了一趟貨呀？你上來，等會兒我給你弄點吃的去。」

她說著，挪了挪屁股，並沒有下床來的意思，也沒有讓出多少地方來。

吳倜客氣地笑笑，蹲了下去，說：「難爲酒娘客氣，我在這兒蹲一蹲就行了。」

酒娘跳下床，來到了吳倜的面前，伸出那雙嬌若無骨的手，拉住吳倜的手，說：「你是客人，我哪捨得讓你蹲著呢？」

吳倜的臉上有些熱辣辣的了，他委婉卻是用了暗勁地掙脫了酒娘的手，說：「老闆娘莫客氣，我跑了半夜，肚子餓得咕咕叫了哩。」

酒娘哼了一聲：「男人啊，就曉得吃吃吃，好像除了吃，這世上就沒有別的好玩的樂事了。」

說著，她出門給吳佪弄吃的去了。

吳佪想起那些傳言，就站了起來，細細地打量著床上屍體一樣的兩個男人。他看到，兩個男人都閉著眼睛，臉上什麼表情都沒有。吳佪在想，如果那傳言是眞的，那麼，他們兩個，哪個是活人，哪個是死人呢？他正想把手伸到左邊那個男人的鼻孔邊去試一下，到底有沒有鼻息。這時，酒娘就風風火火地端著一碗粉走了進來。吳佪趕忙縮回手，臉上有些訕訕的了。

酒娘把一大碗粉遞到吳佪的手裡，說：「要喝點酒沒呢？」

吳佪搖頭道：「謝謝老闆娘，我從來不喝酒。」

酒娘說：「難怪你一點都不像一個男人，連酒都不喝。我講啊，你還是要學會喝一點酒。要不，我叫這兩個死鬼起來和你喝點泡酒，怎麼樣？」

吳佪說：「他們都睡了，不必了。反正，他們就是起來了，我也不喝酒的。」

酒娘聽他的口氣，是不管你怎麼勸也是不肯喝的，就有些生氣了，把那碗粉重重地往吳佪的手裡一放，說：「哼，眞是糊不上牆的稀泥巴。」

吳佪接過粉，陪著笑臉：「老闆娘沒有放蠱到碗裡吧？」

酒娘說：「放也是白放啊，哪個不曉得你是大名鼎鼎的吳拜老司的公子，哪個的腦袋包了鐵敢放你們吳氏父子的蠱？」

酒娘又哼了一聲，突然湊到吳佪的耳邊，輕聲地問：「你曉得你的親爹和你的親媽是哪個嗎？」

吳佪的手一鬆，那碗粉差點兒就要從手上滑脫出去。

酒娘哈哈地笑了起來，重新坐到了那兩個男人的中間，說：「吃吧吃吧，你看你，提到爹媽，就心慌了，你怕是想爹想媽想昏了吧？」

吳侗就把粉往地上一放，也不叫老闆娘了，而是叫她酒娘，說：「酒娘，妳曉得我從小就沒見過爹媽，沒吃過媽的奶，沒騎過爹的馬肚肚，我做夢都在想他們哩。我總懷疑，我爹媽就在我們附近的山寨裡，我打聽過，二十年前，這附近的山寨裡有沒有哪家丟過小孩，可一直沒有聽到什麼。酒娘，若妳曉得或者聽到了什麼，麻煩妳告訴我好不？」

酒娘雙手抱膝，閉了眼睛，說：「我不喜歡告訴你。」

吳侗問道：「爲什麼？」

酒娘說：「因爲，我不喜歡和沒有男人氣的人說話。」

吳侗正要發作，就聽到一個女孩的笑聲從門外傳來。

他往門口看去，不由得大吃一驚，因爲，一個黑炭一樣的人直挺挺地往屋裡而來。不，那不是人，而是屍體，那個被燒死的叫作大炭的屍體！

82

吳侗腦子一閃，他已經把所有屍體的符紙都揭了，並且還燒成了灰，大炭怎麼還能自己走路？而這時，他看清了，大炭的臉上居然還貼著一張符紙。他不敢想得太多，呼地站了起來，對著屍體大叫道：「牲口，你停住！」

大炭便直直地停在房門外，彷彿是在茫然地想著，怎麼後面有人趕它走，前面又有人叫它停，究竟是怎麼回事呢？

這時，大炭的後面，一個小女孩的聲音也叫了起來：「牲口，走，走！」

吳侗看到，那個小女孩是酒娘的女兒阿妖。

他急忙捏起劍訣，叫道：「牲口，回去！」

大炭就轉過身子，往來時的路走去。

阿妖急得連連叫道：「牲口，你進去，進去啊。」

大炭就像沒有聽到阿妖的話似的，直直地往回走去。阿妖氣得連連頓腳，氣咻咻地對著大炭叫道：「哼，你不聽話，不和你玩了。」

說著，就氣鼓鼓地跳到房間來，對酒娘說：「娘，屍體不聽話，氣死我了。」

酒娘早就笑彎了腰，把阿妖攬進懷裡，佯罵道：「妳啊，就只會頑皮，萬一把人家的屍體趕丟了，那可怎麼得了？」

吳侗回頭逗阿妖：「趕丟了，叫你賠一個。」

酒娘對阿妖說：「聽見了沒？妳要把人家的屍體眞的趕丟了，我就把妳拿來賠人家。」

阿妖拍著兩隻小小的巴掌，高興得跳起雙腳道：「好啊好啊，那太好嘍，妳現在就把我賠給人家，我就也有男人嘍。」

酒娘笑罵：「沒良心的，巴不得離開妳娘了？」

阿妖說：「天天待在這深山老林裡，悶死了，我也想和娘一樣，要滿多滿多的男人來陪我啊。」

吳侗搖著頭，懶得聽她們母女的瘋話，把屍體趕進房間，重新揭下大炭的符紙，燒了。還是不放心，怕阿妖又回來搗蛋，就把包袱背在肩上，才出了門。

吳侗已經沒有心思吃飯了，就向酒娘討鑰匙，去客房休息。
酒娘乜斜著眼睛，說：「還去什麼客房，你看我這麼大的床鋪，怕不夠睡？」
阿妖也說：「是啊是啊，你就和我的爹爹們一起陪我娘睡嘛。」
吳侗苦笑：「那怎麼行，這個樣子的睡法，我是睡不著哩。」
酒娘從壁頭上取出一串鑰匙，遞到他的手裡，順便狠狠地掐了他一下，恨恨地說：「給你！」
吳侗接過鑰匙，上樓去了。
剛進屋，就有人敲門：「老司哥哥，是我，阿妖，你開門啊。」
吳侗沒有開門，對著門說：「阿妖，莫瘋了，我要睡覺了，妳快回去。」
阿妖不依了：「你騙人。你怕我不曉得不是？你們趕屍的都是白天睡覺，晚上趕路的，今天你是怕趕不到前面的喜神店，才不得不早早地到我們店來。現在還不到下半夜，你就要睡覺了？欺騙小孩子。」
這個阿妖，鬼靈精怪的，長大了不得了。吳侗說：「妳不是喜歡和屍體玩嗎？妳去找屍體玩啊。」
阿妖說：「你把符紙都收起來了，我怎麼和屍體玩啊？」
吳侗說：「我敢不收起來？怕妳把屍體趕到養屍房去，做屍蠱哩。」
阿妖說：「你那些屍體早就不新鮮了，送給我娘都不要。我們家做的屍蠱，要的是活人。告訴你，我娘捉了一個妹崽，好好看的啊，現在還關著哩，天天送她吃活的蜈蚣和蠍子，七天之後，就悶死她，好做屍蠱哩。」
吳侗聽了，大感駭然，便開了門，說：「妳娘怎麼能這樣？」

阿妖一下子跳進屋來，生怕稍微慢一點，吳倜就不讓她進來了。她滿不在乎地說：「怎麼不能這樣呢？不這樣，就做不成眞正的屍蟲了。」

吳倜好像想到了什麼，只是不敢深入地想去，就問：「那妹崽是哪個？」

阿妖說：「聽她自己講，叫香草。」

吳倜剛才心裡隱隱想到的，就是姚七姐的女兒香草，現在聽阿妖很清楚地說出香草的名字，還是大吃一驚，娘的女兒眞的被酒娘捉在這裡，不知道娘這會兒急成什麼樣子了。想到娘會心焦，吳倜的心都是痛的。他的臉上變了色，一把抓住阿妖的小手，問道：「妳快點告訴我，她怎麼樣了？妳娘還沒有把她那樣吧？」

阿妖的手被他捏得生疼，一邊掙扎，一邊叫道：「哎喲，你這個背時鬼，輕點，痛死我了。」

吳倜這才發現他太緊張了，趕忙鬆開阿妖的手，說：「快講啊，她怎麼了？」

阿妖看著自己的手被捏得紅一塊青一塊，說道：「你看你嘛，蠢得要死。」

吳倜顧不得安慰她，說：「妳快講啊，香草她，沒事吧？」

阿妖道：「你笨得要死，我早就告訴你了啊，她現在還關著哩，一點事都沒有。」

吳倜的心放了下來，說：「幸好幸好……」

阿妖呸道：「好什麼鬼好好好，她是你什麼人啊，你這麼心疼她。」

吳倜沒有回答她的話，說：「妳快講啊，她在哪裡？」

阿妖故意慢騰騰地說：「她啊，不在天上面，不在地底下……」

阿妖把兩隻手放在背後，昂著頭，說道：「你要讓我好好想想啊。對了，你是不是想做狗熊了？」

吳侗說道：「妳想到哪裡去了，我做什麼狗熊啊。」

阿妖說道：「不要以爲小孩子什麼都不曉得哦，你的那點花花腸子，我可是看得清清楚楚的哩。你想狗熊救美，對不對？」

吳侗不敢反駁，怕她一不高興，就不說了，於是，他只好點頭道：「對對，對對對。」

阿妖說道：「本來啊，我都差點兒要告訴你了，現在啊，我偏不告訴你，看你怎麼救美去！」

吳侗把腦袋一拍，說：「眞是笨！」

阿妖看到吳侗拍自己的腦袋，覺得滿好玩，就笑了，說：「要嶄勁打才開竅，嘻嘻。」

吳侗說：「那我嶄勁打，妳就告訴我。」

阿妖說：「我才捨不得哩。要我告訴你，你得答應我兩個條件，你答應了，我還要幫你救出那個香草。」

吳侗說：「妳講。」

阿妖鄭重地說：「第一個條件嘛，把她救出來後，讓她馬上走，越遠越好，反正，就是嘛，你們兩個不能在一起。」

吳侗想都沒想，說：「要得。我當然不允許她和我在一起的，妳也曉得，身邊帶著個大活人，會詐屍的。」

阿妖嘆了一口氣，說：「這個條件你應承得很乾脆，只是下一個條件，你就不會這麼利索了。」

吳侗說：「妳先講出來嘛。」

阿妖怏怏地說：「今天晚上，我要和你睡。」

吳伺睜大了眼睛，說：「阿妖，妳，妳眞是不曉得天高地厚啊……」

阿妖嗆他道：「你莫講我不曉得天有多高地有多厚，這世上的人，沒有一個人知道。」

吳伺說：「我是講，男女有別啊。」

阿妖低了眼睛，幽幽地說：「我怎麼不曉得男女有別？可是，你們這些大人，有哪個替阿妖想過？你不曉得我一個人好孤單，這單家獨院的，沒人和我玩，沒人跟我唱歌，沒人陪我睡覺，阿妖天天都是一個人睡，爹爹想和阿妖睡，娘不准，娘天天都要和爹爹們睡……嗚嗚嗚……」

阿妖說著說著，哭了。

吳伺想到自己的身世，也不禁有些潸然，替她揩去臉上的淚水，說：「阿妖，莫哭了，啊？我答應妳。」

阿妖破涕爲笑，一把抓住吳伺的手，說：「走。」

83

正要出門，阿妖指了指吳伺的腳。吳伺看了一下自己的腳，沒有什麼異常。平時他穿草鞋，現在天轉涼了，就改穿棉布鞋了。他問阿妖：「我的腳怎麼了？」

阿妖沒有回答，她蹲下身去，把自己的鞋脫了下來，又指了指吳伺的鞋子，吳伺明白了，在這樓上走動是會驚動酒娘的。於是，他也蹲了下來，和阿妖一樣把鞋子脫了。阿妖把燈吹滅，這才重新拉著吳伺的手，輕輕地打開房門，走了出去。

屋外，一片漆黑。顯然，酒娘見吳伺不肯和他們一起睡，也失去了信心，便也乾脆熄了燈，上床睡了。

他們輕手輕腳地沿簷廊走著，像貓一樣，大氣都不敢出一口。走到簷廊的頂頭上了，拐了一個彎，上到了三層樓上。

阿妖帶著吳侗來到一間房門前，站住了，用手指了指房門。

吳侗推了推門，門被鎖住了。他伸出雙手，扳住木格雕花窗子，稍一用力，窗框輕響一聲，鬆了。吳侗把窗框取下來，放到簷廊上。他往窗子裡看了看，一點燈光都沒有，看不清楚。他雙手撐在窗框上，兩隻腳一用力，翻進屋去。

房子裡中間放著一張案板，案板上躺著一個女子。吳侗知道，那是用來養屍蠱的，而現在已經躺著一個女子了，他心裡猛地想到，不好，香草已經中了毒手。他按捺著怦怦亂跳的心，快步走到案板邊。見那個女子還穿著衣服，心裡就稍稍地放了下來。如果是光胴胴，那麼可以鐵定地說，已經是被用來做「養屍蠱」了。女子的手腳都被捆綁著，動彈不得。他輕輕叫了一聲：「香草……」那女子動了一下，驚恐地說：「莫過來……」

吳侗聽了，心裡一喜，說：「香草，妳不要害怕，我是吳侗。」

女子問：「吳侗，哪個吳侗？」

吳侗說：「我到過妳家，我們見過面的啊，妳忘記了嗎？吳侗，趕屍匠吳侗。」

香草想起來了，就哦了一聲，緊接著問：「你怎麼……會在這裡？」

吳侗一邊解她身上的繩子，一邊說：「現在不是說話的時候，先出去了，再慢慢地講。」

吳侗把案板搬到窗子邊，對香草說：「從窗子裡爬出去。」

香草剛上得窗子，就輕輕地驚呼了一聲。

吳侗問她：「怎麼了？」

香草說：「那個鬼妹崽在外面。」

吳侗說：「不要緊的，是她帶我來救妳的。」

香草這才放了心，爬了出去。

香草對阿妖說：「謝謝妳啊，小妹妹。」

阿妖根本就沒有看香草，說：「又不是我救了妳，謝我幹什麼啊。」

吳侗爬了出來，對阿妖說：「要是沒有妳幫忙，我怎麼會曉得香草被妳娘關在這裡？」

阿妖見吳侗出來了，臉上就笑意盈盈的，說：「我是幫你，又不是幫她。要謝，也應該是由你來謝，而不是由她來謝啊。」

吳侗說道：「好了好了，這事還沒完哩，我們出去吧。」

阿妖又牽著吳侗的手，三個人輕輕地下了木樓，來到了大門邊。大門是開著的，他們一點事都不費就出了大門。

阿妖有些失落地說：「哼，一點都不刺激。我原以爲大門應該關著的，還得費一番周折才出得了門。」

吳侗懶得理她，問香草：「妳怎麼落到這個草蠱婆的手裡？」

香草幾乎同時開口：「你怎麼會到這個鬼地方來？」

吳侗便把怎麼遇到她的娘、怎麼去烘江找鞋墊、怎麼趕屍到這裡的情況，簡要地給她講了一下。說完，他又問：「妳呢？不是聽妳娘講妳去找妳的爹爹嗎？妳又是怎麼落到這一步的？」

香草對著阿妖恨道：「還不是她娘！天快黑的時候，我在路上遇到她娘，她娘講她是開客棧的，邀我上她家客棧歇，我就來了，哪裡曉得，她娘……」

阿妖阻止她道：「我娘講錯了嗎？我們家本來也開個客棧嘛。哎哎哎，你們兩個有完沒完啊？妳快走吧，等會兒我娘追出來了，看妳往哪裡跑。」

吳侗說：「阿妖講得不錯，香草，先離開這個是非之地再說。這裡離靈鴉寨不遠了，妳娘在那裡，她要是不見妳在靈鴉寨，不曉得會急成哪樣哩，我送妳一程吧。」

阿妖急了，說：「哎哎，她那麼大一個人了，還要你送啊？你到底安的什麼心啊？你救人就救人啊，救人不圖報才是眞正的救人啊……」

吳侗打斷她的話，說：「妳咋咋呼呼地講什麼鬼話？」

香草搞不清楚他們這是怎麼的了，只是感覺到有點怪怪的，就對吳侗說：「那我先走了，我娘肯定急死了。」

阿妖輕輕地噓了一聲，指著路口說：「快趴下，有人。」

以爲是酒娘攔在路上，吳侗暗叫不好，香草則害怕得渾身發抖，緊緊抓住吳侗的手臂。

人影站了一會兒，便朝前走來，香草先看清了，是舒小節！他找香草來了。

阿妖發現是舒小節，便笑嘻嘻地對他說：「你這個人太不夠意思了，那個詞兒叫作什麼？不吃而別，但我記得你是吃了才別的啊，你還欠著我家的房錢哩。」

吳侗打斷她：「莫鬧了，香草妳跟他快走。」

香草和舒小節從視線裡消失後，阿妖用手點了點吳侗的腦殼說：「人都走遠了還看哪樣？人家可是名花有主了，你可不要東想西想的噢。對了，我這朵名花還沒有主，你就好好地想想我吧。」

吳侗救出了香草，想來還眞是多虧了阿妖的幫助，如果沒有阿妖，香草就會變成屍蟲。想到這裡，這個專門和屍體打交道的漢子，也不禁身上一寒。於是，他刮了一下阿妖的鼻子，說：

「人小鬼大。」

木樓上的一個窗口，一雙陰鬱的眼睛正在默默地盯著他們。

第十四章
月光下的活屍

84

那是一個沒有月亮的晚上，舞水河沉沉地進入了夢鄉。

龍溪鎮的後山上，有一株百年以前就被雷電劈死了的柏樹。鎮上的人還沒有誰看到過那株柏樹發過樹葉。

這天深夜，從樹頂上的空空的樹腹裡，鑽出了一隻貓頭鷹。

沒有人知道，樹腹裡什麼時候住進了一隻貓頭鷹，更沒人聽說過，貓頭鷹是住在樹腹裡的。

那隻貓頭鷹鑽了出來，並沒有張開牠的翅膀，而是瞪著兩隻圓溜溜的閃著黃瑩瑩的光亮眼睛，對著黑黑的龍溪鎮叫了起來。那一夜，龍溪鎮上的人都睡得很香、很沉。他們在伸手不見五指的夢裡，聽到了貓頭鷹的叫聲。

貓頭鷹一聲接一聲不歇氣地叫道：「拖木頭——，拖木頭——」

「木頭」兩個字，對龍溪鎮的人來說，是一個不祥的字眼。

因爲，龍溪鎮的人都把棺材叫作「木頭」。

貓頭鷹叫著「拖木頭」，是在給人們報信，很快就有人要死了，快快準備「木頭」吧。

夜，漆黑一團。舞水河的河面上，慢慢地浮出兩個圓形的東西，像皮球。那兩個圓圓的東西浮出水面之後，順著水流，從大樹灣那裡，一直往龍溪鎮漂來。到了龍溪鎮的碼頭那裡，那兩個皮球樣的東西，就不約而同地往碼頭邊漂去。到了碼頭邊，那兩個皮球就在碼頭邊的青條石上碰了一碰，停住了。

河裡漂浮著的一些絲草，還有人家丟棄的爛布條什麼的，圍到皮球的周圍，把皮球纏住了。兩個皮球到了岸邊，就像娃娃魚一樣地爬到了青石上。到了青石上之後，兩個皮球就不是皮球了，而是兩個人了。兩個人慢慢地站了起來。

那兩個人長得很相像，肚子裡被灌滿了河水，身體也被河水泡發脹了，像充了氣一樣，臉上沒有一點血色，蒼白得像鄧金名家做的發糕，眼睛和死魚眼睛一樣沒有一點區別，呆滯而僵硬。他們面對面地站了一會兒，身上的河水就滴滴答答地滴落到石板上，腳下很快積了一地的水。那一地的水就像黑色的影子一樣，游到河裡去了。

兩個人互相看了一眼，就一級一級地上台階，往街上走去。

穿過一條幽深的小巷，來到了大街上。他們的手臂都下垂著，像是斷了肩骨一樣，不會擺動。很快，他們就來到了鄧金名的糕點店。糕點店大門上，那塊漆金的書寫著「金名糕點店」字樣的招牌，已被鄧銀名給拆了下來，現在，換上了「銀名逍遙館」的招牌，經營的不是糕點，而是菸館了。

兩人走到屋邊，也不往門那裡走，而是像兩個瞎子一樣，直直地往屋子走去，貼到牆壁了，也不知道退回來，而是繼續邁動著腳步，居然就踩著牆壁，往樓上走去。

每一間房子裡，都做了兩張菸榻，兩張菸榻的中間，放著一張菸桌，整個菸館裡，煙霧繚繞，污濁不堪。

鄧銀名正在和一個菸客躺在菸榻上吞雲吐霧，就看到從煙霧中走來了兩個胖大的漢子。他以為又是生意來了，正要熱情地打招呼，突然想到，這兩個人是直接從窗子跨進來的，不是打劫的又是什麼？打劫的他並不害怕，但那一刻，他竟然害怕得骨頭都酥了，嘴張著，卻是發不出任何聲音。因為，等罩在那兩個人頭上的煙霧散盡之後，他看清楚了，那兩個人，不是別人，正是給陳鬍子送葬時被淹死的朱家兩兄弟，騷豬和騷牛。

騷豬和騷牛死魚樣的眼睛空空蕩蕩地瞪著鄧銀名。騷豬那根本就不會擺動的左手伸直，抵到菸槍頭，用力一送，菸槍就插進了鄧銀名的喉嚨，一股鮮紅的血流，從菸槍裡洶湧而出。騷豬看了看騷牛，兩個人這才消隱在煙霧裡，從窗子裡走了出去。

那個菸客正在過著菸癮，感覺臉上一熱，便抹了一把，睜開眼睛一看，滿手通紅，是一手的鮮血。他正要問鄧銀名，卻看到鄧銀名的雙眼睜得像牛眼睛那麼大，他的菸槍頭呼呼地噴著血。他嚇了一跳，也顧不得那一泡菸還沒吸完，就跳下菸榻，取下那根不停地噴著鮮血的菸槍。然而，任是他使出了吃奶的力氣，那菸槍卻像是生在鄧銀名的喉嚨上一樣，絲毫不動。然後，鄧銀名頭一歪，死了。

朱家兩兄弟從逍遙館裡出來以後，繞過龍溪鎮背後的龍溪山，往鎮外的大樹灣趕去。走了兩個多時辰，他們來到了大樹灣，也不從路上走了，對著茅草和荊棘一徑兒地朝墳山而去。他們在一座墳前停了下來，頭低垂著，呆呆地站在那兒，什麼也不做，好像在等著什麼事情發生一樣。

那是陳鬍子的墳。

新的墓碑，新的墳土，被雨水打得所剩無幾的紙幡，有一搭無一搭地飄搖著。

夜，很靜。月，無光。風，凝固。

這時，陳鬍子墳上的墳土慢慢地蠕動著，蠕動著，往兩邊散開去。跟著，一塊棺材的蓋板從鬆散了的墳土中露了出來。然後，就有一隻手從墳裡伸了出來，手上的肉已經完全被榨乾了水分，只剩下一層薄薄的皮子，緊緊地貼著瘦骨嶙峋的骨頭，和爪子一般無異。那爪子徒勞地抓了抓，什麼也沒有抓著，也就放棄了抓撓，重新縮回棺材裡。過了一會兒，便出現了一個人頭，一個沒有頭髮的光頭。那是陳鬍子的頭。

他艱難地站了起來，一腳踏出墳坑，站到朱家兩兄弟的中間，然後，他們一起轉過身子，走了。邊走，邊有不同的「人」加入到他們的隊伍中來。

這支由死屍組成的隊伍，在夜的荒原上，彷彿受到了一種無形的力量控制，往靈鴉寨的方向趕去。

85

香草和舒小節一路小跑，話都顧不上講，直到踏上靈鴉寨的地盤，在一處平坦的草坪上，他們才停下來。香草拉過舒小節，緊緊地抱著他，有種劫後餘生的感覺。

香草問舒小節：「你怎麼會想到到那個鬼地方去找我？」

舒小節說：「快莫講了，我也住過那家客棧，差一點命都丟了，那客棧不是活人的客棧，而是死人的客棧，她家養著好多屍體，用來餵屍蠱。我到了靈鴉寨，沒看見妳，猜想妳可能來的路上會遇到那家客棧，就回來找妳。」

香草摀住舒小節的嘴，說：「我差點就變成屍蠱了，幸好得吳侗救我……」

舒小節問：「剛才那個人就是吳侗？他是幹什麼的，怎麼認識妳？」

香草說：「他是一個趕屍匠，認識我媽。」

舒小節突然就想起了，他從烘江趕回龍溪鎮時，在船上見到的趕屍的那一幕，難怪剛才看到的那個人，感覺有些面熟，沒想到是他。

因爲身心疲憊，兩個人說著說著就坐了下來。舒小節很自然地伸出手臂，把香草摟在懷裡。香草的身子軟綿綿的，透出一股青草的清香。呼吸著香草身上的味道，舒小節年輕的身體有些躁動。他把放在草地上的那隻手抬起來，繞過香草的頭，在她的臉上撫摸著：眼睛，鼻子，嘴巴。沒想到，香草的嘴巴像魚兒一樣張開了，一口咬住了他的手。本來舒小節只是摸摸，沒想好下一步要做什麼，香草這一挑逗，讓他興奮莫名，乾脆把手伸進香草的嘴裡，輕輕地撥拉著。這下輪到香草意外了，她只是一時調皮，做出了一個大膽的動作，沒想到一根男人的手指，打開了她全身的開關，渾身的毛細血孔都張開了，渴望陽光和雨露。她隱隱地發出含混不清的呻吟。

哪曉得這呻吟像衝鋒的號角，鼓舞和煽動著舒小節，他呼吸急促起來，把軟成一團的香草緊緊地抱著，低下頭，顫聲叫道：「香草……」

一股男人的鼻息噴到香草的臉上，熱熱的，酥酥的。香草身上的骨頭像是被抽離了自己的身子，慢慢地縮到草地上去了。舒小節也順勢躺了下去。

遠離父母，沒人管制，又是在這樣一個特別的夜晚，舒小節沒了以往的顧忌，不再是聽話的孩子或學生，開始像一個獵人，玩弄著眼前的獵物。他慢慢地解開香草的衣服。

濛濛的夜色中，香草被舒小節剝得一絲不掛。看著這誘人的身體，舒小節口乾舌燥，熱血沸騰！這下他不客氣了，俯下身去，一口咬住那桃子尖尖的一點粉紅！

他想，若不是兩家反對這門親事，他跟香草的良辰美景，何必放在這荒村野外？

「媽呀——」香草輕輕地叫了一聲，只覺得身體輕飄飄的，像要飛起來了。

香草的叫聲像畫眉一樣婉轉清麗，刺激著舒小節。他再也抑制不住了，低哼了一聲，下了力，正想著要往他想抵達的那個神祕而幽暗的地方而去。

香草卻猛然推開舒小節，指著他身後，說：「他，他……」

舒小節掉過頭，看到他的身後，果然有一個人。那人的面貌看不太清楚，模模糊糊的，不是站在那裡，而是從他們的面前旁若無人地走過去了。

香草驚叫：「滿滿……」

舒小節說：「妳滿滿？妳看清楚了？」

香草肯定地說：「是的，是他，鄧銀名！」

她正要叫，舒小節做了個噤聲的手勢，然後兩人迅速坐起來，穿好衣服。

遠處，又出現了幾個人的身影。一眼看去，大約有五六個人，前面有兩個人走在一起，後面不遠處，有三個人走在一起，他們直直地朝舒小節和香草這裡走過來。

舒小節和香草不由得倒抽了一口冷氣。因爲，前面那兩個人是在給陳騸子出殯的時候淹死的朱家兄弟，後面那三個人裡，陳騸子走在中間……

86

舒小節拉起香草，就想往身邊的芭茅草裡鑽。而香草，經過這一波一折的驚嚇和折騰，早就挪不動身子了。舒小節急忙把香草抱起來，攙扶著她，正要往草叢中鑽，朱家兄弟就來到他們面前了。因爲是面對面而來，躲避已來不及。他忙把香草拉到自己的背後，萬一有什麼不測，他來承擔。

奇怪的是，那兩個人的眼睛都是閉著的，沒有看到舒小節和香草，從他們面前呼呼地挾帶著一股陰風飄了過去。

舒小節突然想起，他遇到香草的爹鄧金名的事，就說：「如果我沒猜錯的話，妳的滿滿鄧銀名也是個死人。」

香草點了點頭，說：「我也想到了，他和朱家兄弟一樣，從我們面前走過去，根本就沒有看到我們。」

舒小節對香草說：「妳再看，陳鬍子，馬老闆，劉老闆……還有……」

香草奇怪道：「哪裡還有，就只有他們三個人。」

舒小節住了口，說：「嗯，對的，沒有了。」

香草看舒小節的神色不對，就說：「你瞞著我什麼吧？」

舒小節矢口否認：「沒有沒有，沒有的事啊。」

香草說：「我看得出來，你有什麼話不肯和我講。」

舒小節岔開話題：「注意，他們走攏來了，我們避一下吧。」

香草反而不肯避開了，說：「他們是死人，並不想傷害我們，如果他們眞的想傷害我們的話，我們早就沒命了。」

舒小節說：「那也不一定，人死了，做出的舉動不是我們活人所能想像的。其實，死人也會害活人的……」

香草問：「你怎麼知道的？」

舒小節說：「我遇……」

他一想到鄧金名差點兒把他拉進深潭淹死，就不寒而慄。那是香草的爹爹，他不想讓香草知道，至少現在不想。於是，他打住了話題。

香草看他吞吞吐吐的樣子，很是著急，連珠炮似地問：「你遇到過？你遇到過死人想害你這個大活人？你遇到的死人是哪個？是認得著的還是認不著的？」

舒小節在這一連串的問題面前，一個就夠嗆了，何況還有三四個。

這時，那三個人排著隊來到他們的面前，果然，也是目不斜視地走過去了。

舒小節的身子突然打起了寒顫，似乎一下子冷得受不了了。他的手哆嗦著，像篩糠一樣。

香草感到很詫異，問他：「你怎麼了？涼著了？」

舒小節的臉色很凝重，他搖了搖頭，說：「剛才他們走過去的時候，妳注意看了沒？」

香草說：「他們都是死人啊，我才不想看他們哩。你看到什麼了？」

舒小節沉著聲，說道：「他們雖然死了，但他們的臉上卻透著濃烈的殺氣。他們往靈鴉寨的方向而去，我敢講，他們是被某個人，或者，某一個鬼控制了，是去殺人的！」

香草擔憂地問：「眞的？」

舒小節一字一頓地說：「自從我出來找我爹爹後，遇到的許多事情都說明了，靈鴉寨會有一場腥風血雨的大殺戮！」

香草快要急哭了，說：「這可怎麼辦？我的娘現在也在靈鴉寨啊。」

舒小節說：「事不宜遲，走，上靈鴉寨去。」

香草說：「我們去能解決問題嗎？」

舒小節搖頭：「無濟於事。」

香草跺腳：「那怎麼辦啊，我們去不也是送死嗎？」

舒小節說：「那也不一定。我到亂葬崗遇到了鬼打牆，怎麼走都走不出來了，後來幸好靈鴉寨的人去那裡釘什麼『鎮鬼神針』，有個叫吳拜的老司去阻止了。我聽靈鴉寨的人講，那吳老司是貢雞寨的人，是個很有名氣的趕屍匠，我們去貢雞寨求他幫忙，他應該肯應允的。」

香草若有所思，說：「吳拜老司，是不是吳侗的爹爹？」

舒小節說：「那也不一定吧，他們都姓吳，就是父子嗎？」

香草眼睛一瞪，說：「依你那意思，他們如果不同姓，反而是父子嗎？」

舒小節說：「我可沒有那麼講啊，妳不要冤枉好人噢。」

香草說：「我沒有冤枉你啊，是你自己講的啊。你講，他們都姓吳，就是父子嗎？那話的意思不就是講，他們不姓吳，才是父子嘍。」

舒小節說：「好了好了，就算我講錯了，好了嗎？我的意思是講，他們長得一點也不像。妳看吳侗長得一表人才，好英俊的啊。而那個吳拜呢，我是親眼看見的啊，生著一對蛤蟆眼，長著兩個招風耳，嘴巴皮厚得像沖嘴，牙……」
香草拍了一下舒小節的手，說：「人家生的是醜八怪，一天看你生個什麼人出來。」
香草剛說到這裡，就住了口，一個妹崽家，怎麼會講到這些？何況，一天，嫁的人還是面前這個人哩，想到這裡，她羞得臉上一熱，不作聲了。
舒小節說：「接著講啊。」
香草才不上他的當，說：「你哪來那麼多廢話啊，我們再不去貢雞寨請吳老司，怕是來不及了哩。」

87

吳侗是被一陣敲門聲給驚醒的。
他醒過來，發現天已大亮了。阿妖睡在他的身邊，嘴角流著口水，小小的臉蛋上浮著甜甜的笑渦。
吳侗開了門，原來是酒娘。
酒娘對他說：「我不是不曉得你們做趕屍匠的，白天睡，晚上走。我是叫那個鬼妹崽上山去給我抓毒蟲，她也學得睡懶覺了。」
吳侗說：「阿妖睡得正香哩。」
酒娘笑：「她倒是有福氣。」
吳侗說：「睡個懶覺也算是有福氣啊，那這個福氣也就一文不值了。」

酒娘說：「我是說她能有你陪著睡，不是說她睡懶覺。」

吳侗笑呵呵地說：「妳也太不關心她了，她講她從小都是一個人睡。」

酒娘佯怒道：「你莫看她人小，小九九比你多。」

吳侗說：「酒娘的女兒，我還不曉得？」

酒娘正要去叫醒阿妖，吳侗攔住她，說：「讓她再睡睡吧，我幫妳去抓毒蟲。」

酒娘輕輕地擰了一下吳侗的臉，說道：「我還以為和屍體打交道的人都是冷血動物，沒想到，你還滿曉得疼人的嘛。哎，你不是喜歡阿妖了吧？」

吳侗說：「妳講哪樣子話。」

酒娘笑了：「你看你，不好意思了吧？反正，我是看見了，你摟著阿妖睡的哩。」

吳侗說：「是啊，那感覺，就是摟著妹妹一樣，可惜，我沒有妹妹。」

兩人正說著，阿妖就醒了。她睜開眼睛，看到媽媽在和吳侗說話，就一骨碌爬起來，拉住吳侗的手，說：「怎麼不陪我睡了？我還想睡，來啊，睡去。」

酒娘拉過阿妖的手，說：「就妳愛胡鬧。」

吳侗對酒娘說：「有件事想告訴妳，昨天晚上……」

酒娘打斷他的話，淡淡地說：「我曉得了。」

吳侗想，在酒娘的家裡，做什麼事能瞞得過她的眼睛？於是，他不好意思地說：「害妳少了一個屍蠱，只是，香草是我……」

酒娘根本就不想聽，說：「只要是阿妖喜歡的，我不會反對。」

阿妖抱住酒娘的腰，說：「娘，還以為妳要罵我呢。」

吳侗看到她母女倆那麼親熱，感到又溫馨又酸澀，說：「對了，妳昨天不是問我，我的親爹和親娘是哪個嗎？」

酒娘說：「是啊。」

阿妖搶著說：「我只曉得我的親娘是哪個，但不曉得親爹是哪個。」

酒娘說：「就妳話多。快去給我捉蟲子來。」

阿妖對吳侗說：「我們一起去好不好？」

酒娘趕忙阻攔：「妳莫扯絆別個了，昨天得和別個睡了，還不知足。快去吧，乖。」

等阿妖去了之後，酒娘對吳侗說：「其實我也不曉得你親爹親娘是哪個，只是聽說，吳拜老司並不是你的親爹。有一次，他在趕屍的路上，看到一個女人把一個嬰兒丟到路上就跑了。那個嬰兒就是你。」

吳侗困惑地說：「我爹給我講過了，哪個是我的親爹親娘，他也不曉得。」

酒娘似有所動，沉思著。

吳侗有些黯然，說：「我爹是個好人，應該比親爹還好。如果不是這樣的話，怎麼我親爹不要我了？」

酒娘說：「莫看你牛高馬大的，其實啊，你還只是一個孩子，和我家阿妖一樣，什麼都不懂。等你眞正成爲一個男人了，你就曉得，事情並不這麼簡單。我的意思是講，也許，你爹不是不要你，他和你娘之間可能發生了什麼……」

吳侗的眼裡，彷彿看到一個女人聽到那陰鑼敲擊的聲音，等趕屍的隊伍出現在彎彎曲曲的山路上時，她便跌跌撞撞地把孩子丟棄在路旁，然後，踉蹌而去。嬰兒的哭聲在暗夜裡，和著那一聲聲陰鑼的響聲，分外刺耳。

吳侗怔怔地想著，酒娘伸出五指在他的眼前晃了晃，說：「喂喂，你怎麼了？不會得症候了吧？你還是快去睡吧，莫耽擱你夜晚趕路。」

88

吳侗怕阿妖搞鬼，去看那些屍體。

按說，屍體都應該是靠著板壁，老老實實地站著的。田之水卻跟那四具屍體不同，直挺挺地仰面朝天睡在地上。看那樣子，不像是死人，倒像是一個大活人走累了，倒地就睡。並且，還睡得很香。如果仔細聽，還有香甜的鼾聲。

吳侗這麼想著，就蹲了下去，把耳朵湊到田之水的鼻子邊，想聽聽是不是眞的有鼾聲。

吳侗什麼都沒有聽到，不禁爲這個想法感到好笑。人死了，怎麼還會睡覺呢？就算人一倒下地就是睡覺吧，那人死了，怎麼還會有鼾聲呢？

他把田之水立了起來，搬到板壁邊，放好，對他說：「你好好站著吧，對於你來說，站著就是睡覺，就是最好的休息，晚上還要趕路哩。你和他們比不得，你是做先生的，走遠路不行哩。」

吳侗說著說著，又感到了背上的灼熱，便忙走出了房間。

他胡亂吃了些飯就上樓睡覺去了。

上了床，想到香草，想到姚七姐。他又想娘了。香草這一去，有舒小節陪著，也不用擔心什麼，很快就會見到她的娘了。舒小節找他的爹爹，直到現在，還沒有得到凶信，也許，問題不是很大，說不定，你找啊找啊，反而找不到，等你不經意時，他卻出現在你的面前了。倒是自己，一個沒爹沒娘的人，從來都沒有見過他們是什麼樣子的，從來不知道他們是什麼時候消失的。長到這麼大，也從來沒有想到過要去找他們。就算要去找他們吧，怎麼找？一點線索都沒有。不像香草和舒小節他們，好歹還有一個靈鴉寨可以找。我呢？這個時候，吳侗開始有些羡慕他們了。雖然，「靈鴉寨」那三個字，透露出來的是陰森、凶險，還有恐怖的意思，但是，畢竟在那個地方，可以找到自己的親人。而自己，連找親人的地方都沒有。

好在，現在有了娘，他的心裡，熨帖多了。今天天黑就起路，走得快的話，天亮以前就可以見到娘了。走貴州，要經過靈鴉寨。只是，趕屍時，是不能從寨子裡面經過的。不過，到那個時候，可以把屍體暫時停放在寨子外面，一個人進寨去看看娘。想到這裡，吳侗心裡的陰鬱就慢慢地散開去了。不過，那個時候，個個都還在睡夢中，娘也還在睡夢中，他怎麼會忍心打擾她？再說，她住到哪個家裡呢？想到這裡，吳侗又開始感到沮喪了。

迷迷糊糊地，他睡過去了。

一個白衣女人從窗子那裡飄了進來，站在他的床前，輕輕地嘆了口氣，說：「我才是你眞正的親娘啊。」

吳侗對她說：「不是，妳不是的。我的娘是姚七姐……」

女人的臉上，現出了痛苦的表情，幽幽地說：「你這伢崽，怎麼連親娘也認不得了呢？你仔細看看我啊，你是長得像姚七姐，還是長得像我呢？」

吳侗仔細看著她，但她的臉被長長的頭髮給遮住了，根本就看不見。

女人繼續說：「姚七姐的臉圓圓的，眼睛大大的，你才不像她呢。」

吳侗不肯承認，說：「姚七姐是個好女人，我喜歡她，我喜歡她做我的娘。」

女人聽他說姚七姐是一個好女人，若隱若現的嘴角就顫動著，好半天，才咬牙切齒地說：「難道，我就不是好女人嗎？不，不是的，我是一個凶惡、毒辣的女人，一個人見人怕的壞女人，可是，這能怪我嗎？」

吳侗不相信，問道：「妳，眞是一個壞女人？」

女人將頭一揚，長長的黑髮呼啦啦地向後面散開去。她狂笑道：「是的，我是一個壞女人，一個讓所有雙手沾滿了鮮血的男人都下地獄的壞女人！」

吳侗這時看清了，她就是那個女人！

他正想好好地問一下她，爲什麼要有那麼大的戾氣時，他耳朵癢得難受，就醒了過來。原來，那是自己做的一個夢。阿妖正用一根狗尾巴草在撓他的耳朵。

見他醒來了，阿妖笑嘻嘻地說：「看你，睡得像死豬一樣。」

吳侗當然不會和她計較，故意說：「妳搞哪樣，把我一個好夢給吵得不到了，我要妳賠我的夢來。」

阿妖哼了一聲，說：「我人都肯賠給你，還不肯賠一個夢？天快黑了，我是來叫你吃夜飯的，天一黑，你就要趕屍出門了。」

吳侗看了看窗子外面，並不像阿妖說的那樣，天快黑了，而是天本來就黑了。眞沒想到，這一覺，竟然睡了一天。他立馬跳下床，拎起包袱，下了樓，對酒娘說：「有點什麼可以帶到路上吃的沒？我得馬上走，沒得空了哩。」

阿妖見吳侗不理自己，在後面風一樣地跟著連跑帶跳地下了樓，說：「你這個人好沒道理，人家好心叫醒了你，連『謝』字都捨不得給一個，就只顧自己跑了，唉，男人啊，沒一個好東西。」

吳侗對她說：「謝謝妳，謝謝妳……」

阿妖知道他下一句要說的是什麼，就自己先炒豆子般地說了出來：「明年殺豬先殺你！」

酒娘有些奇怪，問吳侗：「怎麼這麼急呢？」

吳侗想說，他必須得在天亮前到達靈鴉寨。可是，這怎麼能告訴她呢？就說：「喜神們的家人都等著哩，早到早好啊。」

酒娘也不挽留他吃飯，就裝了一袋苕粑，遞給他，說：「也沒有什麼好東西，這幾個苕粑，你到路上吃吧。」

吳侗接了過來，就急急忙忙地走到了停放喜神的房間。

阿妖也要跟著去，被她娘拉到了屋子裡，把門關上了，對她說：「妳也太搞了點，趕屍的時候，是不讓活人看到的。」

阿妖不服氣地說：「那吳侗是不是活人？」

酒娘說：「他是趕屍匠啊，當然不同了。」

阿妖說道：「我也是趕屍匠啊，妳沒見我昨天就趕了一個屍體嗎？」

酒娘道：「妳那是胡鬧。」

阿妖噘著小嘴，說：「我二天也要去做趕屍匠。」

酒娘道：「趕屍匠可不許女人做的啊。」

阿妖就說：「那我就嫁給趕屍匠。嘻嘻。」

酒娘道：「趕屍匠也不許有女人的。」

阿妖道：「沒有女人的男人，不就是太監嗎？哼，我不許吳侗做趕屍匠了，他那麼英俊的一個人都做了太監，多可惜啊……」

酒娘輕聲道：「噓。」

兩人從花格窗子看出去，吳侗一行往外面走去了。花窗是關著的，糊了一層絲棉紙，絲棉紙有些發黃了，外面的人和屍體經過的時候，顯得越發地模糊了，也越發地陰森了。走過去的人，還有屍體，給人的感覺是，人像屍體，而屍體卻像人一樣。

第十五章
殭屍大戰

89

夜幕像一張巨大的翅膀，當它飛臨到靈鴉寨上空的時候，整個靈鴉寨就被那張翅膀帶進了黯黑之中。

寨老叫上烏昆，兩個人一同去看姚七姐。

姚七姐住在寨老的客樓裡。客樓在寨子的東邊，倚著懸崖而建。遠遠看去，顯得有些孤獨。客樓在平時是空著的，只有寨老的親戚來時，安排住在客樓裡。

寨老望了一眼客樓，樓上還亮著燈。顯然，姚七姐還沒有入睡。寨老的眼前，就浮現出二十年前那一個夜晚的景象了。那樣的景象，對寨老來說，到底有多少了，他自己也記不清了。紅色的燭光下，嬌羞的臉龐，是那麼的令人心動，也是那麼的令人懷念。他想起了自己，貴爲寨老，在靈鴉寨是呼風喚雨的人物，天不怕，地不怕，卻是怕歲月的流逝，年歲的增長。姚七姐的臉上憔悴不堪了，自己更是衰老如一截朽木了。

兩人上了樓，敲響了姚七姐的房門。

門開了，姚七姐站在門邊，見是寨老，就躬了身，讓在一邊，說：「寨老，這麼晚了，你還沒歇息？」

寨老跨進屋，說：「好多年沒見妳了，來看看。」

烏昆急忙把床上的枕頭給墊在椅子上。

寨老正要坐，見烏昆放了枕頭在椅子上，就不忙著坐下來，而是把枕頭拿了起來，放回到床上，這才坐了下來。

寨老看了烏昆一眼，烏昆就退著出了門，把門關好了。

寨老指了指他面前的一張椅子，說：「七姐，妳坐吧。」

姚七姐就在椅子上坐了下來。

寨老突然說：「現在，這裡一個人都沒有了……」

姚七姐的臉上露出了一絲忙亂和不安，說：「寨老有什麼吩咐？」

寨老的臉上現出凝重的神色，說：「聽說，龍溪鎮上死了許多我們靈鴉寨的人？」

姚七姐聽他問的是這個事，就放了心，說：「是的，陳鬍子，朱家兩兄弟，馬三爺，劉仲安，有十來個吧，都死了，還有，就是我家那個也是的。」

寨老似乎陷入了沉思之中，老半天，才問她道：「妳發沒發現，他們死得很蹊蹺？」

姚七姐想香草給她說的，鄧金名是被那條黑狗撲到舞水河裡淹死的，而且，死了之後，又被一隻貓帶走了的情景，心裡就害怕了起來，說：「怎麼不蹊蹺？都叫人感到很奇怪啊。」

寨老繼續問：「那麼，妳曉不曉得，他們是被哪個害死的呢？」

姚七姐搖頭：「那就不曉得了。」

寨老不出聲了。他的眼睛死死地盯著姚七姐，像是在打量著什麼，又像是在猜測姚七姐是眞不知道還是假不知道。

他那個樣子讓姚七姐的心裡有些發毛，也有些惱怒，就說：「寨老你怎麼這麼看著我？莫非寨老還懷疑，那些人是我害死的不成？」

寨老搖頭：「我沒有講是妳害死他們的，不過，那又有什麼區別呢？」

姚七姐見寨老說話神祕兮兮的，心裡很急。她是個急性子的人，喜歡直來直去，恨的是彎彎拐拐。於是，她站了起來，對寨老說：「寨老，你有什麼話，就當面鑼對面鼓地直講吧，你曉得我的性子，最見不得搗一半敞一半，講一半留一半的。既然不是我，那你怎麼又講我和害死他們的那人沒有區別呢？講來講去，寨老還是懷疑我姚七姐。就講我姚七姐想有害人的心嘛，也不會去害自己的男人吧？就算是我和那個死鬼沒有什麼夫妻情分吧，總還是……」

寨老對她搖著手，說：「七姐，妳莫急。我絕對沒有懷疑妳的意思。」

姚七姐說：「懷疑我也沒什麼要緊的，只要拿得出證據來，我願意服從寨規的任何懲罰。」

寨老說：「我講過不是妳就不是妳，妳莫想到一邊去。」

姚七姐差點跳起來了，說：「那你怎麼講是我和不是我沒有區別？」

這時，一個聲音響了起來：「如果二十年前，田之水見到的不是臘美，而是妳的話，那麼，二十年後離奇地死去的那些人，就一定是妳害死的無疑！」

寨老和姚七姐往門邊看去，吃了一驚，同時開口：「是你？」

90

那人笑咪咪地說：「寨老，久違了。想不到，我們又見面了。」

寨老的嘴張著，呆呆的，半天合不攏。

姚七姐似乎不認識眼前的這個人，說：「舒會長？」

姚七姐萬萬沒有想到的是，失蹤了那麼久的舒要根居然會在靈鴉寨出現。當初，舒小節問她和鄧金名，他爹去了哪裡時，鄧金名就告訴過舒小節，要找，就去靈鴉寨找。那時，她還怪鄧金名多嘴。沒想到的是，舒要根果然到靈鴉寨來了。現在想來，鄧金名也不會是隨口亂講的，他一定曉得，舒要根會在靈鴉寨現身。現在，舒要根果然出現了，只是，鄧金名卻是一直都找不到，非但鄧金名沒有找到，連來找他的香草也不曉得去了哪裡。

舒要根對寨老說：「怎麼，寨老大人怎麼不講話了呢？我舒要根出去一二十年，從來沒有忘記過我生是靈鴉寨的人，死是靈鴉寨的鬼。今天回來看望寨老，怎麼講也還算是客人吧？既然是客人，莫講喝碗甜酒，至少，凳子也該賞一張給我坐吧，是不是，寨老大人？」

寨老這才反應過來，咧了咧嘴，似笑非笑地說：「是，是的，要根，你現在可是今非昔比了，到底是大名鼎鼎的龍溪鎮商會的會長，講話的口氣也底氣十足的。請啊，舒會長——」

舒要根仰頭一笑，坐到椅子上，把袍子的下襬好好地撣了一下，輕輕地放在膝蓋上，這才不慌不忙地對姚七姐說：「七姐，剛才我講了，如果二十年前烘江師範學校的老師田之水遇到的不是臘美，而是妳姚七姐，那麼，如今死的那些人，就一定是死在妳手裡的，妳，相信嗎？」

姚七姐困惑地搖了搖頭，說：「我不曉得你講哪樣。」

舒要根把腦袋轉向寨老，笑問：「寨老難道也和姚七姐一樣，不明白我講的是什麼意思嗎？」

寨老嘆了一口氣，說：「我當然明白，誰叫她違抗了瑪神的旨意。」

姚七姐看了看寨老，又看了看舒要根，覺得這兩個男人都很有些莫名其妙，講的話也是雲遮霧罩的。

舒要根看出了她的茫然，就站了起來，說：「七姐，寨老當然不會告訴妳這到底是怎麼回事，那麼，還是我來告訴妳吧……」

寨老叫：「要根，你不要講了。」

舒要根故意裝出謙恭的樣子，對他躬身道：「寨老，話不講不明，鼓不打不響。你看姚七姐那個樣子，如果我們不讓她曉得眞相，她心裡能不急嗎？」

他根本就不管寨老的制止，繼續說：「七姐，是這樣的……」

寨老忍無可忍，對門外叫道：「烏昆，你死到哪裡去了？」

門外，沒有任何聲音。

舒要根笑道：「他醉了。」

寨老說：「你騙人，他今天滴酒都沒沾。」

舒要根反問：「你以爲，只有酒才能使一個人醉嗎？」

寨老啞口無言。

舒要根繼續對姚七姐說：「寨老今天的話多了。七姐，妳發現一個現象沒有？死的那些人，他們都有一個共同點，那就是，二十年前，他們都無一例外地參與了輪姦臘美的行動。」

姚七姐啊地叫了一聲，像是自語般：「報應啊，報應……」

「所以我講，如果那個時候，換作是妳七姐，妳也一樣會跟田之水而不願意跟我們這位尊敬的寨老共度第一夜的，因爲，田之水是受過所謂的文明教育的人，他絕對不允許這種現象存在，故而，跟他的女人，都會堅定地聽從他的安排，而這樣的人，除了臘美和七姐，還有哪個能做得到呢？因此，我才敢肯定地講，如果田之水愛上的是七姐，而不是臘美，那麼，發起這場殺戮的人，就是七姐，而不是臘美。」

姚七姐的頭一陣暈眩，眼前，看到無數個男人在淫笑著，瘋狂著，跳躍著，那裡面，有鄧銀名，也有她的男人鄧金名，還有陳鬍子、朱家兩兄弟……臘美銳利的尖叫聲穿透了黑夜的帷幕，在她的耳朵裡迴旋著，翻滾著。她不敢想像，如果那個被綁在案板上的女人不是臘美，而是自己，她會怎麼樣。她無力地癱在椅子上，眼前那些晃動的男人身影，都變成了一個人，那就是正在喋喋不休的舒要根。

姚七姐虛弱地說：「舒要根，你講這些做什麼？」

舒要根見姚七姐陷入痛苦之中，很是得意，說：「做什麼？我高興！曉得不？你們曉得不曉得？我的心一直在滴血。你們想一想，當你們最心愛的人離開你們時，你們的心裡是什麼感覺？」

姚七姐說道：「舒要根，你今天到靈鴉寨來，就是特意要告訴我們是哪個害死了那些人的嗎？」

舒要根搖了搖頭，說：「不。至於我爲什麼要到靈鴉寨來，寨老很清楚。」

姚七姐看了看頹然縮在椅子上的寨老。

寨老微微地點了一下頭，說：「是的，我清楚。不過，舒要根，你的目的是絕對不會得逞的。」

舒要根說：「不錯，如果沒有寨子裡的人的擁護，我是不會得逞的。但是，我告訴你，全寨子裡的人都會擁護我舒要根的，你信不信？」

姚七姐問：「你到底要幹什麼？」

寨老說：「他要做寨老。」

舒要根笑：「不錯，這是我一直都在想的事，那就是有朝一日，我坐上寨老的交椅。我爹爹講了，只有坐上了寨老的交椅，我才能夠隨心所欲，才能夠保護自己的女人。我的爹爹就是因爲他活得太卑微了，他的女人也就是我的娘，才離開了，遠走高飛！可惜啊可惜，我直到今天才能夠實現自己的願望，如果二十年前我就是寨老的話，莫講二三十個人輪姦臘美，就是動她一根指頭，我也要他全家死光光！」

姚七姐不禁有些動容，說：「臘美要是曉得你這番心思，應該死也無憾了。」

寨老剛要開口，就被舒要根攔住了，說：「寨老啊，你今天晚上還可以行使你的最後一道權力，那就是，宣布退位，由我舒要根接替寨老的職位。」

寨老說道：「舒要根，你都四十好幾的人了，怎麼還和孩子一樣呢？我倒要看看，你有什麼辦法讓我退位。」

舒要根從口袋裡掏出一只鞋墊，在寨老的眼前晃著，說道：「你不會不認識，這是咒蠱墊吧？如果它落到了臘美的手裡，那麼，整個靈鴉寨的老老少少，都無一幸免，全部死光。你想想看，寨子裡的人能不同意我做寨老嗎？」

寨老蜷縮成一團，頭上的冷汗正一滴一滴地往下流。

舒要根見寨老那副狼狽相，心裡油然生起一股快意。他突然哈哈哈地狂笑起來。正笑著，卻又戛然而止了。

姚七姐和寨老看到他的樣子，竟然呆了一樣。

過了好一會兒，舒要根才低了聲，柔聲道：「臘美，臘美……」

姚七姐和寨老順著舒要根的視線，往窗子看去。

窗子外面，一個長頭髮遮著半邊臉的女人，正在冷冷地瞧著屋裡。她穿著一身白，臉上蒼白著，沒有一絲血色，像是被水浸泡了很久。眼裡，射出兩道陰冷的寒光。只見她抬起兩隻慘白的手，輕輕一指，窗子應聲而脫，掉在地板上。隨即她飄然入屋，將兩道寒光直射向舒要根，「你還記得臘美？你不配叫這個名字。舒要根，你寧肯要一張高高在上的椅子，也不願意要愛情。不過遺憾的是，我的死沒有成全你的慾望，二十年了，你一直沒有得到它，今天你也莫想。」

姚七姐在一旁驚呼：「臘美?!」

臘美轉向姚七姐，臉上是一片淒涼，「七姐，二十年前，我和妳，是靈鴉寨山坡上的兩隻畫眉，哪想到，兩隻畫眉遇到了不同的命運……」

一旁的寨老臉色早已變得一片灰白，他聲嘶力竭地叫道：「臘美，冤有頭，債有主，妳要找就找舒要根這個混帳東西。」

舒要根結結巴巴地說：「不，不……」

寨老打斷舒要根的話，大喊大叫：「輪姦妳的事，都是舒要根出的主意，他講他得不到妳，就要毀滅妳……」

91

舒小節和香草領著吳拜匆匆忙忙地來到了靈鴉寨，寨子裡，除了還有一幢木樓亮著燈之外，一片漆黑。

舒小節和香草看到靈鴉寨並沒有什麼異常，不由得放下心來。

舒小節說：「看來，那些死屍並不是衝著靈鴉寨來的。」

香草不同意他的看法，說：「那可不一定，只是，它們比我們來得晚。因爲，它們白天是不敢現身的，所以，它們這個時候還沒有出現在靈鴉寨。」

吳拜點頭：「香草講得對，我們趕快走，早準備一點，就少受到威脅一點。」

說罷，他就大步地走去，差點跌倒。他忘記自己的腳沒年輕時那麼靈便了。

當他們來到那幢亮著的木樓前時，聽到樓上傳來好幾個講話的聲音。

首先進入他們耳朵的，是寨老的聲音。只聽寨老說：「臘美，妳和田之水的事，確實觸犯了我們的寨規，我只想趕田之水走，沒想到發生了後面的事……」

臘美？香草不知道臘美是哪個。而舒小節和吳拜則是變了臉色。他們在亂葬崗就聽烏昆講了臘美是哪個，她是一個女鬼，一個滿含著怨氣的女鬼，龍溪鎮和靈鴉寨發生的一切，都是因她而起的。她又出現了。

香草見到他們兩人的臉上變得驚恐和不安，就問舒小節：「臘美是哪個？」

舒小節喃喃著說：「她，終於來了，來到了我們的前面……」

這時，他們聽到姚七姐說：「臘美，我苦命的妹子，妳不知道，妳走後，我幾天幾夜吃不下飯睡不著覺。我在屋裡，想起妳跟我一起打鞋墊，我上山砍柴，想起妳跟我一起唱山歌……」

香草拉著舒小節的手，高興地說：「你們聽到了嗎？我娘在上面。」

舒小節一邊爲她高興，一邊也不無擔憂。自己出來這麼久了，也可以說是最早出來尋找親人的人，到了現在，還是杳無音訊。

正在他這麼想的時候，就聽到了一個他非常熟悉的聲音，那正是他爹爹舒要根：「臘美，妳應該清楚，一切都是因爲田之水而起的，他如果不來靈鴉寨蒐集山歌，不住在……」

舒小節和香草對望了一眼，竟然顧不得吳拜腿腳不便，兩個人飛也似地上樓去了。

香草一邊跑著，一邊大聲叫：「娘，娘，我來了……」

舒小節來到樓上，把門狠狠地一推，正要叫一聲爹爹，但屋裡的情景，卻讓他目瞪口呆。他的爹爹跪在房子的中間，姚七姐站在那個他在亂葬崗見到過的白衣女人的一側，而寨老則癱在椅子裡，面如死灰，嘴裡說道：「我一個寨老，不會深更半夜到處跑，那天跟蹤妳和田之水的，就是他——舒要根，是他來報的信。」

舒要根伸出手使勁地搖晃著：「臘美，莫聽寨老亂講，那天我沒有到場，不關我的事，是瑪神的旨意……」

臘美冷冷地盯著舒要根，「瑪神？哼，可惜瑪神沒長眼睛，看不透你們這種陰險歹毒的人。莫再演戲了，你應該清楚我今天是來做哪樣的。」

舒小節一個箭步跑到舒要根的面前，伸出雙手，就去攙扶，想把他扶起來。

他一邊扶著爹爹，一邊問：「爹，這到底是怎麼了？」

舒要根抬起頭，見是舒小節，突然使出渾身的力氣，把舒小節往門外推去，說：「小節，你來做哪樣？快走！」

香草正好進屋，和小節撞了個滿懷。

姚七姐也趕忙來到香草的身邊，母女倆抱在了一起。姚七姐對香草說：「妳怎麼來了？」

突然，一股強勁的陰風像漩渦一樣，在屋子裡打著旋兒，一屋子的人，都好像是陷入了激流中，幾乎站不穩了。

只見臘美的手一伸，舒要根手裡的鞋墊就到了她的手裡。她把那張鞋墊拿在手裡，好像是忘記了屋子裡還有那麼多人，只管把鞋墊舉在眼前，雙手哆嗦著，輕輕地、柔柔地撫摸著那鞋墊，眼裡，晶瑩的淚珠一顆一顆地滴在那張鞋墊上。

寨老悄悄地爬起來，輕手輕腳地想溜走。臘美轉身對他說：「慢著！你是寨老，今天的戲怎麼能夠少得了你呢？就算我放過你，靈鴉寨的媳婦們恐怕也不答應！你這畜生！好好躺著吧。」她把鞋墊一揮，就見一股強勁的風力把寨老往後一拉，寨老控制不住，往後一倒，正好倒在椅子上。

香草拉著姚七姐想跑，姚七姐說：「香草，不怕，我們娘倆沒做什麼虧心事，不要害怕。」其實，這個時候，她們想跑也跑不成了。

舒要根把舒小節拉到自己的後面，對臘美說：「寨老講得對，冤有頭，債有主，你要殺要砍，對著我來吧。」

臘美咬牙切齒地回答：「不錯，我下了地獄，你也上不了天堂，你比我多活二十年，卻一樣也沒得到。你沒得到桂花姐，沒得到你想要的權力。作為男人，這兩樣東西得不到，這是不是一種羞辱？看你人模狗樣的，其實你過得並不自在，你比誰都慌張。」說完，臘美左手一出，暴長兩尺，掐住了舒要根的喉嚨。

舒小節伸出雙手去掰臘美掐住他爹爹的手，但一觸之後趕忙放開了。那手像冰雪一樣，刺人入骨。但一想到爹爹目前的處境，已是萬分危急了，舒小節再次伸出手，使勁地掰開臘美的手。然而，他的努力，如同螞蟻搬大象。

香草和姚七姐駭然變色。

舒要根的臉上漸漸地沒有了血色，開始變得蠟黃起來。他想說什麼，卻什麼也說不出，甚至，連呼吸都感到了困難。

舒小節衝著臘美叫：「妳放開我爹爹，他就是一千般的錯，妳也放開他，妳難道沒聽說過『父債子還』嗎？我是他兒子，妳就衝著我來吧！」

香草生怕舒小節受到傷害，勇氣倍增，掙脫了姚七姐的懷抱，來到舒小節的面前，與他一起，去掰臘美的手。她對臘美說：「臘美娘娘，妳放開他吧，要不，妳也衝著我來吧，父債子還，夫債妻還，我是他舒家的媳婦，我幫他們還……」

姚七姐失聲叫道：「香草，妳……你們什麼時候……」

香草搖著頭，哭喊道：「娘，妳莫管我……」

臘美像聾子一樣，對他們的話、對他們的哭叫，一律充耳不聞。只是，她的那隻手，在舒要根的喉管上越掐越緊。可以看到，她的大拇指上，那足有兩寸長的指甲已經深深地戳進舒要根的頸根裡去了，血，從她的指甲那裡，像蚯蚓一樣，慢慢地流下來。

舒要根的眼珠漸漸地鼓了出來。

舒小節情急之下，一口咬住了臘美的手臂，硬生生地撕下了一塊肉來。一股屍體的惡臭飄散開來，香草不由得屏住了呼吸。

忽然，臘美往後面呼地彈射開去，撞在板壁上，把窗框撞成了四分五裂的碎片。門口，站著氣喘吁吁的吳拜。他一手拄著拐杖，一手捏著劍訣。

臘美怨恨地剜了他一眼，飄出去了。

舒小節扶著舒要根，喜極而泣：「爹爹，吳老司救我們來了……」

舒要根張了張嘴，說：「謝……我不行了，你不要恨她……」

說罷，腦袋一歪，垂了下去。

舒小節大聲叫道：「爹爹，你不要死啊，我找你找得好難啊，我們回家去吧，啊？我們，回家……」

事情發展成這個樣子，香草百思不得其解。她不明白，臘美娘娘生前跟靈鴉寨有什麼瓜葛？跟靈鴉寨的男人有什麼關係？她一個人的到來爲什麼會引起這麼多人的恐慌？

92

這是一個極爲平常的夜晚，沒有月亮，沒有星星，靈鴉寨也沒有了畫一樣的剪影。朦朦朧朧的光亮如一團撥不開的霧，黏黏糊糊的，倒不如黑暗來得乾脆。近處的木樓、院壩、菜園，遠處的農田、小溪、山脈，沒有了稜角和層次，灰濛濛的一片。

「嗚——嗚嗚——嗚——嗚嗚——」

急促的號角在靈鴉寨灰濛濛的上空響了起來。一會兒的工夫，家家戶戶的吊腳樓和木樓都亮起了燈光。所有的男人們，有的拿鋤頭，有的拿土槍，還有的拿扁擔釺擔，甚至木棍樹杈，很快集合在曬穀坪上。一束束火把聚在一起，把整個靈鴉寨照耀得如同白晝。

人們不知道發生了什麼事，但他們清楚，如果不是寨子遇到了空前的緊急情況，關乎著寨子的生死存亡，那一長兩短的牛角聲是不會輕易吹響的。

寨老站在吊腳樓上，臉上明顯地憔悴和蒼老了許多，整個人看上去，好像從噩夢中醒來一樣，還殘留著驚惶和後怕。

寨老對著滿坪的男人們說：「靈鴉寨的男人們，我們靈鴉寨遇到了百年不遇的危機，我們靈鴉寨這個把月來，陸續死去了好些優秀的人，而且，死人的事，還在繼續著。現在，那個害死我們靈鴉寨的女鬼終於出面了，我們一定要把它打入十八層地獄，叫它永世不得翻身！你們拿起了槍，拿起了保衛靈鴉寨的武器，很好！還有一樣最最重要的武器，你們還沒有準備，這不怪你們。那是什麼呢？是狗血！現在，我以瑪神的名義宣布，把寨子裡所有的狗殺光，把狗血收集起來，潑向那個進攻我們靈鴉寨的女鬼！」

很快，就有人手執尖刀，開始屠殺家狗。

狗的哀嚎聲，在靈鴉寨的上空久久地盤旋著。

寨老繼續說：「勇士們，那個女鬼就在客樓。帶上土槍，帶上狗血，帶上你們與生俱來的勇氣和忠誠，出發吧！」

人們浩浩蕩蕩地往客樓走去。

當他們來到客樓的時候，看到從客樓裡走出了幾個人。

香草扶著她的娘，舒小節的背上還背著一個人，不知道是哪個。另外，就是拄著拐杖的吳拜。

人們蜂擁上去，寨老一把握住吳拜的手，急切地問：「正好，有吳老司在這裡，可保靈鴉寨無虞了。那個女人還在樓上嗎？」

吳拜搖頭：「她，走了。」

寨老聽說那個臘美已經走了，臉上露出了失望的表情，說：「怎麼，它溜了？便宜它了。」

吳拜皺了一下眉頭，指著舒小節說：「他的爹遇難了，先幫他收拾一下吧，畢竟，人死爲大。」

寨老立即吩咐道：「他是我們靈鴉寨的勇士，叫舒要根，不幸遇難了，選個吉日，好好厚葬。」

兩個漢子從舒小節的背上接過舒要根的屍體，一前一後地抬著。一行人往回走去。

舒小節已經心力不濟了，這個時候，別人怎麼說，他就怎麼做了。

突然，抬著舒要根的屍體後面的那一個漢子痛苦地叫了起來，緊接著，他的身子一軟，跌倒在地。

人們急忙去扶他起來，這才發現，他的腰已經被舒要根的雙腳夾得緊緊的了。他的頭上，豆大的汗水直往下流著。大夥兒正要去幫他鬆開舒要根的雙腳，前面那一個漢子啊地大叫了一聲，沒命地往前面猛跑，剛跑得二三十步，便一頭栽倒在地上，再也沒有聲息了。

吳拜看這裡的人們不能把舒要根的腳掰開，就對舒小節說：「你去看一下。」

舒小節蹲了下來，只輕輕地一掰，那雙原本夾得鐵緊的腳就鬆開了。

人們還沒來得及鬆一口氣，只見舒要根一下子坐了起來。人群發一聲驚喊，紛紛後退。這一死一活的，又是在夜晚，若不是人多，膽小的怕要被嚇死了。舒要根沒有表情，也不看任何人，像木偶一樣。

舒小節驚喜道：「爹，你活了？」

舒要根沒有回答，跳起來，衝入黑夜中，一下子，就消失得無影無蹤了。這一瞬間發生的事，有人不相信自己的眼睛，揉了揉，看了看原地，又看了看那夜幕，然後你看我我看你，誰都不敢出聲。

舒小節大喊道：「爹——」邊叫邊追了過去。

香草也想一起追去，被她娘拉住了。

香草見吳拜老司也對這種情況束手無策，不禁害怕起來，想起在路上和舒小節看到幾個死人朝靈鴉寨奔來的情景，心想，這只是開始，靈鴉寨的麻煩，恐怕還在後頭呢。那些死人的老家都是靈鴉寨的，那麼她的爹爹鄧金名應該也在其中，它們來的目的是什麼？是尋親？報仇？還是……？她想，她很快就會看到爹爹了。

93

鄧金名一身濕漉漉地朝他們走來。

吳拜急忙站到前面，準備好架式，警惕地盯著鄧金名。

香草正要向她的爹跑過去，就被吳拜喝住：「不要過去！」

香草邁出去的腳步，就硬生生地停在了原地。姚七姐把她拉到人群中來，說：「妳爹現在是一個死人，妳莫亂動，聽吳老司的安排。」

有兩個漢子舉起了土槍，香草哭叫道：「你們不要打我爹爹啊，求求你們了。」

鄧金名的臉上沒有任何表情，眼睛閉著，直直地朝人群裡走來。

拿槍的漢子對著鄧金名叫道：「莫過來，再過來我就不客氣了。」

鄧金名像是根本就沒有聽到他的話一樣，還是一步一步地往前走。

拿槍的漢子托著槍的雙手顫抖著，食指一動，只聽轟的一聲，羼和著尖利的碎沙的火焰朝鄧金名射去。一眨眼的工夫，鄧金名就換了臉，從白面書生變成了黑臉包公。

香草驚叫：「爹——」

吳拜怒喝：「叫你們不要開槍，硬要開，你們注意了。」

說時遲，哪時快，鄧金名被那槍一震，竟然倏地一下，就躍到那個開槍的漢子面前，手一戳，五指深深地插進他的頸根。漢子慘叫了半聲，就沒有氣息了。他只能叫到半聲，因爲，鄧金名的手插進去之後，很快地五指彎曲如鉤，再往回一拉，嘩啦一聲，漢子的氣管、血管還有喉管都被鉤了出來，在他的手上血淋淋地擺動著，像捉了幾條赤蛇。

鄧金名的動作極快，取人性命，只在間不容髮之間，沒有任何人能夠及時加以阻攔。以他的手法，就是有人試圖阻攔，也無濟於事。

人們見到他如此凶悍，無不失色，紛紛驚恐地逃離開去。香草睜大眼睛看著爹爹，生前那麼溫和謙遜的他，爲什麼死了之後竟然變得這麼殘忍？她想起小時候，家人遇到什麼麻煩或病痛時，媽就會呸呸呸地往地上吐口水，邊吐邊罵：「背時砍腦殼的，莫來害我們。」是罵去世的公公或婆婆。香草不懂，罵人應該罵外人才是，怎麼連親人都罵？媽告訴她，親人在世時當然是好的，可死了變成鬼，就不好了，不能和他們親近了。於是她再也不敢上去叫爹爹了，拉著姚七姐的手就往旁邊跑。而此時，人堆早就四散而去了，只有吳拜還沒有跑開。他不但沒有跑開，反而迎上前去。慌亂中，吳拜摸出一張符紙，疾速地畫了一道符，啪的一聲貼到了鄧金名的臉上。吳拜一看，這一貼居然成功了，心下就鬆了一口氣。然而，令他意想不到的事情發生了。按說，不管是什麼樣的死人，只要被畫了金剛符，都會服服帖帖、老老實實地躺倒在地了。可是，鄧金名不但沒有如他所想的那樣倒地不動，反而伸出手把符紙扯了下來，塞進嘴巴，大口大口地嚼了起來。

吳拜暗道一聲：「不好……」

鄧金名又是一個快步，抓住一個漢子，手一伸，心口處鮮血噴射。隨即，手往後一拉，手裡就多了一顆鮮紅的心！

吳拜看了這情景，不由得心驚肉跳。他做老司三四十年來，什麼樣的凶險都見過，但他所遇到過的凶險，如果和現在看到的比起來，又算得了什麼？

他弄不明白，鄧金名死了那麼多天了，怎能在沒有趕屍匠的操縱下，行動自如，並且，殺人都是在一剎那的工夫？

偌大的曬穀坪上，就只剩下吳拜和鄧金名了。

鄧金名的眼睛依然閉著，直直地面對著吳拜，像是在聚集著能量。吳拜更是不敢大意，兩隻手緊緊地握著他的拐杖，像握著一把土槍一樣，朝著鄧金名，隨時防備著鄧金名的突然攻擊。

這時，一陣歌聲傳了過來：

七月守寡穀子黃，
家家户户收割忙。
別人有夫都容易，
獨我無夫嘆聲長。

八月守寡是中秋，
明月朗朗照高樓。
人家賞月團團坐，
我卻孤單一人愁。

九月守寡是重陽，
重陽造酒桂花香。
人人都飲桂花酒，
不見我夫斷肝腸。

那歌聲在這血腥的殺戮之夜，顯得格外淒涼。

剛剛一哄而散的人們停下腳步，抬起頭，看到一株老槐樹上，有一個女人，全身著白，旁若無人地唱著歌。她像是抱著一個嬰兒，一邊唱，一邊還做著拍打的樣子。寨中上了年紀的人都曉得是臘美，驚訝得說不出話來。如果剛才沒發生任何事，如果不是在這樣恐怖的夜晚，管她是人是鬼，他們倒希望再見見當年花容月貌的臘美。一位老者當年見證過鄧銀名他們魔鬼似的狂歡，可憐年紀輕輕的臘美……他流出了渾濁的眼淚，哀嘆一聲：「作孽，作孽喲……」

吳拜對著她叫道：「陰陽兩隔，各自安歇。天道輪迴，百事不為。」

臘美充耳不聞，繼續唱道：

十月守寡淒涼涼，
寒衣送來有孟姜。
……

她唱的歌是流傳在靈鴉寨一帶很有名的苦歌，他們都很熟悉，下面兩句，應該是「寒衣擱在板箱上，不見我夫淚水長」。

臘美唱著唱著，就變了聲氣。那歌聲，也由淒苦變成了怨恨。

我把寒衣當壽衣，
活人全都死光光！

人們聽了那後面的兩句歌詞，都止不住寒顫連連。

突然，人群裡像炸了鍋一樣，沸騰開了。刀槍聲，搏鬥聲，叫喊聲傳來，在群山間回響，像一場聲勢浩大的演出。

原來，除了鄧金名之外，陳鬍子、朱家兄弟、鄧銀名、馬三爺、劉仲安、覃明行等，一共十來個屍體陸續趕來，直衝人群，用手做武器，見人就殺。霎時，群魔亂舞，血肉橫飛，地動山搖。

吳拜呆在那裡，一點辦法也沒有，仰天長嘆：「冤冤相報何時了啊……」

「咣——」

只聽一聲陰鑼的響聲從寨子外面傳來。

吳拜對那個聲音太熟悉不過了。他的腦海裡突然閃過一個念頭，能不能救靈鴉寨的人，就只有這一個辦法了，否則，靈鴉寨的人真的會如臘美所唱的那樣：「活人全都死光光」。他立即跑到寨子邊的岩坎上，看到正是吳侗趕著五具屍體沿著寨子外面的花階路走去。

根據規矩，趕屍匠是絕對不允許趕著屍體從寨子裡穿過去的。而這個時候，救人是第一要緊的事，一切規矩，都不得不打破。

他用手當話筒對著吳侗喊：「侗崽，侗崽——」

吳侗當然分得清是爹的聲音，老遠就高興地回應：「爹——」

吳拜不顧看不太清楚路，也不顧腿腳不靈便，跑過去，焦急萬分地說：「快，快把喜神趕到寨子裡來！」

吳侗感到很奇怪，問：「爹，那是犯忌的呀！」

吳拜說：「快快趕來，你來了就曉得是怎麼回事了，快點！」

吳侗看他爹那個焦急的樣子，心裡也想一定是出了大事了，於是不多問，把屍體往寨子裡趕來了。

姚七姐看到吳拜到寨子邊去叫吳侗，就也來到了寨子邊。香草看她媽到寨子邊去了，也跟著去，才走得兩步，她記起舒小節剛才是往寨老家那個地方追他爹去了，於是，她停下了腳步，不跟著娘走了，而是往寨老家那個方向走去。來的時候，聽吳拜老司講，寨子裡那幢最大、最高、最有氣勢的木樓，就是寨老家。

94

寨老家的吊腳樓上，一片黑燈瞎火。

香草摸黑來到寨老家，看到院壩裡躺著三個人。她的心提到了嗓子眼，生怕那三個人裡，有一個是舒小節。她蹲下來，仔細地看那三個人，都死了，還好，裡面沒有舒小節。她往樓上看了看，一步一步往樓上走去，一邊上樓一邊喊：「小節，你在嗎？小節，你在哪裡啊？」

上到二樓，又看到了一具屍體，橫躺在樓梯上，不是舒小節。屍體的眼睛都被掏空了，只留下兩個血糊糊的眼洞，香草嚇得退後了一步。屍體把她上樓的路堵死了，她不得不彎下腰來，雙手去拉屍體。如果屍體是活人，那還好辦，可以拉他的手。而死人，去拉他的手的話，他會不會突然把自己抓住呢？她小時候聽大人擺古時講過，如果被死人抓住了手，唯一的辦法，就是把那一隻手鋸下來，不然的話，只有陪著死人一起死。死了後，死人就可以重新投胎超生了，如果自己也想超生的話，也必須要像害死自己的那個死人一樣，也去害一個人死去才行。想到這裡，她不敢去拉屍體的手了，而是去抬腳。而剛才舒小節的爹爹明明都已經死了，竟然還用腳夾死了抬他的人，想到這兒，她又不敢了。那麼，該抓住哪個地方，才能把他弄開呢？

她下樓找東西，找到一把鋤頭，就用那鋤頭慢慢地把屍體勾到一邊，留出一條路。她放下鋤頭，小心翼翼地上了樓。三樓，一個人喝醉了的樣子，靠在窗腳，是舒要根。她上前推了推：

「根伯，根伯——」沒動靜，一摸鼻子，氣息全無。這時香草才想起，舒要根剛才就被臘美娘娘弄死了。那麼小節呢？難道小節沒攆上他爹？是不是小節也被……她急得快要哭了。

她失望地下到二樓。突然，一隻手伸過去，輕輕地放到香草的背上，香草嚇得啊的一聲叫起來。接著，她的嘴就被一隻手緊緊地捂住了，一個聲音在耳邊說：「是我，小節。」

香草這一下嚇得不輕，身子一軟，倒在了舒小節的懷裡。

舒小節問她：「妳怎麼跑到這裡來了？」

香草說：「人家還不是爲了找你嘛。」

舒小節說：「找我？我還要找我爹呢，走。」

香草沒有動，說：「我找到你了，我就哪裡都不去了。」

舒小節道：「我看到我爹爹上樓去了，我要去找他。」

香草不想告訴他，他爹早死了，怕他爹的屍體再發生變故，傷害小節，這時她才識到剛才近攏小節的爹的屍體旁，怎麼不怕被屍體傷害呢？只有一種解釋，爲了找小節，她把生死早置之度外了，那麼，等天亮再告訴他吧。就說：「你爹不在那上面。你還沒找到你爹？你就跟在他身後的嘛。」

舒小節茫然地說：「是啊，我跟在我爹後面跑，跑來跑去的，不曉得爹跑丟了。」

香草急道：「跑來跑去的？你跑到哪裡來？你跑到哪裡去了？」

舒小節忽然笑起來：「前面有人要攔我，我才不怕哩，我一隻手一個，喏，就是他們……」

舒小節指著院壩裡的三具屍體。

香草聽不懂他說的是什麼，就問：「他……他們？他們是你……弄死的？」

舒小節說：「我把他們殺死了，才能夠上樓去殺寨老啊。」

香草大吃一驚，搖著舒小節的手臂，說：「小節，你可不要亂講胡話來嚇我啊，啊？」

舒小節說：「嚇妳？嚇妳算什麼？不，不會的，我不會嚇妳的。我哪個都不會嚇的，包括寨老，我也不會嚇他，只會……」

香草問：「只會怎麼樣他？」

舒小節咬牙切齒地說：「只會，讓他死！」

香草吃驚道：「小節，你怎麼變得和你爹一樣了？」

舒小節獰笑道：「我必須坐上寨老的交椅！我如果坐上了寨老的交椅，我想怎麼就能怎麼了，包括……」

香草問：「包括什麼？」

舒小節的臉上浮現出淫笑，說：「包括享受那數不勝數的處女的滋味……哈哈哈……」

香草聽到他的話，和剛才他父親講的話竟然是一模一樣的，突然，她說：「你不是舒小節，你是舒要根，對不對？」

看來，不光這院壩裡的三具屍體，還有樓梯口的屍體，也是被小節害死的！書生氣的小節當然沒有這個能耐，這能耐是臘美娘娘給的！也就是說，這時的舒小節早就不是平時的舒小節了，他是魔鬼的化身！想到這兒，香草不禁渾身發抖，牙齒開始打架。

舒小節還在揚揚得意地笑：「舒小節和舒要根有什麼不同嗎？舒小節、舒要根父子和別的所有的男人有什麼不同嗎？遍天之下，男人和男人有什麼不同嗎？啊？」

香草轉過身，正要拔腿就跑，她的手卻被舒小節死死地抓住了。這時，她感覺到，舒小節手上的力道很足，捏得她幾乎痛暈過去。平時，她朝思暮想的就是能與舒小節手牽著手，走在清涼的雨中，走在朦朧的霧裡，走在爛漫的花叢，感受他指尖和手掌傳遞的脈脈溫情，而現在，和他牽手就是和死神牽手！

香草用力掙扎著，竟是紋絲不動。舒小節把她按到廊沿上，騰出一隻手，嘶啦一下，就把香草的衣服撕爛了。

香草被剝得精光，躺在地上，像一隻無助的貓，四肢蜷曲，哀求著，反抗著，不停地拍打著舒小節湊上來的臉，可此時的舒小節帶來的不是和風細雨，而是呼嘯著的龍捲風，速度和力度非常快。他來不及撫摸這生長了十多年、早就跌宕起伏的曲線，來不及欣賞這隱藏了十多年、有山有水有平原的風景。

他奸笑道：「香草，今天，我就是寨老，今晚，我將聽從瑪神的指引，與妳共度良宵……」

說完，他粗暴地分開香草的雙腿，用力一挺……

一滴淚，從香草的眼角流出，流到地上。

並不是冬天，可冰涼的土地讓香草覺得刺骨的冷，從踏上靈鴉寨這塊土地的第一步起，香草就感覺到這塊土地的怪異，直到後面陰陽相鬥，腥風血雨，屍骨橫陳，香草又感覺到這塊土地的恐怖，而此刻，她感覺得到這塊土地是冷的，冷得讓人絕望，冷得讓人心酸，也冷得讓人心痛。

同樣的人，同樣的場景，前兩天的那個夜晚，香草一輩子都忘不了，而這個夜晚，也同樣讓她一輩子都忘不了。

95

吳侗趕著屍體進入靈鴉寨，那一幕景象讓他大吃一驚。

十來具屍體正在以它們從未有過的瘋狂大打出手。它們只要一出手，就必定會有一隻手臂飛上天空，或者，有一串腸子打著旋兒飛舞著。慘叫聲不絕於耳。

吳拜馬上從吳侗的包袱裡取出一把刀子，先把捆住喜神的繩子割斷了，然後，再取出一大疊的符紙，對他說道：「快快，快！」

他燒著了符紙，往天空拋去。那些燃燒著的符紙在天空中綻放出絢麗的煙花。煙花燃盡，像雪花一樣，紛紛揚揚地落了下來，落到了那些喜神的頭上、身上。

吳拜喝了一聲：「牲口，殺！」

那些喜神面向正在追殺人群的屍體，衝進陣營中去。

吳拜和吳侗面對面地坐著，雙手均仰放在膝蓋上，食指與中指輕輕地掐在一起。這一次，父子倆一齊上陣，雖然功力猛增，但還是不免有些忐忑，兩人集中精神，全力應對，不敢有絲毫大意。

五具屍體對付十來具屍體，勝算並不大，但吳拜清楚對方的底細。臘美殺死了那些傷害過她的男人，再利用那些屍體來殘殺靈鴉寨的人，這些不重要，重要的是鞋墊在她手裡，所以剛才以他一人之力來招架，有些勉強，現在，有了吳侗和這些喜神的幫忙，他有了底氣，何況臘美的復仇不是正義的復仇，是邪惡的復仇，天神和地神是不會保佑她的。他和吳侗念念有詞，神情肅穆，好像根本無視身邊的廝殺。

那些屍體沒有料到，突然有喜神襲來，不免亂了腳陣，於是放棄了有血有肉的對象，朝喜神進攻。喜神突增百倍的功力，以少勝多，越戰越勇，那些屍體陸陸續續變成一張張灰暗枯黃的人皮掉在地上。沒有了亂烘烘的場面，吳侗得以仔細看了看陣勢，發現喜神少了一具，他暗叫一聲「糟了」，辨別身分，發現少的那具屍體，是田之水！

吳拜察覺到吳侗的不安，問：「怎麼了？」

吳侗說：「田之水不見了。」

吳拜不懂：「你講什麼？田之水？」

吳侗說：「是啊，就是爹爹要我去找的那個人。」

吳拜問：「他也來了嗎？」

吳侗知道爹爹誤會了，說：「他死了，我要把他趕到貴州去，但是，怎麼現在沒見他了呢？」

說著，吳侗站起來，找田之水去了。

他沿著寨子裡的小路尋找著，一直沒看見田之水的蹤影。來到寨老家的院壩裡，卻看到三樓有兩個人影——兩個衣衫不整的人影正在追打。一個男的，強勁勇猛，一個女的，無力反抗。突然，那女的被那男的橫起一腳，踢出廊沿——

吳侗看準勢頭，伸出雙手，朝那人影跑去。

那人影帶著下墜的力量，往他身上落下來，把他往地下壓去。

香草睜開眼睛，看到自己伏在一個男人的身上，趕忙爬起來。

兩個人一對視，才發現原來是認識的人。吳侗問：「香草，樓上那個是哪個？」

香草來不及整理身上的衣服，拉起吳侗就跑：「舒小節，他，他……」

吳侗不明白：「舒小節怎麼了？他怎麼要置妳於死地？」

香草答非所問地說：「吳侗，你這是第二次救了我的命。」

吳侗說道：「快莫這麼講，我也只不過是碰巧遇到妳罷了。」

香草就不作聲了。她在想，第一次救我，是碰巧，第二次救我，又是碰巧。彷彿這世間，什麼都是老天爺給安排得好好的了。想到這裡，她就感到有些害怕，怎麼是這個趕屍匠，而不是舒小節？想起舒小節，她又不禁潸然淚下。剛才和舒小節在一起的那一幕，讓她從心底裡徹底看白了舒小節。不，不是的。她一邊又為舒小節辯解著。那不是舒小節，那是舒小節的爹爹舒要根。可是，那明明是舒小節啊，他的樣子，他的臉龐，他的手臂……只是，他的笑，他的話，還有他的……那哪是舒小節？那分明就是舒要根！我分明是被舒要根……

96

田之水睜開眼睛，看到眼前的場景，大吃一驚。

身邊是昏天黑地的廝殺，地上是恐怖的斷手、斷腳、人皮、屍體，耳朵裡充滿了怪異的喊叫，他以為是一場夢，伸出手扭了扭自己的耳朵，痛！真的有痛的感覺！他又驚喜又害怕，第一個念頭就是趕快逃離現場！

混亂中，他跑到一幢吊腳樓前，心緒稍稍穩定了些，才發現這夜色中的一切景物竟然熟悉得不能再熟悉了——不錯，這是在靈鴉寨！

二十年了，這個地方一直在他的腦子裡揮之不去，只是他從沒想到過會再一次踏上這塊土地。他沒有勇氣，也沒有那個心理承受能力。今天是怎麼啦？怎麼會無緣無故地走到這兒來了呢？他慢慢地辨認著眼前的木樓，這正是當年他寄居在舒要根家的木樓！他下意識地朝二樓的一個窗口望去，破破爛爛的窗口一片漆黑，深不可測的樣子，他卻看到了一抹燈光，燈光下，是醉意朦朧的臘美那嬌羞的臉……

心尖尖那兒襲來一陣一陣的疼痛，淚水打濕了雙眼，他痛苦地閉上眼睛，似乎想把那一幕永遠留在心裡，又似乎想把那一幕徹底從心底抹去。

突然，有個聲音在他身後大喝起來：「牲口！」

田之水趕忙抹了抹眼睛，轉過身來，見是一個陌生的小夥，身後還跟著一個姑娘。心想，這恐怕是靈鴉寨哪個家的後生吧。若是說出他爹的名字，他一定還認得的哩。他苦笑著說：「這麼晚了，牲口都關在圈裡哩。」

吳侗大吃一驚，喜神居然開口講起了話？

他掏出符紙，畫了兩道符，就要往田之水的臉上貼去。

田之水讓開他，笑起來：「小兄弟，你這是做哪樣？」

吳侗說：「你，你怎麼……會講話了？」

田之水說：「那你又怎麼會講話呢？」

吳侗說：「我是大活人，當然會講話，而你是死人，怎麼也會講話？」

田之水茫然地說：「我是死人？嗯，有點像，要不，我怎麼會到靈鴉寨來？」

吳侗伸手到田之水的胸口邊，聽到心跳的聲音，就驚喜地說：「田老師，你……你活了？」

田之水也搞不清楚，說：「我，我死過？我不是做夢吧？」

吳侗說：「是的，你死過，可現在你活了，你不是做夢，這是眞的。」

田之水問：「那我是怎麼到了靈鴉寨的？你又怎麼認得我？」

吳侗說：「哎呀，講起來那就話長了，以後再和你講吧，我們先過去看看那邊怎麼樣了。」

三個人飛快地跑到曬穀坪裡。吳侗看到，臘美的腳下，是寨老的屍體，寨老此時全沒了原來的威風，他衣衫破爛，頭髮散亂，兩隻手像玩具一樣被卸在一旁，兩個眼眶血淋淋的，兩隻眼珠不曉得落哪兒去了。他來不及細看，因為爹爹被那個他曾經見到過的女鬼逼到了坪邊。十來具屍體已被喜神制服，現在，是最後的較量了。不過，爹爹年紀大了，身體也不好，明顯處於劣勢。女鬼的手一伸，吳拜的拐杖就飛了出去，曬穀坪的外邊，是十多丈深的懸崖，拐杖落下懸崖，沒聽到任何落地的響聲。下一步，飛下懸崖的，就是吳拜了。

吳拜的一隻腳跪在地上，另一隻腳積蓄著力氣，想站起來。臘美寬大的衣袖一揮——

吳侗見勢不好，雙手合十，然後雙掌朝前一伸，積蓄了全身的力量，衝過去，伸出雙手，奮力朝臘美推去。然而，他那一推，並不是推在臘美的身上，而是推在了田之水的身上。他想不到，這個教書先生，竟然一個箭步衝過來，攔在了他和臘美之間。

田之水啊呀的叫了一聲，身子被推到懸崖邊……

臘美手一彎，把田之水拉住了。

田之水坐在地上，嘴裡吐出一大口鮮血，叫道：「臘美……」

兩個人面對面對視著。臘美睜大眼睛，看著眼前這個男人，這個她朝思暮想、又愛又恨的男人，她的臉上一半晴一半陰，一半喜一半悲。這個人，給了她多少希望，可也給了她多少失望！

這個人，給她帶來了多少陽光，又給她帶來了多少災難呵！這個人，曾經把她的心帶到了天堂，卻把她的身體帶到了地獄！她開口唱道：

人愛人來樹愛藤，
螃蟹戀溪鳥愛林。
草籽沾衣姻緣伴，
哥進山中鳥留音。

田之水把嘴角的鮮血擦去，低聲回應：

十年難遇金滿斗，
百年難遇歲交春。
蜜蜂喜愛細花朵，
畫眉過山遠傳名。

臘美繼續：

平白無故遭橫禍，
埋怨情哥做事差；
如若當初私奔了，
奸賊無計也無法。

田之水唱：

霹靂一聲雷雨響，
妹的話語從頭落；
衣褲濕來寒意冷，
利劍直插哥心窩。

田之水看著臘美，一臉的羞愧。這畫眉一樣的女子，是應該生活在不老的歌裡，是應該生活在愛情裡，是應該生活在這畫一樣的風景裡的，可是，他就像一個無知莽撞的人，硬生生把這一切平靜攪亂了，以致……他的兩隻手動了動，想抱住這個他生生死死都不會忘記的女人，卻無力地放下了。近十天來他不吃不喝，身體裡的精氣早已耗盡，只剩下幾分魂魄在支撐著他，虛弱的他遭了吳侗那致命的一擊，早已氣息奄奄。不過他這時並不痛苦，相反，他看著臘美笑了，嘴角的血像蚯蚓一樣流了下來，他淒涼地說：「臘美，沒想到我們會再一次相見，妳還是那麼美。」

「田老師！」吳侗拿著一個小小的黑布包的東西走過來說：「這是我爹爹自製的救命丸，快吞下！」

突然，臘美轉向吳侗，右手手指如鉤，疾伸而出，一股旋風直指吳侗。儘管她不會放過這個曾經背叛她的男人，但在她面前，只要有人傷害他，她是不會答應的，他是她刻在心口的那道疤，雖然難看，一旦受到觸動，她的心也是痛的。那股旋風帶著巨大的悲憤，也帶著巨大的力量，想把吳侗整個人都撕成碎片。

旋風吹醒了吳侗，他曉得這女鬼邪氣太重，不宜正面交鋒，趕忙轉身躲開。

一白一黑兩個人影在坪地裡你進我退，你左我右，上下翻飛，這樣十來個回合，看不出勝敗。當吳侗抓住一棵苦楝樹的枝條，想翻身躍到樹上，躲過女鬼的追殺時，卻被一根短短的枯枝碰到了眼睛，他頓時感到一陣刺痛，眼前一黑，掉了下來。

「吳侗——」香草扶著吳拜坐在一棵樹下，眼見吳侗命懸一線，便尖叫一聲，丟下吳拜似要撲過去，被吳拜的手一扯，倒在了地上。吳拜眼見著這一幕，早大驚失色，只因爲自己受了傷，動彈不得，但他不能讓香草也去送死，於是阻止了她。他坐在地上，悲哀地閉上了眼睛。

眼睛看不見，感覺更靈敏，吳侗剛掉下地，就感覺到那股旋風直撲胸口，他往後一縮，嘩地一下，衣服被撕開了一大塊，整個胸膛露在外面。「完了——」他絕望地想，沒想到田之水爲了這個女人，會白白地賠進一條命，而他爲了田之水，也白白地賠進一條命。絕望之餘，他猛然想起，這個爲了田之水跟他拚命的女鬼，莫非就是二十年前那個命運不堪的臘美？

97

臘美，田之水，吳侗，距離懸崖都只有幾步之遙。

奇怪的是，臘美的手堪堪要抓到吳侗時，就突然停住了，僵在半空。

她呆呆地看著吳侗的胸，左邊乳頭上面那塊胎記，像一隻小小的蜘蛛腦殼，不，應該是大大的，二十年了，孩子都長這麼大了，那胎記也長大了，剛出生的時候，只有小小的蜘蛛腦殼那麼大，而現在，有銅錢那麼大了。她再看吳侗的臉，眉清目秀，有她的影子，也有田之水的影子。她的眼睛，慢慢地流出了晶瑩的淚水。她的手，輕輕地伸出來，輕輕地撫摸著吳侗那寬厚的胸膛，在他那枚胎記上，來回地摩挲著。嘴裡，輕輕地哼起了那首歌謠：

教你歌，
教你後園砌狗窠，
狗娘生個花狗崽，
拿給我崽做老婆。

吳侗以爲呼呼的風聲過後，是骨頭扭斷或皮肉撕扯的響聲，沒想到的，卻是一雙溫柔的手的撫摸，聽到的卻是歌聲。他試著睜開眼，原來眼睛沒傷著，只是印堂中間被戳破了一個小洞，血正從那兒流下來。

他呆呆地看著她，蒼白的臉，晶瑩的淚，慈祥的笑容，這個幾次出現在他和他爹面前的厲鬼，此時竟清澈得像山間的小溪，散發著純淨的光芒。

這時，姚七姐來了，她看到了吳侗胸前的胎記，對吳侗說：「侗崽，你曉得她在做什麼不？」

吳侗見是姚七姐，叫道：「娘，她是在做什麼……」

香草驚訝地問：「你叫什麼？你叫我娘是娘？」

姚七姐對吳侗愛憐地說：「侗崽，我告訴你吧，她是在抱著她的孩子，逗著她的孩子，撫摸著她孩子身上的胎記哩……」

吳侗的心開始劇烈地跳動起來，喃喃自語：「娘……娘？」

姚七姐說：「是的，她才是你的娘。」

吳侗搖頭說：「不，不！我的娘不是鬼，我的娘絕對不是惡魔！」他毫不猶豫地撥開臘美的手。

臘美並不惱，一臉的慈愛，看著吳侗說：「侗崽，娘年輕的時候，臉比月亮皎潔，笑比花美，歌聲比畫眉清脆。可是靈鴉寨的山水太惡了，靈鴉寨上空的烏雲遮住了月亮，靈鴉寨的人踐踏了花朵，靈鴉寨的槍口對準了畫眉。十八歲的娘喊天天不應，叫地地不靈，所有的手都指向我，像刀，所有的眼睛都盯著我，像刺。我只好躲進深山老林，娘不是怕死，而是因爲你，那時我什麼都沒有，只有你了。生下你後，娘用一塊藍印花布包著你，寫下你的生辰八字，把你丟在路邊。娘捨不得呵，一步一回頭。我剛給你餵了奶，你吃得飽飽的，對著我笑。侗崽，娘終於看見你了。二十年，你都長這麼大了……」

臘美早已泣不成聲。

香草把吳拜扶過來。

吳侗把臉轉向吳拜，問：「爹爹，你告訴我，這不是眞的！這是不是眞的？」

吳拜說：「那一次爹爹趕屍回來，老遠就聽到有小孩的哭聲，我以爲是老虎從哪家叼來的孩子。趕忙上前去看，發現是一個嬰兒。包你的的確是一塊蠟染的藍印花布，還戴著虎頭帽。」

吳侗又問姚七姐：「娘，是妳不要我了，才編這個假話來騙我，是不是？是不是?!」

姚七姐搖頭，說：「我怎麼會騙你呢？臘美才是你的親娘，田老師就是你的親生父親啊。」

吳侗的腦袋轟的一聲響，轉過身去，看著田之水：「田老師……他？」

田之水慢慢爬起來，向他們走來，他問姚七姐：「七姐，妳說的是眞的？」

姚七姐說：「田老師，我們湘西的山嶺不曉得高低，你們讀書人的心裡不曉得深淺，你辜負了臘美妹子。」

田之水說：「七姐，我……」

吳侗用雙手捣住腦殼，然後搖頭：「不，他不是我的爹！我的爹不會丟下我和娘不管的！」

姚七姐轉向吳侗說：「那時候，我跟你娘是姐妹，我們包穀掰得幾大籮，山歌唱得幾大籮，田老師就是來蒐集山歌時跟你娘認識的。你娘是個敢愛敢恨的妹子，喜歡上了田老師，還打算跟他離開靈鴉寨。可誰知，舒要根那個魔鬼因爲嫉恨田老師奪走了他的未婚妻，竟然想出一個歹毒的辦法，用最殘忍、最難堪的族規處罰你娘。一個花一樣的妹子，被靈鴉寨二十多個成年男人……侗崽，你娘苦呵，你娘生下你後，就投潭自盡了。」

吳侗的眼裡早霧濛濛的一片，他想過若干種跟娘見面的場合，在彎彎曲曲的山道邊，在樹影婆娑的叢林中，在蜂飛蝶舞的草地上，娘的笑容像春天的花一樣美，像天上的月亮一樣柔和，像林中的泉水一樣甘甜，就是沒想到，他朝思暮想的親人，竟然以這種方式來到自己身邊。

吳侗看著田之水，那身材，那五官，那膚色，跟自己那麼像！隨即他的目光黯淡下來，他眼裡的爹，是吳拜那樣的男人：叱咤風雲、不屈不撓、敢做敢當。他竭力想在田之水身上找到「爹」的影子，可是找不到，他盯著田之水說：「我們湘西的漢子像這大山一樣頂天立地，拿得起放得下，你不是我爹。你若是我爹，就不會害死我娘，害得我們陰陽相隔……」

田之水默默地把那一小包救命丸遞給香草，然後面向吳侗說：「侗……吳侗，我的確不配做你爹。二十年前，我跟你現在一樣的年紀，到靈鴉寨來蒐集山歌，你娘不但人長得漂亮，歌也唱得好，是這山上的畫眉。短短的時間裡，我們相愛了，可是，這塊土地容不下我們，我們還來不及逃離，你娘就被……唉，這二十年來，我沒有哪一刻忘記過你娘，這二十年來，給我唯一慰藉的，就是你娘留給我的一只鞋墊，這二十年來，我眞是生不如死呀。今天，能爲你娘而死，是我這二十年來的心願，你娘能給我這個機會，我是死而無憾了。」他從後面摟住臘美的腰，頭伏在她的肩上，悲哀地閉上眼睛。

吳侗坐在地上，抬頭看著眼前的臘美說：「爹爹早跟我講過，我是他從茅草棚裡撿來的。自從我會講話那天起，我就一直在跟爹爹要娘。我問爹爹怎麼不給我也撿一個娘來。看著人家的屋裡，有娘把香噴噴的飯菜端上桌，有娘把衣服洗得乾乾淨淨的，有娘坐在床前唱著歌、哄崽睡覺，甚至有娘罵、有娘扯耳朵、有娘打屁股，我都是羨慕的。我把糕點店的老闆娘當娘，我把床上的枕頭當娘，我把野外的風當娘，我把夢裡的鬼當娘，我還把……把我趕的女屍當娘。」

「娘——」吳侗任眼淚恣意地流著，爬起來，抱著臘美哭喊。在場的人看去，田之水，臘美，吳侗抱成一團。

「崽呵……」臘美顫抖著伸出手，在吳侗的身上，上上下下地摸索著，捏捏臉頰，揉揉耳朵，拍拍肩膀。「娘曉得你惦記著娘，娘那時候年輕，不懂事，承受不了太多，娘做了逃兵，怪娘。若有來生，娘一定一輩子陪著你，哪怕睡草堆吃草皮，討米逃荒，做牛做馬，娘都願意。可惜，娘不能償還了。崽呵，你恨娘不？」

「沒，我從來沒恨過娘，我只想娘，只盼娘，只想天天守著娘，哪兒也不去。」吳侗伏在臘美的肩上，緊緊地抱著她的兩臂。

「侗崽——」吳拜在一邊喊。吳侗走過去，吳拜輕聲對他說：「天要亮了。」

突然，田之水攔腰抱起臘美，朝懸崖走去。

離他們最近的吳侗來不及反應，只是轉身的瞬間，兩個身影就消失在了懸崖邊。

幾個人一齊跑過去。吳侗朝下面看，看到兩個人緊緊地擁抱在一起，像羽毛一樣，飄下去，飄下去。

吳侗猛地跪下，像一隻孤獨的狼，朝天空嘶喊：「娘——爹——」

趕屍傳奇 / 楊標著
-- 初版. -- 臺北市 : 小異出版:
大塊文化發行, 2008.08
面 ; 公分. -- (SM ; 2)
ISBN 978-986-82174-8-5(平裝)

857.7 97010155

Trans+

Trans+

Trans+